FOLIO POLICIER

Sonja Delzongle

Cataractes

Denoël

Née en 1967, Sonja Delzongle a exercé le métier de journaliste pendant six ans, tout en commençant à écrire, riche de sa culture franco-slave et de sa passion pour le noir. C'est avec *Dust* (Folio Policier nº 796) qu'elle fait une entrée remarquée dans le monde du thriller. Suivent *Quand la neige danse* et *Récidive*. Son quatrième roman, *Boréal* (Folio Policier nº 881, prix Polar Saint-Maur en poche 2019 et prix des lecteurs du Festival de Villeneuve-Lez-Avignon), a confirmé toute l'étendue de son talent.

Sonja Delzongle vit aujourd'hui à Lyon et se consacre à ses romans.

À ces territoires que nous sommes.
Aux montagnes sauvages du Grand Balkan.

« L'adaptation des contes est un facteur de lien entre les cultures et permet de prendre conscience que le soi n'est pas une île, mais un territoire relié aux autres. En nous reliant à une parole ancestrale, les contes nous aident à grandir et à penser. »

France VERRIER

Prologue

Jan ! Jan !

La voix de sa mère dans le vacarme. C'est la dernière fois qu'il l'entend. Étouffée, lointaine. Affolée. L'eau est montée si vite…

Personne n'a eu le temps de réagir. Lui, jouait dehors avec le chien. Hatsa. Où est-il ? Il ne perçoit plus ses aboiements, passés des plaintes au silence. À cheval sur Hatsa, un leonberg dont la taille évoque plus celle d'un poney, Jan a été soudain emporté. Autour de lui s'est refermée une masse visqueuse et froide. Glacée. Un mélange d'eau et de boue. Les maisons ont disparu. Toutes. La sienne a sans doute subi le même sort. Seuls quelques toits en pierres plates et grises rappelant des écailles de tortue affleurent. Bientôt, ils seront recouverts eux aussi. Des vies avalées. Tout ne sera plus qu'histoire ancienne.

Zavoï englouti. Un village entier rayé de la carte en quelques heures. Le village le plus isolé de tous ceux qui peuplent les berges de la Viso, la rivière prenant sa source de l'autre côté de la frontière, en Bulgarie.

Le ventre de la montagne s'est ouvert sans prévenir. Au-dessus de lui, le ciel n'est qu'obscurité. Espaces céleste et terrestre se confondent en un magma où, impuissant, l'enfant s'enlise. La solitude dans laquelle il s'enfonce est un gouffre noir. Incapable de s'en extraire, plus il se débat, plus ça l'aspire. Un monstre de fange, d'eau et de terre qui l'emporte dans sa gueule.

Où sont-ils, tous? *Mama! Mama!* voudrait-il crier mais, la bouche ouverte sur ce mot que plus jamais il ne prononcera, il s'aperçoit qu'elle est pleine de boue, que sa langue est prisonnière et figée. Il va étouffer. La bourbe lui entre dans le nez, les oreilles, avec un bourdonnement infernal. Ça coule à l'intérieur, dans sa gorge, ses poumons, prêts à éclater, ça lui rentre par l'anus et ça se déverse dans ses intestins. Un long ver noir qui s'étire dans ses entrailles saturées. *Mama! Mama!*

Sa tête émerge enfin de la terre liquide, l'air s'engouffre dans ses narines et dans sa gorge avec un sifflement, Kosta ouvre les yeux et regarde autour de lui. Là où la boue s'est retirée.

Le drap posé sur le corps endormi de Jasna se soulève et retombe au rythme de sa respiration douce et profonde. Lui aussi respire. Il sent la sueur dans son dos et sa nuque comme une toile d'araignée humide. Il a quarante-deux ans de plus que le petit Jan avalé par la bête puis recraché vivant. Vivant. Mais toujours privé de réponse acceptable au drame qui a brisé son enfance. Quel est ce démon venu lui arracher la moitié de lui-même? Ses parents, ses deux frères et ses deux sœurs, ses grands-parents paternels, son oncle, sa tante, un cousin. Au total, onze membres de sa famille.

Le cauchemar lui a laissé un peu de répit depuis son installation à Dubaï avec Jasna. Surtout depuis la naissance de Fjona, son ange, son soleil. Elle a aujourd'hui trois ans, l'âge qu'il avait au moment du drame. Et il s'est juré de la protéger. Lui qui n'a rien pu faire pour sauver les siens. Lui qui a survécu effrontément, parmi la trentaine de rescapés. Le plus jeune d'entre eux. Alors qu'un si petit garçon aurait dû mourir broyé dans le torrent de boue et de pierres qui l'emportait. Ce n'était pas normal… Mais rien n'est normal dans cette histoire.

Son chien Hatsa dont la photo trône sur sa table de chevet, à côté de celle de sa mère que lui ont donnée ses grands-parents, de celles de Jasna et de Fjona, est mort depuis longtemps. Jan Kosta n'oubliera jamais comment la brave bête, sautant d'une palette où elle avait trouvé refuge, a nagé contre le courant jusqu'à son jeune maître dont seul le visage émergeait et, lui saisissant le bras dans sa gueule, l'a traîné jusqu'à un rocher plat à hauteur duquel ils avaient dérivé.

Chaque fois que ce cauchemar le réveille, Kosta éprouve la même sensation. Sa joue contre le poil mouillé du chien dont les flancs se soulevaient rapidement. L'odeur de vase mêlée à celle de bête. Effluve rassurant, qui l'ancrait à la vie. Sa seule amarre au milieu du chaos.

Ça s'était passé en avril, l'air hivernal radoucissait au profit de la tiédeur printanière, mais les grosses pluies des jours précédents, peut-être à l'origine du glissement de terrain, avaient contribué à maintenir une atmosphère fraîche dans la montagne. La chaleur animale avait préservé celle du petit Jan, l'empêchant de mourir gelé.

Combien de temps s'était écoulé avant qu'on vienne à leur secours, une éternité sans doute, à l'échelle d'un être si petit. Dans les tourbillons d'eau opaque entourant leur rocher, Jan a perdu connaissance, collé à Hatsa qui n'a pas bougé jusqu'à ce qu'arrivent deux types à bord d'un canot. Intrigués par ce petit blotti contre un chien aussi immobile que le rocher qui leur servait de refuge, ils s'approchent. En quelques coups de rame, ils atteignent la pierre plate mais ont le plus grand mal à maintenir le pneumatique à peu près stable, le temps d'attraper le gamin par les jambes et de l'attirer à eux comme un sac malgré les aboiements du leonberg. Le visage recouvert d'un masque gluant qui lui tire la peau, claquant des dents, Jan émerge sans comprendre ce qui lui arrive, clignant désespérément des yeux en direction des deux types. Une fois Kosta à bord, le canot s'éloigne rapidement, abandonnant le leonberg à son sort, sans se soucier des hurlements désespérés du gosse qui veut son chien.

À mesure que la silhouette esseulée de l'animal diminue dans son champ de vision, un sentiment aussi puissant que la haine envahit le petit Jan Kosta. Encore trop jeune et vulnérable pour se jurer de leur faire payer un jour l'abandon de Hatsa, il serre les poings si fort en soufflant par la bouche et le nez des bulles grises que ses petits ongles s'enfoncent dans sa chair jusqu'au sang.

Ballotté par l'eau qui n'en finit pas de monter, le

canot gonflable se met à tournoyer sur lui-même, heurté par des troncs et des planches, sans se percer ni se renverser. Entraînés dans une valse infernale, munis de leurs rames, les deux hommes se retrouvent enfin, au terme d'une lutte contre le courant et les tourbillons, dans un décor que ni eux ni le jeune Kosta ne sont près d'oublier.

L'eau, partout autour d'eux. L'eau, à perte de vue. Comme une mer sombre et menaçante. Une mer sans vagues. À peine quelques remous font-ils tanguer l'embarcation. L'eau occupe l'espace entre les montagnes, a avalé tout le relief accidenté. Au loin, les plus hauts sommets encore enneigés semblent émerger de cette mer soudainement formée, le spectacle est à couper le souffle. Le paysage, encore familier quelques heures auparavant, se trouve transformé à jamais. Comme si la terre avait bougé à cet endroit, déplaçant tout, avalant tout pour créer autre chose. Une autre planète. Même le petit Jan, dont les braillements suite à la disparition de son Hatsa trouaient les tympans de ses deux sauveurs, n'émet plus aucun son. La boue a commencé à sécher sur son visage, formant une carapace d'argile rétractée sur sa peau. Ses petits poumons encombrés sifflent faiblement et des quintes de toux lui font recracher les particules noires accumulées.

Du village, il ne reste que quelques débris flottants. Les derniers toits en écaille de tortue ont disparu sous l'eau. La famille de Kosta a toujours vécu à Zavoï, dans cette partie sauvage et montagneuse de Serbie du Sud-Est qui fait partie de la chaîne du Grand Balkan. Jan est un enfant de Zavoï. Comme ses deux frères et ses deux sœurs. Il était le plus jeune.

Où sont-ils maintenant? Ont-ils survécu eux aussi? Et ses parents?

Les deux hommes du canot ont navigué jusqu'à la tombée de la nuit, quand ils ont atteint la terre ferme. Des cadavres gonflés remontent à la surface comme des bouchons de champagne, donnant à leur navigation un caractère macabre. Nombre d'entre eux tapent tête la première contre le pneumatique qui résonne de chocs sinistres. L'enfant, inconscient de ce que ça signifie, en fait un jeu. Chaque fois qu'un corps heurte le canot, Jan lance un cri de victoire, comme s'il venait de marquer un but.

Sans prêter attention aux commentaires des deux types, Jan scrute avidement la surface de l'eau, à l'affût de nouveaux cadavres dans le jour déclinant. Un soleil écarlate se dilue au pied des montagnes baignées de sang.

— Mama! MAMA!

Le cri du gosse a brisé l'harmonie des clapotis. Un cri terrible, aigu, à fendre les pierres. Les deux hommes suivent le regard du petit. Contre le canot, flotte le corps d'une femme. Des cheveux d'or déployés en éventail autour d'un visage gris violacé. Elle doit avoir la trentaine à peine. Ses pupilles éteintes fixent le ciel et sa bouche pleine de terre semble figée sur un cri muet. Penché sur le cadavre, de sa petite main noircie de boue, il s'est mis à caresser le front mouillé de la jeune femme en pleurant.

— C'est ta mère? demande l'un des deux types éberlué.

— Il vient de crier «mama», il l'a reconnue. Laisse-le tranquille, fait l'autre.

— Il se trompe peut-être. Dans cet état, tous les morts se ressemblent.

— Ils sont blonds tous les deux. Les yeux clairs. Ça doit être elle.

— Qu'est-ce qu'on fait ?

— Comment ça ? Tu veux qu'on fasse quoi ? On gagne vite ce putain de bord, si on y arrive avant la nuit…

— À voir tous ces pauvres gens, je me dis qu'on a une sacrée chance d'être encore vivants, mon gars.

— C'est pas de la chance, imbécile ! C'est Dieu.

— Je me demande bien ce qu'on a fait pour le mériter…

Ils avaient fini par la découvrir, cette berge accessible, et ils avaient accosté au milieu de monceaux de pierres, de troncs cassés et de débris divers, sans vraiment savoir où ils étaient. Tirant l'embarcation sur la rive, ils avaient descendu Jan du canot en le portant sous le bras, soulagés de sentir enfin le sol sous leurs pieds. Se retournant une dernière fois sur l'étendue d'eau qui avait tout recouvert, ils étaient restés quelques instants silencieux et prostrés. Là, au milieu, quelque part sous des tonnes d'eau, se trouvait leur village. Plus tard, ils apprendraient qu'en s'effondrant au cours du glissement de terrain, la terre et les pierres charriées avaient formé un barrage d'une cinquantaine de mètres de hauteur et de cinq cents mètres de long, à l'origine du lac sous lequel était enseveli Zavoï. Le Grand Balkan n'avait jamais connu de phénomène d'une telle ampleur, tout juste quelques tremblements de terre mineurs qui avaient secoué la montagne.

Les deux hommes, hagards, exténués, munis d'une seule lampe torche récupérée sur le canot, allaient devoir marcher au hasard, à la recherche d'autres rescapés ou d'un refuge.

Avec la nuit s'était levé des montagnes un petit vent froid et il fallut faire un feu pour se réchauffer. Il y avait du bois à foison, mais les morceaux de planches ou les branches arrachées étaient gorgés d'eau, inutilisables. Et Jan les retarderait, c'était sûr.

Après concertation, ils avaient décidé d'abandonner l'enfant sur place pour continuer leur chemin à leur rythme. Comme un chien dont on ne veut plus, comme Hatsa sur son rocher un peu plus tôt, Jan avait été laissé à côté du canot, sur la rive du nouveau lac, tout seul près d'un feu que les deux hommes avaient réussi à allumer en arrosant le bois d'un peu d'essence du jerrican qui se trouvait dans le pneumatique.

— On peut pas t'emmener, gamin, avait déclaré l'un des deux types. On sait pas où est ta famille. C'était peut-être ta mère, le corps que t'as vu, mais c'est possible que non. Quelqu'un te trouvera sûrement, en passant ici. Même peut-être quelqu'un des tiens. Alors tu restes près du feu et quand les flammes sont moins fortes, tu mets tout de suite des branches comme je t'ai montré. Et quand il y en aura plus de celles-ci, tu iras en ramasser. Ça devrait t'aider à passer la nuit. Tiens, des biscuits si t'as faim.

L'homme lui avait tendu un petit paquet qu'il venait de sortir de sa poche. Sur ces mots, il s'était relevé et avait rejoint l'autre, qui l'attendait plus loin – il n'avait pas la force d'assister à cette scène.

— Il va pas survivre, le môme. Trois ans, tout seul,

la nuit, l'air glacé de la montagne. Il y a peut-être des ours ou des loups qui vont le sentir…

— Et ma grand-mère aussi ! T'en as déjà vu beaucoup, de ces animaux, toi, par ici ? Il faut monter plus haut, ou s'enfoncer dans la forêt.

— Ouais, mais tout ça a dû leur flanquer la trouille et ils ont dû sortir de leur tanière.

— Ou, au contraire, s'y planquer. Allez, viens, on a pas le choix. Si tu te sens de t'occuper d'un môme qui va avoir envie de pisser toutes les cinq minutes, qui pourra pas marcher un kilomètre, qui aura faim, soif, t'as qu'à y retourner et le récupérer, mais sans moi.

L'autre n'avait pas répliqué et les deux types s'étaient éloignés dans la nuit, marchant dans le cercle blafard de la lampe torche.

Ne comprenant sans doute pas ce qui lui arrivait, Jan était resté près du feu, persuadé que c'était ce qu'il devait faire. Obéir à ses sauveurs devenus des lâcheurs.

Quelques minutes à peine s'étaient écoulées depuis le départ des deux hommes quand un halètement s'était fait entendre dans l'obscurité. D'abord lointain, puis de plus en plus proche. Malgré sa fatigue et son état de faiblesse, Jan, couché près du feu, avait tendu l'oreille, plus intrigué qu'apeuré. Ça bougeait, dans la nuit. Ça s'avançait vers lui, pas à pas.

Avant qu'il ait le temps de crier, une masse humide l'avait plaqué au sol et le couvrait de baisers poisseux. Cette odeur familière… mélange d'humus, de vase et de senteur animale. Hatsa ! Leurs battements de cœur, rapides, s'étaient mêlés dans une explosion de joie. Ils avaient roulé ensemble dans la terre, l'un sur l'autre, Jan s'agrippant à l'épaisse toison du leonberg. Une fois calmé, Hatsa s'était allongé à côté de son jeune maître en remuant la queue, sa grosse tête sur les cuisses de Jan.

Voyant le canot s'éloigner du rocher où on l'avait laissé, le leonberg n'avait pas tardé à sauter dans l'eau et à les suivre à distance, guidé par son flair, afin de retrouver le seul être qu'il lui restait au monde.

Épuisé par toutes ces émotions, après avoir partagé les biscuits avec Hatsa qui ne s'était pas fait prier pour avaler sa part, Jan avait sombré dans un sommeil troublé par des visions d'apocalypse. De ces froides ténèbres, blotti contre l'épaisse fourrure, était né le premier des cauchemars qui allaient hanter Jan Kosta toute sa vie. Le même cauchemar qui se répéterait chaque nuit. Et il se réveillerait toujours au même moment, en sueur, avec cette impression d'étouffer, de la boue plein la bouche, le nez et les poumons.

Le jour venait de se lever sur les sommets enneigés et le lac nouveau-né, dans la même virginité et le même dépouillement qu'à l'origine du monde, lorsque Hatsa s'était mis à grogner fébrilement. Des alertes répétées, tandis que des pas raclaient la terre. Quelqu'un approchait du feu où résistaient vaillamment quelques braises.

Encore endormi, recroquevillé contre les flancs de son chien, Jan sentit qu'on lui tapotait l'épaule. Le contact le fit sursauter et il se redressa en appelant Hatsa. Le chien avait l'air à la fois calme et sur ses gardes, oreilles dressées.

Devant eux se tenait un homme, le visage à moitié dévoré par une épaisse barbe noire, enveloppé dans un manteau en peau de mouton, une toque de la même matière lui tombant sur les yeux, une besace en bandoulière, le regard noir et perçant, un bâton à la main, du bout duquel il venait de toucher Jan pour voir si le petit était mort ou vivant.

— Ça va, gamin ? demanda le gars en s'accroupissant, une main dans sa besace d'où il avait tiré une gourde. T'as soif ?

Pour toute réponse, Jan saisit le récipient et se mit à boire d'un trait.

— Hé, doucement, laisses-en un peu pour les copains ! T'es tout seul ? C'est ton chien ? Comment t'es arrivé ici ?

— C'est Hatsa, se contenta de répondre Jan.

— OK, lui c'est Hatsa et toi ?

L'enfant regarda le gars en clignant des yeux. Allait-il partir lui aussi et le laisser ?

— Jan.

— Jan. C'est tout ? T'as bien un nom de famille…

Mais le gosse, épuisé, fermait déjà les yeux. L'homme hocha la tête.

— Et les tiens, ils sont où ? Qui a fait ce feu ?

— Les deux hommes du bateau. Après, ils sont partis.

— Et tes parents ? Tu sais où ils sont ?

— Mama… commença à pleurnicher Jan en se frottant les yeux de ses poings sales. Elle… elle est là-bas…

Il tendait la main vers le lac.

— Comment tu sais ? Tu l'as vue ?

Jan secoua la tête de haut en bas.

— T'as quel âge ? Pas plus de trois ans, j'imagine.

— Trois.

En même temps que les mots, autant de petits doigts s'étaient dressés sous le nez du gars.

— Si t'es seul, viens avec moi. On va essayer de retrouver les tiens. Même s'il y a peu de chances qu'ils soient encore vivants.

— C'est pas vrai ! se mit à hurler Jan. C'est pas vrai ! T'es un menteur !

— OK, si je suis un menteur, je te laisse ici avec ton chien, répondit l'homme en se levant.

— Non ! Non ! Je veux retrouver mama !

— Alors tu me traites pas de menteur, hein ? Si je te dis que ton village, il est là, quelque part sous l'eau, c'est vrai. Va falloir que ça rentre dans ta caboche. Et aussi qu'il y a peu de survivants.

— C'est quoi, « survivants » ?

Se grattant le menton sous sa toison, l'homme cherchait comment expliquer à un gosse ce qu'était mourir et survivre.

— Les survivants, c'est ceux qui sont pas morts, tu vois ? Ceux qui sont toujours en vie, comme toi et ton chien.

Alors que ces mots irréels le traversaient de part en part, Jan se tourna vers le lac dans lequel se fondaient des teintes rose et orangé, comme si elles bavaient du ciel. Une vision qui allait s'imprimer dans sa mémoire et l'accompagnerait toute sa vie. C'était donc là, au fond de cette masse liquide, que se trouvaient désormais sa maison, son village, ses copains, ses frères, ses sœurs ? Peut-être faisaient-ils partie de ces corps remontant à la surface, flottant comme des troncs. Ils seraient donc des morts, et lui et Hatsa, des « survivants » ? Une déduction bien compliquée pour le cerveau d'un si jeune gamin, qui se sentait tout aussi mort que ces corps dans la boue.

— Allez, debout ! On y va, Jan ! T'es un homme, maintenant ! Bouge-toi donc ! l'a encouragé le gars en lui tendant la main. Moi, je suis Djol.

Djol finirait par retrouver ses grands-parents maternels dans un village de la vallée, et marquerait à jamais la mémoire de Kosta. Après avoir partagé l'existence solitaire et sauvage de son protecteur durant deux semaines, dans une cabane au beau milieu de la forêt, l'enfant fut conduit à la seule famille qui lui restait.

Aujourd'hui encore, Kosta, lorsqu'il pense à l'homme qui l'avait découvert presque gelé, le sauvant d'une mort certaine, se demande s'il est toujours de ce monde.

Une fois chez ses grands-parents, Jan retrouva son nom complet, Kostadinovic, ainsi que les souvenirs de sa courte vie à Zavoï lorsqu'il était le petit-fils du chef du village, disparu dans la catastrophe.

Mais en dépit de toute l'attention et de l'amour parfois un peu rude de ses grands-parents, le drame n'avait pas quitté Kosta. C'était là, en lui, dans sa chair. Cette chose que les cauchemars ravivaient sans cesse. La bête qui s'était réveillée pour engloutir son village et les siens. Le monstre tapi dans la montagne, dont personne n'avait soupçonné l'existence. Une question le hantait comme ses fantômes. Pourquoi ? Pourquoi la terre avait-elle bougé ce jour-là ? Pourquoi le sol s'était-il dérobé, pourquoi cette gigantesque coulée de boue entraînant tout sur son passage ? Que s'était-il passé dans les entrailles terrestres ? Était-ce, comme certains le racontaient, le réveil du diable ?

Seule la science pouvait lui apporter des réponses, remplacer l'image de la bête par une explication rationnelle. Kosta s'était donc lancé dans l'hydrogéologie. Des études passionnantes qui l'avaient souvent conduit sur le terrain, à l'étranger, en Afrique, en Asie. Et c'est en fêtant son premier poste à trente ans, lors d'une soirée organisée par un ami à Belgrade, qu'il rencontra Jasna, de dix ans sa cadette, qui deviendrait sa femme trois ans plus tard. Avec elle, il partirait, à l'approche de la quarantaine, s'installer à Dubaï à cause de son travail, mais aussi pour les liens qu'entretenait Belgrade avec cette mégapole. Le poste proposé par une compagnie pétrolière était une occasion à ne pas manquer. Qui changerait son train de vie, plutôt modeste en Serbie, en existence rêvée. Un appartement luxueux avec terrasses et piscine au sommet d'une tour, une vue panoramique sur le désert, deux voitures haut de gamme, des équipements high-tech, des séances de golf et d'équitation pour Jasna, la belle vie pour l'enfant de la Vieille Montagne, né au milieu des chèvres et des moutons.

Jasna. Seuls ses cheveux blonds et son visage émergent du drap blanc. La ressemblance avec la mère de Jan sur la photo est frappante. Kosta, malgré son très jeune âge au moment où il l'a perdue, a gardé de sa mère, de ses mimiques et expressions un souvenir précis, presque photographique.

— C'est dingue ce que tu peux lui ressembler…, dit-il parfois à Jasna.

— Je ne veux pas ressembler à une morte! s'indigne-t-elle.

La respiration régulière de sa femme le rassure. Depuis quelque temps, il sent qu'elle ne va pas bien. Le changement est survenu un an après la naissance de Fjona. Une sorte de baby-blues à retardement. C'est comme si Jasna avait renoncé à son corps, à sa féminité. Elle s'est mise à boire régulièrement, prétextant qu'un peu de vin lui faisait du bien. N'ayant pas besoin de travailler, son univers se limite à la maison et au peu d'activités qu'elle pratique en dehors. Elle a pris du poids, au moins huit kilos, mais elle ne semble pas s'en émouvoir. Pour Kosta, le plus grave est son manque d'intérêt et d'élan maternel pour Fjona, qu'il lui reproche de plus en plus souvent.

— Et toi, tu n'en as que pour elle, à croire que je ne t'intéresse plus! lui rétorque Jasna froidement.

— C'est ma fille, je veux qu'elle soit heureuse. Je veux qu'elle ne manque de rien, surtout pas d'amour.

Mais Jasna s'enlise de plus en plus dans la mélancolie et l'indifférence.

Après plus de dix ans de belle entente, le couple se retrouve à la dérive. Ce qui n'empêche pas Jan d'être fou de sa fille et de la gâter au-delà du raisonnable. Son amour pour elle est même devenu un refuge.

Sortant du lit sans faire de bruit après avoir regardé l'heure à sa montre connectée, cinq heures, le dos encore ruisselant de sueur, une odeur de vase au fond des narines, le premier réflexe de Kosta après son cauchemar est d'aller voir Fjona. Sa chambre d'enfant, un véritable parc à jouets, a la meilleure exposition, au sud, pour la lumière. Comme toutes les autres pièces, elle est équipée d'un climatiseur.

Jan entrouvre la porte et passe la tête. Couchée sur le dos, Fjona dort profondément. Ses bouclettes dorées, ses joues fraîches et rebondies et ses mains potelées lui donnent un air de Cupidon. D'ailleurs, Kosta, entre autres mots tendres, aime lui répéter « Mon petit ange » en la soulevant dans ses bras. Son regard s'attarde avec tendresse sur la fillette. Chaque fois, il se demande comment ils ont fabriqué une telle merveille. Pourtant, elle est là, fruit de ce qui aurait dû être un amour stable et solide, petit être de joie et de vivacité, unique et si précieux. Il donnerait sa vie pour elle. Et il aime ce sentiment.

Au même moment, posé sur sa table de chevet, son smartphone se met à vibrer. S'il était là, Kosta verrait s'afficher le numéro de Vladimir Krstic, son ami d'études, ingénieur en chef à la centrale hydroélectrique construite trois ans auparavant là où Zavoï a été englouti. Là où l'énergie de l'eau de la Viso était la plus exploitable.

Mais Kosta n'écoutera le message de Vlada qu'une heure plus tard, bloqué dans leur appartement par ce qu'il a vu arriver au loin en buvant son café sur la terrasse. Un mur de sable.

1

Bientôt, l'air est saturé de particules ocre, la visibilité presque nulle au-delà de quelques centaines de mètres, et les masques de rigueur sont de sortie. Pris au dépourvu lors de la forte tempête de sable du 2 avril 2015 qui a soufflé sur les Émirats, Jan est désormais armé. Seulement cette fois, le phénomène semble d'une ampleur inédite. En moins d'une demi-heure, le sable a envahi la ville et, sous la force du vent, cingle les voitures, les façades, les fenêtres des tours et les quelques passants égarés qui tentent de protéger leur visage et chaque parcelle de peau dénudée.

Prenant son portable pour appeler le bureau et vérifier si des collègues s'y trouvent déjà, il découvre l'appel en absence de Vladimir et écoute le message.

— Une mauvaise nouvelle ? demande Jasna, échevelée, le visage encore gonflé d'un sommeil aux somnifères, en voyant la mine stupéfaite de Kosta, son portable à la main.

— C'est Vlada. Il est à Dubaï. Son avion en provenance de Belgrade a été l'un des derniers à atterrir avant la tempête.

— Encore ce foutu sable…, dit-elle avec une moue boudeuse. Qu'est-ce qu'il fiche à Dubaï ? Du tourisme ?

— Aucune idée. Je vais le chercher.

— Tu es malade ? Avec cette tempête ?

— Il va rester bloqué à l'aéroport. Et puis, ce n'est pas la première fois que je sors pendant une tempête de sable.

Retrouvant son Hummer dans le parking souterrain sans avoir à pointer son nez dehors, Kosta prend la direction de l'aéroport. En route, il appelle son bureau pour annoncer qu'il a une urgence, inutile de l'attendre pour la réunion. Si Vladimir a pris la peine de se déplacer à Dubaï, c'est sûrement qu'il y a urgence. Dans son message, il se contentait de lui dire qu'il était à l'aéroport et venait le voir à cause d'un problème. Un problème justifiant huit heures d'avion…

Les particules de sable fouettent le blindage du tank urbain à toute épreuve. Les essuie-glaces ne font qu'une bouchée de la brume ocre qui s'abat sur le pare-brise, tandis que les pneus énormes impriment leurs motifs dans l'épaisse couche déjà formée sur le bitume. Les palmiers ploient sous les kilos de poussière et de grains qui s'incrustent entre leurs feuilles. Quelques pancartes et panneaux arrachés volent devant le Hummer, le heurtant parfois au passage sans autre dommage qu'un choc sourd sur la tôle.

Un peu plus tard, Kosta entre dans l'espace où Vladimir lui a dit l'attendre. Les deux hommes se serrent la main sans effusion, voire avec une certaine réserve. Ils se revoient pour la première fois depuis douze ans.

C'était en 2006, à Belgrade. La guerre faisait déjà partie du passé. Kosta et Vladimir avaient dix-huit ans lorsque l'ex-Yougoslavie s'était embrasée, et vingt-cinq au moment du conflit avec le Kosovo qui s'était soldé par les bombardements de l'OTAN sur Belgrade. Cette année-là, en 1999, Kosta effectuait un stage de six mois en Afrique pour l'aménagement de puits dans des villages de brousse. Il n'était pas rentré se battre aux côtés de ses compatriotes, abandonnant sa terre natale à l'ennemi et aux tirs mortels. La plupart de ses amis, du moins ceux qui étaient encore en vie et n'avaient pas sombré dans la dépression ou l'alcool, avaient tourné le dos à celui qu'ils considéraient comme un déserteur et un lâche. Seul Vladimir, pourtant grièvement blessé au thorax après avoir sauté sur une mine, ne lui en a pas tenu rigueur. Peut-être parce qu'il est un miraculé lui aussi. Quand il se met torse nu devant un miroir, sa poitrine enfoncée le lui rappelle.

Les deux hommes se regardent. Leur visage encore juvénile de l'époque a laissé la place aux marques de la vie, celles qui donnent à l'expression de la force et du caractère.

— Ça fait drôle de se revoir si loin du pays… Tu as fait bon voyage ?

— J'ai bien cru qu'on ne pourrait jamais atterrir, souffle Vladimir.

Ils ont le même âge, mais l'ingénieur a les cheveux blancs depuis longtemps. Quand la guerre a pris fin, laissant son pays dévasté, sa tête a blanchi en une nuit. Pourtant, son regard d'azur à l'abri de sourcils fournis est resté jeune et vif. La nouveauté, ce sont les lunettes de vue. Pour mieux regarder le monde et les belles femmes, aime-t-il dire.

— C'est quoi le problème, exactement ? demande Kosta sur le chemin du retour, après qu'ils ont échangé quelques banalités.

— La centrale de Zavoï. Une faille dans une turbine. Avec une fuite d'eau en prime. Si elle s'agrandit, on court à la catastrophe. Le même scénario qu'à Saïano-Chouchensk, voire pire.

L'expression de Kosta devient orageuse et ses doigts se crispent sur le volant. Il a gardé un souvenir précis de l'incident tragique de la centrale russe vu aux informations. Soixante-quinze personnes tuées dans l'effondrement du plafond de la salle des turbines et des générateurs. En cause, une défaillance sur l'une des turbines.

— C'est quand même étrange sur une centrale si récente, dit-il enfin. Avez-vous pensé à une intervention humaine ?

— Un sabotage ?

Kosta hoche la tête.

— Il y a eu des opposants au projet de construction de la centrale, en effet. Des groupes écologistes, des randonneurs, des bergers aussi. Mais la plupart ont fini par se résigner. En revanche, il y a des radicaux qui sévissent dans tout le pays. Les Ombres noires. Des écoterroristes dangereux, prêts à tout. Avec une femme très déterminée à leur tête, Metka, « balle de fusil » – elle porte bien son nom. Personne n'a jamais vu leur visage. Ils balancent leurs communiqués sur le Net en se mettant en scène cagoulés. Pour le moment, ils ont plastiqué des bureaux sans faire de victimes, à part une fois, un ingénieur qui n'aurait pas dû se trouver là. Récemment, ils ont menacé de passer un cran au-dessus. Ils n'hésiteront pas à faire des morts, ont-ils dit. Personnellement, je crois que c'est du folklore, des tentatives d'intimidation.

— L'ingénieur, lui, il doit pas penser que c'est du folklore.

— Moi, je penche plutôt pour des problèmes géologiques. Avec toutes ces rivières et ces sources souterraines, le sol est instable. En mouvement permanent. Du coup, ce serait bien que tu puisses revenir avec moi, vieux. On a besoin de tes lumières, là-bas.

En mouvement permanent… comme toute la planète, pense Kosta en soupirant. Ici, en Arabie, le désert est mouvant, mais c'est aussi l'air qui bouge dans la chaleur.

— Pas un avion ne décollera avant trois jours, à cause de cette tempête.

Et si aucun avion ne décollait plus jamais, ce serait encore mieux, se dit-il.

Depuis qu'il a quitté ses grands-parents maternels pour suivre ses études, il n'est jamais revenu dans sa région natale. C'est au-dessus de ses forces.

Après que Djol l'eut ramené à ses grands-parents, retrouvés grâce aux moines de Temska, un monastère voisin, Kosta avait repris le cours de sa vie de petit garçon, à une trentaine de kilomètres de Zavoï. Il avait des camarades, allait à l'école primaire et, devant ses résultats probants, on l'avait envoyé en internat au collège de la petite ville de Pirot, puis au lycée à Nis et, plus tard, à l'université à Belgrade, juste avant la guerre qui allait faire éclater la Yougoslavie.

Sa vie après le drame s'était déroulée comme celle d'un enfant puis d'un adolescent normaux, avec les premiers émois amoureux, les amitiés, les querelles, la découverte du tabac, de l'alcool, d'un peu de canabis, de saines transgressions qui ne font pas d'un homme un délinquant. La seule ombre avait été la mort de Hatsa. Au vu du lien indéfectible avec son jeune maître, ses grands-parents avaient décidé de le garder, de toute façon Jan n'aurait pas supporté une deuxième séparation. Sa disparition, à la veille du onzième anniversaire de Jan, fut terrible pour le garçon, qui prit alors pleine conscience de la mort et de son caractère irréversible. Jusque-là, il avait confusément cru que les membres de sa famille qui avaient succombé dans la catastrophe reviendraient un jour. Il comprenait maintenant qu'il ne les reverrait jamais.

Il avait lui-même creusé la tombe de son chien au pied d'un sapin, sur le terrain de ses grands-parents, et y avait planté une croix de sa fabrication où il avait gravé à *mon cher Hatsa*. Il venait de perdre un frère, un ami, son plus précieux gardien. Devant son refus de s'alimenter les jours suivants, ses grands-parents avaient fait venir une guérisseuse dont le magnétisme avait porté ses fruits. La mélancolie de Jan avait cédé la place au véritable deuil, jusqu'au jour où il avait pu évoquer Hatsa sans fondre en larmes et fleurir sa tombe sans s'écrouler sur le monticule de terre.

— C'est important, Kosta.

Les mots de Vladimir le ramènent à l'instant présent.

— Tu crois que je me serais déplacé pour tes beaux yeux, sinon ? D'autres centrales hydroélectriques sont en projet sur différents sites en Serbie. Ça s'inscrit dans la nouvelle politique énergétique du pays. Pour une transition en douceur, quoi qu'en disent les écolos. Avec toutes les rivières et les torrents de montagne, la terre des Balkans regorge d'énergie hydraulique. Mais je crains qu'à cause de la fragilité du sol, la centrale de Zavoï ne représente un réel danger. Elle se trouve sur une zone sismique. Ce qui s'est passé à cet endroit, autrefois, dont toi et ta famille…

— Je sais, coupe sèchement Kosta. J'ai toujours trouvé cette construction sur cette zone trop audacieuse et irréfléchie. Et je comprends le point de vue des opposants à votre centrale. Qu'est-ce que tu attends de moi au juste ?

— Il faudrait établir un diagnostic approfondi de l'état des sols et de la présence d'eaux souterraines qui peuvent contribuer à les fragiliser en précipitant l'érosion.

— En somme, tu comptes sur moi pour t'aider à faire fermer la centrale ? On t'a payé pour ça ? Je ne peux pas croire que tu sois prêt à sacrifier ton gagne-pain pour des nèfles.

— Je suis encore moins prêt à sacrifier des vies, Kosta. Des centaines ou des milliers de vies.

— Qu'est-ce que tu dis ?

— Tu as bien entendu. Outre celles des turbines, j'ai détecté des fissures anormales dans le béton du barrage. S'il cède, toute la vallée sera engloutie par une vague énorme. Ce sera une catastrophe bien plus meurtrière que la première. Ce n'est pas un village qui risque de disparaître, mais une dizaine au moins.

— Autrement dit, ça pue, ton histoire.

— Ce n'est pas mon histoire, c'est celle de ta région. Là où tu es né.

— Et là où je suis mort. Avec toute ma famille.

— C'est justement l'occasion d'empêcher que le même scénario se reproduise. Que d'autres familles entières soient décimées. Qu'il y ait d'autres Kosta…

— Tu n'ignores pas que j'ai un travail, ici…

— Oui, avec un salaire mensuel équivalent à notre salaire annuel, là-bas. Tu sais combien je gagne par mois ? Trois cents euros ! Avec un diplôme d'ingénieur en poche !

— Personne ne t'a empêché de partir, toi aussi.

Vladimir lance à Kosta un regard dépité.

— Personne ne t'a forcé à partir, soupire-t-il.

— Et, bien sûr, je suis le seul hydrogéologue à pouvoir établir le diagnostic. Et qui plus est, vivant à Dubaï. Tu ne pouvais pas en trouver un plus près ?

— J'ai confiance en tes compétences et… en ton intégrité.

— C'est bien la première fois que je t'entends dire ça.

— Je parle d'un point de vue professionnel. Alors, je te ramène au pays, vieux ?

Kosta se contente de tirer sur la cigarette qu'il vient d'allumer. Après quelques minutes d'un lourd silence, il se décide à répondre :

— Seulement si tu as de la bonne slivovitz dans ta cave.

— Terrible. Tu t’en souviendras encore dans ta tombe. Merci, camarade.

Kosta secoue la tête avec un sourire forcé. Sa tombe… il y est déjà, depuis plus de quarante ans. Un tombeau de boue dans lequel il se réveille chaque nuit en compagnie de ses démons, dans la froide pâleur de l’aube.

2

Comme les autres villages du massif de la Stara Planina, Zavoï, le plus en amont et isolé, appartenant au district de Pirot, vivait de ses troupeaux de moutons et de chèvres. Ils en tiraient de la laine, du cuir, du lait, des fromages, notamment une variété de Caşcaval qui avait même conquis la Maison Blanche. Pourtant, à la différence des autres villages, il prospérait grâce à une source qui le pourvoyait en eau. Elle faisait partie d'un ensemble de sept sources, dont quatre souterraines, issues d'une source mère s'écoulant des flancs du Midžor, un des sommets de la Stara Planina. Le plus haut de Serbie. Même en période de grande sécheresse, la source mère n'avait jamais tari. L'une des sept sources filles, surgissant d'une autre montagne, Babin Zub, la Dent de la Vieille, alimentait Zavoï et le monastère de Temska.

Outre sa pureté et sa richesse en minéraux, la source de Babin Zub possédait des vertus légendaires. Il se disait qu'en en buvant chaque jour, on vivait plus longtemps que la moyenne et en excellente santé. Les plus anciens ne paraissaient pas leur âge et les centenaires se multipliaient à Zavoï. On avait d'abord attribué ce phénomène à l'air de la Strara Planina, dite la Vieille Montagne, et à l'alimentation, proche du régime crétois. Mais les jeunes générations se nourrissaient de façon moins traditionnelle et semblaient jouir également de ces vertus extraordinaires. Personne ne tombait malade. À tel point que la rumeur se répandit jusqu'aux villes, attirant les convoitises sur cette eau exceptionnelle.

Un jour, s'étaient présentés au village deux hommes en 4 × 4 gris métallisé et costume rayé. Le plus âgé portait une cicatrice qui lui barrait l'œil droit et avait les cheveux aussi noirs et brillants que du goudron frais. Ils demandèrent à voir celui qui faisait office de chef ou de maire. Le grand-père de Jan, Mile Kostadinovic, les accueillit avec méfiance. Leur proposition provoqua un tollé immédiat et la fureur de Kostadinovic. Les deux types, des industriels, voulaient acheter la source miraculeuse comme on achète un vélo. Face au refus obstiné du vieux Kosta, les gars, du genre maffieux, proposèrent de racheter tout le village. Mais la somme était si dérisoire que tout le monde crut à une plaisanterie et éclata de rire. Les deux hommes, eux, ne plaisantaient pas et le prouvèrent en alignant sur la table l'équivalent de dix mille euros en liasses de billets. Le prix d'une voiture d'entrée de gamme ou d'occasion.

En guise de réponse, les villageois, Kostadinovic en tête, raccompagnèrent à coups d'injures les deux acolytes jusqu'à leur tank de luxe qui fut la cible de jets de pierres tandis qu'il s'éloignait sur le chemin cahoteux. Ils ne revinrent plus jamais dans le coin.

Kosta n'était pas encore né à l'époque. Il avait appris cette histoire bien après la catastrophe, de la bouche de ses grands-parents maternels, un jour qu'ils évoquaient le village sinistré.

Sur le chemin de la centrale, dans la Jeep de Vladimir, tout ça lui revient en même temps. Rien n'a vraiment changé en vingt ans, à part de nouvelles constructions le long de la route défoncée. Le caractère rude et paysan de la région est resté le même. Les chats squelettiques et les chiens errants couchés sur la chaussée, les chèvres qui traversent sans se presser, les anciens en tenue traditionnelle – les hommes, la tête coiffée d'une toque fourrée, et les femmes couvertes d'un fichu noué sous le menton – appuyés sur leur canne devant les maisons en torchis, accompagnant du regard les rares voitures et se demandant qui peut bien venir se perdre dans les parages alors que les jeunes ne pensent qu'à partir. Ici le temps s'est figé et les vieux attendent la mort.

Kosta et Vladimir ont décollé de Dubaï dès la reprise du trafic aérien. L'hydrogéologue a dû mentir à la direction de sa société en invoquant le décès brutal de sa grand-mère maternelle qui l'obligeait à se rendre en Serbie pour organiser les obsèques.

Durant presque tout le vol, il est resté muré dans son silence, répondant par bribes et distraitement à quelques questions de Vladimir, qui a fini par se plonger dans un journal récupéré sur le siège voisin.

Au décollage, Kosta avait les yeux rougis. Il ne s'est jamais séparé de sa fille plus d'une journée depuis sa naissance.

— Mon petit ange, papa part pour quelque temps, mais il va revenir, a-t-il dit à Fjona, en la serrant contre lui.

Quelques larmes finissaient de sécher sur ses joues rosies d'angelot. Jan ne supportait pas de voir sa fille pleurer. Et encore moins à cause de lui.

— Sois vigilante, qu'il ne lui arrive rien… a-t-il averti Jasna en la saluant d'un baiser froid avant de fermer la porte.

— Sinon ? Hein, sinon quoi ?

Les mots de Jasna ont traversé le blindage de la porte et sont venus se planter tels des poignards dans le dos de Kosta tandis qu'il se dirigeait vers les ascenseurs. Vladimir, descendu avant pour les laisser à leurs adieux en famille, l'attendait dans le vaste hall en marbre, dorures et glaces.

Comment deux êtres qui se sont aimés au premier regard puis des années durant peuvent-ils en arriver là ? Quel mauvais génie a pris le relais de Cupidon et s'amuse ainsi à détruire les couples ?

En réalité, se dit Kosta, inutile de chercher midi à quatorze heures, les mauvais génies, c'est nous, tout simplement. Nous détruisons le bonheur que nous avons construit parce qu'il s'est peu à peu transformé en ennui. Un ennui mortel qu'on se renvoie l'un à l'autre chaque jour comme dans un miroir. Ou à la gueule, comme une faute.

Arrivés à Belgrade aux alentours de midi, ils ont récupéré la Jeep de Vladimir sur le parking de l'aéroport et se sont mis en route pour la centrale. Un trajet d'environ quatre heures. Aux alentours de 14 h 30, ils ont fait une pause bière et sandwich sur une aire aménagée, juste après Nis où Jan a passé ses années de lycée et où il a des souvenirs d'escapades dans la sinistre tour que les Turcs ont bâtie avec les crânes des Serbes au moment de l'invasion de la Serbie par les Ottomans. Kosta en a profité pour tenter de joindre Jasna afin de vérifier si tout se passait bien, mais elle n'a pas décroché. Il est trois heures de plus à Dubaï, elle est sans doute en route pour la garderie, s'est-il dit pour se rassurer.

Ils ont emprunté l'A1 et l'A4 en direction du lac de Zavoï, puis la route 221 jusqu'au barrage. Cette même route, de Nis vers le village de ses grands-parents, qu'il faisait en bus tous les week-ends, heureux de retrouver un semblant de vie familiale. À quelques kilomètres de l'ancien Zavoï, la route passe à côté du monastère de Temska, un ensemble de bâtiments aux tuiles rouges, semblable à une grande ferme, construit en pierre de la région, la façade blanchie à la chaux.

À partir du monastère, la route menant au barrage se transforme peu à peu en route de montagne qui grimpe, étroite et sinueuse, comme taillée dans la roche. Au détour d'un virage, surgit le lac s'étirant en S, là où se trouvait autrefois Zavoï. Enseveli sous des mètres cubes d'eau.

Dans la perspective de l'implantation de la centrale, le lac naturel qui s'était formé à l'issue du glissement de terrain a été asséché et remplacé par un lac artificiel. L'assèchement a mis au jour les restes du village, des maisons en ruine que les bulldozers ont rasées. De Zavoï, seul demeure l'écho douloureux du passé.

On dit que les nuits de pleine lune, on peut voir s'élever dans la brume, au-dessus de la surface de l'eau, les ruines du village, et qu'on entend les hurlements de ceux qui ont trouvé la mort dans la catastrophe. Les survivants n'y sont jamais retournés, mais ont mis toutes leurs forces dans la reconstruction d'un Novi Zavoï – Nouveau Zavoï – sur les hauteurs de la rivière Viso pour y commencer une nouvelle vie.

À la vue du lac artificiel, depuis la route qui mène à la centrale, la poitrine de Kosta se contracte. Dans ses veines coule toujours un mélange d'eau et de boue. La réponse qu'il a sans cesse voulu trouver, mais qu'il n'a pas eu la force de venir chercher, est enfouie là, dans ce sol, dans le ventre de la Vieille Montagne. Peut-être le temps est-il enfin venu de lui demander des comptes.

Le lac de Zavoï. Étendue d'eau nichée au beau milieu d'un relief ciselé, serpentant entre les arêtes et les pics montagneux, d'une teinte presque turquoise, la surface lisse, à peine ridée par le sillage de quelques bateaux. Comme s'il avait toujours été là et que Zavoï n'avait jamais existé.

À une extrémité de la réserve d'eau, trône la centrale hydroélectrique aux airs de bunker. Comme le rappelait Vladimir, un projet jugé insensé et dangereux par ses opposants, mais une source importante d'électricité pour ses partisans, la centrale ayant été élaborée selon le principe du barrage de rétention, le plus producteur en énergie. Par ce système, l'eau du lac se déverse dans des conduites forcées pour être dirigée vers la centrale. Ce type de barrage, s'il vient à céder, occasionne des dégâts considérables, songe Kosta.

À sa demande, ils viennent de s'arrêter sur un petit parking panoramique. Portable à la main, Kosta sort de la Jeep et se poste au-dessus du vide, face au lac et aux montagnes. Si l'ombre du drame de Zavoï ne planait pas au-dessus de ce paysage, sa beauté l'emporterait. Mais Kosta ne le voit pas du même regard que ce couple de touristes, arrêtés eux aussi, qui mitraillent sans peut-être même savoir que ce paysage a été le théâtre d'une tragédie ayant causé la mort d'au moins deux cents villageois.

Il est à peine dix heures du matin, l'air d'avril est encore frais, pourtant la sueur perle sur le front de Kosta. Une tonsure naturelle commençant à s'élargir sur le sommet du crâne, il a pris les devants en se rasant les cheveux. On ne devine sa blondeur que sur les tempes. Avec ses yeux d'un vert pâle tirant sur le gris et ses pattes d'oie qui sillonnent une peau hâlée par le soleil d'Arabie, à presque quarante-cinq ans, Kosta est un homme plutôt séduisant. Les femmes sont nombreuses à trouver à leur goût son corps d'1,85 mètre entretenu par des séances de musculation dans un club en bas de leur tour. Mais leurs avances restent vaines. Kosta n'est pas un coureur, même dans la tempête qui secoue son couple depuis quelque temps.

Il essaie une nouvelle fois de joindre Jasna. Elle répond au bout d'une dizaine de tonalités.

— Je voulais te dire que tout est OK. Et Fjona ?

— Ta fille va bien.

— Je peux lui parler ?

Un silence au bout du fil.

— Jasna ? Je voudrais parler à Fjona…

— Elle est encore à la garderie.

— J'ai cru que ça avait coupé. Désolé de t'avoir parlé un peu sèchement avant de partir.

— « Un peu sèchement » ? Laisse-moi rire ! C'était une menace à peine voilée… Il faut que tu arrêtes avec cette obsession qu'il lui arrive quelque chose ! J'en peux plus, Kosta, tu entends, j'en peux plus…

La voix de Jasna s'étrangle. À cette distance, il se sent impuissant, démuni. Les mots de réconfort ne viennent pas.

— Je dois te laisser, Vlada m'attend. Je te rappelle dès que je peux. Embrasse Fjona.

Il raccroche, pris d'une forte envie de balancer le smartphone dans le vide. Le soleil plonge dans ses yeux. Le doux soleil de Serbie, qui sait être rude en été. Le soleil de la montagne qu'il a à peine connue.

Il allait parfois sur Babin Zub avec son grand-père, qui voulait lui apprendre la nature, la faune, la flore. Il est mort il y a plus de dix ans, alors que Kosta venait d'intégrer son poste. Il n'a même pas pu se rendre à l'enterrement. Il a d'abord continué d'envoyer une carte à sa grand-mère pour les grandes occasions, l'assurant qu'il ne l'oubliait pas, puis il a cessé. Aujourd'hui, si elle est encore vivante, Kosta évalue son âge à quatre-vingt-dix ans, au moins. En réalité, ni elle ni le grand-père ne se sont jamais vraiment remis de la disparition de leur fille dans la catastrophe. Eux aussi étaient des survivants.

À l'époque, leur petit-fils rescapé ne leur a rien dit de sa rencontre avec le cadavre de sa mère flottant sur le lac. Il ne pouvait tout simplement pas en parler. Voulait garder son secret. Juste lui et sa mère. Vera. Un prénom qui, en serbe, signifie la foi. Mais la foi, il l'avait perdue.

Mama… Les lèvres de Kosta, debout face au soleil et au lac, remuent sur ce mot sans qu'il s'en rende compte, absorbé dans ses pensées. *Mama.* Un mot qui a sombré à jamais au fond de l'eau.

— Quand tu penses que Zavoï signifie pansement…, dit-il. Pourquoi ce nom ? Pour panser quelles plaies… ?

— Kosta, il y a une chose dont je ne t'ai pas parlé.

La voix tendue de Vladimir derrière lui. Kosta se retourne vers l'ingénieur.

— Je dois te prévenir avant qu'on arrive.

— Qu'est-ce que tu m'as caché ?

— Il s'est passé des trucs, à la centrale, il y a quelque temps. Des trucs bizarres.

— Explique, dit Kosta en allumant une deuxième cigarette.

— L'atmosphère est devenue électrique. Certains membres du personnel ont eu des comportements agressifs. Vraiment agressifs, avec des passages à l'acte. Plusieurs bagarres ont éclaté, une au moins déclenchée par une crise hallucinatoire d'un des ouvriers. Et comme Plavic, le directeur, est souvent absent, je me suis retrouvé en première ligne à devoir gérer les différends et les humeurs de chacun.

— Et en ton absence, qui gère ?

— Le délégué du personnel, Peric. Du haut de ses deux mètres, il en impose.

— Il a pas pété les plombs, lui ?

— Il était un peu plus nerveux que d'habitude, sans doute à cause de la charge de travail, en plus des problèmes avec le personnel.

— Et toi ? Ça va ?

— Comment ça ?

— Ben, ton comportement n'a pas changé ? T'as pas les canines qui poussent ?

Vladimir éclate de rire.

— Bonne question. Pour les canines, c'est pas faux. Pour le reste, peut-être que je ne m'en suis pas rendu compte. Mais je ne pense pas. Sladjana me l'aurait dit.

— Sladjana ?

— Oui, ma femme…

— Ah… Félicitations.

— Ça fait bientôt dix ans.

— Félicitations quand même. Tes employés, ils picolent peut-être, non ? Surtout si la slivovitz est aussi « terrible » que tu le dis.

— C'est ce que j'ai pensé. Vivre en vase clos avec ses collègues, loin de sa famille, de sa femme, de ses gosses, c'est pas toujours évident.

Kosta comprend que Vladimir sait de quoi il parle.

— Mais j'ai questionné des copains basés dans d'autres centrales du même type et tout aussi isolées. Ils m'ont dit que tout est normal chez eux, malgré le penchant de certains pour l'alcool pendant les pauses ou après leur boulot. J'en ai conclu que ce qui s'est passé était propre à ce lieu. Alors j'ai passé au crible toutes les hypothèses. Même les plus irrationnelles et les plus farfelues.

— Comme ?

— Une… sorte de malédiction. Dingue, non ? Surtout pour un esprit aussi cartésien que le mien… D'autant qu'un employé disait voir le diable.

La fumée qui sort de ses narines donne à Kosta l'air d'un taureau prêt à en découdre.

— Carrément ? lâche-t-il en même temps qu'une autre bouffée.

— Le site serait hanté, à ce qu'on dit. Des histoires

de bonne femme, riposte Vladimir d'un geste impatient de la main. Tu y crois, toi?

— Moi, non, mais certains peuvent s'en servir. Depuis le début, cette centrale est comme un cheveu sur la soupe. De son côté, si la nature ne veut pas d'une intrusion, elle a toujours le dernier mot. Et tes autres hypothèses plus… recevables?

— Des polluants chimiques ou métaux lourds qui entrent dans la fabrication de pesticides. Certains produits, des engrais, également perturbateurs endocriniens. Il y en a même qui peuvent provoquer des hallucinations et des états dépressifs à force d'accumulation dans l'organisme. Un des principaux vecteurs de ce type de contamination est l'eau. Alors, en accord avec Plavic, j'ai condamné momentanément toutes les arrivées d'eau et fait venir une citerne. On dirait que ça a marché, tout est redevenu à peu près normal. Mais, justement, je voudrais que tu vérifies si ça venait bien de l'eau. Tu es peut-être au courant que la centrale se fournit à la source de Babin Zub, celle qui alimentait Zavoï.

Kosta serre les dents sur le filtre de la cigarette presque consumée. La source, la sève du village, transformée en source de démence?

— Je sais que ça doit raviver des souvenirs… s'excuse Vladimir.

— De ma vie avant la catastrophe, je n'en ai pratiquement aucun, si ça peut te soulager. Et vous étiez les seuls à tirer cette eau?

— J'ai pensé que ceux de Novi Zavoï, le nouveau village, puisaient leur eau potable de la même source, mais non. Ils ont préféré creuser des puits, vu que la centrale ne produit de l'eau et de l'électricité qu'à destination des villages en aval de la Viso, ceux qui se trouvent dans la vallée.

— S'il n'y a pas eu de changement, il me semble qu'au monastère de Temska, à l'époque, les moines se fournissaient en eau de source de Babin Zub, se rappelle Kosta. Gamin, je m'y arrêtais, de temps en temps. Un des moines me donnait à boire avec du slatko de cerises et me disait que c'était une eau spéciale. Une eau qui allongeait la vie et maintenait en bonne santé. Alors ça m'étonnerait que le problème vienne de la source. Je pourrais y retourner et enquêter auprès des moines.

— Sauf que même les sources les plus pures peuvent être contaminées aujourd'hui, répond Vladimir en remontant dans la Jeep. Si tu veux retourner au monastère faire une petite enquête, tu dois savoir une chose… les moines… sont partis. Dans les bâtiments s'est ouvert un sanatorium-institut psychiatrique.

3

C'est comme une boule de billard qui se serait coincée dans la gorge.

La plupart des moines auxquels Kosta rendait visite étaient âgés à l'époque et ne devaient plus être de ce monde ; mais il y en avait forcément qui étaient encore vivants.

— L'ensemble a été aménagé dans les bâtisses d'origine, avec en plus quelques pavillons gris en béton. C'est assez moche, enchaîne Vladimir.

— Tu es allé voir ? demande Kosta d'une voix altérée.

— J'ai juste vu des photos sur Internet.

— Et tu sais quand et pourquoi ils ont fermé le monastère ?

— Il y a presque un an. Je ne peux pas t'en dire davantage.

Arrivé devant les bâtiments de la centrale où une femme en blouse bleu vif, les traits tirés, fait les cent pas en fumant une Slim, Vladimir tire le frein dans un gémissement de gomme sur le gravier. Avant de descendre de la Jeep, il sort de la boîte à gants un objet enveloppé dans du papier journal qu'il remet discrètement entre les mains de Kosta.

— Tiens, ça peut te servir, ici ou dans la montagne. Tu me le rendras à ton retour.

— Un flingue ?

— Oui, un vieux souvenir de guerre. Sig Sauer 9 mm. Attention, il est chargé et il y a une boîte de munitions avec. Même si ça s'est calmé dans le coin, on ne sait jamais.

— Et toi ?

— J'ai son frère jumeau dans mon logement de fonction.

— C'est pas vraiment ma came…

— Je t'apprendrai, tu verras, c'est simple. Bien plus qu'il n'y paraît. Il suffit d'être motivé.

Kosta ne s'est jamais servi d'une arme et n'est pas vraiment motivé pour commencer un jour. Après une hésitation, il finit par prendre le pistolet et la boîte, et les glisse dans la grande poche intérieure de sa parka doublée.

— Tanja, je te présente Jan Kostadinovic, l'hydrogéologue venu de Dubaï. On l'appelle Kosta, lance Vladimir en claquant la portière.

Jan serre la main tendue de la femme aux cheveux platine ramassés en chignon et au décolleté plongeant sous sa blouse. Elle doit être plus près de cinquante ans que de quarante, se dit-il. Malgré l'ombre d'une moustache sur la lèvre supérieure, elle n'en est pas moins une belle femme aux yeux verts et à la mâchoire puissante, digne des tempéraments affirmés et volontaires.

— Je sais, le petit Kosta de Zavoï. Le plus jeune des survivants de la catastrophe. Une vraie légende, dans la région, surtout après ton départ pour une autre vie, dit-elle.

La légende vivante et Vladimir ont l'air surpris.

— Et te voilà de retour, ajoute-t-elle en s'éloignant… Bienvenue en enfer.

— En enfer… rien que ça, lâche Kosta entre ses dents. Pour revenir à cet institut psychiatrique, pourquoi précisément à Temska ?

La question lui brûle la bouche depuis que Vladimir lui a appris la nouvelle.

— L'article que j'ai lu dit juste que l'institut est spécialisé dans des maladies psychiatriques rares engendrées par un violent traumatisme. Délires paranoïaques et hallucinatoires, schizophrénies, paraphrénies, dépressions et mélancolies profondes.

— Paraphrénies ?

— Un genre de psychose hallucinatoire. Ceux qui en sont atteints se prennent pour des prophètes, disent communiquer par télépathie, sur fond de crises paranoïaques.

— C'est bizarre que l'article ne précise pas ce que sont devenus les moines.

— Sans doute ont-ils été déplacés, et ils ont voulu garder leur nouveau repaire secret. Temska était devenu très touristique. On y venait des quatre coins du pays. Ils ont voulu partir, pour être plus tranquilles.

— Je tâcherai de savoir où. La turbine, tu me montres ?

— OK, et après on ira boire un café. Tu sais, vieux, j'ai vécu la guerre, j'ai vu des choses terribles, des femmes et des enfants se faire massacrer, des potes tomber devant moi ou se faire déchiqueter en sautant sur une mine, et pourtant, tu ne vas pas me croire, mais aucune de toutes ces horreurs ne m'a laissé l'impression de solitude et d'égarement que j'éprouve ici depuis que… ça a dégénéré. J'ai le sentiment d'une chose qu'on ne peut pas maîtriser. Un truc invisible, tu comprends ? Qui se répand, comme une maladie contagieuse, un mal inconnu. Un virus dans le système, qui attaque le cerveau. Ils étaient sur le point de devenir fous les uns après les autres. Qui sait si ça ne va pas recommencer… Désolé, vieux, vraiment désolé.

T'es désolé et tu m'as quand même fait venir dans ce merdier, a envie de lui répondre Kosta, mais il s'abstient. Vlada lui fait pitié, au fond, autant qu'il lui inspire un vrai respect. Celui qu'on peut ressentir devant un vétéran, devant un homme qui a vécu et survécu à la pire invention de l'homme – la guerre.

Tout comme son vieil ami, Kosta veut découvrir l'origine de ce mal qui gangrène les esprits des employés de la centrale. Une démence contagieuse ? D'où peut-elle provenir ? Ce sol renferme-t-il des germes, des bactéries responsables d'une forme d'encéphalite ? L'eau pourrait-elle être la source d'une mystérieuse contamination ? Y aurait-il une pollution aérienne ? Des particules apportées par le vent, comme le sable à Dubaï, dans lesquelles se cacherait un mal inconnu…

— J'ai même pensé aux glaciers, lâche Vladimir, tandis qu'ils marchent en direction de la salle des machines. Les montagnes du Grand Balkan sont de moyenne altitude et leurs glaciers fondent encore plus vite qu'ailleurs. À court d'hypothèses, je me suis dit qu'ils pouvaient contenir des virus ou des parasites millénaires conservés dans la glace qui, libérés lors de la fonte, se sont mêlés aux eaux de source et ont contaminé la nôtre. Peut-être une nouvelle forme de rage humaine est-elle en train de s'étendre…

— Tu regardes trop de films. La réalité dépasse souvent la fiction, mais là, on est en pleine farce ! rétorque Kosta. Si c'est vraiment l'eau de la source, il faudra comprendre pourquoi et, si elle est devenue mauvaise, la tarir.

— J'attends les résultats d'analyses d'échantillons d'eau prélevée ici, au robinet. Mais ça risque d'être un peu long. Tu feras d'autres prélèvements à la source de la Dent. Si l'eau en amont n'est pas contaminée par une bactérie ou des produits chimiques, ça peut provenir des tuyaux de la centrale.

— Tu n'as pas pu envoyer quelqu'un prélever des échantillons dans la montagne, si c'est que ça ?

— Personne, ici, ne possède tes connaissances en matière d'eau… et le terrain naturel n'est pas trop mon domaine. Je suis plus à l'aise avec des machines. D'ailleurs, c'est ici.

Les deux hommes entrent dans la salle éclairée au néon où il fait une chaleur étouffante. Deux employés en combinaison bleue s'affairent dans le ronronnement des machines. Vladimir passe en revue les turbines une à une. S'arrête devant la 4. La fissure est visible, menaçante, effrayante même.

— Voilà la malade. Elle est bien mal en point. La réparation est prévue pour demain.

Kosta s'approche et inspecte la faille.

— Les machines font l'objet d'une maintenance régulière ?

— Pour tout te dire, non. Trop cher. Et ce n'est pas tout. Viens voir.

Cette fois, Vladimir emmène Kosta examiner le béton du barrage à l'extérieur. Strié de lézardes comme autant de coupures sur la peau. Kosta se tourne vers l'ingénieur en chef.

— Ça sent mauvais, vieux... Ces fissures sont sans doute dues à des secousses sismiques ou à des mouvements du sol, et cette centrale n'a que trois ans !

Pour que Vladimir l'entende, il est presque obligé de crier.

— Si tu peux m'en dire plus que ce que nous savons, ici, sur ce sol...

Kosta passe une main sur son crâne rasé.

— Je vais essayer, mais sans rien te promettre. Ce qu'on voit est déjà suffisant pour dire que ce barrage est potentiellement dangereux.

Vladimir lui lance un regard consterné.

— Tu penses qu'il faudra évacuer la centrale ?

— Elle a été en partie construite avec des fonds privés, dit Kosta. En grattant au maximum sur les dépenses, quitte à utiliser des matériaux de merde sur un terrain sismique ! Ça se voit au premier coup d'œil. Elle met en danger la vie du personnel, mais aussi celle des habitants de toute la vallée !

— Tu comprends mieux pourquoi je me suis tapé tout ce voyage pour te ramener... Et ça m'a aussi permis de réfléchir au calme. Parce qu'ici...

Lui faisant signe de s'éloigner un peu des chutes, Vladimir s'arrête dans le soleil déclinant.

— Il y a déjà eu un glissement de terrain, reprend l'ingénieur en chef, il peut très bien s'en produire un autre. Je sais combien est complexe l'hydromécanique des sols. Celui de la montagne renferme un véritable réseau de sources souterraines. L'eau arrivera toujours à se frayer un passage, même dans la roche. Si vraiment, d'après ton rapport, le site présente un danger réel, la centrale sera condamnée, alors qu'elle fournit en électricité et en eau toute la vallée… La fermer ne sera pas si simple. Peut-être que… si ton rapport est… on va dire… édulcoré, sa fermeture pourra être repoussée.

Le visage de Kosta s'assombrit instantanément.

— Tu me demandes quoi, là, Vladimir ? De truquer mon expertise ? Ça vient de ta hiérarchie ?

Vlada acquiesce en soupirant et lance à Kosta un regard de chien battu.

— Officiellement, on demande une expertise, histoire de calmer les opposants à la centrale. Mais ce serait bien que le diagnostic ne soit pas alarmant et ne nous contraigne pas à la fermer. Plus de quarante emplois sauteraient, ici… dont le mien. Et on a tous une famille, des crédits, des enfants, les études… tu comprends, vieux ? Je sais, tu vas me dire que ce n'est rien comparé aux milliers de morts si le barrage cède sous la poussée de l'eau. Mais on a besoin de travailler, et la vallée a besoin d'eau et d'électricité. On a déjà vu des barrages plus vétustes résister. Tu saisis ?

Mais Kosta ne répond rien et se contente de serrer les dents. Il se sent trahi.

Pendant ce temps, dans la salle des turbines, un craquement se fond au vrombissement des machines. Après la 4, c'est la 6 qui se fissure et de l'eau commence à s'en échapper dans un lent goutte-à-goutte.

4

Il sent qu'il étouffe encore, la bouche remplie de cette vase infâme dont l'odeur lui envahit le cerveau. Mais comme toujours, il se réveille au moment où l'air lui manque. Le t-shirt trempé, plaqué sur sa peau, il se redresse dans le lit d'appoint que Vladimir lui a déplié dans le salon de son logement de fonction. Le sommier métallique grince à chaque mouvement. Kosta n'étant pas un poids léger, il s'y enfonce, à presque toucher le parquet.

Il regarde l'heure à sa montre, se lève et se dirige vers la salle de bains en s'éclairant avec l'écran allumé de son smartphone. Penché devant la glace, au-dessus du lavabo, il s'asperge le crâne et le visage d'eau froide prise dans un bidon et s'ébroue en crachant par le nez et la bouche. Toujours le même rituel à accomplir pour se débarrasser de toute cette bourbe accumulée à l'intérieur.

Il s'est couché tôt et sans dîner, les aveux de Vladimir lui ayant coupé l'appétit.

De retour au salon, il enfile son jean par-dessus son caleçon, un pull et sa parka militaire d'expédition, chausse ses Caterpillar et sort respirer. Même si le ciel s'éclaircit peu à peu, l'air est encore glacial, il sent la montagne et la roche. Un air coupant, bistre, si différent de l'atmosphère épaisse et huileuse de Dubaï.

Il tire un paquet de cigarettes de sa poche, en prend une et l'allume dans un claquement sec de briquet tempête. Le tabac grillé au fond de ses poumons le rassérène. La cigarette électronique, cette espèce d'ersatz chimique de l'originale au goût incomparable, n'est pas pour lui.

Il remonte vers le barrage en aspirant des bouffées successives. Bientôt le crissement de ses semelles crantées sur les cailloux est couvert par le bruit assourdissant de l'eau.

Toute cette masse… si le barrage venait à se rompre… pense-t-il, le regard rivé au bloc sombre qui se détache sur les premières lueurs du jour. Le soleil émergera bientôt à l'extrémité du lac. Tout est si bien fait, si précis, régulier, dans cette nature, se dit Kosta. La nature aime la précision et la régularité. Parfois, des accidents viennent briser cet équilibre. Puis tout finit par se remettre en place.

Arrivé à hauteur du barrage, Kosta peut voir le lac, immense réserve d'eau. Si la centrale venait à fermer à cause de l'instabilité des sols, il faudrait une autre source de production d'électricité. On se tournerait sans doute vers le nucléaire ou le solaire, la solution la meilleure mais la plus coûteuse pour la région.

En pensant à ce projet réalisé de façon aussi approximative, là encore au nom du profit, Kosta serre les mâchoires et enfonce ses poings fermés dans ses poches. Bande de fumiers…

— Ça va, vieux ?

La voix de Vlada le fait légèrement sursauter. Il se retourne vers son ami, le visage tendu.

— Un putain de cauchemar qui me poursuit.

Le reste de la matinée est consacré aux présentations avec les employés de la centrale. Le directeur Plavic est toujours en voyage d'affaires. Abandon étrange et incongru, vu la gravité de la situation, se dit Kosta. Un peu plus tard, il assiste à une réunion d'urgence après qu'un des employés a découvert la fissure qui s'est subitement formée sur la turbine 6. La fuite est aussitôt colmatée en attendant les réparations.

Vers 19 heures, alors que la nuit est tombée depuis longtemps, Vladimir et Kosta rentrent affamés, s'étant contentés de pain, de fromage et d'une bière à midi. Ils dînent dans la cuisine de l'ingénieur, avec au menu de la sarma, feuilles de chou farcies de riz et de viande fumée hachée à la sauce paprika, préparée par Sladjana. Le tout arrosé d'un petit vin rouge du pays.

Ces goûts me manquent, se dit Kosta en fermant les yeux à chaque bouchée.

Les plats traditionnels que sa grand-mère cuisinait à merveille lui reviennent à l'esprit. Jasna n'ayant aucun talent culinaire, ils consomment des barquettes industrielles ou des surgelés réchauffés au micro-ondes. Mais ce régime alimentaire l'inquiète pour la santé de Fjona, alors, les week-ends, il ramène des légumes et de la viande – poulet, mouton – et se lance en cuisine. Quand il a moins le temps, il essaie de faire du riz ou des pâtes à la bolognaise, que Fjona adore.

Vient le moment sacré du café, et la véritable détente. Boire le café turc est tout un art. L'art de la patience. Savoir prendre le temps de le préparer et celui de le déguster. Savourer le breuvage sans précipitation, pour ne pas avoir la bouche pleine de marc. Une fois le café bu, certaines femmes retournent la tasse sur une soucoupe et attendent quelques minutes, pour laisser l'avenir y prendre forme. Ces fines interprètes du marc de café se trompent rarement. On peut tout y voir. La vie comme la mort, les naissances comme les maladies ou les décès, les mariages et les ruptures, la réussite et l'échec.

Kosta s'est contenté de boire le sien accompagné d'une cigarette, sans interroger l'avenir. Juste sentir le goût de sa terre dans la bouche. Cela faisait si longtemps.

Il a profité de cette intimité autour de la table pour parler à son ami du cauchemar qui l'habite depuis la tragédie de Zavoï. Sa réapparition pour les trois ans de Fjona, d'une régularité épuisante après des années de répit, qui correspond aussi à l'appel de la montagne. Car c'est bien de cela qu'il s'agit, il en est persuadé. La montagne l'appelle en lui envoyant son messager. Ça, il ne le dit pas à Vladimir, qui ne comprendrait peut-être pas ce qu'il ressent vraiment et commencerait à douter de sa santé mentale à lui aussi.

— C'est à cause de ce cauchemar que tu es sorti prendre l'air ?

— Oui… pour respirer. Et réfléchir. Je pense partir sur le terrain dès demain matin.

Vlada se racle la gorge d'un air gêné.

— Tu ne peux pas repousser à après-demain ?

— Pourquoi attendre ?

— En fait... j'ai une amie journaliste qui suit de près l'affaire de la centrale, depuis son projet jusqu'à sa construction. Elle s'est passionnée pour tout ce qui s'est passé ici, a recueilli des infos que personne n'a eues et les a compilées dans un document exceptionnel, avec de vieilles photos mais aussi avec celles qu'elle a faites elle-même.

— Et ?

— Je lui ai parlé de toi, de ta venue, sans trop m'avancer. Elle aimerait te rencontrer, mais pas seulement. T'accompagner pour faire un reportage qui étofferait son dossier. Elle devait arriver aujourd'hui, mais elle a dû décaler à demain. En plus, elle est canon. Brune, enfin, blonde depuis qu'elle s'est décoloré les cheveux, récemment célibataire, roulée comme une...

— Tu me fais l'article ou quoi ? On dirait un baratin pour site de rencontres. Je ne veux pas m'embarrasser de quelqu'un dans mon boulot. Tu peux donc la rappeler, lui dire de pas se fatiguer et de rester à Belgrade.

— C'est une bombe, je te dis, Kosta ! Enfin, son dossier sur le glissement de terrain est une bombe.

— Je vois, mais ce que je vois moins bien, c'est pourquoi tu me fiches une nana dans les pattes. T'as peur que je m'ennuie, là-haut ?

— Non, mais elle a de solides notions de spéléo.

— J'ai pas besoin de leçons de spéléo.

— Kosta... Crois-moi... tu ne regretteras pas la

compagnie de cette fille. Et c'est toujours bon d'avoir des journalistes de son côté.

— T'es vraiment trop naïf, Vlada. Il y a pas plus fouille-merde. Et ce sont aussi les rois de l'approximation.

— Pas elle. Marija est une excellente journaliste. Qui sait garder son indépendance et sa liberté.

— C'est ce qu'on verra.

— Merci, vieux !

— Ne me remercie pas encore. Je la vois et te dis après.

Sur ces mots, l'ingénieur décoche à Kosta un petit sourire entendu et presque triomphant. Parce que cette nouvelle victoire, il est certain de la remporter…

5

Jusqu'à l'arrivée de la journaliste le lendemain vers 15 heures, au volant de ce que Kosta appelle un suppositoire d'autobus, Vladimir a inspecté les turbines restantes et supervisé de nouvelles réparations, tandis que l'hydrogéologue vérifiait son matériel, station de données, sondes, enregistreur de niveau de nappes, débitmètre, échantillonneur, casque, frontale, harnais, cordes, couteau, treuil, échelle, altimètre, chaussures de spéléo, canoë gonflable, rames, sac à dos, lampe torche, sans oublier l'igloo en toile, le réchaud, la recharge de gaz, quelques conserves, des bouteilles d'eau et des canettes de bière achetées en route dans une station essence.

Quand il a vu arriver la Fiat mini blanche suivie d'un nuage de poussière, il n'a pas pu s'empêcher de sourire. Ce n'est pas dans cette boîte de conserve que tiendrait un matériel de spéléo digne de ce nom, se dit-il. Sans équipement, il est hors de question qu'elle vienne avec lui. Le contre-argument est tout trouvé.

Mais, sortant de la boîte, après une brève étreinte avec Vladimir, le contre-argument a tendu la main à Kosta et fixé sur lui ses deux prunelles sombres qui lui ont fait détourner le regard. Avec ses formes généreuses, un sourire charismatique comme si elle voulait avaler le monde à pleines dents, des yeux vifs de marmotte aux longs cils noirs, des pommettes hautes et une bouche qui donne envie de l'embrasser, Marija a ce qu'on appelle du chien. Son visage est celui d'une Serbe mâtinée de type oriental aux lointaines origines bosniaques, alternant entre désarmante douceur et dureté imprévisible. Un mélange qui séduit au premier regard. Inévitablement, tandis qu'ils échangeaient une poignée de main, Kosta s'est senti jaugé, scruté par Vladimir, guettant un signe de faiblesse.

En montagne, les journées d'avril ne sont pas encore très longues et celle-ci touche déjà à sa fin dans un soleil mourant du côté de la centrale, dans des coulées de lave incandescente. Kosta s'est arrangé pour être assez occupé et fuir la compagnie de Vladimir et de Marija qu'il a laissés parler entre eux. Il a même songé un instant rendre visite à sa grand-mère dans la vallée, puis a renoncé, pour ne pas l'inquiéter avant son retour de la montagne. Elle l'aurait attendu, peut-être en vain, s'il n'avait pas eu le temps de retourner la voir.

Quand Kosta rentre chez Vladimir après une nouvelle inspection du barrage et quelques cigarettes, Marija et l'ingénieur sont assis à table devant une bière blonde, une de ces bières du pays insipides mais légères dont on peut boire un litre sans éprouver d'ivresse.

— Prends-toi une bière dans le réfrigérateur et

viens t'asseoir, dit Vladimir avec un clin d'œil. On va bientôt dîner. Il y a la sarma à finir.

Kosta s'exécute et s'installe sur un tabouret, sans un regard pour la journaliste. La table en formica est recouverte d'une toile cirée aux motifs en kilim. La « kitscherie » serbe à son comble, pense Jan dont la vie luxueuse à Dubaï l'a éloigné de la ruralité naïve de sa terre natale, même si ses goûts sont restés simples.

— Alors, cette inspection ? Tu as vu quelque chose de nouveau ?

Avant de répondre, Kosta pulvérise le bouchon de la bouteille d'un coup de briquet et avale une longue rasade avec la même avidité que s'il n'avait rien bu depuis des jours. Il repose la bouteille dans un claquement sec. Son alliance en or brille à son annulaire droit, dans la pure tradition des mariages orthodoxes.

— Rien qui ait retenu mon attention.

Ce qu'il ne dira pas, c'est qu'il a cherché, en vain, la rive du lac où les deux types au canot l'ont abandonné. L'ancien lac naturel a été asséché et remplacé par celui-ci, la végétation a poussé abondamment, et il n'a pas reconnu les lieux, même en essayant de s'orienter par rapport aux montagnes.

Le dîner se passe à engloutir ce qui reste de la sarma de Sladjana et à évoquer la situation politique du pays, ses dirigeants nationalistes et corrompus, la menace d'une nouvelle guerre au Kosovo, le coming out médiatisé de la première ministre qui s'est jointe à la dernière Pride. Au moment de se coucher, Kosta propose de s'installer sur le fauteuil du salon avec un duvet. Devant les protestations de

Vladimir, il finit par accepter un matelas gonflable dans la chambre de son ami pour laisser le lit d'appoint à Marija.

La journaliste occupant la salle de bains et Vlada faisant la vaisselle, Kosta sort fumer une dernière cigarette. Il est presque minuit et les nuages de la soirée se sont écartés sur une lune pleine et ronde, étonnamment proche. Le vent est tombé et pourtant, la fraîcheur nocturne que renvoie la montagne n'incite pas à trop s'attarder dehors. Prévoyant, coiffé d'un bonnet, Kosta a enfilé sa parka et a enroulé son chèche autour du cou. Comme il l'a fait la veille à l'aube, cigarette à la main, il remonte vers la crête du barrage admirer le reflet de la lune sur l'eau, semblable à de l'or liquide.

Une brume filandreuse et légèrement phosphorescente recouvre le lac. Saisi par le spectacle, Kosta allume machinalement une deuxième cigarette sans le quitter des yeux. Des clapotis furtifs trahissent la présence de poissons en quête de nourriture.

Tout à coup, dans la clarté lunaire, Kosta voit quelque chose traverser la nappe de brouillard à la verticale, comme si ça remontait du lac. Peu à peu, se dessine ce qui ressemble aux contours de plusieurs maisons en ruine.

— Nom de Dieu… profère Jan en jetant son mégot. Nom de Dieu…

Ce sont les seuls mots qui sortent de sa bouche.

Se croyant en plein sommeil, en proie à une vision qu'il n'aurait encore jamais eue, une sorte de nouveau cauchemar induit par son retour sur les lieux de la catastrophe, Kosta se frotte les yeux, mais l'apparition ne se dissipe pas. Au contraire, il est bien réveillé et la vision se précise. À tel point qu'il peut même distinguer les aspérités des murs de pierre.

— C'est pas possible…, répète-t-il. Merde… c'est une hallucination.

Kosta s'apprête à aller chercher Vladimir, mais il se ravise. Si c'en est vraiment une, il va passer pour cinglé et son ami risque d'annuler la mission. Quoi que ce soit, il décide de l'affronter seul. Si c'est la folie qui le guette, il doit la regarder en face. Comme il a regardé, depuis la terrasse de leur appartement à Dubaï, le mur de sable qui s'approchait au loin. Ne jamais détourner les yeux de ses propres peurs, lui disait le grand-père. Ses doctrines tirées de l'expérience et souvent pleines de bon sens constituaient son unique et précieux héritage.

Un hurlement déchire soudain le silence. Un cri, entre la bête et l'homme. Ou peut-être est-ce une femme ou un enfant. Dans tous les cas, c'est à peine humain. Le sang de Kosta se glace instantanément tandis qu'une sueur froide lui descend dans le dos.

Hypnotisé, le Serbe ne bouge plus. Des plaintes lancinantes s'élèvent des ruines. Des pleurs, des gémissements, des appels à l'aide. Des cris de douleur. Le lac est devenu un théâtre de souffrance. Le village semble suspendu au-dessus de ses eaux sombres. Le fantôme de Zavoï.

L'arrivée d'un nuage voilant la lune met fin à la scène. Les ruines disparaissent dans l'obscurité. Les hurlements cessent subitement. Les jambes fléchies et les mains sur les genoux, Kosta souffle longuement. Ses poumons relâchent l'air retenu.

À son retour dans l'appartement de Vladimir, toutes les lumières sont éteintes. Il va directement à la salle de bains et se passe la tête sous un seau d'eau de la citerne. Sans faire de bruit pour ne pas réveiller Marija qui dort dans le salon sur le lit d'appoint, Kosta gagne la chambre de son ami et se couche tout habillé sur le matelas gonflé. N'ayant pas encore réussi à calmer les battements de son cœur, il respire bruyamment.

— Tu l'as vu, c'est ça ?

La voix basse de Vladimir dans le silence.

— Vu quoi ?

— Le village, sur le lac.

Kosta se fige, en apnée.

— De quoi tu parles ?

— Du fantôme de Zavoï, ses ruines qui surgissent dans la brume les nuits de pleine lune…

— Encore une légende…

— Arrête, vieux… Tu sais très bien. C'est pleine lune ce soir. Et ta façon de respirer ne trompe pas. La première fois que je l'ai vu, je n'y ai pas cru, ou plutôt, j'ai cru que je devenais fou. Je respirais comme toi maintenant, incapable de me calmer.

— Je suis pas sûr d'avoir bien vu. Ça devait être les ombres des nuages. Juste un effet d'optique. Allez, demain, je pars tôt. Bonne nuit.

— C'est ça, bonne nuit. Bonne nuit dans les nuages.

Jan se tourne de l'autre côté pour dormir, mais il garde les yeux ouverts. Il a peur. Peur de sentir la boue lui remplir la bouche et de ne jamais se réveiller.

6

6 h 32. Le Land aborde le premier virage au-delà du barrage. Ils vont d'abord à l'institut psychiatrique de Temska, après quoi ils suivront les conseils de Vladimir et emprunteront la route du lac en direction de la Dent, puis une piste en terre dans une zone minée depuis la guerre. En principe, c'est balisé, leur a-t-il précisé.

La seule certitude de Kosta au moment du départ, c'est qu'il aurait de loin préféré être seul. Cette journaliste, complètement étrangère à sa science et à ses méthodes, le retardera plutôt qu'autre chose. Comme pour finir de l'agacer, une pluie fine grossit de minute en minute, obligeant Kosta à ralentir et à mettre les essuie-glaces à vitesse maximale pour plus de visibilité. Il en profite pour allumer une cigarette.

Le briquet tempête claque dans le silence de l'habitacle.

— Ne me demandez pas si la fumée me gêne, lâche la journaliste, une moue ironique au coin des lèvres.

— Je vais pas perdre du temps à m'arrêter toutes les cinq minutes pour fumer ma clope dehors. Si ça vous gêne, vous n'avez qu'à ouvrir la fenêtre.

— La fumée m'indispose moins que votre animosité. Je souhaiterais établir, si possible, des rapports à peu près normaux, comme deux personnes civilisées amenées à se côtoyer pendant plusieurs jours.

Tout en roulant, Kosta lui jette un coup d'œil frondeur.

— Je n'ai pas demandé à être accompagné. Surtout pas par une journaliste. C'est pour Vlada que j'ai accepté.

Cette fois, c'est la jeune femme qui le fixe, avec des yeux amusés.

— Qu'est-ce que vous avez contre les journalistes ?

— Écoutez, on va pas refaire l'histoire. D'un côté comme de l'autre, vous nous avez fait du tort, au moment de la guerre, à pondre des articles à toutes les sauces sans jamais être allé sur le terrain pour voir ce qui se passait réellement.

— À l'époque, je n'avais qu'une vingtaine d'années et je n'avais pas encore terminé mes études. Et la désinformation dont vous parlez venait surtout de la presse étrangère.

— Eh bien vous n'auriez jamais dû les finir, vos études, dit Kosta en jetant son mégot par la fenêtre.

Marija éclate d'un rire franc.

— Vladimir m'a prévenue que vous me donneriez du fil à retordre, mais pas à ce point… s'esclaffe-t-elle.

— C'est drôle, j'ai l'impression qu'il nous a donné le même avertissement.

— Alors on devrait s'en tenir à ça.

Le silence remplit de nouveau l'habitacle où subsistent quelques relents de tabac, Marija ayant été contrainte de remonter la vitre à cause de la pluie.

Le 4 × 4 s'engage sur la petite route jonchée de nids-de-poule qui grimpe vers l'ancien monastère. À mesure qu'ils s'en approchent, Kosta sent sa poitrine gonfler sous une rafale de souvenirs. Le goût du miel d'acacia et du slatko aux cerises dans la bouche. Pas vraiment une confiture, plutôt une sorte de sirop très concentré dans lequel baignent les fruits – cerises, fraises des bois, griottes… Du pur sucre. Après en avoir avalé une cuiller, de préférence en argent, on boit un peu d'eau. L'eau du monastère provenait de Babin Zub. C'est pour cela aussi qu'il aimait s'y arrêter. Outre cette impression de paix intérieure et de vie hors du temps, boire cette eau le reconnectait à ses sources, à quelque chose de maternel et de réconfortant, à son village natal. Enchaînant avec prudence les virages vers Temska, Jan se demande ce qu'il a bien pu advenir des moines. Même dans cette vie hors du temps, finalement, on n'échappe pas aux cycles, aux mutations ou aux interventions extérieures.

La bâtisse principale et ses dépendances n'ont pas bougé; rien, de l'extérieur, ne semble annoncer le bouleversement d'un ordre fait pour durer. Hormis les affreux rajouts en béton, l'architecture n'a pas perdu son caractère religieux. Pourtant, le Land à peine garé devant l'édifice, Kosta perçoit que ce n'est plus le lieu qu'il a connu. Quelque chose, dans l'air, lui est étranger. Comme cette église, affreuse construction moderne, au lieu de la belle église en pierre consacrée à saint Georges.

Des silhouettes se déplacent d'une dépendance à l'autre sous la pluie fine, aussi légères que des ombres, paraissant glisser sur l'herbe. Ce n'est plus le pas pesant des moines, cette gravité virile et pieuse qui habitait autrefois les lieux. Kosta a beau chercher, plus rien n'est pareil. La spiritualité a cédé la place aux cerveaux malades.

— Je vais aller voir, dit-il à Marija qui s'apprête à sortir du Land. Je connaissais bien ce monastère. Je dois savoir où sont partis les moines de Temska.

Sans un mot, la journaliste s'éjecte de la voiture et lui emboîte le pas sous la pluie. Kosta lui jette un regard noir.

— Vous n'allez pas me faire le coup du cavalier seul, Kosta ! On est venus à deux, on fait les choses à deux ! J'ai droit aux infos tout autant que vous.

— Ça va, j'ai compris… que me défaire de vous est mission impossible !

— Ça promet… bougonne la journaliste en rabattant la capuche de sa parka sur la tête.

Kosta accélère le pas en direction de l'ombre encapuchonnée qu'il vient d'apercevoir et qui s'apprête à entrer dans le bâtiment principal. Une fraction de seconde, il croit voir un moine surgi du passé.

— S'il vous plaît ! Attendez !

L'ombre ralentit et s'arrête avant de se retourner, découvrant un visage féminin plutôt pâle et entre deux âges. La femme tient un sac de courses.

— Oui ?

— Excusez-moi, je cherche à rencontrer un membre de la direction…

— Qui êtes-vous ?

À la voix légèrement rauque et cassée, Kosta reconnaît le timbre d'une fumeuse.

— Nous venons de la centrale de Zavoï pour

laquelle nous travaillons. Nous sommes ingénieurs en hydraulique.

Kosta se garde bien de dire que la femme qui l'accompagne est journaliste.

— Je suis l'assistante du directeur. Que lui voulez-vous ?

— Obtenir des renseignements sur le réseau en eau potable, justement. J'ai bien connu les moines d'ici, autrefois.

— Je vais voir si le professeur Colic peut vous recevoir. C'est lui, le directeur. Et il est aussi psychiatre en chef.

La femme disparaît dans l'entrée sombre.

— Plutôt désert, pour un établissement psychiatrique… dit Kosta.

— La pluie doit retenir les patients à l'intérieur.

— La pluie ou la maladie.

— Je vous laisserai parler, je ne suis pas sûre d'être un bon ingénieur en hydraulique, sourit Marija.

— Je n'avais pas l'intention de me taire.

Au bout de plusieurs minutes la porte s'ouvre enfin et l'assistante réapparaît, lunettes sur le nez, délestée de sa parka imperméable, vêtue d'un large pull crème et d'un pantalon en flanelle grise, ayant remplacé ses bottes de pluie par des mocassins marine.

— Le professeur Colic accepte de vous rencontrer, mais il n'aura pas beaucoup de temps.

— Ce ne sera pas long, merci, répond Kosta en échangeant un regard avec Marija.

Alors qu'ils traversent un long couloir, Kosta, agréablement surpris, constate que l'environnement intérieur n'a pas tellement changé et que son authenticité et sa sobriété ont été respectées. Beaucoup de meubles et même d'icônes ou de fresques murales sont restés, tout comme le tapis oriental usé jusqu'à la corde qu'ils foulent. Est-ce par volonté de préserver le patrimoine religieux ou par souci d'économie ? s'interroge Kosta.

Le bâtiment principal où se réunissaient autrefois les moines et où se trouvait aussi le réfectoire est visiblement consacré à l'administration. Cette fois, personne ne viendra lui servir sur un plateau argenté du slatko de cerises dans une coupelle, accompagné d'un peu d'eau de source dans un verre en cristal ciselé et d'une parole douce et bienveillante. Les chants liturgiques orthodoxes portés par les voix chaudes et graves qui le prenaient aux tripes ne retentiront plus dans cet espace dépouillé, entre les fresques aux couleurs altérées.

Kosta a le sentiment étrange d'être entré dans une autre dimension. Un univers parallèle où il n'est plus lui-même. Surtout lorsqu'il pénètre dans le bureau du directeur. La pièce octogonale au parquet en point de Hongrie abrite toujours l'énorme plafonnier en forme de roue supportant des chandeliers où se consumaient des bougies et dont le jeune Jan contemplait, émerveillé, les jeux d'ombres sur le mur pendant qu'un moine lisait des psaumes. Même s'il aimait cette atmosphère de prières et de recueillement, il lui manquait l'essentiel. La foi en Dieu. S'Il existait vraiment, Il n'aurait jamais permis toutes ces tragédies, tous ces drames qui secouent le monde. Il n'aurait jamais laissé des guerres éclater, des enfants devenir orphelins.

— Un café ?

La proposition tombe à point. Sur un signe de tête

du directeur, l'assistante ressort chercher ou préparer le breuvage. Installé dans un large fauteuil en cuir style club, crâne nu et lustré, un cigare éteint entre les dents et les joues recouvertes d'une barbe grisonnante soigneusement entretenue, il doit avoir entre cinquante-cinq et soixante ans.

— Asseyez-vous, je vous prie, dit Colic en désignant deux sièges devant son bureau en hêtre.

Mais Kosta peine à détourner les yeux d'un cerveau humain de taille moyenne présenté dans un bocal en verre rempli de formol.

— Je vous écoute, dit Colic en toisant tour à tour l'hydrogéologue et Marija avec curiosité.

— Comme a dû vous le dire votre assistante, je suis ingénieur spécialisé en hydraulique et je travaille à la centrale de Zavoï. Et voici ma collègue. Je suis né ici, j'ai donc connu ce lieu du temps où c'était un monastère. À l'époque, il était alimenté en eau potable par la source de Babin Zub, la même qu'à Zavoï. Nous effectuons en ce moment une étude des réseaux aquifères de la région et recensons les lieux et les villages qui se fournissent en eau de cette source.

Colic relève un sourcil aussi fourni que du lichen. Kosta est frappé par la fixité de son regard.

— Pourquoi cette source spécialement ?

— Elle menace de tarir. La centrale prendrait alors le relais pour la production en eau potable avec une plus large couverture.

— Je vois… Mais ici nous n'entrons pas dans vos statistiques. Même s'il n'y paraît pas à première vue, il y a eu des réaménagements, dont l'approvisionnement en eau potable, justement, qui se fait maintenant à la rivière voisine, la Temsica. L'eau est bien sûr filtrée.

À cet instant, l'assistante revient, tenant un plateau sur lequel reposent trois tasses fumantes qu'elle sert à chacun.

— Merci Lidija.

— Et pourquoi ne pas être resté sur l'eau de la source ? demande cette fois Marija.

— La pression n'était pas assez forte, répond Colic dont le regard va se perdre quelque part de l'autre côté de la fenêtre donnant sur une pelouse aménagée avec quelques bancs tout autour.

— Donc, vous n'êtes plus du tout branchés sur la source de Babin Zub ?

— Je viens de vous le dire.

— J'ai une autre question, indépendante des questions d'eau, enchaîne Kosta. Où sont partis les moines de Temska ?

Cette fois, le psychiatre semble franchement embarrassé.

— Je ne peux pas vous le dire, pour la simple raison que je ne le sais pas. Ils ont disparu. Comme volatilisés.

Kosta voit la pièce tourner autour de lui, il a l'impression de tomber dans un trou, mais parvient à se reprendre sans que Marija se soit aperçue de son trouble et sans renverser sa tasse. En revanche, son malaise n'a pas échappé à Colic, assis en face de lui, qui le scanne de ses prunelles noires.

— Depuis combien de temps ?

— Ça doit remonter à presque un an, maintenant.

— Toute une communauté religieuse, d'au moins une trentaine d'hommes, disparaît sans laisser de traces et personne ne s'en soucie ? Aucun article n'en parle ? s'étonne Kosta que les réactions du psychiatre en chef laissent de plus en plus perplexe.

— J'imagine, répond Colic d'une voix acide, que la plupart de ceux que vous avez connus à l'époque, vu votre âge, doivent être… décédés.

— Certains, oui, probablement, mais pas tous. Donc, ils n'étaient déjà plus là quand vous avez investi les lieux…

— Non, en effet, sinon l'institut n'aurait pas pu s'installer ici. Le monastère générait pas mal de tourisme.

— Sans doute, mais ça vous a bien arrangé finalement.

— Qu'insinuez-vous, monsieur… ?

— Kosta. Jan Kosta.

— Kosta ? Le diminutif de Kostadinovic ?

— Exact. Ça ne vous a pas gêné de vous installer dans un lieu sacré ?

Colic, tenant son cigare mouillé suspendu en l'air, entre le pouce et l'index, se tortille sur son fauteuil, mal à l'aise.

— Nous n'avons chassé personne. Vous avez encore des questions relatives à l'objet de votre visite ? Je dois retourner à mon travail, mes patients m'attendent.

— Bien sûr, professeur. Merci de votre éclairage technique. Pour le reste, je ferai des recherches moi-même… sur cette disparition collective.

— Tenez-moi informé du résultat, si vous voulez bien.

Sur ces mots, Colic raccompagne à la porte de son bureau Kosta et Marija, laissant à son assistante le soin de les reconduire à la sortie.

Après leur départ, Colic va se rasseoir devant son ordinateur et sort un mouchoir de sa poche pour éponger son front perlé de fines gouttes, puis compose un numéro sur son téléphone fixe.

— Papa ? C'est moi. Je crois que celui qu'on cherche depuis toutes ces années vient de me rendre une petite visite.

7

Entre-temps, à la centrale, l'émoi et l'excitation étaient à leur comble. Une fissure encore plus importante que les précédentes venait d'apparaître sur la turbine 7. Mais ce n'était pas tout. En entrant dans la salle des générateurs peu après le départ de Kosta et de Marija, Vladimir et deux membres du personnel ont découvert, se détachant sur le carrelage blanc avec une netteté glaçante, des empreintes de pieds. Des pieds d'homme chaussant du 47 environ, selon eux.

Les empreintes appartenaient à un individu de haute stature, selon toute probabilité, ayant marché sur la terre humide pour avoir la plante des pieds aussi souillée. Mais l'élément principal était l'absence d'effraction. Ce qui laissait penser qu'un habitué des lieux avait pu s'introduire dans la salle et endommager les turbines, ou bien que quelqu'un avait négligé de fermer la salle à clef.

Après avoir pris en photo chacune des empreintes, l'ingénieur en chef a donné l'ordre de ne pas nettoyer le carrelage pour que la police de Pirot, qu'il a aussitôt contactée, puisse faire son travail.

— Qui est allé en salle des machines pieds nus ? demande-t-il à tous les employés présents, convoqués en réunion d'urgence. Est-ce l'un de vous ? L'un de ceux qui étaient de service de nuit ? Ou bien quelqu'un, réveillé par l'éclatement de la turbine 7, a-t-il voulu vite voir ce qui se passait et n'a pas pris le temps d'enfiler des chaussures ? Je préférerais cette version, croyez-moi. Et dans ce cas aucune sanction ne sera prise à l'encontre du fautif, à condition qu'il se dénonce lui-même et qu'il soit prouvé qu'il n'est pas à l'origine d'un sabotage. Pour ma part, je lui conseillerais juste de se laver les pieds.

Les employés se mettent à rire à cette dernière réflexion. À les entendre, tous semblent de bonne foi. Mais un peu plus tard, l'arrivée de la milice locale de Pirot refroidit nettement l'atmosphère.

Après avoir procédé à quelques interrogatoires visant plus particulièrement ceux qui travaillent de nuit et affirment n'avoir rien entendu de suspect, puis effectué des mesures sur les empreintes photographiées sous tous les angles, les policiers demandent à tout le monde, y compris Vladimir, de retirer chaussures et chaussettes et de placer tour à tour leurs pieds au-dessus des empreintes les mieux dessinées sans les toucher. Chacun s'exécute sans broncher, mais sur les quarante-quatre employés, aucun pied ne correspond aux empreintes. Ni en longueur ni en largeur. La plus grande pointure parmi le personnel étant celle de Peric : du 50.

— Vu la largeur de la plante des pieds et l'aspect « écrasé » des orteils, c'est sans doute quelqu'un qui a pour habitude de se déplacer pieds nus, constate l'un des flics, l'air sûr de lui. On va faire un relevé d'empreintes palmaires sur les turbines endommagées, il ne serait pas étonnant qu'elles appartiennent au même individu.

— Quelqu'un viendrait saboter les machines... Peut-être un opposant, enchérit Vladimir. La construction de cette centrale a causé beaucoup de polémiques. Ils ont pu s'organiser pour provoquer des incidents et des dégradations qui remettraient en question le fonctionnement de la centrale. Ce pourrait être les Ombres noires, par exemple. Ils ont averti qu'ils allaient passer à la vitesse supérieure.

— Vous devriez faire appel à une société de gardiennage, lui conseille l'officier de la milice avant de suivre ses six collègues jusqu'à leurs voitures. Si c'est vraiment ça, c'est dangereux, ce qu'ils sont en train de faire.

— Je vais en parler au directeur, merci.

Juste après leur départ, Vladimir prend contact avec une société de protection à Pirot et parvient à négocier l'envoi de trois vigiles et de leurs chiens dans la journée.

À son arrivée à la centrale vers le milieu de l'après-midi, le trio fait forte impression. Taillés comme des chênes, Douchko, Ivan et Buda, trois Rambo en uniforme et rangers, crâne rasé, tiennent court leurs chiens, deux rottweillers et un doberman. Équipés d'une matraque électrique, d'un taser et d'un pistolet à la ceinture, ils visitent les lieux, guidés par Vladimir, et écoutent attentivement ses explications sur l'hypothèse du sabotage des turbines ainsi que le récit de la découverte matinale des empreintes de pieds dans la salle des générateurs.

— Soyez rassuré, monsieur, dit le plus âgé qui semble être le meneur de la petite équipe, notre présence est dissuasive. Et les chiens font du bon boulot. Surtout quand ils sont lâchés. Vous pouvez dormir tranquille.

— Nous n'aspirons qu'à ça. Merci messieurs. Une bière ?

— Seulement après le service.

— Comme vous voudrez… Ah oui… Couvrez-vous bien, les nuits sont encore fraîches ici.

Sur ces recommandations, Vladimir prend congé des vigiles, les laissant s'organiser pour la nuit. Ils feront des rondes, chacun dans la zone qui lui est attribuée. Puis ils effectueront des rotations.

Vers 17 heures, le jour commence à décliner et une heure plus tard, la nuit enveloppe les montagnes. Les vigiles et les chiens sont sur le qui-vive. Les trois bêtes, habituées au rituel de garde, savent ce qu'on attend d'elles durant la longue nuit à venir. Peu à peu, l'activité ralentit au sein de la centrale, restent dans les salles ceux qui sont d'astreinte jusqu'au matin. La présence des gardiens leur permettra de dormir un peu plus longtemps.

Douchko, cinquante-deux ans, le plus âgé et le plus expérimenté, s'attribue la partie haute de la centrale, comprenant le couronnement du barrage, tandis qu'Ivan et Buda restent sur la zone basse, à proximité des blocs techniques et des bâtiments de vie. Après une journée de précipitations en continu qui ont réussi à faire monter le niveau du lac et gonfler les cataractes, le sol ruisselle par endroits sous les rangers de Douchko. Heureusement qu'ils ont suivi les consignes de l'ingénieur en chef, car même sans un brin de vent, les températures ont chuté près de zéro.

Les heures s'écoulent sans incident ni présence suspecte. Il est près de minuit, la lune, encore pleine, a crevé l'abcès nuageux et éclaire le lac comme un led géant se reflétant à la surface de l'eau, calme et lisse. Pour un peu, on s'y tromperait et on plongerait dans les ondes glacées pour aller la chercher.

Au cours de ses rondes, la plupart du temps autour d'usines et de sites industriels sans âme, Douchko a rarement eu l'occasion de profiter d'une nature aussi sauvage et d'un tel spectacle. Sur la passerelle en béton du barrage, son chien Vlasko en laisse, tenu court mais cette fois sans muselière, il allume une cigarette et reste face au lac à la surface duquel ondule la lune. Une brume s'élève peu à peu, qui en estompe la lumière. Sa cigarette fumée jusqu'au mégot, le vigile s'apprête à faire demi-tour sur la passerelle quand il distingue une forme émergeant de l'eau.

— C'est quoi, ça, à ton avis, Vlasko ?

Soudain fébrile, aux aguets, le rottweiller se met à grogner, babines retroussées sur de redoutables canines.

— On dirait que quelque chose te plaît pas… Oh put…

À la vue de ce qui apparaît entièrement comme suspendu dans la brume au-dessus du lac, les mots s'étranglent dans la gorge de Douchko. Ça ressemble à un village en ruine. Les vigiles, originaires de Pirot, ne connaissent pas la légende du village fantôme qui refait surface les nuits de pleine lune et personne, à la centrale, ne les a avertis. La vision paraît incroyablement réelle, même si, comme Douchko préfère le penser, il ne peut s'agir que d'une sorte d'illusion d'optique provoquée par une conjonction d'éléments tels que le brouillard, l'eau, les reflets, la lune.

En même temps que se reconstitue le village sous le regard atterré du vigile, un cri retentit, comme s'il venait des ruines. Suivi de gémissements et d'autres hurlements, cette fois de la rive, à droite du barrage.

La gueule bordée d'une écume blanche, les yeux exorbités, Vlasko ne tient plus en place. Les cris de plus en plus proches lui arrachent des grognements féroces. Faute de parvenir à le calmer, Douchko finit par le lâcher, se disant que pendant ce temps-là, il pourra appeler ses comparses en renfort.

Se sentant libre, le Rot s'élance sur la passerelle du barrage en direction de la rive droite. Avant de courir à sa suite, Douchko prend son talkie et tente de joindre Ivan. Sans succès. Il essaie celui de Buda qui répond aussitôt.

— J'arrive ! dit-il après avoir écouté le bref récit de son collègue.

— Tu me rejoins de l'autre côté du barrage ! Prends la passerelle supérieure sur la crête, mais fais attention, elle est glissante… J'ai lâché Vlasko, il faut que j'aille le retrouver.

Douchko s'est bien gardé de parler de la vision à Buda, il n'a mentionné que ce qui lui paraissait être des cris de détresse. Rangeant le talkie dans la poche de sa doudoune, armé de sa puissante lampe torche, il se lance sur les traces du chien. Parvenu sur la rive, il braque le faisceau lumineux autour de lui. La lampe éclaire jusqu'à une dizaine de mètres.

— Vlasko ! souffle-t-il à voix basse. VLASKO ! appelle-t-il plus fort.

Seul le silence lui revient du fond de la nuit. Les plaintes et les cris ont cessé.

— Vlasko ! Au pied, Vlasko ! s'époumone maintenant Douchko, hors de lui de ne pas voir son chien revenir à l'appel.

Bien qu'il ait sa lampe, l'obscurité qui l'environne, plus épaisse maintenant que les nuages voilent la lune, le rend fou. Il lui faut la scruter pour y distinguer quelque chose, dresser l'oreille comme s'il avait perdu la vue. Imaginer ce qui peut s'y tapir lui fait perdre son sang-froid. Ses rondes et ses nuits de garde en milieu urbain ne l'ont pas habitué à ça. Il est plus à l'aise dans le béton des villes sujet aux incursions humaines que dans ce gouffre noir d'où lui parviennent des bruits inconnus, des frémissements, des bruissements de feuilles, des craquements proches sans qu'il puisse apercevoir le moindre mouvement.

Le hurlement qui jaillit des ténèbres, un peu plus loin, lui glace le sang. Un hurlement de douleur. Celui de son chien.

— Vlasko !

S'ensuit un autre, plus faible, comme si le chien l'appelait à son secours.

À cet instant, un point lumineux sur le barrage perce la nuit. Buda, souffle Douchko avec soulagement. Ce qui lui donne un regain de courage pour plonger un peu plus dans l'obscurité en direction des aboiements plaintifs.

Buda, qui a repéré depuis la passerelle le faisceau de la lampe de son collègue, arrive en courant avec son chien en laisse, haletant, les poils dressés sur l'échine.

— Par là ! lui crie Douchko en s'enfonçant dans la végétation lacustre sans vraiment savoir où il va.

À la lumière de la lampe torche, les herbes et les buissons sauvages prennent un aspect fantomatique. Le vigile en tête sent les ronces lui fouetter les jambes à travers le pantalon, mais il poursuit sa course vers les gémissements du chien. Bientôt, ceux-ci font place à un silence inquiétant.

— Vlasko ! VLASKO ! crie de nouveau Douchko, saisi par un sombre pressentiment.

Il s'arrête, écoute, puis repart à la recherche de l'animal. Une manœuvre qui lui prend plusieurs minutes.

Alerté par les cris, Buda manque de heurter de plein fouet Douchko, debout, immobile, pétrifié devant ce qui vient de surgir dans la lumière. Le corps inerte de Vlasko, au milieu d'une mare écarlate. La gorge à moitié ouverte, le pauvre chien respire encore, par saccades douloureuses.

Terrassé par l'émotion, Douchko s'écroule à genoux près de Vlasko. Ses mains tremblantes cherchent à caresser, panser, soulager le calvaire de l'animal, à contenir le peu de vie qui reste. Derrière lui, Buda, frappé de stupeur, ne dit pas un mot, retenant son chien qui, excité par le sang, s'étrangle au bout de la laisse, à tirer comme un fou. Buda sait que Vlasko ne survivra pas, mais laisse faire son camarade éperdu. Au bout de quelques secondes, il pose la main sur l'épaule de Douchko.

— Désolé, mon vieux, c'est fini pour Vlasko. Il faut y aller, c'est peut-être dangereux, ici. Et on n'a pas de nouvelles d'Ivan.

Douchko tourne vers Buda un visage en larmes.

— Je peux pas… je peux pas le laisser comme ça…

— Je vais le faire. Éloigne-toi. Ne regarde pas.

— Non, c'est à moi… Cinq ans qu'il m'accompagne. Je le lui dois.

Il se relève péniblement, presque titubant, et sort l'arme de son holster. Il tend le bras, prend une inspiration et tire en visant la tête.

La détonation résonne entre les montagnes qui renvoient les échos comme des ricochets à la surface de l'eau. Buda s'est bouché les oreilles, mais Douchko a les tympans qui claquent. Le coup de feu l'a rendu momentanément sourd. Il regarde le corps de Vlasko à travers ses larmes, son pelage luisant de sang, sa gorge béante qui palpite encore.

— Repose en paix, mon Vlasko.

Puis, se retournant vers Buda :

— Qu'est-ce qui a pu lui faire ça ? Quel monstre a pu laisser un chien comme Vlasko sur le carreau ?

— Des loups, ou des chacals. Toute une meute.

Douchko serre dans sa main le pistolet encore chaud. Le contact le rassure.

— Tu crois vraiment ?

— Ou un ours. À part Vlasko, t'as rien entendu ?

— Non. Mais…

— Mais quoi ?

Sur le point de parler de la vision spectrale sur le lac accompagnée de hurlements, il se ravise.

— Rien. On peut pas le laisser là. Je vais le porter.

— C'est un gros gabarit…

— Moi aussi. Et puis, on se relaiera s'il est trop lourd.

Alors qu'il se penche pour soulever Vlasko, éclairé par son collègue, il se fige, souffle coupé.

— Qu'est-ce que t'as ? demande Buda, une pointe d'inquiétude dans la voix.

— Regarde, là…

Suivant l'index pointé vers le sol, c'est au tour de Buda d'être tétanisé. Incrustées dans la terre humide, partant de la flaque sanglante, des empreintes de pieds, rouges, tout autour du corps de Vlasko. Des empreintes en tous points semblables à celles découvertes dans la matinée en salle des machines.

8

Plus tôt dans la journée.

Après leur départ de l'ancien monastère, chacun plongé dans ses pensées, ni Kosta ni Marija ne prononcent un mot pendant que le Land redescend la petite route avant de reprendre celle qui mène à la montagne. La journaliste semble concentrée sur l'écran tactile de son portable où s'affiche une fenêtre du moteur de recherche qu'elle s'amuse à agrandir et réduire entre le pouce et l'index. Au même moment retentit en guise de sonnerie un morceau de Nightwish, *I Wish I Had an Angel Tonight*. Mais au lieu de prendre l'appel, Marija touche la pastille « refuser » et met le téléphone en mode silencieux.

Ce manège n'a pas échappé à Kosta. Comme si elle ne pouvait ajourner, Marija porte à l'oreille son smartphone protégé par une coque rose pastel à paillettes dorées, choix que Kosta trouve étonnamment kitsch venant d'une femme à l'allure plutôt simple et sportive, et écoute le message, impassible.

Les yeux rivés au chemin sur lequel il vient de s'engager, Kosta freine d'un coup et s'arrête en plein milieu de la route. Marija relève la tête de son portable.

— Que se passe-t-il ?

— Le chemin est inondé, mais pas seulement par la pluie. Je dois effectuer quelques mesures du niveau d'eau.

Kosta sort et passe derrière le Land récupérer ses instruments dans le coffre. Rabattant la capuche sur ses cheveux, la journaliste coupe le moteur, descend de son siège et rejoint Kosta.

— Vous êtes sûre de vouloir vous faire mouiller ? Vous ne me serez d'aucune utilité… lui lance-t-il.

— J'aime regarder et apprendre.

Sans répliquer, Jan prend une sonde et une échelle limnimétrique dans son sac à dos puis la plante dans le petit cours d'eau formé sur le chemin.

— Douze centimètres, dit-il en se relevant.

Le ruisseau s'écoule, suivant une légère inclinaison.

— Il ne pleut pas depuis assez longtemps pour expliquer une telle quantité d'eau.

— Vous voulez dire qu'elle viendrait d'ailleurs que du ciel ?

— C'est possible. En tout cas, nous sommes sur la bonne piste. Celle de l'eau. On cherche de l'eau souterraine. Infiltration, source, rivière. Il faut trouver une ouverture.

— La montagne ne manque pas de grottes et de galeries naturelles.

— Avant de remonter, je prends les sandwiches et une bière… L'air de la montagne, ça creuse… Vous en voulez ?

En guise de réponse, Marija, qui s'apprête à rentrer dans le Land, lève un pouce.

Une fois installés sur leur siège, Kosta distribue sandwiches et bières.

— Vlada m'a dit que vous faites de la spéléo, dit-il en sortant le sien du papier aluminium.

— J'en ai fait. Avec mon frère. Et… il s'est tué lors d'une descente il y a cinq ans.

— Ah… désolé.

— Vous n'y êtes pour rien. J'ai arrêté depuis.

— Et là, vous vous sentez prête à recommencer ?

— C'est un autre contexte. Et puis… ce sera un peu en sa mémoire. Il aurait été content que je continue. Avec la plongée, c'était une passion commune. On a fait ensemble la Grotta Azzura, en Italie, sur la côte amalfitaine.

— Cette belle attraction pour touristes ?

— Hors saison, avec une équipe de vrais spéléos. Pas sur les barques ! On a plongé dans cette eau d'un bleu phosphorescent. Je n'ai jamais rien vécu de tel, ni avant ni après. Les touristes ne voient que la surface. C'était comme dans un rêve.

— Dans ce cas… Un autre sandwich ? Viande fumée et kajmak, je crois.

— Non merci…

— Allez, il faut finir.

— Alors je n'ai pas le choix, accepte Marija en prenant ce que Jan lui tend avec un grand sourire.

Kosta est désarçonné par ce sourire, mais n'en laisse rien paraître et mord dans son sandwich à pleines dents. Dehors, la pluie tombe, crépitement incessant sur le toit et le capot du Land. Un ciel de plomb semble s'être affaissé sur la montagne, ne laissant aucun espoir d'éclaircie dans l'immédiat. Ils sont à l'abri, mais le mauvais temps risque de les retarder dans leur progression. Kosta avale la dernière bouchée les yeux fermés.

— Ça faisait des années que je n'avais pas mangé de kajmak, soupire-t-il en s'étirant après une longue gorgée de bière.

La canette finie, Kosta la froisse entre ses doigts et la glisse dans le sac plastique qui fait office de poubelle.

— Désolé pour tout à l'heure, se décide-t-il après un silence frappé de pluie. Je ne voulais pas vous vexer en critiquant votre métier.

— Je vous rassure, je ne l'ai pas été un seul instant. Je vous ai juste trouvé très con sur le coup.

Pris de court, Kosta lève sur la journaliste un air tellement surpris qu'elle ne peut retenir un éclat de rire. Rapidement, ils rient tous les deux.

— Tout compte fait, tu n'es pas si ours que ça.

Le tutoiement vient à point sceller l'effort de paix. Sous l'effet un peu grisant de la bière, Kosta aurait bien envie d'en prendre une autre, mais il a calculé le stock pour trois jours et ils doivent se rationner. Surtout s'ils sont contraints de rester un ou deux jours de plus.

— Un ours qui fume, t'as pas dû en voir des masses, soupire-t-il.

— Non, mais un ours qui se détend, ça fait toujours plaisir.

— Avec cette pluie, je vais difficilement pouvoir fumer dehors…

— Allume-la, ta clope, je n'ai été qu'avec des fumeurs, je sais ce qu'est le manque.

Entrouvrant très légèrement sa vitre, Kosta approche le briquet de l'extrémité de la tige et inspire. C'est presque un moment de recueillement. Avec un bon café turc, ce serait le paradis.

— Et là, tu es toujours avec un fumeur ? lâche-t-il tout à coup.

— C'est… compliqué. Mais… d'une certaine façon, oui.

Sans chercher à approfondir, Kosta remet le contact et le ronronnement du moteur annonce le départ.

Au bout de quelques minutes de consultation de son smartphone, Marija relève les yeux.

— Sais-tu que Moïse, Abraham, saint Paul et Jésus auraient été tous les quatre des cas psychiatriques ?

— Tu t'intéresses à ça, toi ?

— Pas moi, non, mais le professeur Colic, oui.

— Colic ? Tu fais des recherches sur lui ?

— Je l'ai googlisé avant que tu t'arrêtes pour prendre tes mesures et là, je continue, il y a plusieurs liens vers ses publications qui portent sur les cas de psychose hallucinatoire dans la religion. Il a étudié et analysé les comportements de personnages religieux célèbres en s'appuyant sur un livre écrit par deux psychiatres américains et sur des documents historiques.

Cas n° 1 : Moïse, enfant abandonné. Selon Colic, Moïse aurait souffert du syndrome d'abandon sur lequel se serait greffée sur le tard, vers la quarantaine, une psychose hallucinatoire de type chronique. Sa chute sociale aurait provoqué ces troubles sur un terrain bipolaire et maniaque doublé de phases délirantes, d'où les révélations du buisson-ardent et les cinq premiers livres de la Bible qui lui auraient été dictés par Dieu.

— Chute sociale ? C'est-à-dire ?

— Moïse était un prince et s'est retrouvé simple berger dans le désert après avoir assassiné un Égyptien. Pour le diagnostic psychiatrique, Colic s'appuie sur les conclusions des deux psychiatres américains selon lesquels tous les symptômes d'une pathologie maniaco-dépressive étaient réunis : sautes brutales de l'humeur, violence – il a quand même ordonné à ses fidèles la mise à mort de trois mille adorateurs du veau d'or, le culte d'une idole étant proscrit par le premier commandement –, délires hallucinatoires et boulimie ou frénésie d'écriture, autrement dit la graphorrhée, qui a donné naissance à ces textes. Moïse aurait un profil psychotique schizo-affectif.

— Rien que ça ! Et les trois autres, même tableau ?

— J'y viens… Cas n° 2 : Abraham, qui a reçu l'ordre de Dieu d'égorger son fils, voit sa main arrêtée par un ange au moment où il s'apprête à s'exécuter. À la place de son fils, il tue un mouton. Pour Colic, dans son délire mystique, Abraham aurait eu des hallucinations auditives et visuelles, symptômes d'une forme de schizophrénie. Mais il émet une autre hypothèse. Ces hallus pourraient avoir été provoquées par une substance, une drogue ou une plante comme le datura. Cela dit, il n'existe aucune preuve historique qu'Abraham en ait ingéré ou qu'il ait été junkie. De surcroît, l'approche des phénomènes hallucinatoires dépend des cultures.

— C'est sûr, comme en Afrique ou dans d'autres pays qui pratiquent le chamanisme.

— Cas n° 3 : saint Paul, perçu comme un possible « hystérique ». Tu connais peut-être l'épisode du chemin de Damas, sur lequel un éclair l'aurait aveuglé et fait tomber. C'est alors qu'il aurait «entendu» Jésus lui parler. Il serait resté aveugle trois jours au bout desquels il aurait recouvré la vue et se serait ensuite converti au christianisme, lui, le persécuteur des chrétiens. Dans le cas de saint Paul, les psychiatres sont partagés. Ils envisagent soit l'hystérie, soit une forme d'épilepsie. Ce serait donc une crise qui lui aurait fait voir un halo blanc, et l'aurait déséquilibré. Dans sa chute il se serait cogné la tête et le traumatisme crânien aurait provoqué cette cécité transitoire.

— Je les vois venir pour Jésus…

— Attends, justement… Cas nº 4 : le Christ, adulé par une mère célibataire et vu comme dépressif. Mais une dépression qui s'inscrirait aussi dans des troubles bipolaires. Pour la psychiatre de l'équipe américaine, rapporte Colic, Jésus, porté aux nues par Marie mais élevé par un homme, Joseph, qui n'était pas son père biologique, était clairement maniaco-dépressif. Une psychose qui se traduisait par des crises d'agressivité – sa colère contre les marchands du Temple –, des délires mégalos où il se prétendait fils de Dieu, des épisodes maniaques avec la multiplication des pains, une sorte d'euphorie qui s'est déclarée à l'âge de trente ans, suivie, trois ans plus tard, d'une profonde dépression et d'une mélancolie qui l'ont poussé à se laisser capturer par les Romains, sans chercher à fuir, puis condamner, expliquant la nécessité de sa mort sur la croix. Qui serait en réalité une forme de suicide.

— J'ai toujours pensé que Jésus avait un grain, que c'était sans doute un illuminé, mais je n'aurais pas imaginé tout ça, dit Kosta. Colic et les Américains n'y vont pas de main morte avec la religion… C'est couillu dans une époque où elle revient en force, comme chez nous après la guerre.

— Ils disent aussi que l'épilepsie était vue comme un « mal sacré » dans la civilisation gréco-romaine. Ce serait une sorte de manifestation divine.

— Donc, entre l'épilepsie, l'hystérie et les psychoses, on serait depuis longtemps gouvernés par des cerveaux malades ou des fous.

— Tu en doutais ? lance Marija avec un clin d'œil.

— Pas vraiment, mais je continue à espérer. En tout cas, avec ce que tu rapportes, là, l'histoire de la religion en prend un sacré coup. Mais pourquoi Colic s'y intéresse autant… c'est une autre histoire.

— Ce n'est peut-être pas par hasard qu'il a installé le centre psychiatrique ici, dans un ancien monastère… pour mieux ressentir le souffle divin !…

— Quand on en aura fini avec la mission, je retournerai à l'institut rendre une petite visite à ce cher professeur. Je suis sûr qu'il en sait plus qu'il ne veut bien le dire sur le sort des moines de Temska.

9

Kosta et Marija ont roulé aussi loin que leur a permis la route du lac vers la Dent avant de se perdre dans la terre et les herbes tandis que la nuit tombait prématurément, assombrie par une atmosphère orageuse.

Arrivés au pied de Babin Zub peu après le coucher du soleil, ils avisent une plate-forme naturelle où ils pourront facilement enfoncer les sardines de leurs igloos dans la terre ramollie par la pluie. Tout occupés à trouver un emplacement propice au camping, Marija et Kosta ne prêtent pas attention aux nuages qui, juste au-dessus d'eux, se resserrent, noirs et électriques dans l'obscurité sans étoiles.

Ils entendent le bruissement d'un ruisseau proche. Des sons familiers aux oreilles de Kosta, des sons qui le bercent déjà. L'écoulement de l'eau sur la pierre, le rythme de son clapotis, parfois un simple goutte-à-goutte ou, au contraire, le fracas assourdissant des chutes ou le joyeux tumulte d'un torrent. L'eau à l'état sauvage. Savoir en reconnaître la nature, exploitable ou non, la quantifier, la comprendre, l'expliquer, la suivre, c'est tout le travail de Kosta.

Après ce qui lui est arrivé à l'aube de sa vie, il aurait pu contracter une phobie de l'élément liquide dans son milieu naturel. Cette chose incontrôlable lorsqu'elle déborde et que plus rien n'est assez solide pour l'arrêter. Cet or incolore dont manquent déjà si cruellement des populations entières tandis que nos terres souffrent d'inondations à cause de sols devenus étanches. Le climat et ses changements ne sont finalement qu'une succession de contradictions. De quoi faire régner la discorde.

Les igloos dépliés et enfin arrimés au sol, ils avalent sans vraiment d'appétit une conserve de thon sur du pain de mie en se partageant une canette de bière, puis chacun se glisse sous sa tente et dans son duvet sur un furtif bonne nuit. Ils évoluent dans leurs rêves plutôt agités depuis presque une heure lorsqu'un éclair troue le ciel comme un poignard, suivi d'autres, tout aussi incisifs, éclaboussant les nuages de leurs feux.

Après la lumière, le son, dans un grondement sourd de rochers qui s'éboulent. Celui qui n'a jamais vécu un orage en montagne croit à la fin du monde lorsqu'il en fait l'expérience pour la première fois. Et c'est leur cas à tous les deux. Réveillés en même temps par le coup de tonnerre, pensant d'abord se retrouver tout à coup écrasés sous une roche se détachant de la montagne, ils comprennent qu'il n'en est rien et que la furie vient du ciel.

Des trombes d'eau succèdent rapidement à de grosses gouttes éparses. Au départ, ils espèrent se rendormir sur une accalmie, mais c'est sans compter la puissance de l'orage qui prend vite des allures de véritable tempête.

Quand un coup de vent aplatit littéralement les igloos sur leurs occupants, ceux-ci risquent enfin leur nez dehors en se regardant d'un air désappointé.

— C'est pas cette nuit qu'on va dormir, Marija ! En tout cas, pas sous les tentes !

Avec le vent et la pluie, Kosta doit crier pour que la journaliste l'entende.

— Ça remue trop, on démonte et on se met à l'abri dans le Land !

Reculant dans son igloo, Marija roule son duvet, enfile sa doudoune et noue l'élastique de sa capuche sous le menton après l'avoir resserré au maximum, puis ressort plier sa tente.

Campés sur leurs jambes contre un vent de plus en plus fort, sous les éclairs stroboscopiques dont la clarté est telle qu'ils voient presque comme en plein jour, ils déterrent les sardines que Kosta a bien enfoncées dans le sol. Venue enfin à bout des siennes, alors que son compagnon de route plie déjà son igloo, Marija est sur le point de le suivre, quand une bourrasque s'engouffre sous la toile, l'arrachant de ses mains. Par réflexe, elle cherche à la retenir mais se retrouve la tente à moitié déchirée à la main.

— *Jebo te!* Va te faire mettre ! crie-t-elle au vent dans un geste de rage, se mettant à courir après l'autre partie de l'igloo.

— Laisse tomber ! Ça souffle trop fort ! Reviens Marija !

De guerre lasse, la doudoune et le visage ruisselants, bousculée par les claques que les rafales lui infligent en pleine face, la journaliste finit par rejoindre Kosta dans le Land dont le moteur tourne déjà pour chauffer l'habitacle.

— Je n'ai plus de tente, maintenant ! peste-t-elle.

— Tu dormiras dans le Land. Ce sera même plus confortable. Si on a pris les igloos, c'était juste pour que chacun ait son intimité.

On ne distingue plus rien à travers le pare-brise. Comme si le 4 × 4 passait entre les rouleaux d'une station de lavage. La jeune femme, qui en a pourtant vu sur le terrain, sursaute à chaque coup de tonnerre. Les éclairs fusent dans d'impressionnants grésillements, semblant jaillir des sommets. On dirait que les montagnes se fracassent les unes contre les autres.

Dans les forêts proches, les jeunes conifères plient sous la tempête, certains cassent, les plus vieux résistent vaillamment, mais nombre de branches sont arrachées sans pitié et emportées sur plusieurs mètres. La montagne n'est plus que vibrations et craquements sourds.

Même l'aube a eu du mal à se frayer un passage à travers la masse noire concentrée sur cette partie de la Vieille Montagne. L'orage a mis trois heures à se dissoudre, laissant peu à peu place à un ciel nettoyé, la promesse d'une belle journée fraîche. Autour du 4 × 4, c'est un champ de bataille. Un peu plus loin, le ruisseau dont on n'entendait que le bruissement déborde, transformé en petit torrent charriant des branches.

Jan et la journaliste, qui n'ont pas fermé l'œil tant qu'a duré l'orage, parviennent enfin à s'assoupir, calés contre le cuir de leur siège légèrement incliné.

Il est environ quatre heures trente lorsque le premier coup sur le capot les réveille en sursaut. Puis un deuxième, un troisième, et d'autres encore. Une grêle de projectiles. Avant qu'ils puissent réaliser ce qui se passe, la vitre arrière explose sous un choc encore plus violent. La pierre qui vient de briser le verre atterrit sur la banquette juste derrière Kosta.

— Le Land est pris pour cible ! s'écrie Marija en se retournant. Tu as vu la taille de cette pierre ?

— Il faut partir. Peut-être des gamins qui n'ont pas trouvé d'autre jeu, dit Jan sans y croire.

Ce jeu dangereux lui rappelle les sombres années où les voitures des Serbes qui se rendaient dans des villages un peu isolés au Kosovo étaient la cible de jets de pierres depuis les hauteurs bordant la route. Mais ils ne sont pas au Kosovo et la région n'a jamais été le théâtre de conflits de population ou interethniques.

Lorsqu'il enclenche la première, les pneus patinent en hurlant sur un mélange d'eau, de terre et de cailloux, ne faisant que s'embourber davantage. En revanche, la pluie de projectiles semble avoir cessé. Kosta, connaissant ce type de terrain, préfère ne pas aggraver la situation et sort prudemment voir jusqu'où le 4 × 4 s'est enlisé.

— Fais attention quand même, souffle Marija, le regard rivé sur la montagne où elle ne distingue aucun mouvement suspect. Ils doivent être cachés derrière les rochers.

Sans répondre, Kosta referme la portière et commence à en faire le tour pour évaluer rapidement les dégâts sur la carrosserie. Celle-ci est enfoncée par endroits, avec plusieurs points d'impact sur le toit, à croire que les pierres, lâchées depuis les hauteurs, ont rebondi.

Penché sur les énormes pneus crénelés à moitié

enfoncés dans la terre gorgée d'eau, un bruit d'éboulis au-dessus de lui le fait sursauter. Les yeux levés vers la montagne que, dans la nuit, il n'avait pas crue si proche, il en fouille la moindre parcelle puis éclate de rire.

— Marija ! Viens voir nos agresseurs…

— Des… chèvres sauvages ! s'extasie la journaliste qui le rejoint aussitôt.

Après cette nuit agitée, admirer ces animaux dans leur liberté insouciante, les regarder bondir, s'arrêter, dresser les oreilles, museau frémissant, et repartir de plus belle vers le sommet en faisant rouler quelques pierres sous leurs sabots est un moment de grâce et de paix absolue.

À les voir ainsi, ils s'imaginent jouir à leur tour de cette liberté sauvage qui ne puise son essence que dans l'instant. Aucune pensée, ni pour le passé ni pour l'avenir, aucune autre peur que celle des prédateurs dont elles sentent vite la présence, aucune autre préoccupation que celle de se nourrir et de survivre. Sans l'exprimer, ils ressentent la même chose. Assister ensemble à cette scène unique fait naître entre eux un lien qu'ils n'auraient pu soupçonner après des débuts plutôt houleux.

Kosta est le premier à rompre le silence.

— J'aurais bien envie d'un bon café…

— Il en reste dans le thermos, mais je ne pense pas qu'il soit encore chaud…

— On va d'abord sortir le Land de là, dit Kosta en montrant à Marija les pneus enlisés, et ensuite je dois trouver un moyen de colmater la vitre arrière.

Ils ne tardent pas à dénicher des pierres à la bonne taille, qui, calées contre les pneus, forment un bon appui pour désembourber le véhicule. Kosta parvient enfin à l'extraire de sa gangue et roule sur une centaine de mètres avant de s'arrêter sur un sol qui lui paraît plus stable.

En étudiant la carte topographique, il a vu qu'ils allaient devoir laisser le 4 × 4 et continuer à pied avec le matériel pour la journée. Mais, contrairement à ce qui était prévu, ils devront revenir passer la nuit dans la voiture, ne disposant plus que d'un seul igloo une place.

N'ayant pas d'autre solution pour la vitre, Kosta découpe un des tapis de sol en caoutchouc et le fixe sur le trou à l'aide d'un adhésif en tissu très fort qu'il emporte toujours avec lui sur le terrain.

— Ce bruit d'eau qu'on entendait, ça ne peut pas être un début de piste ? suggère Marija sous le coup d'une illumination.

— Pour la source, tu veux dire ? Non, elle ne se présenterait pas sous cette forme-là. C'était plutôt un petit torrent de montagne ou un ruisseau gonflé par l'orage.

Il s'agit maintenant de savoir dans quelle direction aller. Il n'est que six heures et la journée s'annonce plutôt belle et calme, bien que trop fraîche encore pour se passer de doudounes.

Jan a sorti le thermos, versé du café tiède à la journaliste tout en examinant la carte hydrogéologique de la région fournie par Vladimir, qu'il a déployée sur le capot.

— Elle date, cette carte. 1975, tu parles… Il doit y avoir eu des mises à jour depuis.

Il connaît déjà toutes les informations qu'elle peut lui apporter. La nature du sol, majoritairement calcaire avec des roches de type karstique, l'origine sédimentaire des formations géologiques et du relief, la localisation des ressources et des points d'eau, rivières, ruisseaux, sources souterraines. Mais Kosta en est convaincu, ce qu'il cherche n'est mentionné sur aucune carte…

Il va devoir découvrir par lui-même ce que renferme cette montagne et pour cela, y pénétrer comme dans une jungle épaisse dont on n'est pas sûr de ressortir. Est-il prudent d'entraîner Marija dans une telle aventure ?

Les quelques événements qui se sont produits depuis son arrivée, l'orage et même la tente arrachée, sont autant d'avertissements que Babin Zub leur envoie.

— Écoute, Marija, lance-t-il après une hésitation, je préfère te dire tout de suite que ça ne sera pas une promenade de santé. Tu peux encore choisir de rentrer. Je garde mon matériel et ce qu'il me faut de nourriture et toi, tu prends le Land et tu retournes à la centrale.

— Depuis le début tu cherches à me décourager, Kosta. J'ignore quelle est ta vraie motivation. Tu détestes la compagnie d'une façon générale ? La mienne, plus particulièrement ? Tu nourris une méfiance pathologique à l'encontre des journalistes ? Tout ça, ça te regarde. Pour ma part, je reste.

— OK, tu prends tes responsabilités, grande aventurière, a répondu Kosta à la surprise de Marija qui s'attendait à plus de résistance. Et pour ce qui est de la méfiance « pathologique », comme tu dis, vis-à-vis des médias elle est tellement légitime qu'on ne peut même pas parler de parano, mais simplement de bon sens. En tout cas, je t'aurai prévenue.

Repliant la carte, il fait signe à la jeune femme de monter en voiture. Alors qu'ils repartent, à la recherche d'un chemin pédestre ou d'une voie naturelle qui les mènerait sur la Dent, là où est censée couler l'une des sept ramifications de la source du Midžor, une ombre silencieuse, fondue à un rocher, les observe en silence depuis les hauteurs.

10

Dans la centrale, on a passé la nuit à fouiller les bâtiments et les alentours à la recherche d'Ivan et de son doberman Gary. En vain. Ils se sont comme volatilisés. Vladimir, qui pensait que la présence des gardiens lui vaudrait une bonne nuit de sommeil et qui, dans cette douce perspective, a fait venir sa femme de Nis, a été réveillé par l'appel de Buda. Douchko était trop éprouvé par la mort violente de son chien pour pouvoir parler. Ils ont porté le corps de Vlasko jusqu'à la centrale et l'ont déposé dehors, sous une bâche.

Averti de la disparition d'Ivan et de son doberman vers 3 heures, Vladimir s'est habillé en vitesse et est sorti retrouver les deux gardiens. Prêtant une oreille attentive au résumé des événements, l'ingénieur en chef s'est penché vers la bâche, en a soulevé un coin avant de le rabattre aussitôt. Si le lien entre ce carnage et les empreintes était confirmé, c'était l'œuvre d'un homme. Mais quel homme aurait pu faire ça…

— Vous n'avez pas vu d'autres empreintes ? Celle d'un autre chien ? Ou de chacals ?

— Non. Juste celles des pieds nus.

— Et avant l'agression, vous n'avez rien vu qui vous ait semblé anormal ? Entendu des bruits…

Buda glisse un regard oblique à son collègue. Depuis que Douchko l'a appelé sur les lieux, il lui trouve un comportement inhabituel. Une nervosité qui va au-delà de la découverte du cadavre de son chien. Pour avoir longtemps travaillé avec lui, Buda connaît bien Douchko et sait quand ça ne va pas. C'est le cas.

— Non, ou alors je n'y ai pas accordé d'importance. J'aurais peut-être dû…

— Et Ivan ? Pas de nouvelles ?

— On l'a cherché partout. Lui et son chien restent introuvables.

— La passerelle supérieure du barrage était glissante, dit Douchko, j'espère qu'ils n'ont pas fait une mauvaise chute.

— En principe, à moins d'être poussé, on ne peut pas tomber dans les cataractes depuis la passerelle, dit Vladimir.

Les deux vigiles prennent un peu de repos dans la salle commune en se réchauffant avec un café, pendant que Rocky se régale des restes du dîner collectif.

La tête dans le brouillard et les oreilles pleines des ronflements réguliers de Buda, vautré sur une chaise, tête renversée en arrière, Douchko regarde son chrono. Déjà cinq heures et Ivan n'est toujours pas réapparu. Le gardien sait son collègue trop consciencieux pour avoir abandonné son poste sans les avertir. Il n'y a rien de normal dans cette absence. Et si, comme lui, il a vu l'apparition en faisant son tour de garde ? S'il a eu la peur de sa vie et s'est sauvé en courant, sans regarder où il allait… il a pu tomber dans le lac ou pire, du côté des chutes… ou bien il a fait une mauvaise rencontre. La même que Vlasko…

N'y tenant plus, Douchko se décide à écouter son instinct, enfile sa doudoune et son bonnet et sort dans la pâle clarté du matin naissant. La pluie de la veille a rafraîchi l'air que le gardien reçoit comme un souffle glacé sur le visage. Plus haut, bien au-delà du barrage, tel un rempart à l'autre bout du lac, se dressent la chaîne de la Vieille Montagne et ses pics aux reflets mauves, dont le Midžor. Et si ce qu'il a vu cette nuit, sous la pleine lune, ces ruines d'un village sortant de la brume, n'étaient en réalité que ces montagnes…

Tirant avidement sur la cigarette qu'il vient d'allumer, Douchko remonte vers la crête en béton. Le ciel s'éclaircit de minute en minute dans une symphonie d'orangés, de roses et de violets, dévoilant un paysage époustouflant à travers le tumulte incessant des chutes.

Il y a quelques heures encore, il empruntait ce même chemin avec un Vlasko tout heureux d'accompagner son maître dans sa ronde. C'était un sacré chien, pense Douchko. Il voudrait se faire encore plus mal, son âme slave résonne de douleur et en redemande. Pour un peu, il se cognerait la tête contre le béton du barrage. C'est comme s'il avait perdu un frère, son meilleur ami. Ils ne se quittaient jamais. Douchko, divorcé deux fois, sans enfants, racontait tout à son chien. Ses déboires sentimentaux, ses problèmes d'argent, ses dettes, ses projets. Il puisait sa force dans le regard plein d'intelligence de Vlasko. Ensemble, ils en ont traqué, des petites racailles…

Maintenant, c'est seul que Douchko doit poursuivre sa mission. Parvenu à hauteur de la passerelle, il s'y engage, marche jusqu'au centre, s'arrête et, d'une pichenette, envoie son mégot dans l'écume blanche des cataractes à une centaine de mètres en contrebas. Alors qu'il le regarde disparaître, avalé dans un tourbillon, impressionné par la puissance de l'eau, une masse sombre surgit au pied des chutes, ballottée dans tous les sens par l'implacable déversement.

Intrigué, redoutant ce qu'il va découvrir, Douchko rebrousse chemin et redescend en direction de la centrale. Au pied des chutes, protégé par le contrefort en béton, il essaie de voir aussi loin qu'il peut dans ce bouillonnement. Projetée en arrière par la force des cascades, la masse revient obstinément heurter le mur d'eau et, de nouveau, recule sous la poussée. Puis Douchko aperçoit dans les remous une deuxième masse, noire et plus ramassée, entraînée dans cette même danse. Cette fois, il sent sa cage thoracique se rétrécir comme si l'air lui manquait. C'est un chien. À cet instant, tout espoir s'évapore. Si c'est bien Ivan et son doberman, c'en est fini pour eux.

Deux heures plus tard, la milice locale – arrivée sur les lieux juste après les pompiers qui ont réussi à récupérer les corps à bord d'un zodiac au prix de manœuvres périlleuses – rend ses premières conclusions au directeur de la centrale, revenu en catastrophe de son voyage d'affaires. Chacun livre son récit des événements. La légère hésitation du plus âgé des gardiens à l'évocation de sa ronde nocturne, qui s'est soldée par la mystérieuse agression et le meurtre de son chien, n'échappe pas au chef de la milice.

— Tu es sûr que tu me dis tout ?

— Qu'est-ce que je pourrais bien cacher ? se défend Douchko d'un air embarrassé.

— Tu n'es toi-même pas convaincu de ce que tu dis, ça se sent.

— J'ai pas envie qu'on me prenne pour un cinglé. C'est tout.

— Vas-y, on verra bien. Garder des choses pour toi ne risque que d'aggraver ta situation.

L'officier écoute le récit et note sans ciller sur un calepin l'histoire de l'apparition du village fantôme et des cris qui en provenaient. De son côté, Vladimir ne bronche pas. Pourtant, il sait que Douchko n'est pas le premier à l'avoir vu, ni à éprouver cette peur qui suinte encore de chacun de ses mots pendant qu'il raconte.

Les quelques personnes qui ont pu témoigner de cette rencontre les nuits de pleine lune portaient toutes ce même effroi dans la voix. Et avant Kosta, cinq membres du personnel de la centrale ont fini par parler de leur « vision ». Mais il ne fallait rien ébruiter, sous peine de voir les curieux affluer et l'endroit redevenir un lieu de pèlerinage, comme il l'avait été des années durant, jusqu'à la construction de la centrale et du barrage venue troubler la quiétude du lac.

Buda n'en croit pas ses oreilles. Une fois seul avec son collègue, les reproches fusent malgré l'accablement qui s'est emparé d'eux.

— Pourquoi tu ne m'as rien dit ?

— Et qu'est-ce que ça aurait changé, à part que tu m'aurais pris pour une bonne femme ?

— C'est possible, mais j'aurais peut-être fait un lien avec ce qui est arrivé à Vlasko !

— Parce que tu crois qu'il y en a un ? Que c'est un fantôme qui l'a égorgé ?

Buda ne répond pas au sarcasme de Douchko.

— La milice va faire son boulot. Et elle a du pain sur la planche, avec en plus Ivan et…

Les mots de Douchko se noient dans les larmes qu'il ne peut retenir à la pensée des souffrances dans lesquelles son comparse et son chien ont dû mourir.

À la fin de l'interrogatoire, les trois corps sont chargés dans le fourgon sous le regard abattu de Buda et Douchko. S'ils avaient pu imaginer un instant de quelle façon allait virer une simple mission…

Pendant ce temps, une équipe de trois miliciens effectue les relevés d'empreintes et prélèvements à l'endroit où Douchko a retrouvé son chien la gorge ouverte.

— Messieurs, vous pouvez rentrer chez vous, mais tenez-vous à disposition pour un nouvel interrogatoire en fonction des éléments de l'enquête, déclare l'officier à Buda et Douchko qui s'exécutent, exténués.

Vladimir les regarde s'éloigner tête basse vers leur camionnette. Arrivés à trois hommes et trois chiens sous la pluie, ils repartent à deux avec un seul chien, sous un soleil qui réchauffe la vallée d'une douce lumière printanière, comme si rien de grave ne s'était passé.

— Ça ne doit pas être facile pour eux, dit-il à l'officier.

— Ni pour les proches de ce pauvre gars. Certains éléments font penser à un meurtre. Ils ne sont pas tombés dans l'eau tout seuls. Pour plonger dans le vide, il faut se pencher jusqu'à perdre l'équilibre et être emporté par son propre poids. Ou bien être balancé par-dessus la rambarde. Ou alors glisser et passer par l'un des côtés non sécurisés aux deux extrémités, mais c'est plus improbable. Non, ce n'est pas comme ça qu'ils se sont retrouvés à l'eau. Le chien n'était pas attaché. On a jeté les corps dans le déversement après les avoir tués ou on les a poussés par surprise. J'imagine que même dans ce cas, le vigile se serait défendu avec son arme ou son taser. Sauf s'ils étaient plusieurs. Ils ont dû tuer le chien avant pour ne pas se faire mordre, parce que le doberman n'aurait certainement pas laissé son maître se faire attaquer sans réagir. En revanche, il y a un point commun avec la première agression.

— Et c'est quoi ?

— Le vigile a aussi été égorgé.

11

Chargés comme des mulets, Kosta et Marija marchent depuis bientôt une heure sans échanger un mot, pour économiser leur souffle et leur énergie malgré leur bonne condition physique entretenue par des activités sportives régulières. La salle et la boxe pour Kosta, la course et le sport de combat pour la reporter.

Avant de laisser le Land à l'abri entre des conifères, de façon à ce qu'il ne soit pas trop visible, chacun a mis dans son sac à dos tout ce dont il a besoin, et enfilé des chaussures de marche auxquelles ils pourront fixer des crampons métalliques si le terrain l'exige.

Surmontée d'un rocher semblable à une molaire dans une bouche édentée, la Dent ne ressemble à aucune autre montagne. En réalité, elle doit son nom de Babin Zub ou Dent de la Vieille à un événement macabre survenu sous l'occupation turque. Les Ottomans s'en étaient pris aux vieilles des villages alentour, leur arrachant les dents et les ongles. L'une d'entre elles, une pauvre femme de quatre-vingt-cinq ans, avait été affreusement torturée et mutilée après avoir été violée. Dans sa bouche, une seule dent avait résisté. Et cette dent est devenue le rocher de Babin Zub. Mais ça, c'est la légende. Dans la réalité, le mot « baba », outre signifier « grand-mère » ou « vieille », veut dire aussi « roche ». Ce qui reviendrait à avoir nommé cette montagne la « Dent de pierre ».

Les pentes septentrionales de Babin Zub, équipées de télésièges, accueillent une station de ski l'hiver, mais à cette période, pour trouver encore de la neige, il faudrait monter tout en haut par les cabines… Et en été, les pistes se transforment en alpages pour les ovins et quelques vaches.

Ce n'est pas ce versant qu'empruntent Kosta et Marija, mais un autre, beaucoup plus sauvage, où l'hydrogéologue espère dénicher quelque grotte, sinon une ouverture dans la roche, une galerie qui pourra les conduire vers les cours d'eau souterrains. De ce côté, orienté au sud où l'air semble moins froid, serpentent des sentes étroites taillées dans la pierre, formant un entrelacs qui se perd avant le sommet. Comme si l'accès devenait impossible.

Par endroits, les voies sont bordées de ravins d'une profondeur vertigineuse et de petits canyons asséchés parsemés d'une végétation de montagne assez dense.

— Tout ça est l'œuvre de l'eau et des vents, souffle Kosta face à ce spectacle, lorsqu'ils parviennent au-dessus d'un canyon circulaire à sec.

— Mais il n'y a plus d'eau… observe Marija, maîtrisant son essoufflement.

Le poids de son sac à dos rend la marche malaisée et elle doit démultiplier les efforts à chaque pas.

— C'est inquiétant, en convient Kosta. Ces lits de rivière à nu, ces lacs qui disparaissent, remplacés par du sable ou du sel, cette terre qui a soif… La carte hydrogéologique indique la présence d'une rivière dans ce canyon encore à l'époque. Il a dû s'assécher depuis. L'eau potable, c'est de l'or, aujourd'hui. Et pas seulement sur le continent africain, chez nous aussi, mais personne n'en a vraiment conscience, à part les écolos.

Marija, qui vient de sortir le Nikon professionnel numérique sur lequel elle visse un objectif aussi long que son avant-bras, prend des photos, d'abord panoramiques, puis en zoomant jusqu'au fond du canyon. La puissance de la lentille permet de fixer des détails hors de portée du regard à cette distance.

Sur le point de repartir après cette courte pause et quelques gorgées bues à leur gourde, Marija, qui, après chaque prise de vue, vérifie que les photos sont bonnes en les faisant défiler sur l'écran de l'appareil, aussi grand que la moitié d'un smartphone, se fige soudain.

— Regarde ! s'exclame-t-elle devant Kosta interloqué. Sur cette photo…

— Désolé mais je vois que des pierres…

— Mais là… Regarde, là !

— Oh merde… T'as raison… On dirait deux corps. Mais ça peut très bien être autre chose. Un hasard. Des ombres ou des formes qui évoquent des corps humains.

— Le seul hasard, c'est que j'ai pris cette photo et qu'ils apparaissent dessus.

Dans cette fébrilité que Marija ne cherche même pas à contenir, Kosta ne peut s'empêcher de voir l'excitation du reporter face à un éventuel scoop. L'attrait de la découverte, du fait divers glauque.

En attendant, il n'y a malheureusement plus trop de place au doute. C'est maintenant dans le cercle de ses jumelles qu'il distingue deux corps à l'état de squelette, dont seul le crâne émerge de ce qui pourrait être des restes de vêtements. Pourtant, de prime abord, on peut confondre les crânes avec des œufs d'autruche, tellement l'air et sans doute les années les ont polis.

Kosta reste quelques instants sans rien dire, accroché à ses jumelles dont il tourne la molette au maximum de façon à obtenir une vision grossie.

— Leur mort ne date pas d'hier, dit-il. Il est même possible qu'ils aient séjourné dans la rivière, lorsqu'elle coulait encore dans le canyon.

— Leur position est étrange, malgré tout, pour une mort accidentelle.

— C'est vrai. Côte à côte, comme ça, c'est bizarre.

— Roméo et Juliette version squelette… On doit avertir la police.

— Pas tout de suite. Je vais d'abord aller voir de quoi il retourne.

— Kosta ! Ne me dis pas que tu… vas descendre ?

Il suffit d'un regard pour que Marija comprenne à quel point son intention est sérieuse.

— J'ai du bon matériel, ne t'inquiète pas. Pour accéder aux points d'eau souterrains, il m'arrive de descendre dans des goulets ou des puits d'une cinquantaine de mètres…

— Sauf que là, c'est le double…

— Je ne pense pas. Je verrai en descendant. Apparemment, personne ne les a remarqués et ils sont restés là, tout ce temps, sans sépulture. Leurs proches ne savent même pas où ils ont disparu…

Marija enveloppe Kosta d'un doux sourire. Ce grand gaillard au cheveu ras et à la mâchoire carrée, beau mec, d'ailleurs, serait-il en train de lui révéler une sensibilité enfouie sous des airs taciturnes? Kosta est comme cette eau pure… il faut aller le chercher loin, dans les profondeurs de la Terre. Là où personne n'est encore allé.

À peine vingt minutes plus tard, il est équipé, laissant le reste de ses affaires et du matériel professionnel à Marija, chargée de surveiller la descente en rappel jusqu'aux abords du canyon. Ensuite, il restera seulement une cinquantaine de mètres à parcourir pour arriver aux deux squelettes étendus dans le lit à sec pour le grand sommeil.

Après avoir fixé la corde à un piquet planté dans la paroi rocheuse, Kosta, casque enfoncé sur la tête, amorce la descente en rappel au-dessus du vide. Celle-ci s'annonce assez périlleuse à cause de l'irrégularité de la roche et de sa friabilité. À deux, trois reprises, il doit s'arrêter, suspendu à la corde par le baudrier, hésitant à poursuivre face à la hauteur qui se révèle finalement impressionnante. Est-il assez expérimenté pour en venir à bout… Sentant ses extrémités fourmiller et ses muscles se raidir, Kosta décide de se laisser glisser plus rapidement afin d'éloigner le vertige qui commence à le paralyser. Sensation qui lui est étrangère lors d'expéditions souterraines ou en spéléo, même lorsqu'il doit descendre loin. Dans un espace ouvert, l'impression de vide est autrement plus forte.

Malgré ses précautions, alors qu'il se trouve à mi-chemin du sol, la corde se détend soudain, le faisant tomber d'une dizaine de mètres sans pouvoir freiner la chute. Par chance, après trois rebonds, il stoppe brutalement à deux mètres du sol en tournoyant sur lui-même et se stabilise au bout du cordage.

Le cri de Marija qui a suivi la manœuvre manquée depuis le haut ne lui est même pas parvenu. À peine ses semelles se sont-elles posées sur le sable qui tapisse le canyon, Kosta entend son talkie crépiter dans sa poche avant.

— Alunissage accompli, répond-il à Marija sans prendre la peine de détacher son baudrier.

— Je t'ai vu descendre d'un coup à une vitesse folle, j'ai cru que tu allais t'écraser…

— Je t'avoue que ça balançait un peu, j'ai vu la paroi de près ! Heureusement que je porte des gants. Mais tout est OK. Je vais rendre une petite visite à Roméo et Juliette…

— Bien reçu. Je ne bouge pas.

Glissant l'appareil dans sa poche, Kosta entreprend de se débarrasser du harnais et de détacher la corde avant de ranger le tout dans son sac à dos. Puis, d'un regard, il évalue la distance à parcourir jusqu'à l'objet de leur découverte. De là-haut, elle semblait réduite, mais il ne voit même plus les deux squelettes et doit se servir de ses jumelles pour fouiller le canyon. Entre-temps, au fond de la gorge asséchée, des ombres ont disparu et d'autres se sont formées en flaques obscures entre les pierres. Peut-être à cet instant les deux cadavres se trouvent-ils plongés dans l'une d'elles.

— Marija tu me reçois ? dit-il, le talkie collé contre ses lèvres. Je ne les vois plus, même aux jumelles. Tu peux m'orienter ?

— Attends… Ça y est ! Je les ai… Tourne-toi sur la gauche à 45 degrés et avance tout droit. Au bout d'une vingtaine de mètres, tu devrais distinguer les crânes.

Sur les indications de la journaliste, Kosta se met en marche, soufflé par la beauté sauvage du lieu. Ses missions l'amènent parfois sur le terrain mais depuis la naissance de Fjona, il travaille la plupart du temps sur des projets et des installations dans son bureau à Dubaï, n'ayant pour horizon que des gratte-ciel, du verre et du béton, avec, çà et là, quelques oasis composées d'une végétation exotique bien pensée par les architectes paysagistes.

Ici, la pierre, la roche, leur silence minéral, les plantes et les fleurs de montagne, aux tiges et aux racines si coriaces qu'elles n'ont pas besoin d'autre socle, le reconnectent peu à peu à son ancienne matrice, à cette terre primitive dont il est issu. À la source.

À chaque pas, il fait rouler les pierres sous ses semelles crantées, craquer de petits buissons secs dont les épines griffent son pantalon au passage. Chaque mètre franchi éveille en lui des sensations qui lui rappellent les longues marches en montagne avec son grand-père au moment de la cueillette des baies et des champignons. Les odeurs aussi, différentes selon les saisons. Maintenant, ce sont des relents humides de terre et d'herbes décomposées qui s'élèvent du sol. L'été épaissira ces effluves dans une chaleur sèche tempérée par un petit vent d'altitude.

Ayant parcouru la distance recommandée par Marija, Kosta s'arrête et, une main en visière, balaie du regard l'étendue du canyon et le lit de la rivière jusqu'à ce que deux formes reconnaissables se détachent nettement, claires et sombres sur l'ocre sablonneux. Elles semblent soudées l'une à l'autre dans une éternité muette, figées dans la solitude et l'oubli.

— Vous voici donc… Vous êtes plutôt Roméo et Julien vu vos tenues… murmure Kosta, la gorge subitement serrée.

Alors qu'il esquisse un pas, ses pieds se font lourds en même temps que l'appréhension le saisit. Il s'apprête à troubler le repos des morts, à violer ce tombeau naturel et, sans être superstitieux, il éprouve un respect spontané pour les sanctuaires.

En quelques foulées qui lui paraissent interminables, il arrive près de ce qu'il reste des deux corps presque allongés, appuyés l'un contre l'autre. Ils portent encore ce qui devait être leurs vêtements, fripés et durcis, un costume noir ou gris, aux couleurs passées, chemise et cravate. Deux hommes, donc. Néanmoins, ce n'est pas ce dont ils sont vêtus qui remplit Kosta d'effroi, mais ce qui les maintient ensemble, unis dans la mort. Une longue chaîne à moitié rouillée enroulée autour d'eux, si serrée que ses maillons se sont incrustés dans leurs habits et jusque dans leur chair. Sans les quitter des yeux, comme s'ils risquaient de se volatiliser, Kosta prend son talkie.

— Marija… parvient-il à prononcer, la bouche sèche. J'y suis, et c'est pas un accident. Ils ont été assassinés.

12

« Assassinés ». Le mot lugubre martèle l'oreille de Marija quand elle appuie sur le bouton du talkie pour couper. En l'absence de Kosta, et même si elle vient d'entendre sa voix, elle se sent seule et vulnérable.

Très réceptive aux vibrations des lieux, elle ressent ici une aura sinistre, malgré la beauté du petit canyon baigné de lumière qui s'ouvre devant elle. Est-ce parce qu'elle *sait* maintenant de quoi il retourne ? L'endroit porte l'empreinte de la mort et pire… celle d'un crime. Il serait surprenant, voire improbable, que ces deux hommes aient mis fin à leurs jours en s'entravant de la façon que Kosta vient de lui décrire. Avec une chaîne fermée par un cadenas.

Attentive au moindre bruit, ne quittant pas Kosta des jumelles qu'elle a sorties de son sac, la journaliste décide de prendre une série de photos de lui et des macchabées. Le téléobjectif est assez puissant pour capter jusqu'aux moindres expressions du visage de son coéquipier. Ce qui la rassure et renforce l'illusion de proximité. Elle peut l'accompagner presque comme si elle y était.

De son côté, Kosta, sans enlever ses gants, poursuit son inspection des deux squelettes, relevant plusieurs détails qu'il enregistre dans son smartphone avec quelques clichés. Leur style vestimentaire – pour ce qu'il en reste –, leur taille, une alliance à l'annulaire droit du plus grand, deux couronnes en or plantées dans la denture du plus petit, mais surtout la calotte crânienne de chacun enfoncée presque au même endroit par un objet lourd dont les impacts sur l'os sont identiques.

En examinant ces traces de plus près, Jan ne peut s'empêcher de penser aux bâtons que les bergers utilisent par ici, des objets traditionnels, habilement façonnés et polis, munis d'un pommeau arrondi qui, asséné avec force, pourrait causer de semblables dégâts…

— Qu'est-ce qui vous est arrivé, nom de Dieu… siffle Kosta entre ses dents.

Ce qui revient à se demander qui sont ces deux malheureux et ce qu'ils ont bien pu faire pour mériter pareille fin. À moins que ce ne soit un crime crapuleux, se dit Kosta.

Alors qu'il s'apprête à rebrousser chemin pour remonter jusqu'à l'endroit où l'attend Marija, son regard s'attarde sur l'ancien lit de rivière, chemin naturel que le soleil éclaire à cet instant, comme pour l'inviter à l'emprunter. Peut-être y trouvera-t-il d'autres indices liés à la mort de ces deux hommes, ou bien un élément en rapport avec sa quête initiale…

Pendant ce temps, Marija, l'objectif braqué sur la scène, le zoom réglé au maximum, n'arrête pas de shooter, se surprenant à insister sur le visage de Kosta et sur chacun de ses mouvements. Debout, puis accroupi, prenant lui-même des photos avec son smartphone et, enfin prêt à repartir.

Le voyant se raviser soudain et s'éloigner dans le lit asséché d'un pas déterminé, Marija est tentée de l'appeler sur son talkie, mais renonce. Elle sait que son inquiétude aurait tendance à irriter Kosta et décide de prendre sur elle. Elle le suit du regard jusqu'à ce qu'il disparaisse au détour d'une roche.

Tout en l'accompagnant des yeux, la main tendue vers son sac à dos pour y attraper sa gourde, elle recule sans voir, juste derrière elle, le trou dans le sol rocheux. Lorsqu'elle se rend compte que la terre s'ouvre sous ses pieds il est trop tard, l'obscurité caverneuse l'a déjà avalée.

Loin de se douter de ce qui se joue sur les hauteurs, Kosta avance pas à pas sur le sable scintillant. Là où il se trouve, entre deux berges dont l'un des bords lui arrive à la tête, la rivière devait être plus profonde. Mais une fois asséché, le fond a été partiellement comblé par le sable et l'érosion de la roche. L'absence d'eau intéresse elle aussi l'hydrogéologue. L'essentiel est qu'il y en ait eu et que son passage ait laissé des traces. Entre autres empreintes, justement, celles de végétaux aquatiques sur la pierre et quantité de coquillages en pleine fossilisation indiquent à Kosta que l'assèchement remonterait à une cinquantaine d'années.

Les deux gars ont-ils été noyés ou bien les auteurs de ce double meurtre les ont-ils abandonnés ici après les avoir tués ? s'interroge Kosta en marchant, tête baissée à l'affût du moindre indice caché dans ces miroitements.

À cet endroit, le lit de la rivière est large d'une trentaine de mètres. Et c'est précisément là qu'elle apparaît à Kosta. Une épave. Ce qu'il reste d'un 4 × 4 dépouillé de ses sièges et de sa banquette, et réduit, comme les deux types, à l'état de squelette. Renversé sur le côté gauche. La coïncidence est trop évidente pour en être une. On a sans doute cherché à tout faire disparaître, le véhicule et ses passagers. Kosta en est quasi convaincu tandis qu'il s'approche de l'épave attaquée par la rouille. La carrosserie a visiblement subi des chocs un peu partout. Des vitres, il ne reste plus que les joints à moitié arrachés et desséchés par le vent et le soleil. Seuls les pare-chocs ont tenu le coup. Le logo de la marque est encore visible sur le capot. Un modèle Niva.

Se méfiant d'éventuels nids de vipères, Kosta ramasse une branche sèche en guise de bâton et tente d'ouvrir la portière avant côté passager, mais celle-ci résiste. Au bout de quelques bonnes secousses, elle finit par céder et s'ouvre dans un bruit de tôle.

Sans grand espoir d'y faire une découverte éclairante, la voiture ayant dû être visitée, soit avant d'être précipitée dans la rivière, soit après l'assèchement, Kosta fouille la boîte à gants.

Comme il le pressentait, à part une petite bouteille où traînent encore un fond de slivovitz et un paquet de cigarettes parcheminé, la boîte à gants ne contient que quelques vieilles cassettes audio, vestiges de l'époque de Tito, qui ravive chez Kosta une certaine nostalgie de son adolescence, de ses premiers émois amoureux sur des tubes qu'il enregistrait sur ces supports.

— *Bjelo Dugme – Le Bouton Blanc – Bajaga*,

Zdravko Colic, lit Kosta à voix haute sur les boîtes avec un pincement au cœur. Deux groupes de rock sur lesquels il a appris à fumer et à embrasser des filles, et un chanteur qui a eu son heure de gloire mais qu'il a toujours trouvé ringard.

Une seconde madeleine lui apparaît. Collé sur le tableau de bord, un écusson rayé noir et blanc des Partisans, célèbre équipe de foot en Serbie, dont il avait vu plusieurs matchs à la télévision.

« Nous avions les mêmes goûts, on dirait », souffle Kosta, bien que plus jeune que ces types. Dans les années soixante-dix, il n'était pas difficile d'avoir les mêmes goûts musicaux, littéraires, artistiques ou sportifs, les propositions étant réduites à leur strict minimum, c'est-à-dire à ce qui était autorisé sous une dictature communiste.

Devant cette cascade de réminiscences, Kosta sent sa poitrine se contracter et le grand gaillard qu'il est vacille. Il n'avait pas imaginé que la découverte de ces deux morts l'entraînerait dans son propre passé qui est aussi celui de son pays. Un pays qui n'existe plus, qui n'apparaît plus sur aucune carte et qui s'appelait Yougoslavie. Pays fantôme, éclaté, dissout par la guerre, désormais inséparable du préfixe « ex ». Deux lettres aussi cinglantes que des tirs de sniper, deux lettres qui à elles seules enterrent un État entier ou une personne.

Enlisé dans ses souvenirs, Kosta se rappelle brusquement qu'il ne s'est pas manifesté auprès de Marija depuis un moment et qu'elle doit s'inquiéter. Ressortant le buste de la voiture, il prend son talkie et appelle. Aucune réponse. Nouvel essai, tout aussi infructueux.

— Bizarre, dit-il en rangeant l'appareil.

Enveloppant d'un sac plastique ce qu'il a trouvé dans la boîte à gants – bouteille, paquet de cigarettes et cassettes –, Kosta rebrousse chemin.

Arrivé à hauteur des deux squelettes, il leur adresse un dernier regard, entre compassion et méfiance, et se dirige vers le pied de la paroi par laquelle il est descendu, pour entamer son ascension.

Il se saisit de la corde à laquelle il fixe son baudrier et commence à grimper, cherchant les meilleures prises pour les mains et les pieds. Mû par un fond d'inquiétude devant le silence de Marija qu'il a tenté de joindre une nouvelle fois avant de remonter, il arrive en haut en moins de temps qu'il ne lui en a fallu pour descendre en rappel.

Se débarrassant de son harnachement, il appelle la journaliste, mais seul lui revient l'écho de sa voix. Il fait quelques pas et aperçoit le sac à dos de la jeune femme.

— Merde… Marija ! MARIJA ! Réponds ! Où t'es passée ?

Il refait une tentative au talkie mais le silence s'obstine et lui remplit la tête d'une inquiétude et d'une colère qu'il ne pourra bientôt plus contrôler. Il sent que c'est sérieux. Quelque chose a dû arriver à la jeune femme. Quelque chose ou quelqu'un l'a surprise.

S'est-elle sauvée, abandonnant ses affaires, ou bien l'a-t-on entraînée de force ?

— Je savais que je devais y aller seul, peste Kosta en se passant la main sur le crâne et en tournant sur lui-même, fouillant du regard les environs. Jamais je n'aurais dû accepter…

Après avoir hésité quelques secondes, sans remarquer la crevasse à proximité, Kosta ramasse le sac à dos de Marija. Il n'y trouve ni le talkie ni l'appareil photo qu'elle a sans doute gardés sur elle, juste un étui en tissu dans lequel il découvre un petit portable, de secours sans doute. Relativement soulagé à l'idée qu'elle ait pu s'éloigner pour prendre des photos et finir par se perdre, il part à sa recherche.

13

À presque dix mètres sous terre, après être restée évanouie un certain temps, sa tête ayant tapé sur la pierre dans sa chute, Marija a peu à peu émergé dans un noir d'encre, le corps endolori.

Un instant, se croyant aveugle, elle commence à paniquer et ne peut retenir un cri qui remplit la cavité souterraine où elle a échoué. Puis, très vite, à la vue du cadran phosphorescent de sa montre qui lui indique quatorze heures et quatre minutes, elle parvient à se calmer et à reprendre lentement ses esprits en inspirant l'air jusqu'au fond de ses poumons.

Heureusement rien ne semble cassé, constate-t-elle après avoir esquissé avec prudence quelques mouvements des bras et des jambes. Elle n'a pas non plus mal aux côtes en respirant. Juste un élancement derrière la tête, là où elle a dû se cogner. Par chance, au cours de sa chute plus spectaculaire que grave, elle n'a pas perdu son appareil photo ; en revanche, dans un réflexe pour s'agripper à ce qu'elle pouvait, elle a lâché le talkie qui est tombé quelque part dans ces ténèbres.

La première question qui la frappe est la hauteur

de l'ouverture. Ne distinguant pas de rai de lumière, si ténu soit-il, elle imagine que le trou doit être profond. Au moins quatre mètres. Cherchant à se lever, elle sent au niveau du mollet et de la cuisse gauches une brûlure diffuse. Sans doute la conséquence de sa glissade et du frottement sur la paroi rugueuse de ce puits naturel. Surtout, ne pas s'affoler… se répète-t-elle en fouillant fébrilement dans ses poches à la recherche de son smartphone.

— Oh, c'est pas vrai… gémit-elle, je l'ai laissé dans le 4 × 4, ou dans mon sac…

À la place du téléphone, elle trouve un briquet ayant appartenu à celui qui l'a bombardée de messages écrits ou vocaux depuis qu'elle a quitté Belgrade. Il le lui a donné lorsqu'elle a décidé de rompre après un dernier ultimatum devant son impossibilité de choisir entre elle et sa femme. « Comme ça, tu porteras notre flamme toujours sur toi. Qu'elle te serve un jour », lui a-t-il dit entre deux sanglots.

De cette passion destructrice, il ne restait à Marija que ce briquet oublié au fond d'une poche, jusqu'à ce que les appels recommencent, comme par hasard, au cours de ce voyage. D'un homme qui ne supporte pas de voir une femme lui échapper. Qui veut reprendre ce qu'il prétend être son dû. Est-ce de l'amour… ? Et cette même femme qui se pensait inébranlable se sent faiblir sous l'inlassable insistance, toutes ses certitudes s'envolent, aussi fragiles qu'une flamme de briquet.

— Si tu savais à quoi il va me servir… dit-elle dans un rire amer, le pouce appuyé sur la pierre du briquet.

La flamme jaillit, d'abord petite et bleue puis s'étirant et prenant la forme d'une feuille de tilleul.

Promenant autour d'elle cette frêle lumière, enfin debout après quelques efforts et malgré sa douleur superficielle à la jambe, Marija découvre peu à peu ce qui l'entoure.

Une poche souterraine juste assez haute pour accueillir un adulte de taille moyenne et qui se prolonge par ce qui semble être une galerie accessible seulement en rampant. Ce que la journaliste ne peut envisager, ne possédant pas l'équipement nécessaire à la spéléo. Mais le plus inquiétant se trouve juste au-dessus d'elle : le boyau presque vertical par lequel elle a atterri là.

S'efforçant de regarder aussi loin que lui permet la flamme, elle se demande comment elle ne s'est pas tuée dans sa chute. Le second constat est plus rude. Impossible, sans corde ni outils, de remonter à la surface. Il aurait mieux valu mourir sur le coup, pense-t-elle, tandis qu'une angoisse la saisit à la gorge et la serre comme des griffes.

Assommée par cette réalité implacable, à bout de forces, elle s'affaisse sur le sol dont l'humidité traverse aussitôt ses vêtements et la fait frissonner. Relâchant la pression de son pouce sur le levier en plastique du briquet, elle laisse la flamme s'éteindre. Les larmes la submergent.

— Ça sert à rien de pleurer, sœurette, souffle une voix douce à son oreille, la faisant sursauter.

La voix de son frère, reconnaissable et rassurante entre toutes, celle qui la berçait dans leur chambre commune lorsque des cauchemars venaient la tourmenter. Cette voix qui lui manque tant depuis l'accident. Qu'elle pensait ne plus jamais entendre.

— *Goran? C'est toi?*

— Qui d'autre, au fond de ce trou? Tu te souviens? On s'en est fait des grottes et flanqué des trouilles pas possibles… On voulait partir sur les traces de Jules Verne. Comme si le centre de la Terre existait… Je suis content de te revoir. Tu m'as manqué.

— Toi aussi… Tu me manques, chaque jour. Pourtant, j'ai continué sans toi, pour toi. Et voilà que je vais finir de la même façon. Dans un trou et dans le noir complet.

— On ne baisse pas les bras aussi facilement chez les Pavlovic! Reprends-toi, sœurette. Déjà, je suis mort, logiquement tu ne peux pas m'entendre ni parler avec moi. Tout ça, c'est le choc et le manque d'oxygène. Alors économise le tien, garde tes forces et écoute le silence, ou ce que tu penses être le silence. C'est lui qui te donnera des indications et t'orientera dans la bonne direction. Prends soin de toi. Ciao, sœurette.

Abasourdie, Marija s'exécute avec un calme qui la surprend.

— J'ai déjà des hallus… dit-elle tout haut.

Son expérience en spéléo l'aide à surmonter l'angoisse du noir, à ne pas étouffer dans cette poche obscure. L'« autre » ne saura jamais où elle a disparu, ni que son briquet aura servi à éclairer ses derniers instants. Et Kosta… c'est à lui que Marija s'accroche. C'est à lui seul qu'elle se peut se fier, terrée dans sa sombre solitude. Accablée du désagrément qu'elle lui cause, de la responsabilité qu'il portera et qui le hantera. Kosta ne se pardonnera jamais de l'avoir laissée seule. Elle est sûre que sous cette carapace bat un cœur bon et généreux. Que derrière une rudesse de surface se cachent les vraies émotions.

Quand la voix de son coéquipier résonne, proche,

dans les ténèbres, émergeant d'un crépitement familier, c'est comme si le soleil faisait son apparition.

— Le talkie! s'écrie Marija, se mettant à chercher l'appareil à tâtons, mains tendues comme des antennes.

Puis se rappelant la flamme du briquet, elle le ressort de sa poche.

— Marija! Réponds, Marija! Ici Kosta…

— Oui oui oui… Faut juste que je trouve ce foutu talkie… Raccroche pas, j'arrive…

Mais lorsque, guidée par les grésillements et la voix de Kosta, elle tombe enfin sur l'appareil dans le faible éclairage du briquet dont la flamme commence à se rétracter en une petite boule bleue, la journaliste a l'impression d'être ensevelie sous un désespoir absolu. Elle a beau actionner le bouton, elle ne parvient pas à établir la connexion. La batterie n'est pourtant pas déjà déchargée. Sans savoir exactement combien de temps elle est restée sans connaissance, Marija évalue à trois bons quarts d'heure le temps qu'elle a passé dans cette grotte souterraine depuis sa chute.

— Non! Non! Saloperie! crie-t-elle, dents serrées, en tapant le talkie sur sa paume.

Au même moment, le voyant s'allume : ce n'était qu'un faux contact. L'espoir renaît dans les yeux de la jeune femme.

— Kosta! Ici Marija! Tu me reçois? Kosta! À toi…

La main crispée sur l'appareil la journaliste retient son souffle. Un déclic, puis le crépitement annonciateur de la liaison rétablie.

— Marija? T'es où, bon sang? À toi.

La voix de Kosta à l'oreille lui fait l'effet d'une onde de chaleur à travers tout le corps. Les yeux fermés pour mieux s'en remplir, elle met quelques secondes à répondre.

— Marija ! J'ai dit, à toi.

— Je te reçois. Kosta. Je… je suis dans le pétrin ! Tu vois où est mon sac à dos ? À toi.

— Oui. J'ai regardé dedans pour voir ce que tu avais emporté. À toi.

— Surtout fais attention où tu mets les pieds, je suis tombée dans une crevasse juste à côté. À toi.

— Quoi ? Tu dis bien que tu es tombée dans un trou ? À toi.

— Oui, tu dois revenir là où je t'attendais et où j'ai posé mon sac. Mais sois prudent. À toi.

— Tu as mal ? Rien de cassé ? À toi.

— Un peu mal à la jambe gauche, j'ai dû me râper… Mais ça va. Je n'ai qu'un briquet pour m'éclairer. À toi.

— Écoute-moi, Marija. Je vais venir te chercher, mais je dois d'abord évaluer la profondeur de la crevasse en espérant que la corde suffise pour nous deux. À toi.

Marija hésite un instant.

— Ne descends pas, Kosta. Si on ne peut pas remonter après, on sera bloqués ici tous les deux. À toi.

— Tu te sens de remonter seule, si je t'envoie la corde ? À toi.

— J'ai dû rouler dans une cavité, c'est le noir complet. Je ne sais pas si la corde arrivera jusqu'ici. À toi.

— Je vais fixer le harnais au bout et faire descendre

le tout. Si tu ne réussis pas à le réceptionner, je descendrai.

— Bien reçu.

Kosta met sans tarder son plan à exécution, mais lorsqu'il vient aux nouvelles Marija lui annonce qu'elle n'a pas le harnais et qu'elle ne voit rien, même en levant la flamme au maximum dans le boyau.

— Je descends, lui dit-il dans le talkie.

— Fais attention à toi, Kosta.

Une volée de minutes plus tard, la cavité résonne de raclements et de cliquètements sur la pierre. Tout à coup, deux pieds surgissent presque au-dessus de la tête de Marija, et enfin Kosta tout entier se pose un peu lourdement devant elle, dans l'éclairage d'une frontale qu'il a pris la précaution de fixer sur son casque. Il porte la deuxième à son poignet, destinée à la journaliste. Éblouie par cette soudaine lumière, Marija cligne des yeux, déjà habitués à l'obscurité.

— Content de te voir !

— Et moi donc !

— Je t'ai apporté ce qu'il faut pour remonter. J'ignore comment même tu as pu tomber là-dedans, ça fait une sorte de coude et le passage est juste assez large pour un adulte.

Kosta lui tend le baudrier qu'il sort de son sac.

— C'est peut-être au niveau du coude que ma cuisse a heurté la pierre.

— Ça va, là ?

— Ça ira.

— Je t'ai descendu aussi un casque avec la frontale. On ne sait jamais.

Marija enfile le casque. Elle a l'impression d'avoir

une nouvelle hallucination. Pourtant, Kosta est bien là, enveloppé d'effluves d'homme après l'effort.

Tous deux se taisent pendant que la journaliste enfile son baudrier en serrant les dents. La cuisse gauche la lance toujours.

— Écoute… dit brusquement Jan.

— Quoi ?

— Chut… Il n'y a aucun bruit, tu entends ce silence ?

— Oui, et qu'est-ce que ça veut dire selon toi ?

— Il n'y a pas d'eau, alors que l'air en est chargé. Il y a une odeur particulière dans une cavité naturelle où il y a eu de l'eau. La cavité se prolonge, là-bas, je vais aller voir.

Prenant une inspiration, Kosta s'enfonce dans la pénombre. Le faisceau de sa frontale révèle peu à peu des détails qui ont échappé à Marija et un espace plus grand qu'elle ne l'avait imaginé. La galerie qui lui a semblé si étroite s'avère en réalité assez grande, à condition de marcher courbé.

— Attends-moi ici, pas la peine qu'on y aille à deux. Je vais juste en reconnaissance. Il y aura peut-être des traces anciennes d'un écoulement d'eau.

Kosta, penché en avant, s'éloigne déjà de quelques pas. Au fur et à mesure qu'il progresse, le boyau souterrain s'élargit pour s'ouvrir sur une deuxième cavité, encore plus spacieuse que celle où a échoué la journaliste.

Pouvant enfin se redresser, Kosta vide ses poumons et promène le faisceau de sa lampe sur les parois qui renvoient par endroits un éclat flavescent, mais toujours pas d'eau.

Le rayon lumineux de la frontale orienté vers le

bas, Kosta plonge les yeux dans une rigole sèche qui sinue sur les pierres. Alors qu'il poursuit son inspection, il bute soudain sur un objet à même le sol. Il se penche pour le ramasser. Un bâton assez long, semblable à ceux dont se servent les bergers de la région, à moitié rongé, surmonté d'un pommeau entier poli par le temps, mais aussi sans doute par la paume au creux de laquelle il reposait. Sur le haut de l'objet, des traces brunes, plus sombres que le reste du bois.

Tenant l'objet, Kosta revient sur ses pas et croise le regard intrigué de Marija.

— Tu fais une drôle de tête… Tu as trouvé quelque chose ?

Tout en se demandant si c'est une découverte à confier à une journaliste, Kosta se lance.

— Il y a une autre galerie là-bas, où j'ai trouvé ça. Et je crois bien que c'est ce qui a servi à tuer nos deux types du canyon.

14

Lorsque Kosta et Marija remontent enfin à la surface, une légère fraîcheur de seize heures les happe, mais il fait moins froid qu'à plusieurs mètres sous terre.

Après avoir rangé le matériel dans les sacs à dos, ils commencent à ressentir la faim et la soif. Les gourdes sont déjà vides, ils se mettent vite en route pour regagner le Land avant la tombée de la nuit. Kosta a raconté à Marija en quelques mots la découverte de l'épave du 4 × 4 dans le lit de la rivière.

— Il va falloir avertir la police, lâche la jeune femme qui marche derrière Kosta sur le sentier caillouteux.

Sa main glissée dans une poche serre le briquet qu'elle gratte d'un ongle. De retour à l'air libre, elle a retrouvé son smartphone, qui n'a pas cessé de lui délivrer des messages. Toujours les mêmes. Obsédants. Perturbants. « Tu me manques, Marija. Je veux être avec toi. Parce que c'est toi, l'amour de ma vie. Je vais la quitter, mon amour. Je vais quitter ma femme… » Une complainte que Marija a entendu des mois durant. D'ultimatum en ultimatum, ne voyant rien venir malgré des promesses suivies de mea culpa larmoyants, n'y croyant plus, elle a fini par partir. Et voilà qu'il recommence. Et s'il s'était enfin décidé ? Seulement, aujourd'hui elle ne sait plus si elle en a vraiment envie.

De son côté, Kosta a tenté d'appeler chez lui pour prendre des nouvelles de Fjona, mais n'a pas pu joindre Jasna. Un silence rendu pesant par la fatigue qui point et par une foule d'interrogations mêlées d'angoisse diffuse accompagne leur progression en direction de la voiture.

À chaque pas, la journaliste sent un tiraillement dans la cuisse gauche et avance en serrant les dents. Elle n'a pas encore vérifié l'état de sa blessure, mais elle a découvert à la lumière du jour mourant une tache sombre qui s'étend sur le tissu de son pantalon. Elle a dû saigner, sa chair doit être à vif sous le jean.

— Ça va ? lance Kosta par-dessus son épaule sans se retourner.

— Oui, ça va…, dit-elle, légèrement essoufflée. Je pensais à ce bâton que tu as trouvé… Tu crois vraiment qu'il y a un lien avec les deux types de la rivière ?

— Je ne sais pas, répond Kosta en regardant l'objet qu'il tient à la main. Mais ces traces sur le pommeau, ça ressemble à du sang. Vu la proximité avec le canyon, c'est plutôt étrange, comme coïncidence.

— Et le meurtrier aurait caché l'arme du crime dans ce trou… ? Il aurait pu tout simplement le brûler, c'est du bois.

— Non, pas si c'est un berger du coin. Ce genre de bâton représente un statut social, il est le témoin sacré d'une tradition ancestrale. Les anciens au village en avaient tous un.

Nouveau silence qui fait place au roulement sec de quelques pierres sous leurs pieds. Autour d'eux, entre chien et loup, dans les effluves de sapin, la nature bruisse déjà de cris d'oiseaux nocturnes, chouettes, hiboux et de feulements de renards.

La rotation entre les prédateurs et ceux qui constitueraient des proies idéales se fait au rythme du jour et de la nuit. La fraîcheur du soir tombe, faisant frissonner les deux marcheurs qui finissent par enfiler leurs doudounes. Chacun pense malgré lui aux deux squelettes du canyon. Qui a bien pu commettre un tel acte ? Et pourquoi…

Sans rien se dire, Kosta et Marija ne peuvent s'empêcher de s'imaginer comme eux, broyés par la Dent, puis avalés dans ses abysses, disparus, évaporés, sans que personne ne sache où ils sont.

Un bruissement derrière eux, à quelques mètres, fait faire volte-face à Kosta. Il se rappelle qu'il a laissé le Sig Sauer dans le Land qui ne doit plus être loin, mais pas assez près s'il y a danger.

— Qu'est-ce que c'est ? s'inquiète la journaliste.

— Sans doute une bête, un renard, tente-t-il de la rassurer.

Mais la jeune femme perçoit dans la réaction de Kosta quelque chose qui, au contraire, lui confirme qu'il redoute une menace précise. Peut-être une crainte provoquée par la découverte des deux squelettes et du bâton… Une sensation d'insécurité dont il ne parle pas.

— Une bête te met dans cet état ? Ou bien c'est autre chose, Kosta ?

L'hydrogéologue sait qu'il ne peut pas garder pour lui cette impression qu'il a depuis l'épisode des pierres. Que Marija ne sera pas dupe longtemps et qu'elle ne l'est sans doute déjà plus.

— OK, je sens qu'on nous observe et ça se confirme, se décide-t-il enfin.

— Et depuis quand ?

La voix de la jeune femme laisse entendre un net reproche.

— Depuis les chèvres. Mais n'en ayant aucune certitude, à quoi ça aurait servi de t'en parler ? Seulement à te faire peur. Ça aurait été égoïste de ma part de vouloir partager ce qui n'était qu'une sensation diffuse.

— Pourtant, les pierres qui sont tombées sur le Land, ce n'était pas vraiment une sensation diffuse, comme tu dis... et donc ce n'étaient pas les chèvres ?

Kosta pousse un soupir.

— Quand je les ai vues, j'ai fait le lien. Ou plutôt, j'ai voulu faire ce lien. Mais une fois qu'on les a repérées, on n'a pas reçu d'autres pierres. On en a juste vu se détacher du flanc de la montagne et rouler. Celles-là, oui, c'étaient les chèvres. Sauf qu'aucune de ces pierres n'a atterri sur le Land. Contrairement aux premières, comme projetées. J'ai fini par me rendre à l'évidence que ce ne sont pas des chèvres qui auraient pu faire ça.

Kosta a donc voulu la protéger. Quand cessera-t-on de vouloir la protéger ? Ce métier de reporter, elle l'a choisi précisément pour être exposée. Depuis son enfance, elle est couvée par une mère célibataire qui les a élevés seuls, son frère et elle, convaincue qu'un garçon est bien plus fort et débrouillard qu'une fille face aux rudesses de l'existence. Son frère a été éduqué en ce sens et se devait aussi de protéger sa sœur. Mais tout cela, Jan l'ignorait, comme bien d'autres choses, elle ne peut donc lui en vouloir.

— Si tu as la moindre idée de ceux qui nous ont dans leur ligne de mire, Kosta, tu es prié de m'en parler maintenant.

Si seulement je le savais… pense-t-il en gardant le silence.

Au moment où ils arrivent au Land, une tranche de lune surgit d'une masse nuageuse que les courants poussent comme un navire dans le sombre océan et éclaire sans pudeur leurs traits crispés.

Il n'est pas tard, mais la nuit est déjà là, faisant chuter la température d'une dizaine de degrés, qui sera proche de zéro vers minuit. Kosta n'a pas où planter sa tente, il devra dormir dans le Land avec Marija.

Rien ne se déroule comme il l'aurait voulu. S'il avait été seul, il aurait été à son rythme, n'aurait pas été retardé par la découverte de macchabées, ni par une chute dans une faille…

Il se retient de déverser une salve de jurons. Ça ne servirait à rien mais au moins ça le soulagerait de sa colère refoulée. Une colère confusément tournée aussi bien contre lui-même que contre Marija, mais également contre Vladimir et sa fichue expertise. Au lieu d'avoir regardé les choses en face avant la construction de ce barrage.

— T'as du feu ? demande-t-il à Marija en sortant un paquet de cigarettes avant de monter dans le Land.

De sa bouche s'échappe un petit nuage de vapeur blanche glacée.

Les doigts refermés sur le briquet au fond de sa poche, la jeune femme hésite à le donner à Kosta. Il n'y a presque plus de gaz, juste pour une dernière flamme… Et elle voudrait la garder. Encore un peu.

— Je ne suis pas sûre qu'il marche, se décide-t-elle en le lui tendant.

— T'en veux une ?

— Non merci.

— Tu fumes pas ?

— Plus.

— Ça te manque pas ?

— Si, parfois. Mais je ne veux pas replonger.

— Tu m'as l'air d'avoir un sacré caractère. Je veux dire de la volonté. Obstinée aussi.

— C'est un défaut ?

Tirant longuement sur sa clope sans répondre, Kosta garde la fumée un moment dans la bouche, la savourant comme une gorgée de vin sans quitter Marija du regard. Drôle de fille…

— Vlada m'a dit qu'en plus du dossier explosif sur la centrale, tu t'es intéressée à la catastrophe de Zavoï.

— Je sens qu'il y a une question derrière cette affirmation. Qu'est-ce que tu veux savoir ?

— De quels éléments tu disposes…

— De témoignages, entre autres.

— Que disent-ils ? fait Kosta, intrigué, en aspirant une bouffée au fond de ses poumons.

— Vladimir m'a raconté la tragédie de Zavoï, qui s'est produite quand je n'étais pas encore née et ça m'a ébranlée. Il m'a parlé de l'histoire incroyable d'un de ses proches amis, un miraculé. C'était toi. J'ai entrepris de sillonner la région à la recherche de récits et de témoignages. J'ai fait le tri entre ceux qui me semblaient dignes de foi et les divagations ou les fantasmes autour de la source de Babin Zub. Juste après ce monstrueux glissement de terrain, on en a perdu la trace. C'était comme si elle avait été avalée elle aussi. Le village ayant été rayé de la carte, ce n'était plus un problème, en revanche, le monastère de Temska a connu une pénurie en eau et a dû recourir à un puits voisin où l'eau stagnait. Je sais que des moines ont contracté la typhoïde après en avoir bu, mais j'ignore combien en sont morts. Un jour, j'ai rencontré un vieux berger. Il savait ce que beaucoup savaient mais taisaient pour une raison qui m'échappe encore. Que, dans l'année qui a suivi la disparition de Zavoï, un homme a retrouvé la source.

— Comment ?

— Il avait des dons de sourcier.

— Comment pouvait-il être sûr qu'il s'agissait de la même source ?

— En la suivant, il est remonté à la source originelle, sur le mont Midžor.

La cigarette presque consumée se met à trembler légèrement entre les doigts de Kosta. *Retrouver la source, c'est retrouver la mère nourricière.*

— L'homme qui est remonté à cette source, pourquoi la cherchait-il ?

— D'après le témoignage du berger, ses motivations n'avaient rien à voir avec l'argent qu'on pourrait gagner en l'exploitant. C'était pour préserver la mémoire de Zavoï. Après avoir retrouvé la source de Babin Zub, il l'a réaménagée tout seul, de façon à ce que l'eau soit facile d'accès. Ainsi, le monastère a pu se réalimenter avec cette eau pure, les moines ont retrouvé leur santé et, plus tard, comme tu le sais, la centrale s'est fournie elle aussi à cette source, jusqu'aux événements récents.

— Et ce sourcier, tu sais qui c'est ? Et s'il est toujours en vie ?

— D'après le berger, à l'époque il vivait quelque part sur Babin Zub seul avec son fils, sa femme étant morte, à proximité de la source dont il était devenu le gardien. Son surnom était d'ailleurs le Gardien.

— Le Gardien ? C'est tout ? Il n'a pas de nom ?

— Le berger m'a dit qu'il s'appelait Djol.

15

Le mot Djol, dans la bouche de Marija, fait à Kosta l'effet d'un coup de feu. Il se demande d'ailleurs s'il a bien entendu.

— Qu'est-ce qui t'arrive ? demande Marija en le voyant pâlir à la lumière de sa frontale.

— Djol, c'est l'homme qui m'a retrouvé presque mort de froid sur les rives du lac après la catastrophe. Il m'a emmené dans un cabanon où il vivait, seul, sans femme ni fils, et a mis deux semaines à retrouver la seule famille qui me restait, mes grands-parents maternels dans un village voisin. Mais tout ça, Vlada a dû te le raconter.

Marija secoue la tête. Ses cheveux longs et décolorés accompagnent le mouvement en une légère ondulation.

— Il n'a pas voulu tout me dire. Sinon nous n'aurions plus eu de sujet de conversation sur le trajet. Mais le berger a évoqué un enfant que Djol avait sauvé.

— Tu n'as pas cherché à le voir ou à en savoir davantage ? Et sur sa femme et son fils non plus ?

— Lui et son fils ne se montrent pas si facilement.

Ils vivent reclus dans la montagne. Le berger m'a juste dit que, peu de temps après ton départ pour la vallée, une femme errante et couverte de boue a frappé à la porte du cabanon. C'était une rescapée de Zavoï. Djol l'a recueillie et l'a soignée. Il n'a pas vraiment su me dire si elle était déjà enceinte ou si elle est tombée enceinte après, en tout cas, elle est restée avec lui et est morte d'une infection aux poumons. Apparemment, des suites de la catastrophe.

Kosta pense aussitôt à sa mère et aux siens, qui n'en ont pas réchappé.

— On doit essayer de retrouver Djol, dit-il en essuyant vite les quelques larmes qui viennent lui picoter les joues malgré lui.

— Si on retrouve la source et s'il est toujours en vie, on le trouvera aussi.

Mais à cet instant, une pensée vient percuter l'esprit en ébullition de Kosta.

— Dans le cas où la source serait contaminée, comme le soupçonne Vladimir, si Djol en est toujours le gardien et qu'il boit aussi son eau, lui et son fils ont dû être touchés, comme les employés de la centrale dont certains ont traversé des crises, avec délires et hallucinations.

— Il aura peut-être fait le rapprochement avec l'eau, suggère Marija.

— À condition qu'il ait toute sa tête. Il doit être vieux, maintenant. Si c'est vraiment la source, les moines de Temska ont dû subir la même chose, mais d'une façon bien plus sérieuse. Et ce Colic, pourquoi a-t-il préféré se fournir en eau par un autre moyen…

— On monte ? On aura un peu plus chaud dans le

Land, propose la journaliste qui commence à frissonner dans sa doudoune.

Elle n'a toujours pas pu examiner sa blessure à la cuisse qui continue à la tirailler jusque dans la chair.

— OK, bonne idée, dit Kosta en envoyant d'une pichenette son mégot dans l'obscurité humide. Il reste encore des…

Un cri terrible, lancinant, empêche Kosta de terminer sa phrase. Tous deux se regardent, effarés, tandis que le hurlement faiblit avant de reprendre, un peu plus proche. Impossible d'en définir la nature, humaine ou animale.

— Qu'est-ce que c'est ? murmure Marija, livide.

— Je n'en sais rien. Peut-être une bête en détresse.

Mais Kosta sait qu'il ment mal. Que son hypothèse manque de conviction. Parce que ces cris sinistres, il les a reconnus. Les mêmes que sur le lac, au moment où il a eu cette vision du village fantôme s'élevant dans la brume à la surface de l'eau noire.

— Attends… dit-il en ouvrant la portière avant pour prendre le Sig Sauer rangé dans la boîte à gants.

Malgré sa méconnaissance des armes, cette présence dans sa main le rassure. L'air nocturne vibre encore de ces cris et d'autre chose. Une chose insaisissable, indéfinissable, qui rôde dans ces montagnes, la nuit. Même le jour, cette présence sourde se fait sentir par d'infimes changements dans l'atmosphère. Kosta, enfant de la terre, est capable de les saisir, il est bâti de ces roches et façonné de leurs eaux pures.

Par réflexe, Marija s'est passé la bride de l'appareil photo autour du cou, le laissant peser sur la poitrine. D'un doigt, elle met le flash en position marche.

L'expression tendue de Kosta lui dit que s'il y a des photos à prendre, c'est maintenant.

Le cri reprend, puis cesse subitement.

— Écoute… ça bouge quelque part, pas très loin, souffle Marija, la main crispée sur son appareil.

— J'ai entendu… dans les taillis, comme tout à l'heure mais là… on dirait que ça se rapproche… répond Kosta à voix basse. Coupe ta frontale !

Le quartier de lune dispense suffisamment de clarté pour que, privés de la lumière de leurs lampes, ils ne se retrouvent pas dans le noir complet et parviennent à distinguer un mouvement à un peu plus d'un mètre. En même temps, au loin, un grondement sourd, dont le sol se fait écho sous leurs pieds, couvre, l'espace de quelques secondes, les froissements de feuilles et de branches de plus en plus distincts.

— Un éboulement sur le versant de la montagne d'en face…

L'éboulement n'est pas un danger pour eux. Pour la première fois de sa vie, Kosta, qui aime tant sortir sous les étoiles afin de repousser le moment de dormir, ressent la nuit comme étrangère et hostile. La nuit et ses mystères, terreau de nos peurs primales. Un monde peuplé de monstres invisibles, d'ogres et de sorcières. L'univers de tous les fantasmes. Mais surtout une béance noire et glacée autour d'eux, qui menace de les absorber et de se refermer sur eux.

— Baisse-toi lentement, intime Kosta à sa coéquipière. Ça peut être un animal. Un ours ou un lynx. Plutôt un ours, le lynx est plus discret.

— Mais ces cris… ce ne sont pas ceux d'un ours ni d'un lynx…

— En période de reproduction, ces cris peuvent être ceux de toutes sortes de bêtes.

Kosta n'est pas très convaincant, et le silence de Marija est rempli de doutes et de reproches. Ils sont otages de cette obscurité et peut-être même de la montagne qui, peu à peu, se resserre sur eux.

— Rentre dans le Land, Marija… Je reste pour voir ce que c'est.

— Ce n'est pas un lynx qui va me faire reculer.

— Alors fais comme moi.

Presque aplatis au sol, les doigts refermés sur des touffes d'herbe humide et odorante, ils sentent la fraîcheur les imprégner.

Les cris ont cessé, mais l'espace n'est que craquements et souffle irrégulier. Tout autour, les flancs pentus des montagnes, dont les masses sombres se détachent sous le quart de lune tels des géants voûtés, sont hérissés de pointes de conifères aux reflets argentés. Leurs groupes serrés alternent avec les hêtres et les chênes pédonculés des steppes, arbres trapus à l'écorce aussi épaisse et rugueuse qu'une paume de bûcheron. Si cette armée se mettait en branle contre les intrus, ils donneraient peu cher de leur vie. Mais ils préfèrent penser qu'elle les protégerait.

Soudé à la terre, à cet instant, Kosta redevient le rescapé du torrent d'eau et de boue qu'il n'a jamais cessé d'être. Toutes ces années loin d'ici, son existence confortable à l'étranger, n'ont finalement rien effacé. Juste recouvert. Ses racines sont restées mêlées à celles de ces arbres, de ces plantes vivaces nourries au sein de la Vieille Montagne. Dans cette terre rouge, pousse une végétation incroyable, foisonnent les plantes d'altitude. La Vieille Montagne est le paradis des plantes médicinales, ces dons de la nature qui soulagent les maux, régulent le rythme cardiaque, guérissent même, pour peu que l'on sache les utiliser.

Pour le grand-père de Kosta, elles n'avaient aucun secret. Echinacée, lavande, ravensare, camomille, chardon-marie… C'est par elles que Jan avait été soigné durant son enfance.

Plongé dans ses pensées, Jan n'a pas le temps de retenir Marija qui, ne tenant plus par terre, les genoux et les coudes meurtris sur les pierres saillantes, os et cartilage contre arêtes minérales, se relève brusquement.

— Non, Marija !

C'est tout ce que Kosta a le temps de crier.

Comme si les ténèbres se déchiraient devant leurs yeux ahuris, comme si la nuit elle-même s'animait soudain, quelque chose en jaillit dans des relents de limon et de soufre, fonçant droit sur eux.

Mouvement fulgurant dans un déplacement d'air, suivi d'un rugissement à glacer les montagnes.

Marija a tout juste le temps d'armer son appareil et d'appuyer sur le déclencheur tandis que le flash explose en une lumière aveuglante. Elle mitraille par rafales, comme si elle tenait un fusil. Un, deux, trois et plus… Autant d'éclairs que de prises. À chaque déclenchement du flash, le cri de rage se réduit à une plainte d'animal blessé dans l'obscurité fragmentée.

Kosta s'est relevé à son tour sans le Sig que, de surprise, il a lâché par terre, prêt à bondir sur l'invisible. Il se trouve un court instant sur le passage de la bête et reçoit un violent coup à l'épaule. Déséquilibré, il parvient à se récupérer sans tomber. Des bruits de pas s'éloignent avec une rapidité fulgurante, ne lui laissant pas le temps de réagir et de se lancer à la poursuite de ce qui est probablement une bête sauvage déjà disparue dans les fourrés.

Le calme regagne peu à peu les lieux et le silence enveloppe la montagne comme si rien ne s'était passé.

— La vache… C'était incroyable ! s'écrie Marija, encore accrochée à son appareil photo.

— Je crois qu'on peut rallumer nos frontales, dit Kosta en ramassant le pistolet. Ça doit être un ours. Il m'a heurté l'épaule au passage, je l'ai senti passer.

— Ça va quand même ?

— Rien de démis, répond Kosta tout en remuant doucement son épaule et son bras endoloris.

— Un ours ? Il nous fonce dessus en pleine nuit ? Mais le cri… ce n'était pas celui d'un ours.

— J'en sais rien, Marija. En tout cas, il m'a semblé qu'on avait à faire à un bipède. Quels animaux peuvent se dresser sur leurs deux pattes, ici, à part des ours ? Et comme ça peut pas être un homme, vu la puissance et les cris, c'est forcément un ours.

Devant la journaliste, dans le faisceau lumineux venant d'en face, le regard de Kosta s'est fait fuyant.

— Le problème, c'est que tu as compris, Kosta. Tu as compris que cette… chose n'est pas un ours.

— D'accord. Si je te dis qu'en effet, ce n'est pas un ours mais que je ne sais pas ce que ça peut être, on sera plus avancés ? Non. Alors pourquoi ne pas s'en tenir à cette version ?

— Reconnaître que tu ne sais pas t'est-il si insupportable ?

Kosta est secoué d'un rire étouffé.

— C'est toi, la journaliste, qui dis ça ? s'exclame-t-il en levant les bras. Ne pas savoir, en l'occurrence, c'est devenir les proies de la peur. Et si on commence à flipper, on est cuits.

— J'ai pris quelques photos, un peu au hasard. Avec le flash, on verra peut-être quelque chose.

— Fais voir.

— Attends…

L'index appuyé sur la flèche, Marija fait défiler les images sur l'écran de l'appareil. Les premières photos sont grillées. Une sorte d'ectoplasme blanchâtre s'étale sur la surface de l'écran comme un brouillard. Les images défilent encore, prises en mode rafale. Une trentaine au total. Puis c'est le cri de stupeur.

— Merde… Regarde ça !

Penché par-dessus l'épaule de Marija, Kosta jure à son tour. Ce qu'ils ont sous les yeux est proprement inconcevable. Dans l'éclat du flash qui donne à la nuit une pâle brillance, apparaît sur les cinq dernières prises, d'une netteté surprenante, une silhouette humaine.

En grossissant l'image, le résultat est aussi captivant qu'invraisemblable. Une sorte de créature couverte de poils noirs jusqu'au cou, la tête garnie d'une tignasse sombre en broussaille. Les parties dénudées du corps sont marquées de croûtes brunâtres, mais aussi striées de cicatrices et de griffures, des plaies sans doute causées par les ronces et les branches qui le fouettent au passage. Et les yeux… des yeux de fou. Cet être repoussant semblait voir assez loin dans la nuit pour les repérer. À moins qu'il ne se serve d'un flair exceptionnel. Celui d'un animal sauvage.

16

De l'autre côté du lac, les résultats de l'autopsie du corps d'Ivan et du rottweiller de Douchko sont tombés. Terrifiants. Laissant les collègues et les proches du vigile sous le choc. Dans le bureau de la direction de la centrale, derrière ses lunettes, Vladimir lit et relit à voix haute au directeur le rapport qu'il vient de recevoir par fax.

— Il doit y avoir une erreur. Tout ceci dépasse l'entendement. Je vais appeler le légiste, dit enfin l'ingénieur après un long silence, en décrochant le téléphone.

Mais, en quelques mots, le médecin confirme l'impensable sur haut-parleur.

— Non, ce n'est pas une erreur. Les morsures dont ont été victimes le gardien et le rottweiller nommé Vlasko proviennent d'une denture humaine. Par ailleurs, les analyses ont bien détecté des traces de salive, également d'origine humaine. Si les blessures à la gorge ont causé la mort par hémorragie, en revanche, il ne s'agit pas d'un acte de cannibalisme. L'auteur de ces morsures n'a visiblement pas ingéré la chair. Peut-être juste bu du sang. Et encore, accidentellement.

— Les morsures sont donc de même nature sur Ivan et sur le chien de Douchko ? demande Vladimir qui se masse le nez sous ses lunettes, entre le pouce et l'index.

— Absolument. L'arme du crime, ce sont de redoutables dents humaines. Comme si le meurtrier ne disposait que de celles-ci pour tuer.

— Alors qu'il aurait pu se servir d'une pierre, d'un bâton assez gros ou même de ses mains. Quel homme peut faire ça ?

— Une bête, *majstore*. Une bête humaine. Quelqu'un à qui une force exceptionnelle permet de maintenir un chien aussi puissant qu'un rottweiller pour l'égorger avec ses dents, comme un fauve avec sa proie.

— Pourtant le corps de Gary, le doberman, ne porte pas de morsures…

— En effet, mais nous avons retrouvé dans sa gueule des lambeaux organiques provenant du corps de son maître.

— Pourquoi son chien s'en serait-il pris à lui ? À la vue du sang ?

— Je ne pense pas. Son maître, après avoir été égorgé, serait tombé à l'eau, seul ou bien poussé par son meurtrier. Le chien a sauté pour le sauver et en voulant le ramener sur la rive, il lui a infligé des morsures, plus petites que celle qu'il a à la gorge. Sous les efforts répétés, il est mort d'épuisement, noyé.

— Et les empreintes ?

— Les empreintes relevées sur la scène de crime à proximité du lac correspondent à celles qui ont été retrouvées dans votre salle des turbines. Elles appartiennent à un homme adulte de grande taille. Entre 1,80 et 1,90 m. Il se déplace pieds nus. Ce qui conforte l'hypothèse d'une force physique hors du commun, associée à un mode de vie sauvage, en tout cas primitif.

Vladimir sent les poils se hérisser le long de sa nuque. Il se rappelle certaines légendes des montagnes, mais aussi des témoignages qui circulent sur la présence d'un Néandertalien vivant dans une grotte de cette chaîne des Balkans. Peut-être même un petit groupe.

On raconte avoir surpris une femme à l'allure préhistorique, au visage effrayant, vêtue de peaux et chaussée de bottes en fourrure. Mais si, parfois, elles mènent à une réalité qu'elles ont transformée, embellie ou rendue plus inquiétante, les légendes doivent rester ce qu'elles sont. C'est pourquoi Vladimir ne dit mot au légiste de ce qui deviendrait une énigme scientifique, les hommes de Néandertal ayant disparu de la surface de la Terre il y a environ 39 000 ans.

— As-tu des nouvelles de cet expert hydrogéologue ? demande le directeur, une fois que Vladimir eut raccroché.

Nommé à la direction du barrage il y a trois ans, Plavic n'a qu'une hâte, partir d'ici. Prendre la direction d'une centrale plus importante, en cours de construction au Monténégro, un poste qui lui permettrait de se rapprocher de sa famille établie dans les bouches de Kotor. Et surtout, de diriger une centrale construite sur un sol plus stable que celui-ci.

Pour toutes ces raisons, Stojan Plavic ne s'est pas

vraiment investi ici, prétextant des déplacements réguliers qui, en réalité, le conduisent au Monténégro, sur l'autre barrage en chantier, déléguant à son bras droit les tâches administratives en plus de son travail sur le terrain.

— J'ai essayé de les joindre, lui et la journaliste, mais chaque fois je tombe sur leur messagerie. Vu le contexte, je commence à m'inquiéter.

— La tentative de sabotage des turbines pourrait être un coup des opposants ?

— Tu penses aux Ombres noires ?

L'ingénieur en chef pose les yeux sur Plavic. Un homme insaisissable, qu'il n'a jamais cerné, au fond. Pour quels intérêts travaille-t-il vraiment ? Depuis la guerre, la mafia a la mainmise sur beaucoup d'affaires lucratives. Elle est partout où il y a des intérêts financiers et il est souvent difficile de la dissocier de la politique et de l'économie du pays. Monter une entreprise sans devoir passer par elle et lui verser une sorte de redevance est pratiquement impossible… Plavic serait-il de mèche avec ces gens-là ?

— D'après le rapport du légiste sur l'origine des empreintes, je ne pense pas. Les opposants sont organisés. Ce sont des militants écolos, pour certains des allumés ou des extrémistes, comme les Ombres noires, mais aucun ne répond à cet étrange signalement et aucun d'eux n'a jamais fait montre d'une telle sauvagerie.

— Pourtant, l'acte sur les turbines était ciblé, rétorque Plavic. Et son auteur semble parfaitement au clair sur ce qui fait fonctionner la centrale. D'ailleurs, c'est un vigile et un chien de garde qui ont été attaqués. Comme pour affaiblir le dispositif de sécurité.

Vladimir hoche la tête d'un air méditatif.

— C'est possible, oui. J'ai fait appel à une autre société de gardiennage. On verra.

— Ce qu'on verra surtout, c'est qu'avec les articles qui vont paraître dans la presse sur l'assassinat d'un gardien, aucune entreprise ne voudra envoyer ses gars.

— Le type de la police me l'a assuré : l'enquête étant en cours, en principe il n'y aura pas d'article. Dans le cas contraire, nos équipes devront se relayer.

— Fais au mieux, mon vieux. Je dois repartir demain à la première heure.

C'est ça, ouais, pense Vladimir en lançant à Plavic un regard torve. Courage, fuyons… Sans un mot, il quitte son siège et sort du bureau où flotte encore la bonne odeur de café turc dont s'abreuve le directeur à longueur de journée lors de ses retours sur le site. Et que lui prépare et apporte Suzana, sa secrétaire d'un blond platine à faire pâlir Marilyn. Ici, dans cette centrale isolée entre les montagnes, on peut se demander pour qui elle s'apprête ainsi. Car, à part aguicher les aigles…

D'ailleurs, lorsque Vladimir va prendre l'air après ces nouvelles peu rassurantes, les aigles tournoient au-dessus du lac et du barrage, à l'affût d'un rongeur ou d'un serpent. Ils volent si haut que l'on peine à croire que leur vue soit assez précise et acérée pour leur permettre de distinguer ce qui se passe au sol. Ils sont la hantise des bergers en période de mise bas des brebis. Chaque année, les éleveurs perdent une vingtaine d'agneaux entre les griffes des rapaces. Mais ici, la notion de perte, de vie, de mort est naturelle. Malgré leurs craintes et leur douleur, ils estiment que c'est dans l'ordre des choses et de la Nature, et l'idée d'exterminer en masse les prédateurs ne leur vient même pas à l'esprit.

Pour toute arme, ils n'ont que leur fameux bâton à gros pommeau façonné et poli. De leur côté, les prédateurs se contentent de piocher dans le vaste garde-manger sans attaquer les gardiens. Un accord tacite entre l'être humain et l'animal qui remonte à la nuit des temps.

Les suivant des yeux dans le soleil déclinant, Vladimir gagne les bords du lac. La surface de l'eau s'embrase peu à peu d'un feu orangé. Tout autour, les montagnes, imposants remparts dentelés, veillent à ce que rien ne trouble le calme lacustre. En contrebas, de l'autre côté de la centrale, la perspective fuyante de la vallée, où se succèdent les villages sur les rives de la Viso.

Il voudrait appeler Sladjana, entendre sa voix tout près, la coller à son oreille, mais il n'est pas encore prêt à tout lui dire des derniers événements. Il ne voudrait surtout pas l'inquiéter. Construire cette centrale était une absurdité, mais ça a créé des emplois, avec de bons salaires. Il n'a jamais cru à la fiabilité du sol, et néanmoins, il espère que l'expertise de Kosta leur sera favorable.

Avant la construction, entre ingénieurs et architectes, il y a eu polémique et désaccords sur le type de barrage. Entre le barrage en remblai, qui s'adapte le mieux à tous types de sols, et le barrage-poids en béton, c'est finalement ce dernier qui a été retenu, car plus rapide à construire et plus économique.

Le monde est en train de changer, pense-t-il. Peut-être est-ce le destin de l'humanité de se précipiter vers son déclin. Mais qu'est-ce qui la presse ainsi ? Sa disparition est-elle inscrite dans ses gènes ? Dans son ADN ? Depuis la naissance de la Terre, est-ce la chronique d'une mort annoncée ? On a toujours cru que la menace venait des forces de la Nature, or elle ne vient que de l'Homme.

Dans quelques minutes, le soleil disparaîtra, englouti dans les profondeurs. La fraîcheur du soir arrache des frissons à l'ingénieur. À peine un frémissement à la surface lisse du lac. Au-dessus dansent des nuées de moustiques et de moucherons qui feront le dîner des poissons et des grenouilles.

Soudain, à quelques mètres du bord où se trouve Vladimir, accroupi et pensif, jouant à enfoncer un bâtonnet dans le sable boueux, l'eau s'agite. Une forme indistincte avance en direction de l'homme, trop grosse, trop grande pour être un poisson. Les yeux écarquillés, comme hypnotisé, Vladimir scrute la surface sous laquelle glisse une ombre.

Lentement, émerge des ondes opaques une tête recouverte d'une masse noire et mouillée. A priori humaine et cependant, à sa façon de serrer entre ses dents ce qui ressemble à une grenouille dont les pattes avant et postérieures dépassent de chaque côté, on pourrait la confondre avec celle d'une loutre.

— Nom de Dieu… C'est quoi, ce truc ? se murmure-t-il à lui-même en reculant.

Un instant, il se demande s'il n'est pas en train de rêver. Pourtant, les yeux qui le fixent sans hostilité, avec une curiosité animale même, et ces lèvres serrées sur leur proie sont bien réels.

— Hé ! qu'est-ce que tu fais dans le lac ? crie-t-il sans réfléchir.

Au son de sa voix, l'autre disparaît instantanément sous l'eau.

— Qui es-tu ? Attends !

Le lac s'est refermé sur ce qui a toutes les apparences d'un être humain primitif, comme il n'en existe plus depuis longtemps, même dans ces montagnes sauvages.

Peut-être est-ce lui, se dit l'ingénieur en reprenant le chemin de la centrale, peut-être est-ce le Néandertalien dont parle la légende.

17

Avant qu'ils ne s'endorment, éreintés par leur journée, l'étrange créature visible sur les photos a nourri un long moment la conversation entre Kosta et Marija, les divisant sur quelques points à élucider. À commencer par la nature de cet être, qui après tout n'était peut-être qu'un animal sauvage, Kosta étant convaincu – ou voulant se convaincre – que son apparence n'est qu'un effet d'optique sur une photo prise au flash en extérieur nuit.

— Quand on veut voir des fantômes, on en voit.

Telle fut sa conclusion avant de déclarer forfait, gagné par la fatigue.

Filtrant entre deux sommets, les frêles rayons matinaux réveillent Marija la première. Elle rassemble ses souvenirs comme dans un jeu de construction, son regard se pose sur Kosta, endormi sur son siège baissé, la bouche entrouverte sur un léger sifflement. La journaliste regarde sa montre, qui affiche presque six heures. Elle décide de sortir sans faire de bruit pour aller se soulager un peu plus loin.

La froidure lui saisit les fesses lorsqu'elle baisse son jean avant de s'accroupir. Elle entend les crissements des herbes entre lesquelles se faufile le campagnol en quête de nourriture, avant de servir de proie à la buse rousse qui occupe les hauteurs, à l'instar des vautours et de l'aigle royal… Tous ces bruits signalent le lent réveil de la nature encore figée dans le froid.

À peine a-t-elle remonté son pantalon sur les hanches qu'apparaît Kosta en doudoune, Caterpillar délacées, visage encore gonflé de sommeil, en quête à son tour d'un peu d'intimité.

— J'ai failli mal tomber, désolé, on a eu la même idée, lance-t-il à Marija en rebroussant chemin pour trouver un autre endroit.

De retour au Land, Kosta sort le thermos avec ce qu'il reste de café, le verse dans les tasses en fer-blanc et le met à chauffer sur le petit réchaud à gaz portatif. Cette fois, ce n'est pas du café turc, mais un italien corsé qui les réveille complètement, accompagné de quelques biscuits Plazma en guise de petit déjeuner.

— C'est dingue qu'ils existent toujours, ces biscuits, dit Kosta en croquant dans un boudoir aux céréales. Gamin, j'en mangeais déjà et la marque est encore plus vieille que moi, je crois.

— Oui, certaines choses ont la vie dure. Quel est le programme de cette journée ?

— Trouver la source, bien sûr, et voir si Djol y est. Il pourra peut-être nous dire s'il se rappelle un événement qui pourrait être à l'origine d'une contamination par une substance susceptible d'avoir un impact sur le cerveau. Des produits chimiques, par exemple, que pourraient utiliser des éleveurs. Ce serait plutôt étonnant ici, mais la volonté de faire du profit gagne toute la planète…

En même temps qu'il parle, Kosta déplie la carte détaillée sur le capot glacé du Land et, du doigt, montre à Marija le chemin qu'ils vont suivre pour tenter de remonter jusqu'à la source de Babin Zub.

— On va encore avancer un peu en voiture jusqu'au pied de ce versant, dit-il en désignant un endroit sur la carte, et là, on devra la laisser et marcher. Ce sera trop étroit et escarpé pour que le Land puisse passer. Prenons le maximum de nourriture sans trop nous alourdir, je porterai le plus gros…

— Tu sais combien je portais en spéléo ?

— D'accord, tu peux tout garder si tu veux, moi ça m'arrange, dit Kosta.

L'échange est banal, mais Marija sent une chaleur lui parcourir le corps. Depuis le début, cet homme la trouble. Sans savoir précisément de quelle nature sera leur relation, elle est certaine qu'ils vivront quelque chose. Ils ont déjà commencé, même s'il est trop tôt pour se l'avouer. Elle se sent si petite dans ses yeux. Dominée et vulnérable, à sa merci. Et elle aime ce sentiment. Tu ne le sais pas ou alors tu caches bien ton jeu, mais tu es un fauve, Kosta, disent ses silences.

Elle se voit déjà recouverte par cette montagne de muscles, abandonnée à son désir, un désir atavique et charnel, en même temps qu'elle lui offrira son âme, soumise, sacrifiée. Ils le seront tous les deux, ça aussi elle le sait. Elle sait tout. La façon dont ça commencera et dont ça se terminera. Et pourtant, elle ira, comme elle s'enfonce dans cette nature sauvage alors que tout lui souffle de ne pas le faire.

— Tu prends la nourriture et l'eau, et moi la bière

et le matériel, dit Kosta en repliant la carte. Il faut y aller. C'est à deux bonnes heures de marche.

Une fois la répartition faite, les chaussures de marche enfilées et lacées, le Land fermé à clef, tous deux chargés, leur sac à dos dépassant d'une vingtaine de centimètres derrière leur tête, ils se mettent en route sous un soleil timide.

Bien que bordé de conifères et de feuillus, le chemin de terre qu'ils empruntent en suivant la carte topographique est assez large pour quatre. Au bout des deux premiers kilomètres, il se fait plus étroit et grimpe davantage. Leurs semelles s'enfoncent mollement dans un tapis humide d'aiguilles et de feuilles mortes dont l'odeur d'humus mêlée à des relents de champignons leur remonte dans les narines.

Au fil de leur marche silencieuse, des questions assaillent Kosta. Que sont devenus les moines de Temska ? Et si l'homme à la tête de l'établissement qui a succédé au monastère n'en a aucune idée, alors qui pourrait le savoir… Et pourquoi Marija n'en a pas entendu parler ? La presse nationale n'en a donc pas fait cas alors que le monastère était un joyau du patrimoine culturel du pays. L'épiscopat est forcément au courant. C'est à lui que Kosta devra s'adresser, à son retour de la source. Y a-t-il un lien entre la contamination possible de l'eau et la disparition d'une trentaine de moines ?

Au bout de trois quarts d'heure d'ascension, Kosta s'arrête tout à coup, regardant autour d'eux. Le chemin a cessé de monter et semble contourner ce versant pour en rejoindre un autre. La végétation a disparu, laissant place à une petite herbe aux reflets dorés et mauves dans les parties ombragées.

Quelques rochers épars se dressent devant eux, telles des sentinelles géantes.

— J'ai un doute, là, dit Jan, la carte dépliée sur une cuisse.

— Nous ne sommes pas sur le bon sentier ?

— Cette carte est trop vieille ou bien inexacte. C'est bien ce que je pensais, on a raté l'intersection, ici. On doit faire demi-tour. C'est à une trentaine de minutes. La poisse… quelle perte de temps !

Une demi-heure plus tard, aucune intersection n'apparaît en chemin à l'endroit indiqué sur la carte que Kosta ressort, une main plaquée sur la nuque. Un geste qui, chez lui, exprime le stress.

— J'y comprends rien, merde… Cette foutue carte n'est vraiment plus à jour. J'ai l'impression qu'on tourne en rond.

— Ça n'a pas pu changer autant que ça.

— Peut-être que si… Ce sont les bergers et les guides qui tracent les sentiers dans la montagne.

— Mais celui qu'on cherche n'est pas un sentier comme un autre, réplique Marija. C'est le chemin de la source. Et si Djol a voulu la préserver, il a peut-être brouillé les pistes qui y mènent.

— Possible. Merde et merde. Si c'est le cas, cette carte ne nous sert à rien. Il ne nous reste plus qu'un bon sens de l'orientation, la boussole, un sixième sens et beaucoup de chance.

Sur ces mots, Kosta replie la carte et la range dans la poche de son treillis. La sensation qu'ils sont épiés, observés, ne l'a pas quitté depuis le matin.

Un peu plus tard, alors qu'ils tâtonnent toujours à la recherche de ce qui pourrait être le bon chemin, s'arrêtant pour consulter la boussole, boire quelques gorgées d'eau, repartant, s'engageant sur le sentier qui leur paraît le plus escarpé, la faim commence à se faire ressentir. Parvenus à une sorte de petit point de vue au bord d'un à-pic d'environ six cents mètres de hauteur, ils décident de faire une pause sur un rocher qui s'avance en une sorte de plate-forme au-dessus du vide.

Kosta se déleste avec plaisir des vingt-cinq kilos de son sac à dos, pendant que Marija pose le sien contre une pierre à l'extrémité du rocher où elle s'apprête à faire une photo du spectacle.

Devant eux, sous un ciel bleu roi, se déroule la chaîne des sommets de la Vieille Montagne qui constitue cette partie orientale du Grand Balkan. De l'autre côté, au-delà du mont Midžor qu'ils peuvent apercevoir de là où ils se trouvent, c'est la Bulgarie.

— On se partage une bière ? demande Kosta.

— Une chacun, oui ! À moins qu'il y ait restriction ? lui lance Marija, postée au bout du rocher, prête à shooter.

— Aucune ! Mademoiselle est servie !

Alors que Marija, qui vient d'exécuter une série de panoramiques, fait demi-tour pour rejoindre Kosta, un craquement sec retentit juste derrière elle. Le temps de comprendre ce qui se passe, Marija se retourne et voit disparaître son sac à dos avec un fragment de la plate-forme naturelle, dans un fracas terrible.

— Cours Marija ! Tout risque de céder ! dit Kosta qui s'est levé, laissant tomber sa canette.

En un bond, Marija se retrouve près de lui. Par chance, le rocher ne semble pas vouloir se casser davantage. Leurs regards s'unissent avec soulagement, mais ils prennent aussitôt la mesure de ce qui leur arrive. Si Marija a échappé au pire, en revanche, ils viennent de perdre tout le stock de nourriture prévu pour leur mission.

18

Il s'est écoulé environ trois heures depuis la chute du sac à dos de Marija dans le ravin. Kosta et la jeune femme ont décidé de poursuivre, même sans eau ni nourriture. Ils n'ont pas un instant envisagé de retourner au barrage. En dépit de ce qui aurait pu être interprété comme autant d'avertissements, ils ont continué à marcher en quête du bon chemin, bu de l'eau de petites sources timides qui coulaient de la roche, espérant enfin tomber sur celle qu'ils cherchaient.

Kosta s'est d'abord dit que c'était une occasion inespérée d'utiliser les quelques rudiments de survie enseignés par son grand-père lors de leurs longues randonnées à travers les pâturages et les bois à flanc de montagne. *Tu vois, fiston, cette baie,* lui disait-il, *c'est du genévrier, aux puissantes propriétés médicinales, mais elle ne te nourrira pas ; en revanche, les nèfles, la cenelle, une variété de myrtille sauvage, le cynorrhodon, la mûre, le cassis, sont très bons à manger sans avoir à les transformer. La nature est le plus grand et le plus précieux garde-manger de l'homme et la meilleure pharmacienne et guérisseuse qui soit.*

Mais il doit pourtant se rendre à l'évidence que sa connaissance des baies ne lui servira pas à grand-chose à ce stade de l'année.

Il leur faudra se rabattre sur d'autres comestibles, des champignons, qu'ils pourront dénicher encore à cette altitude pas loin des mille mètres, des escargots et des limaces qui leur procureront quelques protéines en calant tout juste l'estomac. Quant à l'eau, ils ne devraient pas en manquer.

À cette saison, la neige commence à fondre et ruisselle des sommets sous forme de petits rus ou de torrents. Moins haute que les Alpes, la chaîne du Grand Balkan est recouverte de forêts et de prairies qui regorgent de ressources végétales comme animales. Seules les températures, glaciales en hiver, et quelques prédateurs comme les groupes de chacals pourraient représenter un danger.

Leurs chaussures s'enfoncent cette fois dans un tapis vert ondoyant. Ils se trouvent sur le versant le plus sauvage de la montagne. Là où seuls de rares bergers s'aventurent avec leurs troupeaux. Ils ont gagné assez d'altitude pour être à hauteur d'autres sommets de la chaîne, entre lesquels s'effilochent quelques nuages, semblables à une traîne de mariée déchirée. Déjà, le soleil se retire derrière les montagnes.

— On doit se remettre en route et vite repérer un coin pour dormir, dit Kosta en ramassant son sac à dos et sa doudoune après une courte pause, le temps d'avaler deux barres de céréales.

Dans le concert des grillons qui vient de commencer, Kosta appuie ces mots d'un regard qui embrasse le paysage alentour. Il ressent la présence et les frémissements de l'eau contenue dans la terre. Elle est là, tapie dans ce ventre de pierres, dans le silence millénaire de la roche. Elle l'appelle, l'attire à elle.

Ils se remettent en marche tandis que l'ombre des montagnes voisines allonge ses griffes noires sur leur versant.

Bientôt, la lumière est avalée par la nuit qui se distille et les rattrape dans la partie forestière où ils se sont engagés, en éclairant le chemin de leurs frontales. Les premiers battements d'ailes de rapaces nocturnes résonnent, accompagnés de quelques hululements.

Parvenus à un croisement en patte de poule, ils choisissent le sentier le plus à droite, promettant une ascension raide. Kosta a le sentiment que c'est aussi celui qui les mènera à quelque chose. Et la découverte inespérée qu'ils font, à une demi-heure de marche à peine, leur confirme que c'était le bon choix. Entre les arbres en contre-haut, leur apparaît, sombre et solitaire, un cabanon fait de tronçons de bois, sans doute du sapin, à moitié rongés par l'humidité.

— Allons voir de plus près, suggère Kosta. S'il est abandonné, il fera notre affaire, sinon, on demandera au propriétaire si on peut y passer la nuit.

Délestée de son chargement, Marija semble un peu plus fraîche que lui, mais elle approuve la proposition en silence.

Quelques pas de plus et ils sont devant la porte. Aucun signe de vie. Un coin de fenêtre brisé laisse penser que le cabanon est inhabité. Après quelques coups à la porte qui, branlante sur ses gonds, cède, Kosta entre prudemment, éclairant l'intérieur au cas où un hôte indésirable aurait pénétré par une autre porte ou fenêtre pour s'y établir. Par chance, le cabanon s'avère complètement déserté, à part quelques toiles d'araignées, voile fragile posé sur le peu de mobilier délaissé se résumant à un vieux poêle, une table, deux chaises et un matelas défoncé et crasseux. Il s'en dégage une odeur putride se mêlant aux relents de renfermé, le sommier sur lequel il était posé ayant certainement servi à faire du petit bois, au vu des restes éparpillés sur le sol au pied du poêle. L'objet qu'on a utilisé pour débiter les planches n'est plus là. Et les morceaux de bois ne leur seront d'aucune utilité en l'absence de feu.

— C'est bon, tu peux venir, lance-t-il à Marija qu'il croit encore dehors.

Mais elle est entrée à sa suite et le serre de près. À tel point que lorsqu'il se retourne, ils se retrouvent nez à nez avec leurs frontales, mutuellement éblouis.

— Désolé, dit Kosta en détournant la tête, empêtré dans une gêne visible.

Il s'écarte de la journaliste, rétablissant une distance convenable. Pour tout éclairage, ils ne disposent que de leurs frontales et d'une lampe torche dont la pile donne des signes de faiblesse. Pourtant, malgré la pénombre et le clair-obscur de la pièce, Kosta éprouve une sensation presque familière. Diffuse. C'est avec elle qu'il s'endort, dans un nuage de poussière, d'ailes d'insectes séchées et de crottes de souris.

Ils se sont installés côte à côte sur le matelas, après que Marija ait réussi à le convaincre de ne pas dormir sur le plancher pourri du cabanon. Au départ réticent, il finit par accepter l'idée qu'ils se retrouveront dans cette situation de promiscuité forcée peut-être la nuit prochaine, ailleurs ou même ici, dans le cas où ils décideraient de faire du cabanon un refuge provisoire d'où ils pourraient graviter la journée et où ils reviendraient passer la nuit, à condition que les distances le leur permettent.

En même temps que son cœur se serre, l'ultime pensée de Kosta avant de sombrer tout habillé et le ventre presque vide – à part la dernière canette de bière avalée en guise de dîner –, avec sa doudoune pour seule couverture, va à son petit amour de fille qu'il ne peut plus essayer de joindre, leurs portables étant déchargés et les deux chargeurs dans le sac à dos de Marija.

Kosta ferme les yeux. La voix de Fjona, la joyeuse cascade de son rire, son regard espiègle et son bagout lui manquent. Va-t-elle bien ? Avec une mère telle que Jasna, rien n'est sûr… S'il lui arrivait malheur, Kosta deviendrait fou.

L'être humain ne devrait pas s'attacher à ses semblables, pense-t-il les yeux pleins de larmes contenues.

Alors que la respiration régulière de Marija endormie s'élève dans le silence, Kosta ne tarde pas à la rejoindre dans les limbes glacés, fatigué de toutes ces questions sans réponse.

C'est avec le jour qui perce par les vitres sales que Kosta se réveille le premier cette fois, frissonnant. Se frottant les yeux, il jette un regard à Marija qui dort profondément.

Comment fait-elle ? se demande-t-il, réveillé par le silence de la nature, dont il n'a plus l'habitude. Quand la journaliste ouvre les yeux, ceux de Kosta sont posés sur elle.

Sans un mot, elle jette ses bras autour du cou de

Jan, embrassant avidement ses lèvres, d'abord par à-coups, comme pour savourer ce goût inconnu.

Se cherchant tout d'abord avec pudeur, retenant encore le désir qui leur brûle la poitrine, les deux langues se trouvent enfin, mêlant leurs salives et leurs haleines. Une intimité qui les fait vaciller, amarrés, torse contre torse, hanches contre hanches, jambes enchevêtrées.

Seules comptent leurs bouches en fusion, se happant et se mordant mutuellement, leurs langues se léchant, leurs doigts se glissant sous leurs vêtements à la recherche de la peau nue et frissonnante.

La douceur des seins de Marija frappe Kosta au premier contact. Il soulève son pull pour les découvrir complètement et s'en repaître. Marija déboutonne le jean de Kosta après avoir défait sa ceinture, puis retire le sien. Leurs pantalons baissés sur les chevilles, leurs corps se soudent. En quelques coups de bassin, Kosta arrache à Marija un cri étouffé par sa main qu'elle serre entre ses dents pendant qu'il se déverse en elle.

Le temps de se reconnecter à la réalité, après avoir remonté son jean, Kosta laisse son regard errer dans la pièce, le long des murs jusqu'au sol… où il s'attarde, intrigué par un objet niché contre le pied de la table.

Un cylindre d'une dizaine de centimètres, pas plus, percé à une extrémité pour laisser passer une fine lanière de cuir.

Kosta n'a qu'à tendre le bras pour le ramasser. Quand il l'a en main, il souffle dessus pour le dépoussiérer, révélant sa véritable fonction. C'est un appeau ou un sifflet, apparemment taillé dans du bois de sapin.

En même temps qu'il tourne et retourne l'objet, Kosta sent une acidité lui remonter de l'estomac et son pouls qui s'affole. Du fond de son passé remonte un son bien distinct. Une sorte de cri d'oiseau. Un son chaud et familier.

Non, c'est impossible… Impensable. Pourtant, là, sous ses yeux, à moitié effacées mais tout de même identifiables, gravées dans le bois du petit instrument, trois lettres palpitent : JAN.

Il montre l'appeau à Marija et, dessus, les lettres de son prénom.

— Qu'est-ce que c'est ? demande-t-elle par-dessus son épaule.

— Un leurre sonore pour les oiseaux, souffle Kosta, hébété, peinant à articuler. C'est… c'est Djol qui me l'a donné, quelques jours après m'avoir trouvé au bord du lac avec Hatsa. Ce cabanon me rappelait vaguement quelque chose. À trois ans, je n'en avais pas gardé un souvenir précis, mais maintenant j'en suis sûr, c'est ici qu'il m'a ramené et où j'ai vécu deux semaines avant de retrouver mes grands-parents dans la vallée.

19

Une surprise plutôt désagréable attendait Vladimir dans les locaux de la centrale, à l'issue d'une nuit troublée par l'étrange rencontre de la veille et par une certaine impression d'irréalité.

Après avoir pris un café – Plavic étant reparti à l'aube –, il est descendu passer en revue les salles des machines et n'y a trouvé personne. Un silence anormal régnait, qui fit monter en lui une vague d'angoisse.

Lorsqu'il découvrit le pot aux roses, elle se dissipa, laissant place à l'étonnement. Tous les membres du personnel se trouvaient en salle de réunion, devant une tasse au fond de laquelle stagnait, noir et pâteux, un reste de marc. Mais l'heure n'était pas à y lire l'avenir.

Le seul à rester debout face à tout le monde était Peric, le délégué du personnel. Sans doute l'homme le plus redoutable et redouté par Vladimir à la centrale, mais également par quelques employés que ce grand costaud à moustache intimidait sciemment.

Lorsque Vladimir a appris l'objet de cette réunion improvisée, il s'est emporté.

— Vous pensez vraiment que c'est le moment de faire grève ? J'ai fait venir Jan Kostadinovic, l'hydrogéologue que certains d'entre vous ont aperçu, pour une expertise des sols et des mouvements des eaux souterraines en amont du barrage. Il est parti voilà presque quatre jours. N'auriez-vous pas pu attendre son retour et les résultats ? Et aviser en fonction. Il y a déjà eu tentative de sabotage sur les tur…

— Tu crois vraiment qu'on va gober ça ? a tonné Peric avec de grands gestes en direction de Vladimir. Je les ai inspectées de long en large, moi, les turbines et, en tant qu'ancien chef technicien je m'y connais. Elles se sont fissurées toutes seules avec la pression constante. Parce que la centrale entière a été construite à la va-vite, avec des matériaux de merde pour une rentabilité à court terme. Faire du fric, c'est tout ce qu'ils avaient en tête. Et Plavic le sait. Vu son salaire, il la ferme, seulement il est jamais là. Pourquoi ? Tu t'es pas demandé pourquoi, hein, Vladimir ? Parce que t'es qu'un toutou…

— Fais attention à ce que tu dis, Peric. En l'absence de Plavic, c'est moi qui assure la direction.

— Rien à foutre !

Pendant l'échange personne ne mouftait. Chacun retenait son souffle, avide d'en connaître l'issue.

— Bien, puisque tu le prends comme ça, Peric, je te colle un avertissement… pour ce que tu viens de dire.

À ces mots, un rire monstrueux a explosé dans la bouche du délégué.

— Oh putain, j'en ai mal aux côtes… On se croirait à l'école. Tu peux me coller tout ce que tu veux, y compris ta main sur ma grande gueule, on a tous voté la grève. À l'unanimité. Pas vrai ?

Il s'est tourné vers les employés qui macéraient dans un silence gêné. Certains détournaient le regard pour ne pas croiser le sien.

— Ah, tu vois ?

— Non, justement, je ne vois rien. Messieurs dames, vous allez regagner votre poste. La centrale ne peut pas fonctionner sans vous. Toute la vallée risque d'être privée d'eau et d'électricité. C'est ce que vous voulez ?

— Ce qu'on veut, ce sont de meilleures conditions de travail et une prime de risque avec tout ce qui s'est passé ici depuis plusieurs mois, suivi de ces atrocités sur un vigile et un chien. C'est simple, plus de rotations, donc plus de personnel.

Tous se sont retournés vers la voix de femme qui venait du fond de la salle. C'était Tanja qui s'était exprimée.

— Les risques ne sont pas avérés pour le moment, a répliqué Vladimir, lui jetant un regard noir, conscient de marcher sur des œufs.

Au fond, il ne croyait pas lui-même à ce qu'il disait.

— Putain mais arrête ! s'est écrié Peric, levant les mains et les yeux au plafond. Les turbines se sont fissurées sans aucune intervention humaine et tu le sais… ou alors ton diplôme d'ingénieur, t'as dû le payer cher.

Quelques rires ont parcouru l'assemblée.

— Et que fais-tu des empreintes retrouvées dans la salle des machines ? Des meurtres ? De l'enquête en cours ? l'a apostrophé Vladimir, les bras croisés. Attendez au moins les résultats.

— Dans mon cul. Tout ça, c'est du flan, pour gagner du temps et nous faire bosser ici à nos risques et périls. On a une famille, comme toi, d'ailleurs, sauf que nous, on s'en fout pas. C'est un vote légal, fait dans les règles. La grève a été décrétée à ce jour, à partir de huit heures précises. À l'issue de cette réunion, les machines seront stoppées.

— C'est de la folie et tu sais que ce sera prélevé sur vos salaires.

— On est au courant, mais on part pas en vacances.

— Et vous serez responsables devant les habitants de la vallée, poursuit Vladimir, en pointant l'index sur Peric. Une lourde responsabilité.

— Ça va, pas de chantage. On va alerter la presse et tout le monde va nous soutenir. Y compris les écolos.

— Ça m'étonnerait fort... Vu ses conséquences, votre mouvement sera mal perçu et s'essoufflera rapidement. Tout ça est une perte d'argent et d'énergie qui pourrait être évitée. Sans parler du fait que vous allez faire le jeu des opposants, justement.

À cet argument, l'ingénieur en chef a senti un frémissement parcourir les employés. Certains ont échangé quelques mots à voix basse. Visiblement, ils commençaient à se poser des questions. C'était le moment pour Vladimir d'en profiter, mais Peric ne l'a pas laissé faire.

— Et les failles dans le béton du tablier ? C'est la centrale qui est une perte d'argent et d'énergie !

Tout le monde l'a regardé, interloqué, y compris Vladimir, mais pas pour les mêmes raisons. Le délégué du personnel avait bien préparé son coup de force qui, sur un navire en pleine mer, aurait été qualifié de mutinerie. Il avait tout un dossier... Mieux valait faire mine d'abonder dans son sens.

— Sur le fond, tu as raison, Peric, a-t-il convenu.

Mais là où nous ne sommes pas d'accord, c'est sur les méthodes employées pour se faire entendre.

Le géant, tirant une cigarette d'un paquet, qu'il a tassée sur la tranche de sa main avant de l'allumer, s'est mis à ricaner.

— Ah ouais… et t'as une autre solution ? Ça m'intéresse…

— Je l'ai dit : attendre les résultats de l'expertise et le diagnostic de Kosta. De toute façon, s'ils révèlent un sol instable avec des risques majeurs de glissement de terrain ou même de séismes, la centrale devra fermer.

— Et on perdra nos emplois ! On a tous des familles à nourrir ! C'est ça que vous auriez dû anticiper avant de construire cette merde ! Donc, rien que pour ça, on maintient la grève. Tu peux l'annoncer à la presse. Plavic est déjà au courant, c'est pour ça qu'il s'est tiré aux aurores en te laissant le bébé. Le débat est clos en ce qui nous concerne.

Soufflant la dernière bouffée par le nez, Peric a écrasé sa cigarette dans une soucoupe d'un geste nerveux et est sorti de la salle à grands pas. Le personnel en a profité pour se disperser, certains adressant quand même un bref salut à Vladimir, consterné. Pour la première fois de sa carrière, il a éprouvé, dans un sentiment d'impuissance et de découragement, l'envie de tout plaquer et de rejoindre Sladjana à Nis. Qu'ils se débrouillent, tous, et surtout Plavic, ce salaud, s'est-il dit, trahi. Il savait donc et il ne lui en a rien dit…

La journée, la quatrième depuis le départ de Kosta et Marija, s'est écoulée dans une atmosphère de centrale à l'abandon. Plus de la moitié des employés sont rentrés chez eux et les autres sont restés, soit parce que, célibataires, personne ne les attendait à la maison, soit retenus par une vague culpabilité, pour faire au moins acte de présence, même s'ils n'étaient pas à leur poste. Ceux-là ont joué aux échecs tout l'après-midi, fumé en discutant au bord du lac, quelques-uns sont même allés pêcher.

De son côté, Vladimir est demeuré cloîtré dans son bureau à s'occuper de la paperasse, hésitant à avertir la presse lui-même, avant que Peric ne le fasse avec ses propres mots, se décidant enfin à envoyer un communiqué, ne serait-ce que par respect pour les gens de la vallée alimentée par la centrale, qui n'auraient bientôt plus de quoi s'éclairer ni de quoi se laver, nettoyer le linge, la vaisselle, boire, sans parler de l'unique hôpital, en aval aussi…

S'ils étaient encore là, se dit l'ingénieur en chef, les moines de Temska, habitués à s'éclairer à la bougie, n'auraient pas été impactés par la pénurie. Quant à l'institut psychiatrique qui a succédé au monastère, il fonctionne à l'énergie solaire, avec des panneaux photovoltaïques sur les toits. Une première dans la région.

Ce sont toutes ces images de la journée qui défilent dans la tête de Vladimir lorsqu'il sort prendre l'air et s'octroyer un peu de répit vers la fin de l'après-midi.

Le regard perdu dans le ciel, un drôle de poids dans la poitrine, il voit tournoyer les aigles et quelques vautours. Énigmatiques, lointaines et pourtant si proches, les montagnes se taisent. Sans qu'il le réalise, ses pas le conduisent jusqu'au bord du lac. À l'endroit même de l'étrange rencontre de la veille.

Vladimir regarde sa montre. C'est à cette heure que « l'autre » a surgi de l'eau, devant lui. Si ce n'était pas une hallucination, ça se reproduira peut-être, pense l'ingénieur, tout en appréhendant une telle éventualité. Bien qu'il n'ait pas senti d'hostilité mais plutôt de la curiosité, cet être lui a semblé si étrange, avec ses yeux écartés et proéminents qui lui donnaient l'air d'un poisson, sa bouche trop grande et des cheveux si épais qu'ils ressemblaient à une crinière.

Au bout d'une vingtaine de minutes assis sur les galets qui lui talent les fesses, Vladimir en choisit quelques-uns parmi les plus plats et se lève pour tenter une série de ricochets. Enfant, il adorait les lancer au ras de l'eau et les voir rebondir plusieurs fois, comme si la masse liquide devenait tout à coup élastique et dure. Son frère aîné lui a appris le bon geste.

Prenant son élan, légèrement penché en arrière, Vladimir s'apprête à jeter un autre galet quand un bouillonnement soudain trouble les ondes d'un vert sombre. Les sens en alerte, la main crispée sur la pierre, chaude dans sa paume, Vladimir se tient prêt à s'en servir comme d'une arme s'il le faut, si la créature arrivait avec des intentions hostiles. Au bout de quelques instants, les remous se sont dissipés à la surface.

Baissant le bras, le Serbe respire. Que se serait-il passé si l'« autre » était revenu ? Et pourquoi serait-il revenu au même endroit, à la même heure, si ce n'est dans l'espoir de voir l'homme accroupi sur la rive ? Et pourquoi aurait-il voulu le revoir, dans quelles intentions…

En proie à ces interrogations, Vladimir demeure au bord du lac jusqu'à ce que le soleil ne soit plus qu'une lueur rouge orangé derrière les montagnes.

Autrefois, toute la vie d'un village se concentrait ici, entre le lac naturel et la rivière poissonneuse. Les maisons se succédaient sur les bords. Les gens vivaient avec l'eau pure des montagnes. Ils buvaient au sein de Babin Zub. Ils se sentaient à l'abri, protégés par la Vieille Montagne. Et voilà qu'un jour, tout a été emporté. Les maisons, les fermes, les vies. Des siècles d'histoire balayés en quelques minutes. Des années plus tard, des étrangers à ce coin sauvage arrivent pour assécher le lac naturel et le remplacer par un lac artificiel qui sert de réservoir à une centrale hydroélectrique alimentant la vallée. Et voilà que, bientôt, si Peric et le personnel persistent dans leur folie, cette vallée sera privée d'eau et de lumière.

Vladimir en est là de ses réflexions lorsqu'il voit un homme courir en direction de la centrale, comme s'il fuyait le diable. Derrière le masque de l'épouvante, l'ingénieur reconnaît Ilic et presse le pas à sa suite.

— Que se passe-t-il? demande-t-il à Peric qui se dresse devant lui, métamorphosé, blême.

— C'est Tanja. Ilic vient de découvrir son corps, un peu plus loin, au bord du lac, à moitié caché dans les buissons. Elle est pas belle à voir…

20

Le corps de Tanja n'est en effet pas beau à voir. Sa gorge ouverte ressemble à un gouffre sanguinolent qui se détache sur la peau livide. Personne n'ayant consenti à le faire, Peric et Vladimir l'ont veillée sur place sans rien toucher jusqu'à l'arrivée de la milice, pour la troisième fois ici.

Après avoir détaillé ce qu'il s'est passé dans les heures qui ont précédé, l'ingénieur en chef tente en vain de joindre son supérieur dont le portable est coupé. La voiture mortuaire est arrivée pour transporter le cadavre de Tanja chez le légiste.

Dans la nuit presque tombée, la lumière bleue des gyrophares balaie par intermittence les murs de la centrale ainsi que les visages figés, leur donnant l'aspect de statues de cire dans un musée de l'horreur.

Chacun a encore du mal à croire à ce qui est arrivé et ne peut s'empêcher de se projeter à la place de la malheureuse victime.

— Pensez-vous qu'il y ait un… tueur, ici? risque Vladimir lorsqu'il se retrouve un moment seul avec le chef de la milice.

— Il est encore trop tôt pour le dire, mais après un

chien et un vigile, une troisième mort ne peut pas être une coïncidence. Nous venons de recevoir des résultats d'analyses complémentaires. Sur la plaie à la gorge du chien, on a retrouvé de la salive, de l'ADN humain. Aucun des criminels fichés dans la région ne correspond. On va étendre les recherches au reste du pays, même si mon intime conviction me ramène ici, autour de ce lac. Chaque jour que Dieu fait engendre un meurtrier encore inconnu de nos services.

— Un meurtrier parmi le personnel ? Impossible, affirme Vladimir. Je les connais tous. Jusqu'à leur famille, pour certains.

— Rien n'est impossible. Et la vie nous montre chaque jour qu'on ne connaît pas les gens autant qu'on le pense.

— Il y a, à ce qu'on raconte, des gens étranges qui vivent dans la montagne, observe Vladimir. Le meurtrier pourrait être l'un d'eux.

— On raconte beaucoup de choses, par ici. La montagne, comme tout ce qui est méconnu, fait fantasmer et délie les langues. Les gens qui y vivent sont en effet différents, impénétrables, secrets. Mais quelle est la part de la vérité…

— Il y a aussi les opposants au barrage. Les Ombres noires.

— Sauf que si c'était eux, objecte le chef de la milice, pourquoi agir maintenant et de cette manière-là ? Les militants ne sont pas des monstres, et ils sont organisés. Là, c'est plutôt l'acte d'un détraqué ou d'un psychopathe qui ne fait pas de différence entre un chien et un humain.

Y en a-t-il vraiment une… songe Vladimir, le regard absent.

— On vous tient informé, pas de fuite à la presse en attendant.

— Entendu, je vais avertir le personnel.

— Et ce… Peric, c'est leur délégué, c'est ça ?

Vladimir acquiesce en soupirant.

— Depuis combien de temps travaille-t-il à la centrale ?

— Depuis son ouverture. C'est un très bon élément, parfois sujet aux dérapages.

— De quelle sorte ?

— Rébellion, contestation et revendications salariales. Mon bon, c'est son rôle, face à la direction. Défendre les intérêts du personnel.

— Avez-vous de bonnes relations avec lui ?

— Sans parler d'amitié, on se respecte. Sauf là… il est allé un peu loin dans ses invectives. Comme si quelque chose n'allait pas. Dans sa vie, je veux dire.

— Et avec la victime, Tanja, quels étaient leurs rapports ?

Perspicace et coriace, se dit Vladimir à propos du flic. Or il lui doit la vérité, pour la bonne marche de l'enquête.

— Ils ont eu une liaison l'an dernier, mais c'est fini.

— Lequel a quitté l'autre ?

— Peric. Contre toute attente.

— Pourquoi « Contre toute attente » ?

— Il était fou d'elle.

— Ce n'était pas réciproque ?

— Pas avec la même intensité, non. Tanja jouait un peu avec les hommes. Elle a séduit le directeur, dans la foulée, en vue de rendre Peric jaloux, je suppose.

Un peu plus loin, le corps de Tanja, enfermé dans

une housse sombre, est comme avalé sur son brancard à l'arrière du fourgon mortuaire dont deux types referment les portes.

Vladimir lance au flic un regard consterné.

— Vous ne pensez tout de même pas que ça peut être Peric… ou même Plavic… qui, de toute façon, est parti et reste injoignable.

— Plavic… votre directeur ?

— Oui.

— De nouveau parti ? Depuis quand ?

— À l'aube. La nouvelle de la grève a précipité son départ, semble-t-il.

— Ou autre chose. Et depuis son départ, Plavic n'a pas donné signe de vie ?

Cette fois, lessivé, Vladimir contient à peine une pointe d'énervement.

— Aucun.

— La victime était-elle visible, ce matin ?

— Comme je vous l'ai dit, la dernière fois que je l'ai vue, c'est à la réunion. Après, tout le monde s'est dispersé pour vaquer à ses occupations. Vous les avez déjà interrogés, tous, sur leurs activités.

— Oui, mais je veux votre point de vue et votre version.

— Vous l'avez eue aussi, lâche Vladimir à bout de nerfs.

— Mieux vaut deux fois qu'une. Au cas où les versions d'un même témoin se contrediraient.

Vladimir ne répond pas. Un frisson lui remonte le long du dos. Il est vrai que l'absence de Plavic n'est en rien une preuve d'innocence. Au contraire… Mais si ce meurtre a un lien avec le triangle Tanja, Peric et Plavic, quel rapport avec le vigile égorgé de la même façon, et les empreintes de pieds nus ? En revanche, le meurtrier de Tanja a pu s'inspirer du mode opératoire de l'assassin de Vlasko pour brouiller les pistes et surtout conduire les enquêteurs sur celle d'un désaxé.

— On doit y aller, annonce le chef de la milice. Je vous tiens au courant et veillez à ce que personne ne parte d'ici, tout le monde est sur la liste des suspects, y compris vous.

— Je sais… Quoi qu'il en soit, chef, trouvez vite le monstre qui a pu faire ça à Tanja. Et pourquoi il s'en est pris à elle.

— Comptez sur moi. J'ai du mal avec ceux qui s'attaquent aux femmes et aux enfants.

À cette évidence, Vladimir n'a rien à répondre. Avec Peric et les quelques employés qui ont tenu à accompagner d'un dernier regard leur collègue enfermée dans ce fourgon, il suit les phares rouges jusqu'à ce qu'ils ne soient plus que des braises dans la nuit, replongeant la centrale dans une obscurité profonde, que seul éclaire un quartier de lune descendante.

— Elle était trop belle pour mériter de mourir comme ça, lâche un employé par-dessus l'épaule de Peric qui le dépasse de trente centimètres.

— Ah ouais, parce qu'une moche aurait mérité ça davantage ? siffle le géant, mâchouillant nerveusement un cure-dents coincé entre ses incisives.

— J'ai pas dit ça…

— Mais tu le penses tellement fort que ça suinte de ton petit cerveau et ça éclabousse jusqu'ici.

— Savic, Peric, allez vous reposer, dit Vladimir. On en a tous besoin. Demain, il fera jour.

— Et si Tanja était la deuxième d'une série ? J'ai

vu ça dans des feuilletons criminels américains sur les serial killers, lance Savic, un petit gros avec une insupportable voix de fausset.

Cette fois, le géant se retourne vers lui et lui fait face de ses deux mètres qui l'obligent presque à se pencher.

— Arrête un peu de nous les casser, Savic. Pour ta gouverne, il n'y a pas de tueurs en série dans notre beau pays. Tout ça, c'est de l'importation. Comme le Coca-Cola. Des produits capitalistes venus de l'Occident.

— Toi, arrête, grande gueule, avec ton Coca-Cola. Des tueurs et des assassins, il y en a partout où il y a des humains. C'est-à-dire potentiellement sur chaque mètre carré de cette putain de planète.

Peric regarde l'homme à la voix de fausset comme s'il allait le frapper.

— Vladimir a raison, finit-il par dire avant de s'esquiver sur ses grandes jambes, on a besoin de repos. Tanja doit bien rigoler, de là-haut, si elle nous entend. Bonne nuit, idiot !

Sans attendre la riposte, le géant emboîte le pas à Vladimir qui s'éloigne en haussant les épaules devant cet échange.

— Tueur en série… Je t'en foutrais, moi… entend-il Peric pester entre deux bouffées de cigarette sans filtre.

De retour dans ses appartements, Vladimir se dirige vers la vitrine en formica d'où il sort une bouteille de slivovitz presque pleine. De l'eau-de-vie de prunes. Cinquante degrés. Il a besoin d'un truc fort, ce soir. Sur sa rétine s'est imprimée la vision du corps inanimé de Tanja, gorge ouverte. C'est vrai que sa beauté contrastait avec cette horreur et que voir une si belle femme réduite à un morceau de viande mutilé est profondément dérangeant et obscène. Comme si la beauté n'était pas compatible avec l'idée de mort violente et de défiguration.

Il prend un petit verre à liqueur et se verse une rasade qu'il avale d'un trait en renversant la tête en arrière, puis une deuxième et une troisième... À plus de la moitié, il s'écroule sur le canapé où il s'endort sur-le-champ, la bouteille à la main.

Le réveil, vers neuf heures le lendemain, est douloureux. Il a trop dormi et a l'impression d'être passé au mixeur. Mal au crâne, dans les os, partout à l'intérieur.

À la vue de la bouteille presque vide, la réalité revient pleine face et, peu à peu, ses pensées s'organisent comme dans un jeu de construction. Alignement, empilement, tri. Au bout, le corps ravagé d'une belle femme de cinquante ans.

Vladimir a la nausée, pas seulement à cause de sa cuite de la veille. La nausée de tout, de la vie, parfois aussi dure que du granit, du mystère intenable autour de ces meurtres, de ce qui l'attend aujourd'hui avec la grève, la pénurie d'eau et d'électricité bientôt annoncée dans les pages de la presse locale puis nationale, la réaction de ceux d'en bas, de la vallée, Plavic qui se défile, tous ici qui deviennent suspects, y compris lui-même, l'interdiction de bouger... Que va-t-il dire à Sladjana ? La vérité... et surtout, de ne pas venir. C'est trop dangereux. Lorsque ces mots sortent de sa bouche dans le téléphone, c'est comme si quelqu'un d'autre les prononçait. Rien de tout ça ne lui semble réel. Et pourtant…

Un peu plus tard dans la journée, alors qu'ils sont rassemblés dans la salle pour une cellule de crise avec Vladimir et Peric, les résultats de l'autopsie arrivent par fax. Quatre pages au total, avec des photos. L'ingénieur en fait la lecture dans un silence tombal. La plupart des présents ont refusé de voir le corps de Tanja pour garder d'elle un souvenir vivant, mais ils ne peuvent échapper au travail de l'imagination en entendant le rapport, où il est question de salive et d'ADN humains retrouvés sur la plaie, mais aussi sous les ongles de la victime, qu'elle portait plutôt longs et vernis. De mauve ou, le plus souvent, de rouge vif.

— Comme pour le rottweiller, l'égorgement a été provoqué par une mâchoire humaine, poursuit Vladimir avec difficulté. Le meurtrier lui a… déchiqueté les chairs avec ses dents.

Sur ces mots, une employée pousse un cri et sort précipitamment pour gagner les toilettes tandis qu'un frémissement parcourt tout le groupe. Peric, blême, a du mal à tenir debout et doit s'appuyer à la table.

— Reste à établir le lien avec le meurtrier du chien. Par ailleurs, Tanja a subi un viol. Un corps étranger a été découvert et extrait de son… vag… intimité, un animal amphibien cavernicole du nom de protée ou salamandre d'eau, qui peuple certaines grottes des Balkans. En voici une photo…

Vladimir prend la feuille et la tourne vers l'auditoire médusé et incrédule. Ils découvrent ce qui ressemble à un lézard nu à la peau rosée, aux pattes si courtes qu'on dirait des moignons, à la queue serpentine et doté de deux minuscules aigrettes derrière la tête, qui lui donnent l'air d'un dragon miniature.

— Je pense que vous connaissez à peu près tous cet étrange animal qui ne vit pratiquement que dans l'obscurité des grottes. On l'appelle aussi salamandre humaine.

— Ça veut dire quoi ?

La question de Savic fait aussitôt réagir Peric.

— Comment ça, « ça veut dire quoi » ? Tu vois bien ce que c'est une salamandre… un lézard d'eau… ou tu veux un dessin ?

— Ce que demande Savic, tempère Vladimir, ce n'est pas ce que c'est, mais ce que signifie la présence d'un protée dans la cavité génitale de Tanja.

— C'est une grotte aussi, non ?

Tous se retournent vers le fond de la salle où se tient, calé dans sa chaise et l'air égrillard, un des techniciens du barrage, un certain Vaskovic, le visage bouffi et gonflé d'eau-de-vie.

— Je peux plus écouter ce ramassis de conneries, je sors, sinon je vais en claquer un, lâche Peric en se dirigeant vers la porte qu'il referme sur lui avec fracas.

— Tu aurais mieux fait de te taire… lance Vladimir à l'autre, secoué d'un rire gras.

— De toute façon, Tanja Horvat était une salope de première, tout le monde le sait, mais personne dit rien, hein… Après Peric, elle s'est tapé Plavic et qui sait combien d'autres…

— En tout cas, pas toi, dit Savic. C'est pour ça que tu lui craches dessus maintenant…

— Je fais que dire la vérité…

— Bon, on se calme, un peu de respect pour la victime, intervient Vladimir. Sa vie privée ne regarde qu'elle. Je pense que la présence de cette… chose à l'intérieur du corps de la pauvre Tanja donnera de précieuses indications aux enquêteurs.

— C'était… vivant ?

— Le rapport dit que oui… Bien, on en a terminé pour aujourd'hui sur cette affaire. Rien de nouveau concernant votre mouvement ? Peric étant parti, je m'adresse à vous.

Les employés échangent de brefs regards avant de répondre.

— On pourrait peut-être se remettre au boulot… risque Savic.

— Pas question ! proteste un autre, assis au premier rang. Pas sans en parler à Peric. La grève continue.

— Bien, dans ce cas, la réunion est terminée, déclare Vladimir avant de quitter la salle à son tour.

Il n'est plus aussi pressé d'avoir Kosta au téléphone, à qui il a décidé de taire les meurtres à la centrale pour ne pas interrompre la mission. Tout à ces réflexions, ses pas le conduisent instinctivement jusqu'à l'endroit où le corps de Tanja a été retrouvé, au bord du lac, matérialisé en scène de crime par des piquets entre lesquels sont tendues des bandes jaune vif.

Vladimir laisse errer son regard sur la berge tapissée de galets, de sable, de branchages entremêlés et de bois flotté. Peu à peu, son inspection s'intensifie, sans qu'il sache exactement ce qu'il recherche. Un indice quelconque, qui aurait échappé aux enquêteurs. Ici, on n'envoie pas d'équipe de la police scientifique, comme il l'a vu faire dans des séries américaines. Ce sont des flics du cru qui ratissent le terrain sans être formés à la recherche de pièces à conviction et encore moins à l'analyse d'une scène de crime.

Vladimir a l'intuition que le meurtrier a pu laisser un indice derrière lui. Il ne pense pas à un tueur professionnel, l'agression ayant probablement été commise sous impulsion, improvisée dans une sorte de crise de fureur, comme pour le rottweiller. Un meurtrier rodé n'aurait pas laissé d'empreintes derrière lui. À partir de cette observation, l'ingénieur en chef se dit qu'il peut trouver autre chose ici.

Les yeux toujours rivés au sol tel un chien pisteur, il ne tarde pas à faire une découverte inattendue. S'accroupissant près de ce qu'il vient d'apercevoir sur le sable, entre le lac et la scène de crime, il le prend délicatement entre ses doigts et le rapproche de son visage. Un ongle entier, d'une taille impressionnante. Correspondant probablement au gros orteil… Sur un côté, des traces d'un rouge foncé presque brun. Du sang séché.

— Nom de Dieu… lâche-t-il en même temps qu'une association se fait dans son esprit.

Vladimir n'a presque plus aucun doute. Cet ongle appartient à l'être effrayant qu'il a vu surgir devant lui l'autre soir, émergeant à moitié de l'eau.

21

Malgré des années de poussière et d'abandon, l'appeau émet encore le roulement aigu et clair si familier à Kosta. C'était l'unique moyen pour le petit Jan d'avertir Djol s'il avait peur lorsque l'homme le laissait seul dans le cabanon pour aller chasser ou rapporter du pain mendié dans une ferme après des marches parfois de plusieurs heures, trop éprouvantes pour un garçon de trois ans. Mais il leur est arrivé de partir ensemble dans la montagne, à travers les sombres forêts de conifères où la lumière du jour filtrait à peine, ou à travers les prairies, hors des chemins balisés.

L'appeau aurait servi au cas où Jan n'aurait pas réussi à suivre Djol, le perdant de vue, bien que son compagnon fît toujours attention à avoir le gamin dans son champ de vision. Bien sûr, le sifflet avait une portée limitée, lorsque Djol s'éloignait trop, il ne pouvait plus entendre les sifflements. Néanmoins, aux yeux de Kosta, le sifflet était un outil précieux qui pouvait le sauver. Mais il représentait bien plus. C'était une protection confectionnée par les mains de son sauveur, ces mêmes mains qui l'avaient aidé à se relever, sur la rive du lac, le corps transi et si affaibli qu'il tenait à peine debout.

Une fois chez ses grands-parents, croyant avoir perdu l'objet cher dans la nature, il en avait été très affligé. Il était encore trop petit pour retourner seul au cabanon de Djol et, s'il s'égarait, il n'aurait plus de moyen de le prévenir. Plus tard, même s'il n'avait jamais oublié sa courte existence auprès de son ami, sa nouvelle vie l'avait largement occupé, avec une soif d'avaler chaque instant où il sentait son cœur battre, ses tempes palpiter, où chaque bouffée d'air inspirée lui disait qu'il était bien vivant, malgré la sensation persistante de cette boue noire qui tapissait son corps et ses organes.

Et voilà que, plus de quarante ans après, revenant là où il était né, hasard ou destinée, il retrouve le cabanon de Djol et l'objet auquel il tenait tant.

Touchée par le récit de Kosta, Marija demeure silencieuse, les yeux gorgés de cette émotion partagée.

— Et tu as eu à t'en servir? demande-t-elle, la gorge serrée.

— Pas pour qu'il me retrouve. Je parlais aux oiseaux. Et… ils me répondaient! C'était comme… voler avec eux. Entrer dans leur monde. Pouvoir marcher puis, à l'envi, prendre son envol et fendre les airs comme eux, voyager très loin par-delà les nuages a toujours été le rêve de l'Homme. Celui d'Icare. C'est… indescriptible, ce que ça me fait d'avoir retrouvé ce sifflet fabriqué par Djol. C'est comme retrouver mon enfance, perdue quelque part, dans les strates du temps… le retrouver, lui.

— Le cabanon semble inhabité depuis un moment.

— Il est peut-être mort ou il s'est installé ailleurs, plus près de la source.

À cet instant, la voix de Kosta vibre d'un espoir secret. Il y croit. Même si à l'âge qu'il aurait maintenant, Djol pourrait ne plus être de ce monde. Mais les légendes ne meurent jamais et Djol est une légende.

— Il faut qu'on bouge, qu'on trouve quelque chose à manger et qu'on se remette en route, dit Kosta en se passant la cordelette de l'appeau autour du cou. Je pense que ce sentier qui monte, juste derrière le cabanon, peut nous mener au cœur de la montagne et à la source. La roche semble prédominer sur la végétation, plus haut. On devrait tomber sur une ouverture qui mène sous terre. Là, il y a certainement des cours d'eau souterrains. Il ne faut plus perdre de temps, nos portables sont complètement déchargés et les GSM sont restés dans le Land. Si Vladimir n'a pas de nouvelles, il lancera des recherches.

— Alors, partons…

Mais d'un geste ferme, Kosta arrête la jeune femme sur le point de sortir du cabanon.

— Écoute, Marija… Je ne veux pas te faire prendre des risques inconsidérés. Et je ne te dis pas ça parce que je veux y aller seul. Mais s'il t'arrive quelque chose…

— On y va ?

— Bien, chef, soupire Kosta, vaincu. On verra si on peut revenir au cabanon pour y passer encore une nuit. Ce serait mieux.

Alors que, refermant la porte sur eux, ils se dirigent vers le chemin qui monte à l'arrière du cabanon, Kosta s'arrête net, les yeux rivés au sol. Lentement, il s'agenouille et Marija voit ses mains attraper quelque chose de long disparaissant à moitié dans les herbes hautes. Une chaîne rouillée qu'il tire à lui et à laquelle est attaché un collier en cuir cassé.

— Mira…

— Pardon ?

— C'était la chèvre de Djol. Mira. Une bête adorable et je buvais son lait chaque jour. Elle était attachée à cette chaîne.

— Et… les chacals ? Elle ne risquait pas de se faire dévorer ?

— Sa mère a connu ce sort… Djol n'a pas pu l'empêcher, mais il est intervenu à temps pour sauver Mira que sa mère essayait de défendre à coups de cornes.

Laissant son regard errer un peu plus loin, Kosta se lève et s'avance sur quelques mètres, puis s'agenouille de nouveau, écartant l'herbe devant lui.

— Et là, c'est incroyable… Le reste de son potager ! Regarde ça… des pissenlits, des choux, des courges, des courgettes, je reconnais leurs feuilles, ici encore un pied de tomates, des poivrons… tout poussera d'ici cet été. À l'état presque sauvage. Et les noyers ! Ils sont immenses, maintenant, dit Kosta en levant la tête vers les branches et les feuilles neuves. Je ne suis pas resté assez longtemps pour récolter les noix, je n'ai mangé que celles de l'année d'avant, elles étaient bonnes. Djol faisait aussi de l'huile, du brou et du vin qu'il revendait, mais pour ça, il devait ramasser les noix encore jeunes, avant le solstice d'été. Il m'interdisait de faire la sieste sous le noyer.

— Il avait peur que tu te prennes une branche ou des fruits sur la tête ?

— Non, pire que ça... Il me disait que les sorcières s'installaient dans le tronc des noyers et que l'odeur que l'arbre dégage était une manifestation du diable. En réalité, ça peut donner des migraines et des nausées, m'a dit mon grand-père plus tard. C'est tout. Mais j'y ai cru, aux sorcières et je les craignais davantage que les nausées et les maux de tête. Du coup, Djol était sûr que je ne me risquerais pas à une station prolongée sous le noyer...

— Entre le potager et les noyers qui ne donnent pas encore, pas de quoi nous nourrir dans l'immédiat... et d'ici cet été, on sera rentrés depuis un moment..., soupire Marija à son tour.

À ces mots, tous deux se regardent longuement. Pensées et sentiments contradictoires se mélangent. Ils seront de retour chez eux, oui, chacun reprendra le cours de sa vie. Leur rencontre et ce rapprochement imposés n'auront été qu'une parenthèse. Mais une parenthèse forte, qui les marque déjà.

Depuis ce départ dans une atmosphère plutôt fraîche à l'intérieur du Land, il y a eu revirement. Kosta, pour qui tromper Jasna revenait alors à tromper Fjona, n'a à présent qu'une envie, attirer Marija contre son cœur, lui prendre le visage entre ses mains et l'embrasser longuement, goûter ses lèvres, sa bouche, se plonger dans ce à quoi ils ne peuvent échapper. La passion.

— Je crois que je préfère ne pas y penser, souffle Kosta, en même temps que son pouls s'accélère et que ses doigts effleurent ceux de Marija. On y va?

— Oui, on y va.

Reprenant leurs esprits comme si on venait de leur verser un seau d'eau glacée sur la tête, ils se remettent en route après avoir échangé un dernier regard enflammé.

Là où ils s'engagent, la lumière du jour a du mal à parvenir. Elle perce faiblement à travers l'entrelacs de branches de sapins et de hêtres. Et le sentier monte raide entre les arbres. Au-delà de la limite des pâturages, la nature devient plus sauvage.

Kosta, qui avance en tête, son bâton télescopique à la main, est aux aguets. N'importe quoi peut surgir. Ils ont toujours à l'esprit la rencontre de l'autre nuit. Les pommes de pin et les aiguilles mortes d'une teinte orangée ou brune tapissent la terre au pied des conifères. À certains endroits, d'énormes monticules pyramidaux de près d'un mètre de hauteur signalent la présence de fourmilières géantes. Le bruissement incessant qui en émane ne trompe pas sur l'activité des petites ouvrières. L'atmosphère est si oppressante dans la pénombre humide que les marcheurs ont l'impression que l'air se raréfie en même temps que la lumière.

Bientôt, les roches nues se dessinent le long du chemin à flanc de montagne. Kosta et Marija n'ont rien trouvé d'autre à se mettre sous la dent que quelques petits-gris qui poussent au pied des sapins et ressentent les premières crampes à l'estomac.

Les flaques d'eau ont disparu, comme si cette partie avait été épargnée par la pluie. Trouver une source ou un ruisseau où se désaltérer devient urgent. On peut se passer de nourriture plus longtemps que d'eau. Au moment où, progressant d'un pas ralenti, ils commencent à désespérer, Kosta s'arrête et se retourne vers Marija, un large sourire aux lèvres.

— Une entrée de grotte, dit-il la main tendue vers une béance noire dans la roche. Avec un peu de chance, il y aura de l'eau. Attends-moi ici, je vais entrer en éclaireur. Au cas où ça descende à pic dans l'obscurité, je vais m'assurer avec la corde que tu vas tenir. Fais attention à ne pas être entraînée. Si je tire trois coups, c'est que tu peux venir.

— Sois prudent. C'est peut-être une tanière.

— J'allume ma frontale, dit Kosta qui sort le matériel de spéléo dont il dispose.

Une corde, le harnais, sa frontale, une torche et son casque.

La bonne nouvelle qu'il annonce à Marija est qu'en fouillant dans son sac à dos à la recherche de cet équipement sommaire, Kosta tombe, cachée tout au fond, sur une batterie autonome pour smartphone avec son câble auquel il branche tout de suite son téléphone.

Quelques instants plus tard, le harnais enfilé et la corde fixée, il disparaît dans la trouée. Marija ne quitte pas la corde des yeux, attentive à la moindre tension. Quand le rugissement retentit à l'intérieur de la grotte, la journaliste se sent vaciller sous la poussée d'adrénaline.

— Kosta ! crie-t-elle sans réfléchir, tétanisée et tirant brusquement sur la corde.

Au même moment, la corde se relâche de plus en plus et Kosta réapparaît à reculons, face à l'entrée de la grotte.

— T'avais raison, lâche-t-il. C'est une tanière et je crois que je viens de réveiller son occupant.

Marija est sur le point de défaillir lorsqu'elle voit surgir à la suite de Kosta, debout sur ses pattes arrière, un ours brun, la gueule énorme et baveuse, brassant l'air de ses antérieurs en poussant des grognements menaçants.

— Ne bouge pas, dit Jan entre ses dents. Surtout ne pas lui tourner le dos et ne pas se mettre à courir. Il le prendrait comme une faiblesse et se lancerait à nos trousses et… c'est pas nous qui gagnerions à la course. Ou alors il faudra grimper dans un arbre plus vite que lui et assez haut pour qu'il ne puisse pas nous rattraper.

De toute façon, Marija aurait été incapable de faire un mouvement. Les ours, elle les a juste vus au zoo où sa mère les emmenait, elle et son frère, enfants. Les plantigrades, dans leur enclos muré, paraissaient alors bien inoffensifs.

Kosta réfléchit. Il n'a même pas le Sig Sauer qu'il a laissé dans son sac à dos pour s'alléger le plus possible. Et même s'il avait pu le prendre, un 9 mm ne ferait pas le poids face à un animal de presque quatre cents kilos.

Kosta, qui a cessé de reculer et fait face à la bête, prend lentement l'appeau qui pend sur sa poitrine et le porte à ses lèvres. Le son qu'il obtient est long et strident. Kosta souffle encore, s'arrête puis recommence, cette fois dans un roulement aigu. Les échos se répercutent dans l'espace comme des ricochets sonores.

Au même moment, quelque part dans la montagne, un homme dresse soudain l'oreille. Tandis qu'il écoute, un tremblement se diffuse dans ses mains et le bord de ses yeux rougit. Cette stridulation qui cesse pour reprendre trois fois… il la connaît. Un signal de détresse. Et ce son ne peut provenir que d'un seul objet : l'appeau qu'il a fabriqué, autrefois, pour un petit garçon. Un gosse de trois ans qu'il a retrouvé à moitié mort sur le bord du lac, près d'un feu qui finissait de se consumer. Le plus jeune miraculé de Zavoï. Jan Kostadinovic.

22

Appuyé sur sa canne, après avoir marché en direction des sifflements, l'homme s'arrête et tend l'oreille. Les montagnes dressées tout autour lui renvoient à cet endroit un écho démultiplié des stridulations. Est-il possible que le passé se manifeste à lui après tant d'années… ?

Le souvenir du visage d'un petit garçon de trois ans, aux cheveux blonds et bouclés, qui avait survécu là où un adulte aurait peut-être péri. En seulement quinze jours, Djol avait eu le temps de s'attacher à lui, malgré la rudesse d'un caractère plus habitué à la solitude des montagnes qu'à la vie sociale.

D'une certaine façon, il se retrouvait dans ce petit naufragé égaré, perdu, séparé de son village et de sa famille. Tout ce dont Djol, orphelin à l'âge de quatre ans, avait été privé.

Un berger vivant seul l'avait recueilli et élevé jusqu'à l'adolescence. Mais un jour, il n'était pas revenu, son corps avait été retrouvé dans un ravin un peu plus tard et Djol avait dû se débrouiller tout seul dès douze ans.

N'ayant pas la force de tuer lui-même, pour se

nourrir, les chèvres avec lesquelles il avait grandi, il les revendit une bouchée de pain sur le marché, ne garda qu'une chevrette de quelques mois avec laquelle il partit vivre dans la forêt, sur les flancs de la Vieille Montagne, où il s'était construit un cabanon. Il y avait planté un potager et deux noyers dont il n'avait pu récolter les noix que dix ans plus tard, et fabriqué un petit abri extérieur pour la chèvre qu'il gardait attachée dehors. Seulement, en l'absence de chevreau, elle ne donnait toujours pas de lait. Djol l'avait conduite à un berger de la montagne avec qui il avait lié amitié et qui possédait un bouc par lequel il avait fait saillir la chèvre âgée de deux ans. Elle avait mis bas Mira, une petite femelle que Djol avait gardée encore des années après la mort de sa mère, une nuit, dévorée par les chacals.

Lors de son court séjour chez son sauveur, le petit Kosta avait été nourri au lait de la chevrette devenue adulte, mélangé à du miel, breuvage qui l'avait rapidement remis sur pied.

Dans sa vingtième année, Djol était perçu dans les villages alentour où il se rendait pour vendre des sacs de noix comme un marginal et, pour certains, un détraqué qui aurait des pratiques peu orthodoxes avec sa chèvre.

Ils affirmaient l'avoir vu s'accoupler avec l'animal les nuits de pleine lune et que l'enfant qu'il avait élevé n'était pas né de la femme trouvée errante après le cataclysme de Zavoï, avec laquelle il n'avait vécu qu'un an, mais de la chèvre, tellement il était laid et velu.

Devenu la cible des railleries et des jets de pierres, Djol s'était isolé de plus en plus, n'allant que rarement dans les villages où il était encore accepté et ne se consacrant plus qu'au seul être qui lui restait après la mort de sa jeune femme. Et voilà que, aujourd'hui, ce monde qu'il a déserté le rattrape, en même temps que le passé.

Les sifflements retentissent encore trois fois, puis s'interrompent avant de reprendre à intervalles réguliers. L'appel qui signale un danger présent. Seuls Kosta et lui connaissaient ce code.

Depuis le départ du gamin, l'appeau n'a plus jamais chanté. Tout heureux de son cadeau fabriqué par les mains de son sauveur, le petit Jan Kosta s'amusait à imiter les stridulations de certaines espèces d'oiseaux. Le geai, la mésange, le rouge-gorge. Puis, le gosse confié à ses grands-parents, la cabane de Djol avait sombré de nouveau dans le silence. Sans qu'il se l'avouât, l'absence de Kosta l'affectait. Quelques mois plus tard, il avait quitté son cabanon pour aller vivre près de la source retrouvée avec la jeune femme qu'il avait recueillie et dont il s'était épris.

Djol appartient à ces montagnes, comme tous les animaux ici, les arbres, les plantes, les fleurs, les roches. Il n'imagine même pas que le monde s'étend bien au-delà. Ceux qui viennent d'ailleurs, les étrangers, incarnent et apportent un peu de ce monde abstrait et indésirable. Quant aux bergers et aux paysans, certains d'entre eux qu'il connaît depuis sa jeunesse lui font remonter des informations de la vallée.

Lors du glissement de terrain, il était là-haut, dans son cabanon, et il n'a jamais marché ailleurs que sur ces sentiers escarpés et les rives du lac. Mais il est riche de cela. Riche et fou, aux yeux de la société et de ceux qui l'incarnent. Car peu lui importent les richesses matérielles. La source dont il est le gardien aurait pu lui faire gagner une fortune. Pourtant il se contente de ce qu'elle lui donne chaque jour pour subsister. De quoi boire et se nourrir.

Tout en accélérant le pas autant qu'il le peut, le vieil homme, armé de son bâton, est traversé de doutes. Est-ce vraiment Kosta ? Le gamin avait pu apprendre le code à d'autres enfants en leur montrant fièrement comment il pouvait siffler avec son appeau. Peut-être a-t-il ensuite donné le sifflet à un de ces gamins. Peut-être est-ce l'un d'eux qui l'a gardé toutes ces années et s'en sert pour appeler son chien… Une chose est sûre, Kosta est le seul à qui il a fait ce cadeau.

Djol tente par tous les moyens de contenir son extrême fébrilité, se persuade que ce n'est pas son protégé qui est de retour. Que ça ne peut être lui. Que viendrait-il faire dans la montagne tant d'années après et pourquoi ?

Tant d'années d'absence, de silence mais pas d'oubli, bien qu'il ait eu un enfant à élever. Combien de fois il a espéré, rêvé à ces retrouvailles sans oser les envisager…

Il n'avait jamais revu Jan, même lorsqu'il habitait chez ses grands-parents, dans la vallée. Une seule fois, ne tenant plus, il avait attendu à distance de la maison. Il l'avait juste entraperçu, mais ça lui avait suffi. Jan Kosta n'en a rien su. Il a toujours pensé que son sauveur l'avait oublié depuis longtemps. Qu'il n'était pour lui qu'un gamin qu'il avait sauvé du froid et de la faim par pitié.

Malgré toute sa vigueur préservée et son incroyable

résistance forgée grâce aux plantes, son âge se rappelle à Djol lors de certains efforts, comme courir, grimper un sentier trop raide, soulever des pierres… Et quand l'émotion s'ajoute à cela, le vieil homme a l'impression que son cœur est sur le point d'éclater.

Ses pieds nus, pourvus d'une semelle de corne de deux centimètres, foulent les cailloux saillants et les pierres plates et glissantes. Il avance aussi vite que le lui permettent ses jambes. Les sifflements se sont arrêtés, le forçant à faire de même. Est-ce le signe que le danger est écarté ? Ou bien…

Il tente de calmer les battements qui résonnent à gros coups dans sa poitrine et l'empêchent de se concentrer sur les sons extérieurs. Craquements de branches, roulements de pierres, bruits de pas, souffle, gémissements… Autant d'indices sonores qui pourraient le remettre dans la bonne direction. Mais tout ce que le vent lui apporte est un silence désespérant. Et si ce n'était qu'une hallucination ? Le chant douloureux d'un passé dont il n'a jamais fait le deuil… et que son esprit vieillissant essaie de faire revivre. Serait-ce l'approche de la mort ?

Soudain, les sifflements reprennent, plus faibles. Comme s'ils s'éloignaient rapidement. Comme si…

Instinctivement, Djol se retourne et lève les yeux.

— Nom de Dieu… Ça vient de là-haut…

L'énergie décuplée par une soudaine assurance sur la direction à prendre, Djol accélère le pas, son bâton ne touche plus le sol. En réalité, il n'en a pas vraiment besoin. Mais à travers l'objet, c'est la présence de celui qui l'a élevé et le lui a légué, le vieux berger, qu'il ressent.

Le sentier est abrupt et sinueux. Djol sait où il mène. À la grotte de l'ours, avant la source, un peu plus haut, à une centaine de mètres. Sa fébrilité augmente d'un cran.

Autour de son cou, à côté d'une corne de vache creuse, se balance au rythme de la marche un objet en bois, un cylindre creusé. Le sosie de l'appeau qu'il avait façonné pour son petit protégé. Il a attendu de voir s'il allait devoir s'en servir. Hésitant à signaler sa présence à celui qui pourrait être Jan Kosta, l'appeau entre ses doigts, il finit par le porter à ses lèvres.

Le cylindre émet alors un long sifflement, puis un deuxième plus court et modulé, suivi d'un troisième encore plus bref, et s'arrête avant de recommencer en marquant les mêmes intervalles. Lorsqu'il capte la réponse, il croit d'abord à un écho du sien mais, percevant une légère différence dans le temps des pauses, Djol en conclut que c'est l'autre qui lui répond.

— C'est forcément lui… c'est Jan !

De leur côté, Kosta et Marija, dans ce face-à-face avec l'ours qui dure depuis plusieurs minutes, ont entendu les sifflements intermittents dans la montagne répondant à ceux de Kosta, qui n'ose pas y croire lui non plus. Quelqu'un a répondu au code signalant un danger, que Djol et lui étaient les seuls à connaître. Il continue de siffler dans son appeau, puis s'interrompt, en même temps qu'il cesse de respirer.

À la tension de la rencontre avec un animal qui, surpris sur son territoire, peut être dangereux pour l'homme, s'ajoute une fébrilité croissante à l'idée de retrouvailles improbables.

Une cinquantaine de mètres séparent encore Djol du trou dans la paroi rocheuse. Une courte distance qui lui semble interminable. Il continue à siffler et Kosta, à lui répondre. Soudain, tout s'arrête. Arrivé à l'endroit d'où proviennent les coups de sifflet, Djol se fige.

Sous ses yeux, un homme et une femme font face à un ours brun de taille moyenne qui, debout sur ses pattes arrière, les menace en battant l'air de ses antérieurs aux griffes courbées. L'homme a les cheveux ras, porte un sweat et un treillis terminé par de grosses chaussures montantes, et la femme est plutôt belle et semble déterminée à ne pas se laisser intimider.

Sans plus attendre, Djol, sa canne levée en direction de l'ours, se met à lui parler d'une voix autoritaire dans un langage incompréhensible. Comme une sorte de dialecte. Ou d'incantation.

Une chose incroyable se produit alors. L'animal sauvage se remet à quatre pattes avec un grognement résigné avant de disparaître dans sa tanière.

Sans le quitter des yeux, le vieil homme s'approche de Kosta et Marija et leur fait signe de le suivre à l'écart. L'âge l'a un peu voûté, mais il dépasse Kosta d'au moins une tête.

— Vite, venez, venez, par ici…

Kosta et Marija s'exécutent sans un mot.

Quel homme peut avoir le dessus sur un ours par la seule voix ?

Jan est le premier à rompre le silence.

— Djol. C'est toi ? Djol ?

Les yeux du vieux deviennent aussitôt humides et brillants.

— Oui, c'est moi… Jan Kosta. Si on m'avait dit que je te reverrais ici…

— Djol… Heureux que tu sois encore…

— En vie, dis-le.

Kosta sourit. Oui, c'est même une sorte de miracle, pense-t-il.

— Qu'est-ce que tu as fait à cet ours, bon sang ? Tu lui as chanté une berceuse ? Tu l'as hypnotisé ?

— Je lui ai simplement dit que je voulais retrouver un jeune ami.

— Tu l'as dressé, c'est ça ?

— Plutôt apprivoisé. Je lui donne des friandises en échange de sa clémence. Nous sommes sur son territoire, après tout. Qu'est-ce ce qui t'amène ici, dans cette montagne tant d'années après, Jan ?

— La source, dit Kosta sans détour. Je dois faire des prélèvements. J'ai entendu dire que tu l'as retrouvée.

Le vieillard plisse les yeux et regarde tour à tour Kosta et Marija d'un air méfiant. Ils formeraient un beau couple, se dit-il. Mais il sent que rien n'est encore scellé entre ces deux-là. Ce n'est donc pas une balade en amoureux et encore moins une lune de miel. Autre chose les lie. Justement… la source. L'eau relie les hommes, les animaux, les végétaux. Tout ce qui vit.

— On entend beaucoup de choses, dans la vallée, mais ce ne sont bien souvent que des mensonges.

— Que tu l'aies retrouvée en est un, alors, Djol ?

— Pourquoi tu veux savoir ? Moins on en sait, ici, plus on a de chances de vivre vieux.

— Avec Marija, on est juste venus faire des relevés sur les eaux souterraines et sur la source, insiste Kosta, ignorant la menace à peine voilée.

Dubitatif, Djol caresse sa barbe en broussaille d'une main craquelée.

— Pourquoi maintenant ?

— Une mission pour la centrale.

— Ils visent notre source ? Ils n'ont pas assez du lac ?

— Non, Djol. Ils n'ont aucune prétention sur la source, à part utiliser son eau pour la boire, comme ils l'ont fait jusqu'à présent. Dans le cas inverse, je serais le premier à les en dissuader.

— Toi ? Comment ça ?

— Je suis hydrogéologue, c'est mon métier. J'analyse les mouvements de l'eau en milieu souterrain. Le sol ici est instable. Il y a beaucoup de ruisseaux, de torrents et de sources souterraines. L'érosion favorise les glissements de terrain et, en plus, c'est une zone sismique. Ça peut être dangereux pour le barrage. S'il cède sous la pression de l'eau ou bien avec les mouvements du sol, ce sera une nouvelle catastrophe. Toute la vallée sera sous l'eau.

— C'était une belle connerie, cette centrale. On l'a toujours dit.

— Je suis d'accord, Djol, mais ils l'ont construite. Et ça fait quand même vivre toute une vallée. Et je dois rendre mon rapport.

— S'il dit que c'est dangereux, elle va fermer ?

— C'est possible.

— Alors t'as qu'à mettre ça. Que ça menace de nouveau de s'effondrer.

— Je ne peux arriver à cette conclusion qu'en m'appuyant sur des résultats concrets. Nous n'avons pas trouvé le chemin qui mène à la source, qui était pourtant indiqué sur une carte détaillée. Elle était peut-être trop vieille, le chemin n'existe plus ou alors il a été déplacé.

— Je l'ai fait disparaître. Comme la source de Babin Zub était connue des guides, ils y auraient emmené leurs groupes de marcheurs et il aurait fini par y avoir trop de monde. À ce rythme, elle aurait tari. Il fallait la préserver. Alors j'ai fait le nécessaire.

— Mais nous, juste Marija et moi, tu peux nous y conduire ?

Djol lance un regard en coin à la jeune femme.

— Qu'est-ce qu'elle fait ? La même chose que toi ?

Il ne s'adresse qu'à Kosta comme s'il éprouvait quelque réticence à parler directement à une femme.

— Oui, dit Kosta, estimant qu'il vaut mieux que Djol ignore qu'elle est journaliste.

— Dans ce cas, suivez-moi.

— Attends, je dois juste passer un coup de fil, dit Kosta en s'éloignant de quelques pas après avoir récupéré son portable presque rechargé.

Il laisse le Sig Sauer dans le sac à dos, se disant qu'il n'en aura pas l'utilité dans l'immédiat.

Heureusement, il réussit à capter quelques barres et à composer le numéro de Vladimir. Celui-ci ne décroche pas, alors Jan lui laisse un message.

— C'est Kosta. Je ne t'appelle que maintenant parce que nous avons été retardés par quelques péripéties dont je te parlerai plus tard. Juste pour te dire que nous avons fini par trouver le chemin de la source et tu devineras jamais sur qui on est tombés. Djol ! Il va nous y conduire maintenant. Je ferai les prélèvements et je regarderai l'environnement hydrogéologique de la source. Mais je voulais te demander un service. On s'est arrêtés au monastère, enfin… à l'institut psychiatrique, et on a parlé au directeur, un psychiatre du nom de Zlatko Colic. Un peu bizarre, sans doute normal pour un psy. Il a été très évasif sur la disparition des moines de Temska. J'ai pas arrêté d'y réfléchir et je me suis dit que l'évêché est forcément au courant et doit avoir lancé une enquête. Ils ne voudront sans doute pas te renseigner à ce sujet si c'est en cours, mais tu peux quand même les contacter pour essayer de leur tirer les vers du nez, on ne sait jamais. Tu peux parler de ce qui s'est passé à la centrale, avec les brusques changements d'humeur, l'agressivité, etc., et expliquer que ça pourrait être lié à l'eau. Ils étaient aussi branchés sur la source, mais ce n'est plus le cas maintenant, m'a précisé Colic sans plus d'explications. Étrange aussi, même si le lieu marche maintenant à l'énergie solaire. Bref, on nage en plein brouillard, alors si on pouvait le dissiper un peu, ce serait pas mal. Je compte sur toi, vieux et je te tiens au courant dès que possible, en espérant qu'il y ait du réseau, là-haut.

Lorsque Kosta a fini et rangé son portable dans la poche de son treillis, le vieil homme, aidé de sa canne, part devant sans rien dire, s'engouffrant sous un rideau de feuilles d'un arbre aux branches plongeantes. Personne n'aurait pu soupçonner que le sentier se trouvait là.

Au bout d'une ascension d'une vingtaine de minutes, Djol s'arrête, à peine essoufflé.

— C'est ici, dit-il, le doigt tendu en direction d'une roche nue presque noire.

Mais Kosta ne voit pas d'eau s'en écouler. Tout semble plutôt sec, la végétation comme les pierres autour. Avant qu'il ait le temps de réagir, Djol prend la corne qui pend à son cou et souffle dedans de toutes ses forces. À côté, le son de l'appeau est un gazouillis de colibri.

— Qu'est-ce que tu…

— Pardon, fiston, mais je ne peux pas, dit Djol d'une voix lugubre. Je ne peux pas te laisser faire ces prélèvements. J'ai mis des années à prendre soin de cette source et je n'ai confiance en personne. Cette source est notre bien, personne n'y touchera.

À peine le vieux a-t-il fini sa phrase qu'un bruit sec de pierres qui roulent leur fait tourner la tête.

— Voici Sacha, lance Djol en même temps que surgit, un fusil serré dans ses mains, un individu pieds nus, au regard féroce, une crinière noire hirsute lui pleuvant sur les oreilles et le front, la peau recouverte d'une abondante pilosité le rapprochant plus d'un singe que d'un humain.

Kosta et Marija reconnaissent avec stupeur la créature qui a jailli des ténèbres dans le flash de l'appareil photo pour les attaquer.

23

La milice est arrivée à peine une heure après l'appel de Vladimir qui a remis l'ongle au gradé en lui racontant en détail sa rencontre insolite avec celui qu'il a surnommé « l'homme du lac ».

— Pour autant que je sache, la région n'a connu aucune affaire criminelle jusqu'à celle-ci, précise l'officier à Vladimir. Hormis la disparition signalée par leur société de deux types dans les années soixante-dix, venus pour affaires.

— Quel genre d'affaires ?

— Il est noté dans le rapport qu'ils voulaient exploiter un filon aquifère dans la montagne. Une source aux vertus exceptionnelles. On ne les a jamais revus. Mais à l'époque, sous Tito, à part son portrait accroché dans chaque pièce des locaux, la milice avait peu de moyens. En tout cas, elle n'allait pas trop se bouger pour retrouver deux voyous. Aujourd'hui, c'est différent. J'envoie mon équipe ratisser le lac et ses environs, plongeurs, brigade cynophile. Si on ne trouve rien, j'en enverrai une autre dans la montagne. On doit déployer les grands moyens avant que ça ne se répète. Ce qui semble bien être dans les intentions de ce taré. Merci pour cette pièce à conviction. Je vous tiens informé. On doit regarder les pieds de tous les employés de la centrale. Les vôtres aussi. Celui qui aura un ongle d'orteil fraîchement arraché sera notre coupable, ou du moins notre principal suspect. Et le directeur ? Toujours pas là ?

Vladimir secoue la tête en signe de dénégation. Plavic fait le mort. Le sachet contenant l'ongle se balançant au bout de ses doigts, le chef de la milice fait mine de rejoindre le reste de son équipe pour distribuer les ordres en attendant l'arrivée des plongeurs et de la brigade avec les chiens, quand l'ingénieur le rappelle.

— Vous pensez que le tueur peut s'être caché dans la montagne ? demande-t-il, une pointe d'inquiétude dans la voix.

Aux dernières nouvelles, Kosta et Marija sont sur le chemin de la source sur Babin Zub. Il a eu le message de Kosta juste avant l'arrivée de la milice, l'informant qu'ils étaient presque parvenus à la source. Mais si un malade rôde maintenant sur la Dent, ils sont eux aussi en danger.

— Les meurtres semblent se concentrer autour du lac, à proximité de la centrale, ce qui a l'air d'être son terrain de prédilection, répond le milicien. Il doit y avoir une raison précise à cela. Il y a des tueurs que l'eau stimule, aussi bien sur un plan symbolique que pratique. On peut y faire disparaître un corps sans laisser de traces apparentes et puis l'eau est l'élément purificateur. Chez le criminel en série, l'acte de tuer relève parfois d'une mission de purification du monde. Il le débarrasse de la vermine, c'est-à-dire de tout être vivant qui n'est pas lui-même.

— Avez-vous entendu parler de la disparition des moines de Temska ?

— Quel rapport avec les meurtres du lac ? réplique l'officier, visiblement embarrassé par la question de Vladimir.

— Je me demandais s'il pouvait y avoir un lien.

— Je ne peux pas vous dire. C'est une affaire qui revient à l'épiscopat. Ils ont dû demander une enquête en haut lieu. Qu'est-ce qui vous fait penser à un lien avec ces meurtres ?

— Je pensais à cette éventualité à cause de certaines choses qui se sont passées ici, à la centrale.

Le milicien fronce un sourcil.

— Vous pouvez expliquer ?

— Il y a quelques mois, des employés ont eu des comportements étranges. Ils semblaient en proie à une certaine nervosité. Certains sont même devenus violents, au point de déclencher des bagarres. Un seul a eu des hallucinations sataniques.

Cette fois le flic paraît intrigué.

— Et c'est toujours le cas ?

— Beaucoup moins, depuis que j'ai eu l'idée de couper l'eau potable et de faire appel à un camion-citerne.

— Pourquoi l'eau ?

— La principale source de Babin Zub alimentait la centrale en eau potable. Tout comme le monastère de Temska, avant qu'il ne se transforme en sanatorium et institut psychiatrique. L'eau de cette source n'a jamais posé problème, au contraire, elle était comme vous le savez réputée pour ses bienfaits. Mais, contaminée par des polluants, substances chimiques ou bactéries, l'eau peut devenir un poison et entraîner des pathologies graves, physiques ou psychologiques. Et quelle autre explication donner à ce changement de comportement ? Ce n'est pas l'air, sinon toute la zone aurait été concernée, pas seulement nous.

— Et vous-même, avez-vous senti quelque chose de différent ?

— Vous voulez dire… dans mon humeur ? Peut-être, je ne sais plus. Ce que j'ai pu observer, c'est que tout le monde buvait cette eau, mais certains ont été sujets à la violence et d'autres à une simple nervosité. Tout le monde ne boit pas la même quantité d'eau. Moi, par exemple, je sais que je devrais en boire plus que je ne le fais.

— Vous avez eu le bon réflexe en coupant les vannes. Comme ça, vous avez pu voir une différence.

— Nous aurons prochainement des résultats d'analyse de l'eau sortie du robinet à la centrale. D'autres prélèvements sont en cours par un de mes anciens collègues et amis à qui j'ai fait appel. Il est parti les faire directement là-haut, à la source. Comme ça, on pourra voir si ça provient des tuyaux ou de la source elle-même. Il y est allé avec une de mes amies journalistes.

— Je vais prendre leurs noms.

— Jan Kosta, pardon, Kostadinovic et Marija Pavlovic, dicte Vladimir pendant que l'officier de police les note sur un carnet.

— Et vous disiez qu'un employé de la centrale a eu des visions, des hallucinations de type satanique ? Où est-il ?

— Oui. Les histoires d'apparitions et de manifestations diaboliques sont courantes dans la région. Il est parti de la centrale et n'est jamais revenu.

— De quand date sa disparition ?
— Six mois environ.
— Vous avez son nom ?
— Marko Jelic.
— Son âge ?
— Une quarantaine d'années.
— Il était plutôt grand ?
— Je crois me rappeler que oui. Pourquoi ? Cette allusion à des visions sataniques vous parle ?
— Je dois relever tout ce qui sort de l'ordinaire. Je passerai voir cet institut psychiatrique. Avez-vous le nom d'un possible interlocuteur ?
— Le professeur Colic. C'est le directeur.

Sur un signe de tête, le chef de la milice s'éloigne vers les voitures aux portières desquelles s'affiche en grosses lettres blanches MILICIJA. Il ne doit pas avoir plus de quarante-cinq ans, mais son visage et son regard portent les stigmates de cette guerre fratricide qui a plongé son pays dans le chaos pendant toute une décennie.

Pour avoir combattu et avoir été touché dans son âme et dans sa chair, Vladimir sait reconnaître ces blessures, invisibles ou non, sombres vestiges du combat. L'homme boite légèrement. Les séquelles d'une balle dans le genou qui lui a valu la pose d'une prothèse. Le reste, ce qui ronge chaque ancien combattant de ce conflit, ne se voit pas. Le temps a fait son travail, mais les brûlures restent profondes. Le pays est scindé. Entre ceux qui regrettent le maréchal, figure paternelle et rassurante, garantissant la sécurité et le travail pour tout le monde, ceux qui n'y croient plus et ceux qui veulent vivre et avancer, le regard braqué vers le futur. Trop, parfois. Fragile équilibre des Balkans où la moindre étincelle provoque l'incendie qui va embraser le monde.

Vladimir n'appartient à aucun de ces profils. À son poste d'observation de l'évolution de la société et de la politique serbes, il œuvre pour le bien de son pays et avant tout de sa famille, sans aucune idée de quoi sera fait l'avenir. Il ne s'enlise pas dans la nostalgie paralysante d'une époque révolue, mais ne jure pas non plus uniquement par la révolution et l'innovation. Il se contente d'être dans l'instant et de le saisir. De consolider l'édifice fragilisé et de reconstruire patiemment, pierre par pierre, sur les ruines. Sans doute ses origines voïvodes y sont-elles pour quelque chose. Une région de Serbie où les gens prennent leur temps, où cet art de vivre transpire jusque dans l'accent, plus étiré, objet de nombreuses moqueries. Bien qu'il ait quitté la Voïvodine depuis longtemps, Vladimir en a gardé cet esprit de pudeur et de retenue.

Alors que ceux qui ont montré leurs pieds se dispersent par groupes de trois ou quatre, en vue de passer le temps gréviste à discuter, boire, fumer, jouer aux cartes, l'ingénieur en chef, qui a aussi dévoilé ses orteils, retourne à l'intérieur des bâtiments, pour gagner les vestiaires.

Dans la poche du jean de Tanja, qu'elle a quitté le temps de la baignade, on a retrouvé la clé de son casier. Celui-ci a été ouvert puis fouillé et presque vidé par les enquêteurs. Au passage, Vladimir a remarqué qu'aucun d'entre eux ne portait de gants. Ils ont emporté son courrier personnel, son portable qu'elle avait laissé pour aller nager, sa blouse et quelques vêtements et sous-vêtements, mais ont laissé ou négligé les revues de mode et deux livres, sans même prendre la peine de refermer le casier dont la porte est restée grande ouverte.

Apercevant les revues pêle-mêle, des *Gloria*, *Bazar*, *Lepota i Zdravlje* («Beauté et Santé»), Vladimir s'approche et prend la première qui se présente, un numéro de *Gloria*, le *Gala* serbe, pour la feuilleter. De Tanja, il n'a connu que la technicienne compétente, parfois grande gueule et charmeuse.

Autrefois mariée mais veuve au bout de deux ans, a priori célibataire depuis, elle s'octroyait quelques libertés avec les hommes, mariés ou non, sans s'engager plus loin qu'une aventure. Elle en a rendu fous quelques-uns qui voulaient quitter leur femme pour elle, ce qui lui faisait aussitôt mettre fin à la relation.

Une chose est sûre, à part de la sympathie et de la considération pour ses compétences, Vladimir n'a jamais rien éprouvé pour Tanja. Pas l'ombre d'une attirance, contrairement à plusieurs hommes ici, qui ont fini par lui en vouloir de les allumer, prétendaient-ils. Mais c'était une attitude naturelle chez elle, pas forcément calculée.

Est-ce ce qui l'a tuée? s'interroge l'ingénieur en tournant les pages de *Gloria*, sans vraiment lire le contenu. Se succèdent des photos de people, des couples qui se font et se défont, des actrices malheureuses, une animatrice d'émission TV, Natasa Pavlovic, qui affirme publiquement souhaiter être un homme et arbore une moustache sur une autre photo, des chanteuses, des top-modèles insipides, des milliardaires bronzés et nouveaux riches serbes issus de la guerre, des chefs cuisiniers, des sportifs…

Et, notamment chez les chanteuses, toujours cette épidémie de visages refaits et peints, cette façon de s'habiller et de s'exhiber «comme des putes», se dit Vladimir, dans un pays où une femme qui n'est pas mariée à vingt-cinq ou trente ans est encore suspecte et mal vue. Tout comme Tanja, restée seule depuis la mort de son mari et considérée comme une veuve joyeuse.

Triste fin… pense-t-il dans un soupir. Il repose le magazine, tire le suivant, un autre *Gloria* dont il regarde juste la couverture consternante avant de le remettre sur la pile. Hormis une image ternie de Tanja, il ne trouvera rien là, en tout cas rien qui puisse aider à l'enquête, se dit-il, lorsqu'il aperçoit, derrière les magazines, au fond du casier, une photo qu'il parvient à attraper.

Au même instant, des pas résonnent, s'approchant des vestiaires. Juste le temps pour Vladimir de glisser la photo dans une poche de sa veste et Peric est déjà devant lui, le toisant d'un air soupçonneux.

— Tu fais quoi, ici ?

— Je voulais voir si les flics n'avaient pas trop fichu le bordel.

— Et pourquoi le casier de Tanja est grand ouvert ?

— Parce qu'il était comme ça quand je suis arrivé.

— Alors t'en profites pour fureter.

— Pas du tout. Et même si c'était le cas, en quoi ça te gênerait, Peric ?

— Vis-à-vis d'elle. On fouille pas dans les affaires d'autrui, de surcroît une morte.

— Qu'est-ce que je pourrais bien y trouver qui te dérange autant ?

— Une intimité. Tu violes une intimité. C'est ça, qui me dérange.

— C'est pour la bonne cause, Peric. Comme toi, je suis très choqué et je veux savoir. Pourquoi elle. Pourquoi c'est arrivé.

— Je trouve ton empressement bizarre, si tu veux savoir. Et, comme par hasard, tu vas sur les lieux du drame et tu trouves un ongle que tu rapportes pour le donner au chef de la milice. C'est pour te faire bien voir ou pour éloigner les soupçons ?

— Tu dérailles, Peric ! Va te reposer. J'y vais aussi. On est tous à cran, et toi particulièrement depuis quelque temps.

Vladimir esquisse un pas vers la porte mais Peric lui bloque le passage, de toute sa stature de géant.

— Laisse-moi passer.

— Pas avant que tu me dises ce que tu foutais là-bas, au lac. Pourquoi tu y es allé, hein ? Et qu'est-ce que tu viens fouiner dans son casier ? Tu veux effacer des indices compromettants ? Brouiller les pistes ?

— Ça suffit, maintenant, Peric ! En l'absence de Plavic, c'est moi qui ai les commandes et je peux te coller une mise à pied ! Ne me pousse pas à le faire…, répond Vladimir qui tente de garder son calme face à l'insolence et la détermination soudaine du délégué du personnel.

À cet instant, il se dit que finalement, ce n'est peut-être pas l'eau de la source qui était à l'origine des comportements agressifs.

— Qu'est-ce qui te prend, Peric ? Tu as perdu la tête ?

— Moi, non. Mais toi et eux, oui.

— Eux ?

— Ceux de la vallée.

— Que veulent-ils ?

Conscient que ce qu'il va dire l'implique aussi, Peric baisse le ton.

— Notre peau. Ils nous accusent de les priver d'eau et d'électricité délibérément et menacent de monter à la centrale.

Sur ces mots lâchés comme une bombe, le géant s'éloigne, laissant Vladimir se dépêtrer seul avec la grenade dégoupillée. Cependant, malgré l'ampleur de la nouvelle, l'ingénieur en chef n'a qu'une hâte, voir la photo dérobée au casier de Tanja.

Regagnant son logement de fonction, il la sort de sa poche et y voit le visage d'un homme en costume rayé, le crâne nu aussi lustré qu'une boule de billard, un cigare à la main. Au dos, un mot signé : *À ma blonde préférée. Zlatko Colic.*

24

Sous la menace du fusil de chasse braqué sur eux, Kosta et Marija lèvent les bras en l'air. La seconde de surprise passée, Kosta ne pense qu'au Sig Sauer de Vladimir dans le sac à dos et à comment le récupérer. Malgré les liens du passé, Djol semble déterminer à laisser son fils les tirer comme des lapins s'ils s'avisaient de fuir. C'est ainsi qu'il l'a élevé. Hors du monde, lui inoculant toute la haine et la méfiance que celui-ci lui porte. Il lui a appris à vivre au plus près de la nature et de ce qu'elle a de plus sauvage en réagissant comme l'un de ses rejetons.

De cet être sorti du ventre de la femme aimée, il a fait une bête docile à ses ordres et capable d'autant de férocité qu'un jaguar contre tout étranger à son territoire.

Privé d'amour maternel, il n'a connu que celui de son père, un homme qui a dû lui-même se débrouiller seul dès son plus jeune âge, vivant dans la forêt tel un animal, ayant appris à se défendre contre ses congénères, à se nourrir de ce qu'il chassait et à parler aux arbres et aux plantes pour ne pas devenir fou.

Mais peut-être l'est-il, se dit Kosta en croisant son

regard sous la broussaille grise de ses sourcils. Djol serait-il devenu fou à force d'isolement dans la montagne ou bien l'était-il déjà ?

— Laisse-nous partir, Djol. Je fais ce que j'ai à faire et on s'en va. Vous serez tranquilles, toi et ton fils. Tu as ma parole.

Le vieil homme éclate de rire.

— Ta parole ! Mais Jan, Jan Kosta, qui es-tu vraiment ? Je ne sais pas. Je n'ai connu qu'un gamin. L'adulte m'est complètement étranger. Un adulte qui revient dans la montagne, même pas pour revoir le vieux Djol qui a sauvé le gamin qu'il était, mais pour la source généreuse dont tout le monde a profité.

— Non, Djol, pas tout le monde. Seulement Zavoï, Temska et, plus récemment la centrale. Mais c'est fini, à la centrale, maintenant ils boivent l'eau d'une citerne.

— Ah oui et comment ça se fait qu'ils ont arrêté ?

— L'eau de la source est peut-être contaminée, ils ont été malades, dit Kosta sans entrer dans les détails. Quand j'ai appris qui en était le gardien depuis des années, j'ai pensé que tu pourrais m'éclairer sur une éventuelle contamination.

— Que veux-tu que j'en sache ? réagit Djol avec impatience. (Sa canne tape la pierre du sol, rythmant furieusement chaque mot.) Tu me l'apprends.

Tout autour d'eux le brouillard commence à se lever, comme si le sol crachait de la fumée. La fameuse *magla* imprévisible, si redoutée des marcheurs. Ceux qu'elle enveloppe n'en sortent que lorsqu'elle a décidé de les libérer en se retirant.

Kosta et Marija frissonnent malgré leurs grosses parkas. Cerclés de blanc, les sommets proches de

Babin Zub, dont certains portent encore leur calotte de neige, semblent aussi irréels que ce qu'ils sont en train de vivre.

Droit sur ses jambes, dans les lambeaux de brume accrochés aux mèches qui dépassent de sa toque en mouton retourné, sa longue canne à pommeau dans une main, Djol a l'apparence d'un druide ou d'un magicien sorti de contes et de légendes.

Le fils n'a pas prononcé un mot, se contentant de les tenir en joue, prêt à lâcher les balles mortelles au moindre signe de son père.

— Alors laisse-nous partir maintenant et oublions la source, finit par trancher Kosta en lançant un regard impérieux à Marija qui allait répliquer. Je me contenterai des autres points d'eau de la montagne et de l'évaluation de la fragilité du sol.

— Pas un seul jour ne passe sans que je pense à ce pauvre gosse à moitié mort de froid et de faim que j'ai trouvé, blotti contre son chien sur la rive du lac, sort tout à coup le vieil homme dont la barbe se met à trembler. Et toi, sans ce travail, tu ne serais jamais revenu ici. Tu es devenu comme ceux de l'autre monde.

— J'ai une femme et une petite fille, Fjona, qui a l'âge que j'avais quand ça s'est passé et je vis loin, à l'étranger.

— C'est bien ce que je dis, tu es devenu un étranger. Tu es parti pour l'argent, c'est ça ? Comme tous ceux qui partent, je le sais, même si je vis dans la montagne. Les échos du monde me parviennent. Beaucoup ont lâché le pays pour partir.

— Ça ne date pas d'hier. Et ces échos te parviennent en grande partie déformés.

— Sauf que l'argent est le moteur de tout. Avant il servait à mieux vivre, maintenant il sert à mieux écraser. Avant, on envoyait les salaires aux vieux parents restés au village. Maintenant, c'est pour profiter, gagner toujours plus. Comme toi, les gens ont oublié leurs origines, leurs racines, la source. Ils ont perdu le peu de mémoire qu'ils avaient.

— Je n'ai pas oublié, Djol, mais si tu ne nous laisses pas repartir, que comptes-tu faire ? Nous garder avec toi ? Je dois rentrer et Marija aussi a une famille, à Belgrade.

— Pour qu'elle parle là-bas de la source et de ce qui s'est passé ? Non, Kosta, non. Toi, tu vas partir et elle, elle va rester ici. On a besoin d'une femme à la maison. Et si tu reviens avec du renfort ou si tu en parles à la centrale, Sacha la tuera.

— Tu es fou, Djol, complètement fou.

Surprenant le regard que lui lance le vieillard, Kosta mesure l'urgence à fuir d'ici.

Il voit la *magla* gonfler et les absorber dans sa masse laiteuse. Bientôt, ils ne verront plus à un mètre. C'est leur seule chance de s'en sortir.

— Ne me dis plus jamais que je suis fou, Kosta ! Tu entends ? Si j'ai été fou un jour, c'est celui où je t'ai sauvé !

La bouche grande ouverte sur des dents éparses et gâtées, le vieux tremble de tous ses membres. Tout autour d'eux, le brouillard continue à s'épaissir par volutes blanches, les enrobant comme une voilure. Sous peu, on n'y verra pas plus loin que deux bras tendus.

Son sac à dos toujours à l'épaule, Kosta, qui a repéré par où déguerpir sans prendre le chemin emprunté à l'aller, où ils seraient vite rattrapés, espère que Marija perçoit ses intentions à travers ses regards appuyés et ses légers mouvements de tête dans la direction choisie.

— Adieu, Djol ! crie Kosta au moment où le vieux et son fils sont envahis par la *magla*.

Profitant de ce qu'ils ont complètement disparu derrière un voile opaque, Kosta se jette sur Marija qu'il entraîne aussitôt vers un endroit pentu en descente, tout en se méfiant du terrain. Surtout, ne pas tomber.

Le brouillard tant redouté est un avantage pour les fuyards, vite engloutis par le halo blanc sous les rugissements de Djol qui crie à son fils de les rattraper.

Obéissant à son père, le fils plonge à leur suite.

Rompu à la vie sauvage, il dispose d'un flair beaucoup plus développé que des citadins. Même s'il ne peut rivaliser avec celui d'un chien ou d'un loup, il lui permet de repérer des mouvements à une bonne distance.

Kosta et Marija avancent comme ils peuvent, à tâtons, se tenant par la main dans la blancheur oppressante, avec la sensation d'être au bord du vide, prêts à y basculer à chaque pas.

Çà et là émergent de l'océan de brume les squelettes de tiges presque aussi hautes qu'un enfant de huit ans, autrefois ornées de grappes de fleurs jaunes, brûlées par un soleil trop fort ou un hiver glacial.

La *magla* providentielle a pris Kosta et Marija dans son sein et les entoure comme une matrice. Mais le danger peut en surgir à tout instant. Les frapper de tous côtés, si leurs pas les rapprochent de lui.

Narines ouvertes, il hume l'air condensé à la

recherche d'un bruit, d'un froissement, d'un crissement de semelles sur les pierres, d'une voix, d'une odeur. D'un parfum de femme. Pour la retrouver et la ramener. Le père lui a toujours dit qu'ils avaient besoin d'une femme.

Le sentier de terre rouge apparaît enfin. Dans une joie tacite qu'ils évitent de manifester trop fort, juste par une pression des doigts sur le bras ou l'épaule de l'autre, Kosta et Marija empruntent le nouveau chemin incliné qui sinue entre les collines verdoyantes dont on devine à peine le dos arrondi sous le brouillard.

Mais, ralenti par un sentiment croissant d'enfermement, Kosta doit s'arrêter. Aussitôt Marija, jetant un regard autour d'eux, le tire par la main.

— Kosta ! Ce n'est pas le moment de flancher ! Il faut avancer… chuchote-t-elle.

Avancer, se dit-il, alors qu'on n'y voit rien et que sa tête commence à se remplir de ciment…

Marija comprend qu'il ne peut plus avancer, et le pousse vers un arbre contre lequel tous les deux s'asseyent.

— On s'accorde cinq minutes de repos et on repart, dit-elle.

Kosta ne répond pas.

— C'est peut-être idiot, reprend Marija pour lui donner du courage, mais je nous sens protégés par la brume, comme si elle le faisait… délibérément.

— C'est juste des particules d'eau en suspension, gronde-t-il. Pour avoir une intention, il faut une conscience.

— La conscience et la mémoire de l'eau… tu connais les travaux de Masaru Emoto sur le sujet ?

— C'est pas vraiment le bon exemple, souffle Kosta. Ses théories n'ont jamais été prouvées scientifiquement, ni approuvées.

— Je sais, mais l'idée est séduisante… une possible conscience de l'eau.

— C'est bien le problème, Marija. Ce qui séduit n'a pas toujours de fondement et…

— Chut… Attends, glisse Marija à voix basse, les doigts crispés sur le bras de Jan.

Un craquement proche les fait se lever d'un bond en même temps.

Mais la *magla*, encore plus dense, les empêche de distinguer quoi que ce soit.

Lorsqu'ils réalisent leur erreur d'avoir parlé à haute voix, se croyant à l'abri dans le brouillard, il est trop tard.

Jaillissant de la masse blanche, une avalanche de muscles et de rage fonce sur Marija, tandis que Kosta reçoit un coup violent sur le crâne et perd connaissance.

25

Zlatko Colic. Le nom que Kosta lui citait dans son dernier message.

Tanja connaissait donc le directeur de l'institut, se dit Vladimir dans l'escalier en tapotant la photo sur sa paume.

Arrivé chez lui, il va droit au buffet, sort la bouteille de slivovitz et un petit verre qu'il remplit à ras bord. Les yeux fermés, il avale la rasade d'un trait et s'en verse une deuxième qu'il pose cette fois sur son bureau, à côté de son ordinateur allumé.

Il ouvre le moteur de recherche et tape « monastère de Temska disparition moines ».

Plusieurs occurrences apparaissent sur le monastère et son histoire, mais rien sur la mystérieuse disparition. Si l'institut ne lui avait pas succédé, on pourrait presque croire qu'il s'agit d'une rumeur. Puis il tape le nom de Zlatko Colic, dont le site pro apparaît dans les premiers liens, suivi de son profil Facebook et de sa page publique.

De l'un à l'autre, on ne dirait pas le même homme. Tandis que la photo de son profil personnel le montre en blouson de cuir, crâne glabre avec une barbe aux reflets roux, joue contre joue avec une blonde assez vulgaire dont le maquillage est digne de Lady Gaga, la photo de son profil professionnel le présente vêtu d'une blouse blanche, une large cravate grise satinée soigneusement nouée autour du cou.

« À ma blonde préférée », écrivait-il à Tanja. Sauf que sur la photo, c'en était une autre.

Contrairement à la page publique qui présente ses colloques, conférences et des liens vers des articles sur ses travaux et ses recherches en psychiatrie, son profil perso est bien sûr limité aux amis. Jusque-là, rien qui en dise plus long à Vladimir, si ce n'est un détail intrigant. Sur la photo de couverture de sa page personnelle, se dessine dans une prise de vue aérienne, reconnaissable à son architecture et son église, baigné de lumière, le monastère de Temska, entre lac et montagnes. Dans le parc du monastère et dans les travées, minuscules mais malgré tout visibles, des silhouettes affairées en robe sombre, une longue capuche sur les épaules.

— Les moines… dit Vladimir à voix haute en portant le verre d'eau-de-vie à ses lèvres sans quitter l'écran des yeux.

Au rougeoiement des arbres et aux teintes écarlates et orangées du reste de la végétation, on peut conclure que la photo a été prise en automne. D'un clic, Vladimir la sélectionne, faisant apparaître les likes et les commentaires, sous la date de parution, le 16 octobre 2016.

— L'institut n'était pas encore dans les murs… observe Vladimir.

Après avoir téléchargé la photo dans un dossier qu'il vient de créer aux initiales de MT, se concentrant sur la page publique, il regarde les posts vers les articles et les travaux du psychiatre.

La plupart portent sur les psychoses et le religieux. Les manifestations hallucinatoires, les visions et les apparitions de la Vierge, du Christ ou même de Satan dans un article intitulé : « Jésus et ses disciples, drogués, psychotiques ou hystériques ? » Dans une autre publication, « Pouvoir et psychose », Colic se penche sur les profils psychotiques des hommes politiques, chefs d'État et autres leaders aussi charismatiques que dangereux et peut-être atteints d'une forme de folie ou de délire paranoïaque. Parmi eux, Hitler, Staline, Saddam Hussein, Kadhafi, Ben Laden, Kim Jong-un, et plus récemment Erdogan et Trump.

Au fil de sa lecture, Vladimir commence à mieux cerner le personnage. Fasciné par ces personnalités historiques qu'il a décortiquées et sur lesquelles il pose un diagnostic psychiatrique parfois sans appel. Fasciné par le charisme d'un cerveau présentant des caractéristiques psychotiques ou psychopathologiques qui, selon Colic, auraient contribué à le mener au pouvoir.

Une publication sur les visions sataniques, intitulée « Du Christ à l'Antéchrist, par le pouvoir des plantes », attire l'attention de Vladimir. Suivent deux autres articles, « L'action des plantes sur le cerveau » et « Datura, l'herbe du diable » dans lequel l'auteur explique l'action spécifique de cette plante classée comme espèce hallucinogène délirante pour sa teneur en atropine, scopolamine et hyoscyamine.

En déroulant la page, Vladimir tombe sur une interview filmée de Colic, dont la voix acide lui déplaît tout de suite, lui procurant un certain malaise.

« Mes recherches me portent à relier certaines formes de psychoses à des personnalités destinées à régner ou gouverner ou, en tout cas, à avoir une influence massive sur les esprits, dit le psychiatre. Ce qui m'a amené à me poser la question du lien entre pouvoir et psychose. Une forme de folie n'est-elle pas nécessaire ou en tout cas, favorable à l'accès au pouvoir, de par la désinhibition qui caractérise certaines psychoses ? Celui qui est, par exemple, sujet à un profond délire mystique accompagné de visions, autrement dit d'hallucinations, visuelles ou auditives, réussit à faire partager massivement son délire et à y faire croire. La psychose a des origines diverses, mais certaines plantes psychotropes ou hallucinogènes, tel le datura, la belladone ou la mandragore, provoquent des états semblables chez des personnes dont le terrain psychologique s'y prête. Une certaine fragilité, instabilité ou bien une prédilection pour un domaine, comme la religion. Quand on veut voir des choses, on les voit, dit-on. Mais le plus difficile est de le faire croire à autrui, et collectivement. Pour moi, ainsi que pour mes confrères américains psychiatres et neurologues qui ont écrit un ouvrage à ce sujet, des profils comme le Christ, Moïse, Abraham ou saint Paul sont nettement psychotiques ou hystériques. Ils ne se sont pas risqués à évoquer le cas de Mahomet, pourtant, il présentait lui aussi quelques symptômes de délire et de schizophrénie… Reste à savoir comment et à partir de quoi se sont développées leurs psychoses ou hystéries respectives. Les psychiatres américains les attribuent à un vécu, une existence ou une enfance difficile et déstructurée et, dans le cas d'Abraham, à une éventuelle addiction à une drogue. Peut-être le datura. La fumait-il? La buvait-il? Un des principes actifs de cette plante déjà utilisée comme hallucinogène au cours du premier millénaire, comme l'attestent les textes anciens indiens et arabes, est l'atropine. Pour faire simple, il s'agit d'une molécule azotée présente principalement dans les végétaux. On la retrouve également dans la belladone. On l'utilise dans les traitements contre Parkinson, pour ses effets antispasmodiques et myorelaxants, comme stimulant et tonicardiaque dans certains malaises où le pouls se trouve dangereusement ralenti, mais aussi en antidote contre certains gaz neurotoxiques dont le sarin.

« Certains champignons aux propriétés hallucinogènes sont aussi à l'origine de visions mystiques. Clark Heinrich, un ethnobotaniste californien qui a étudié les phénomènes religieux, dans son livre *Magic Mushrooms in Religion and Alchemy* (Les champignons magiques dans la religion et l'alchimie), impute la consommation régulière de champignons hallucinogènes à Moïse, à Jésus et aux disciples et même à Adam et Eve.

« Je me suis intéressé à ces végétaux et à ces champignons pour les comportements à caractère psychotique qu'ils induisent. Peut-on créer ou développer des psychoses menant à faire de grandes choses? Les personnages bibliques étaient-ils psychotiques de nature ou étaient-ils accros à des drogues obtenues à partir de plantes hallucinogènes? Si, du temps de Jésus et de ces prophètes à barbe, les psychotropes avaient existé, auraient-ils été les mêmes grands personnages, les mêmes leaders charismatiques et illuminés? Ce qui m'amène à poser l'autre question :

l'administration de ces traitements des psychoses par des molécules chimiques n'empêche-t-elle pas aujourd'hui l'émergence d'un personnage comme Jésus ? Un autre Christ se cache-t-il dans les asiles psychiatriques derrière une camisole chimique ? Christ ou antéchrist…

« Thomas Szasz, un psychiatre américain d'origine hongroise, parti de son pays pour fuir le nazisme, disait : "Si vous parlez à Dieu, vous êtes mystique, si Dieu vous parle, vous êtes psychotique."

« Se revendiquant de l'antipsychiatrie – un courant dans les années soixante contre le savoir et les dogmes psychiatriques –, il affirmait que la folie fait partie intégrante de notre société et qu'au lieu de la traiter comme une maladie mentale, on devrait la considérer comme une sorte d'état mental différent, un autre niveau de conscience, un voyage de l'esprit, une autre façon d'appréhender la vie. Une position assez radicale que je ne partage pas entièrement, mais qui me semble intéressante à approfondir. Pour lui, la folie n'était qu'une invention de charlatans cupides. Entre l'époque où elle était vue comme la manifestation d'une possession et aujourd'hui, où elle est traitée en tant que maladie, pour Szasz rien n'a changé. Pour ma part, je pense qu'il y a du bon dans l'approche de Szasz mais aussi dans les découvertes médicales sur les psychoses. Intégrer complètement les psychotiques à la société sans traitement en milieu hospitalier spécialisé est une utopie.

« Surtout dans le cas de psychoses où le sujet retournerait son mal contre autrui ou contre lui-même. Le syndrome de Cotard, mon sujet de thèse, en est un bon exemple. Il est très rare, mais, pour résumer, ceux qui en souffrent se croient morts. Ils sont convaincus que leurs organes sont pétrifiés au sens propre, ou en cours de putréfaction ou de décomposition. Cette psychose renvoie au malade sa propre image "morbidifiée" et s'achève, dans la plupart des cas, par un suicide. Parfois, la maladie met du temps à se déclarer ou bien la médecine passe à côté, les premiers symptômes étant presque silencieux et le sujet ne se livrant pas à son entourage. Le comportement change au fil du temps. Certains en arrivent à dormir dans un cercueil et à vivre dans un état d'isolement total, ne s'alimentant presque plus et surtout, n'allant plus à la selle, ce qui peut entraîner de sérieuses complications comme des occlusions, avec un diagnostic vital engagé. Cette psychose peut représenter un danger pour le patient et, plus rarement, pour autrui, lorsqu'elle s'accompagne d'un délire de persécution. Alors que je travaillais encore à ma thèse, j'ai failli avoir l'occasion d'étudier un Cotard vivant, mais, par manque d'expérience sans doute, je suis passé à côté et l'ai perdu de vue. Je ne sais pas ce qu'il est advenu de lui, ni s'il a pu avoir une vie normale.

"Comment savez-vous que c'était un Cotard ?" intervient une voix masculine, probablement le journaliste, sans apparaître dans le champ.

"Ce n'est qu'avec l'expérience que j'ai pu comprendre, mais trop tard, qu'il s'agissait des prémisses d'un Cotard qui soit se stabiliserait, soit s'aggraverait, ou encore ressurgirait plus tard à la faveur d'un choc émotionnel. Un peu comme un cancer qui sommeille dans l'organisme. Je crois que ça restera l'un des plus grands regrets de toute ma carrière, même si celle-ci n'en est qu'à mi-chemin."

"Merci, professeur Colic, d'avoir répondu à cette interview pour…"»

Vladimir arrête la vidéo sur ces derniers mots du journaliste et la visionne une seconde fois depuis le début en prenant des notes.

Quand il a terminé, une phrase l'obsède malgré tout : « Un autre Christ se cacherait-il dans les asiles psychiatriques derrière une camisole chimique ? » Après avoir lu les publications et écouté Colic s'exprimer, il a le sentiment que cette question résume tout son travail et sa démarche de psychiatre. À quelle fin… Que veut-il prouver ? Ambitionne-t-il d'être un nouveau Thomas Szasz ? S'il découvrait cette nouvelle figure christique parmi ses patients psychotiques, cela lui vaudrait assurément le prix Nobel de médecine.

Un troisième verre d'eau-de-vie n'est pas de trop pour aider Vladimir à réfléchir et surtout, à prendre une décision.

Kosta lui a demandé de contacter l'évêché au sujet de la disparition des moines, or il n'a aucune légitimité à y interroger qui que ce soit.

Le troisième dé à coudre avalé, il prend son portable et compose le numéro de Kosta, mais celui-ci ne répond pas et la messagerie se déclenche.

— C'est moi, vieux. J'espère que tout va bien. Je ne me vois pas appeler l'épiscopat au sujet de la disparition de tout un monastère des mois plus tard, ils vont se demander pourquoi et ça risque de leur mettre la puce à l'oreille. J'ai une meilleure idée, je vais aller sur place voir un peu comment ça se passe.

26

D'une rapidité et d'une force inouïe, la bête a soulevé de terre la jeune femme à moitié assommée par le choc et l'a jetée sur son épaule tel un vulgaire gibier.

Laissant Kosta prostré loin derrière, le fils se dirige maintenant au pas de course vers sa tanière à travers la *magla* devenue moins dense. Les bras mous et la tête de Marija heurtent son dos à chaque enjambée et ses cheveux détachés se balancent au même rythme. De sa bouche coule un filet de salive rosée. Dans la lutte, elle s'est mordu la langue.

Quand Kosta revient à lui en se frottant l'arrière du crâne où s'est formé un hématome de la taille d'un œuf, ils sont déjà loin.

— Djol ! Dis-lui de la ramener et garde-moi à sa place ! Tu entends ? S'il la touche, je le tue ! Tu entends, Djooooool ! hurle-t-il jusqu'à ce que sa voix s'éteigne dans sa gorge brûlante et sèche.

Les mots, ses seules armes, insuffisantes et vaines. De pauvres menaces adressées au silence, qui retombent aussitôt en berne, comme un étendard en l'absence de vent. S'il se met à leur poursuite au hasard, il ne fera que s'égarer davantage dans le brouillard. Se redressant sur un pied, puis sur l'autre, malgré la colère qui le dévore et l'envie de cogner ce monstre jusqu'à le rendre méconnaissable, Kosta décide de rester et d'attendre que la *magla* se dissipe complètement pour trouver le chemin jusqu'à la grotte.

Pris d'un étourdissement qui l'oblige à s'asseoir sur une pierre, ses pensées vont à sa fille, quelque part, à cinq mille kilomètres de là. À l'idée de ne pas la revoir, Kosta se met à frapper la terre caillouteuse de la pointe de ses phalanges repliées. À force de taper, il s'entaille les mains et bientôt, le sang afflue par les plaies ouvertes.

— *Ça n'aurait pas dû se passer comme ça. Tout est de ma faute et voilà où nous a menés mon entêtement à retrouver cette maudite source.*

— *Hé Kosta, reprends-toi, ça sert à rien de te lamenter, t'as survécu à pire.*

— *Oui, mais à l'époque, c'était moi, l'enfant et je n'étais pas encore un mari et un père. Sans Fjona, mourir ici ne me ferait pas si peur.*

— *Justement, tu dois vivre, pour elle.*

Kosta, qui se surprend à se parler à lui-même à voix haute, se dit qu'il est en train de déraisonner.

Il doit trouver quelque chose à se mettre sous la dent pour reprendre quelques forces, mais dans la *magla*, il ne distingue que de l'herbe et des plantes.

En plus de crampes à l'estomac, les barres de céréales étant déjà loin, une soif douloureuse assèche sa bouche et ses lèvres gercées par le froid. Il dresse l'oreille. S'il ne peut voir à plus d'un mètre, il peut entendre. Il y a de l'eau, ici. Il en perçoit le murmure à travers le brouillard à quelques pas… Elle est là, inconcevable, insoupçonnée. La source. Non, il ne rêve pas. Il sait que c'est elle qui l'a trouvé et l'appelle. C'est ici qu'il s'est arrêté, ce n'est pas par hasard. Ils auraient pu continuer leur chemin, il ne se serait jamais aperçu de sa présence. Il éclate de rire. Perd-il la raison ? Qui peut lui certifier que c'est bien la source ? Rien ni personne. Juste cette vibration qui remplit son corps à mesure qu'il approche.

La vision indistincte d'une silhouette humaine assise sur une pierre le fige. Le visage, à moitié dissimulé par une masse de cheveux d'un blanc sale, est tourné vers lui. C'est une femme d'un certain âge, le dos voûté.

Lorsqu'il est assez près pour distinguer les détails, il voit ses yeux clairs et vides le dévisager froidement. Quelque chose sur sa poitrine attire l'attention de Kosta. Un objet brillant et ovale.

C'est comme si une flèche le transperçait. Le médaillon de sa mère. Il s'approche encore, la vision se confirme. Il a l'impression qu'un serpent resserre ses anneaux autour de sa gorge.

— Mama… Mama ? C'est toi ? dit-il en se penchant vers la vieille femme immobile. Tu… tu as le même médaillon que…

— Oui, c'est moi, fils. Approche, approche encore que je te voie, mon petit.

Maintenant, elle lui fait signe de la main. Un geste vague, d'encouragement.

— Viens…

Sa voix, doucement autoritaire. Elle tourne le visage vers Kosta, lui sourit de ses lèvres closes.

— Mama… je croyais que t'étais…

— Je sais, dit-elle en avançant une main aux doigts tordus vers sa joue. Mon Jan, mon petit, ça fait si longtemps. Si longtemps que je te cherche… Viens, que je t'embrasse…

Redevenu le gamin de trois ans seul au monde sur son rocher avec son chien, sans les bras de sa mère pour le rassurer, Kosta se sent très vite apaisé dans le rayonnement de ce sourire bienveillant, cette tendresse maternelle enfin retrouvée et tend docilement la joue. Mais, alors que les lèvres minces et ridées s'apprêtent à y déposer le baiser promis, elles s'ouvrent brusquement sur un rictus effrayant, laissant apparaître la cavité noire d'une bouche édentée qui s'étire à n'en plus finir, immense, comme l'entrée d'une grotte prête à aspirer Kosta dans ses ténèbres glacées.

Sur le point d'être englouti, Jan émerge avec un râle du sommeil de brume dans lequel il a sombré quelques minutes auparavant, les fesses sur la pierre froide.

Clignant des paupières, le crâne douloureux, il regarde autour de lui à la recherche de la source dont il entendait si distinctement le bruissement familier et de l'affreuse vieille édentée assise au bord, mais il ne voit rien ni personne dans la *magla* qui retombe, lui semble-t-il.

Il est définitivement seul à flanc de montagne. Seul, avec sa soif et sa faim. Il sait que s'il n'avale rien et ne s'hydrate pas avant la nuit, il s'endormira d'épuisement et de froid sans revoir la lumière du jour. Son cœur en hypothermie battra de plus en plus lentement puis s'arrêtera, là, sur cette montagne qui ne veut pas le laisser partir.

Peut-être en sait-il trop sur la source et ses secrets. Peut-être l'a-t-elle rappelé à elle après tant d'années de sursis. Il aurait dû mourir ce jour-là, il y a quarante-deux ans, et la mort l'a épargné. Mais peut-être l'heure est-elle venue de la regarder dans les yeux et de l'accepter.

— *Ne renonce pas si facilement, Kosta, tu dois retrouver la source et Marija.*

— *Encore toi…*

— *Oui, encore moi. Mais moi, c'est toi. Je suis ta force. Tu dois te battre, si tu veux revoir ta petite Fjona. Alors, bouge-toi le cul et va trouver de l'eau pour reprendre des forces.*

Obéissant à sa voix intérieure, Kosta parvient à se lever et avance de quelques pas, un poids dans le dos. Son sac, que leur agresseur ne lui a pas pris. Et dedans, le Sig Sauer.

En fouillant à l'intérieur, il trouve dans l'une des poches une barre de chocolat à moitié écrasée. Affamé, il déchire le papier d'un coup de dents et l'engloutit en une bouchée. Ce sucre rapide qui se répand aussitôt dans le sang lui redonne un semblant d'énergie suffisant pour se remettre en route.

Tout ce qui se dérobait à la vue dans le brouillard réapparaît peu à peu, et le soleil tente une percée à travers la nappe, éclairant la terre par endroits d'une pâle lueur.

L'air devient moins oppressant, la végétation semble respirer de nouveau, les plantes hautes se déploient et tendent leurs feuilles et leurs têtes vers les rayons naissants. Les insectes reprennent peu à peu leur activité et surgissent de toutes parts. Mouches, guêpes, abeilles, criquets fauves, sauterelles vertes, y compris quelques papillons.

Ce regain d'activité gagne Kosta dont l'oreille tendue en permanence vers le moindre ruissellement capte soudain ce qu'elle cherche. Cette fois, il ne rêve pas, c'est bien ce bruit familier, légèrement sur la gauche. Se guidant juste au son, il n'a que quelques mètres à faire sur le flanc de la montagne, pour découvrir, à ses pieds, dévalant le sol pierreux et rouge, un petit cours d'eau venu de plus haut.

Ce qui l'intrigue, ce sont d'autres ruissellements de même nature, comme si l'eau s'échappait en ramifications d'une réserve unique au sommet. Serait-ce la source, telle qu'il vient de la rêver? Son rêve était-il prémonitoire?

L'eau, d'une transparence de cristal, s'écoule sous forme d'une infinité de petits ruisseaux en éventail, serpentant, bondissant sur les pierres lisses ou se cassant sur leurs arêtes. Un spectacle majestueux, que dévoile peu à peu la *magla*. Un concert de crépitements, d'écoulements et de chuchotements aquatiques, langage que Kosta connaît parfaitement. Cela fait des années que l'eau lui parle. Du sol dans lequel elle s'écoule, qu'elle creuse, fore, ravine, de la nature du terrain qu'elle occupe, d'elle-même aussi. De ce qui la compose et la contamine, les minéraux, les métaux lourds, les chimiques, les polluants, les déchets qu'elle charrie. Pourtant, celle-ci est d'une pureté exceptionnelle. Ses scintillements sont ceux des diamants.

Kosta pose un genou à terre et tend ses mains nues vers le ruissellement. Il veut sentir sa fraîcheur sur sa peau, s'en asperger les lèvres, se laver le nez de tout ce sang et se mouiller le visage desséché par le vent et le froid, il veut la goûter, se désaltérer enfin. Et cependant, elle semble fuir sous sa paume, se dérober et sourdre plus loin. Sauf que ce n'est pas elle qui se dérobe sous ses doigts, mais le sol…

Se sentant déraper, il tente de se récupérer mais n'a aucune prise et se voit partir en même temps que la terre, l'eau, les bris de pierres, tout un mélange friable et glissant. Les mains râpées, écorchées et la chair de la paume à vif à force d'essayer de se retenir dans cette avalanche de terre et de poussière mouillée, il finit par renoncer et se laisse emporter sans savoir où ni quand cela s'arrêtera. La montagne veut le garder pour elle. C'est ce qu'il se dit dans cette chute sans fin, rebondissant, tournoyant et roulant sur lui-même comme un tronc coupé.

À chaque heurt contre la pierre du sol, il croit que c'est fini, qu'il va mourir cette fois, la bouche et le nez remplis de terre, étouffé, qu'il n'aura pas de seconde chance. Parce que les miracles ne se répètent pas. Mais la Dent veut jouer avec lui, encore, elle veut lui montrer l'étendue de ses pouvoirs. Ce sera quand elle l'aura décidé.

Lorsque la chute enfin s'interrompt, aussi brutalement qu'elle a commencé, Kosta, dont le front et le dos ont cogné contre une roche au passage, n'est plus qu'une poupée molle, gisant sur la terre ocre, le crâne et le visage de la même couleur, recouvert d'un masque de poussière sanguinolente.

Il a glissé sur la pente, entraîné par l'eau et les gravats sur une centaine de mètres au moins, stoppé par le relief accidenté qui remonte après un creux.

Il ne verra pas les pieds nus habillés de corne

s'approcher de lui, quelques minutes plus tard, ni l'homme, sa canne dans une main, s'agenouiller près de son corps meurtri et lui poser deux doigts sur la jugulaire pour s'assurer qu'il est vivant. Il ne le reconnaîtra que lorsque, enfin revenu à lui et au monde, il ouvrira les yeux et les posera sur son sauveur. Djol, le gardien de la source et de sa vie.

27

Lorsque, à contre-jour, dans la clarté solaire, il finit par reconnaître l'imposante silhouette de Djol, Kosta croit encore rêver. Mais la douleur se rappelant à tout son corps et à sa tête, il comprend rapidement qu'il est bien éveillé, étendu sur un amas de terre et de pierres, incapable de se relever. Heureusement, son sac à dos a quelque peu amorti la chute, pourtant c'est comme si on lui avait roué de coups le dos et la nuque.

— Tu as fait une sacrée glissade de là-haut, fiston, dit Djol penché sur lui. Le relief est parfois trompeur, ici. Surtout lorsque la *magla* disparaît. Ton œil doit se réhabituer aux couleurs, après tout ce blanc. T'as dû faire un faux pas. T'as surtout eu beaucoup de chance. Décidément, on dirait que le destin me met sur ton chemin pour te secourir une deuxième fois.

Kosta tente de se redresser sur un coude, mais une brûlure déchire ses muscles et une douleur vive lui transperce le flanc gauche. Son corps n'est qu'un brasier.

Portant la main à sa tempe du même côté, il sent

sous ses doigts une consistance poisseuse et chaude. Du sang. Qui coule aussi sur ses lèvres de son nez fracturé.

— Cette… excursion à Babin Zub me laissera un souvenir impérissable, dit-il en s'essuyant les doigts sur sa doudoune.

— Essaie de te lever doucement. Tiens, accroche-toi.

Dans un mouvement de recul, Kosta refuse la main tendue de Djol. Peu à peu, tout se remet en place dans son esprit.

— Elle est où ?

— Qui donc ?

— Fais pas semblant, Djol, pas avec moi. Marija ! Ton fils l'a emmenée après m'avoir porté un coup à la tête. Alors tu vas me dire où elle se trouve et même m'y conduire.

— Accroche-toi, je te dis, insiste le vieillard la main tendue, un petit sourire aux lèvres. Fais-moi confiance. Tu ne l'as pas regretté, autrefois.

Oui, sauf que t'étais bien plus jeune et pas encore cinglé et moi, un gamin, se retient de répondre Kosta.

Rassemblant le peu d'énergie qu'il lui reste, Jan prend malgré tout la main de Djol qui replie lentement le bras pour faire levier. Bien qu'encore sonné, il est impressionné par la poigne de son sauveur, d'une force surprenante, herculéenne.

Levé à bout de bras par le vieil homme malgré ses quatre-vingt-cinq kilos et les vingt de son sac à dos, la douleur dans les côtes lui arrachant une grimace, Jan parvient à se remettre sur ses jambes. Une rafale de vent suffirait à le faire chanceler.

Il remercie Djol d'un signe de tête dans une

grimace de sa lèvre supérieure tuméfiée. Par chance, il ne peut pas se voir dans un miroir. Ça l'achèverait.

Il lance un regard désespéré à la pente qu'il vient de dévaler. Il n'est pas question qu'il essaie de la gravir et devra trouver un autre chemin menant là-haut.

— Qu'est-ce qu'il va faire à Marija ? crache-t-il en même temps qu'un peu de sang. Hein, dis-moi, Djol, qu'est-ce qu'il va lui faire ? Pourquoi elle ?

Sans répondre, son sauveur le fixe d'un regard teinté de suspicion.

— Que fais-tu ici après tant d'années, au juste, Jan ? se décide-t-il après un silence. Dis la vérité. C'est pas une simple mission. Que cherches-tu ?

— C'est vrai, reconnaît Kosta. Je voulais avoir des réponses à des questions qui ne me lâchent pas.

— Je m'en doutais. Lesquelles ?

— Ce qui s'est passé à Zavoï. Pourquoi ce glissement de terrain qui a causé la mort de ma mère et tant d'autres.

— La nature est imprévisible, c'est comme ça. Il n'y a pas toujours de réponse à tout. Il y a bien plus d'hypothèses et d'idées fausses en libre circulation. Moi, tout ce que je vois dans cette catastrophe, c'est que tu as survécu et qu'elle a permis notre rencontre.

Kosta lève les yeux sur Djol et le regarde longuement.

— Pourquoi nous vouloir du mal, alors ? dit-il en se tenant les côtes d'une main.

— Si je te voulais du mal, fiston, tu ne serais pas debout, en ce moment.

— Et Marija ? Pourquoi avoir voulu nous empêcher de repartir en nous tendant un piège avec ton fils ? Tu lui hurlais de nous rattraper.

— Parce que c'est dangereux, la montagne. Et on dit qu'elle est hantée.

— Hantée ? À part les touristes en pleine saison, je ne vois pas par qui elle pourrait être hantée.

Djol jette à Kosta un regard sombre.

— Je sais que vous, dans le monde civilisé, vous riez de tout ça, mais tout n'est pas que légendes. Le diable se cache ici. Je sens sa présence.

— Je suis un scientifique, Djol, je ne crois pas aux phénomènes surnaturels.

— Je ne te demande pas d'y croire, fiston, juste de me croire, moi. Je vis dans cette montagne. Il s'y passe des choses étranges.

— Depuis quand ?

— Je ne sais pas… Quelque temps. Même les moines de Temska…

L'évocation fait à Kosta l'effet d'un coup de poignard.

— Tu sais ce qu'il leur est arrivé ?

— Ils ont disparu sans laisser de traces. On dit que ce sont peut-être les revenants.

L'échange semble de plus en plus mystérieux à Kosta.

— Les revenants ?

— Oui, ceux de Zavoï, qui se seraient vengés.

— Vengés sur des moines ? Mais de quoi ?

— De Dieu et de ceux qui le représentent. Parce que Dieu les a abandonnés. Alors ils sont venus chercher les moines pour les entraîner dans les ténèbres.

— Écoute, Djol, d'accord, tu y crois, mais pas moi. Je ne crois pas non plus en Dieu. Une force nous dépasse, certes, mais en réalité, elle vient de nous-mêmes et de la nature. Avec Marija, en arrivant dans la montagne, nous avons découvert un canyon asséché dans lequel gisaient deux squelettes. Des hommes. Leur mort doit remonter à très longtemps. Un peu plus loin, j'ai trouvé ce qui était sans doute leur voiture, un 4 × 4 Niva. Ils avaient tous les deux le crâne fracassé par le même objet. Ce n'est pas le diable qui a fait ça, mais bien un homme, ou plusieurs.

En quelques mots, Kosta raconte la suite à Djol, la chute de Marija dans une crevasse et la découverte de ce qui pourrait être l'arme du crime.

Un bâton semblable à celui de Djol hérité du berger, que Kosta avait emporté avec lui et laissé dans le Land, avec le sac contenant les objets récupérés dans l'épave du 4 × 4.

— Des bâtons de ce genre, ça ne manque pas, dans le coin, réplique le vieil homme dont les yeux commencent à pleurer dans le soleil.

Un petit vent s'est levé, jouant avec quelques mèches de ses cheveux longs.

— Mais je vais te raconter… Un jour deux types sont venus à Zavoï pour acheter la source, et même le village avec. C'était peu de temps avant le cataclysme. Ton grand-père Mile Kostadinovic les a reçus comme il se doit, à ce qu'on raconte. Ils sont repartis sans qu'on n'entende plus jamais parler d'eux. Éleveur de moutons, Mile possédait un bâton de berger surmonté d'un pommeau.

— Comme le tien, dit Kosta.

— Sauf que le mien, je l'ai toujours avec moi. Et celui que tu as trouvé dans cette crevasse appartenait à Kostadinovic.

— Comment tu peux le savoir ?

— Parce que je les ai vus, Jan. Lui et les autres.

— Vu où ? Quand ? Quels autres ?

— Des gars du village. C'est lui, c'est Mile qui les a tués de ses propres mains, avec son bâton, la veille du glissement de terrain.

Il divague, se dit Kosta incrédule.

— Et comme par hasard, tu te trouvais dans les parages…

— J'ai toujours fait de longues marches au bord de la Viso et dans tous les environs de Zavoï. À l'époque, je m'intéressais déjà aux plantes et j'allais souvent en ramasser. Il y a beaucoup d'espèces, c'est une vraie réserve naturelle, ici. J'y allais tôt le matin, quand les parfums se réveillent en même temps que le jour. Mes pas m'ont conduit au bord de cette ancienne rivière dont le lit s'est depuis asséché. J'ai entendu des voix fortes, des cris. Quand je me suis rapproché discrètement, je les ai aperçus. Un groupe de paysans autour de deux types en vêtements de ville.

— Et comment tu as su que c'était Mile Kostadinovic ?

— Parce que l'un des hommes l'a appelé par son nom, et je connaissais sa réputation.

— Laquelle ?

— Autoritaire, parfois violent. Il n'a pas supporté l'idée que la source puisse être un jour exploitée par une société. Je l'ai vu frapper les deux gars terrorisés l'un après l'autre. Ils étaient à genoux et pleuraient en demandant pardon.

Kosta sent sa gorge se nouer. Si Djol dit vrai, il n'a pas connu son grand-père paternel sous ce jour. En réalité, il n'en avait pas vraiment eu le temps, en seulement trois ans.

— Mile n'a rien voulu entendre. Après, les autres ont attaché les deux corps ensemble avec des chaînes à bétail et les ont balancés dans la rivière, puis ils y ont fait rouler leur voiture un peu plus loin. C'était une grosse bagnole, oui. Elle a coulé assez rapidement, à l'époque la rivière était profonde.

Kosta est obligé de se rendre à l'évidence. Djol ne peut pas inventer ces détails que lui-même a découverts avec les deux macchabées.

— Je veux retrouver Marija. Conduis-moi là où Sacha a pu l'emmener. S'il lui arrive quelque chose, je te jure que je le tue ou que j'appelle les flics pour qu'ils vous bouclent tous les deux. Alors tu choisis, Djol. Et pas d'embrouille, sinon…

Pour appuyer ses menaces, Kosta sort de son sac le Sig Sauer avant que le vieux ait pu réagir. Sa tête et ses côtes le lancent, mais à l'idée que Marija est en danger, la charge d'adrénaline atténue la douleur.

— Tu n'auras pas besoin de le tuer. S'il faisait du mal à ton amie, je le tuerais moi-même. Quand je vous ai vus disparaître dans la *magla*… j'ai cru que je ne te reverrais plus jamais.

— Alors pourquoi tu nous as conduits dans ce traquenard avec ton fils qui nous tenait en joue, Djol ?

— J'ai eu peur, fiston. Pour la source, c'est vrai, mais, crois-moi ou pas, peur surtout de te perdre encore une fois.

— Mais tu sais bien que ma vie est ailleurs et que je vais y retourner.

À cet instant, les yeux gris du vieil homme se couvrent de nuages. *Ma vie est ailleurs*… Des mots qui l'anéantissent. Le gosse de trois ans aux boucles dorées, rieur et un peu frondeur en dépit de tout ce qu'il avait traversé n'existe plus. Le regard de Djol, soudain vitreux, se perd dans l'immensité de ce passé dont la mémoire ne peut garder que quelques séquences.

— Tu as un fils, Djol. Tu n'es pas seul.

— Si, je le suis. Après l'adolescence, Sacha a changé. À la mort de sa mère, j'ai tout reporté sur lui. Je crois que je l'ai étouffé. Il m'obéit et me respecte, mais il me hait. Nos rapports ne sont plus ce qu'ils étaient. Il est devenu sombre, agressif, solitaire.

— Tu es descendu jusqu'ici, tu dois connaître le chemin qui mène à ton fils et à Marija. Conduis-moi jusqu'à eux.

— Ce que tu es venu faire, ton travail, je le respecte et je peux te montrer où est la source. Mais sur place, ce sera plus difficile que tu ne le penses.

— Pourquoi ?

— Pour faire tes prélèvements, le mieux serait de remonter à la source mère.

— Sur le Midžor ?

— À quatre heures de marche d'ici, oui.

28

La jeune femme blonde est étendue devant lui, dans la chaude clarté d'une lampe à huile. Elle n'a pas encore repris connaissance. Il la renifle, non comme une proie, mais comme un objet d'intense curiosité. Ses yeux s'attardent sur ses mains, ses bras, sa poitrine moulée dans un pull près du corps qui apparaît sous sa parka ouverte. Il n'a pas vu beaucoup de femmes au cours de sa vie. Même de sa mère, morte quand il allait avoir un an, il n'a aucun souvenir, à part quelques photos. Il ne la voit revivre que dans ce que lui raconte son père, les rares fois où cela arrive.

À bientôt quarante ans, il n'a jamais connu le corps d'une femme, touché ses formes, effleuré sa peau. Il ne sait pas ce que c'est, ni comment faire. Il sait seulement que la vue de cette jeune femme entièrement à sa merci provoque en lui des réactions étranges, comme un courant électrique qu'il sent jusque dans ses extrémités. C'est la première fois…

Son corps à lui est ravagé de coupures et de cicatrices dont certaines sont profondes. Innombrables traces des griffures que lui infligent les ronces dans lesquelles il s'enfonce, la nuit. S'il devait connaître l'amour, ce serait avec des marques sur la peau et dans la chair. L'amour, la haine, il ne sait pas les dissocier ni les identifier clairement.

Le seul amour dont il est capable va à ses « sirènes ». Elles vivent au fond de la caverne dans laquelle il se terre lors de ses accès de solitude, accessible par un passage qui oblige un adulte à ramper. Une fois ce passage franchi, on tombe sur un bassin où l'eau s'écoule de la roche. Muni de la lampe à huile, son unique éclairage, il se glisse dans le boyau et débouche sur le second espace. Là où il peut les observer des heures dans la lumière rasante de la lampe posée au sol. Des créatures étranges, entre la salamandre et l'anguille, semblables à de longs vers pourvus de pattes atrophiées aux allures de moignons, la peau nue et rosée ou d'un blanc jaunâtre, sans écailles, dotées d'un petit aileron sur la queue. Deux minuscules aigrettes rouges à l'arrière de la tête leur donnent l'air de dragons miniatures.

L'amour que ni sa mère ni son père n'ont pu lui apprendre, il l'a trouvé au contact de ces créatures amphibies. C'est grâce à elles, en les observant, qu'il est devenu lui-même une sorte d'amphibien. Il ne dispose pas de branchies, mais nageant depuis très jeune en apnée, il traverse les quatre kilomètres du lac presque d'une traite, sans reprendre d'air à la surface plus d'une ou deux fois.

— Salut mes mignonnes… souffle-t-il en s'approchant doucement du bassin, sans trop les éblouir de sa lampe.

Chacune de ces petites salamandres se différencie de ses congénères à quelques détails. Des taches sur la peau à des endroits précis, des teintes variables dans les tonalités roses, leur taille. Il sait les reconnaître au premier coup d'œil. Mais, sur la vingtaine, il n'en a baptisé que huit qui se trouvaient là lorsque, il y a plus de trente ans, confiné dans cette caverne sans pouvoir sortir au jour, il a découvert, en jouant aux explorateurs comme n'importe quel gamin, le passage vers le bassin naturel où les amphibiens nageaient.

Il y avait trois mâles et cinq femelles. Pero (Plume), Zmaj (Dragon), Mali (Petit), Zvezda (Étoile), Maja, Plava (Bleue), Zuta (Jaune) et Sitna (Mince). Au fil de ses observations il a pu constater l'étonnante longévité de ces animaux. Sur les huit, seuls deux sont morts entre-temps, Maja et Mali, qu'il avait nommé ainsi à cause de sa petite taille.

Ne sachant depuis combien de temps ils occupaient cette partie de la caverne, il ne pouvait leur donner d'âge, mais ceux qui sont venus après, issus de la ponte des femelles, sont toujours là. Il a relevé également qu'une fois qu'ils ont atteint leur taille adulte après un état larvaire de quatre mois, ils ne se sont pas reproduits tout de suite – ils ont attendu une quinzaine d'années environ. Et qu'ils peuvent rester très longtemps sans se nourrir, vivant sur des réserves après un repas copieux composé d'insectes et de minuscules crustacés.

Malgré la connaissance qu'il en avait acquise, cette petite créature aux yeux recouverts d'une membrane à force de vivre dans l'obscurité demeure un mystère par bien des aspects. D'où vient-elle et pourquoi une telle longévité, assez rare chez les salamandres ?

Outre ces caractéristiques fascinantes, il les aime

avant tout pour leur compagnie silencieuse, une connivence établie au fil du temps, comme si elles le reconnaissaient.

Afin de les avertir de sa présence, il tapote le bord du bassin avec le bout d'un bâton. Percevant les vibrations, aux premiers échos du bois sur la pierre, elles rappliquent, tout en gracieuses ondulations. « De vraies petites sirènes, il murmure, attendri. Hein, mes jolies… »

Assis au bord, il les regarde encore un certain temps se tortiller dans l'eau fraîche et pure puis plonge une main dans le bassin. En quelques minutes à peine, les plus hardies s'approchent, affamées, de cet animal plus gros qu'elles mais qui leur est familier, l'effleurent, sensation aussi douce que des caresses, arrachant à leur visiteur des soupirs et commencent à donner de petits coups de nez joueurs avant de se décider enfin à s'y attaquer. De leurs dents minuscules, par à-coups, les salamandres aquatiques détachent du pouce charnu de microscopiques lambeaux de peau et semblent s'en délecter.

C'est dans ces moments d'incoercible mélancolie qu'il est heureux avec ses sirènes. Les seules à lui apporter un réel réconfort. Pourtant, depuis quelque temps, il ne lui suffit plus. Il se sent de plus en plus souvent en proie à des crises qu'il a du mal à maîtriser. Comme cette nuit de pleine lune, alors qu'il était sorti selon son habitude aux abords du lac. Son étendue noire, la brume suspendue au-dessus de l'eau. Et le fond, peuplé de toutes ces créatures vivantes dont certaines servent à le nourrir.

Il était venu contempler le paysage sous la lune, les montagnes se reflétant sur le miroir liquide, chasser et pêcher un peu, surtout trouver l'apaisement dont il a besoin. Sa vue gagnant en acuité la nuit, il a aperçu ce bloc aux apparences de bunker à l'autre bout. Curieux de voir le cœur de cette étrange construction, il s'en est approché jusqu'à ce que ses propres pas et sa respiration soient recouverts par le bruit assourdissant et la force des cataractes.

Se glissant dans l'enceinte, il est entré dans une salle où tournaient d'énormes cylindres. Il y en avait sept. Intrigué, il a juste mis la main sur l'un d'eux pour sentir les vibrations et la chaleur de la machine quand, soudain, dans une sorte de détonation, la paroi a éclaté, en même temps qu'est apparue une fissure sur toute sa hauteur. L'eau a commencé à s'échapper, menaçant d'inonder la salle. Prenant peur, il a couru au-dehors.

De retour sur le site la nuit suivante, il a senti une odeur dans l'air. Une forte odeur d'animal. Et les a vus de loin. Un homme avec sa casquette et un énorme chien noir. Cette nuit-là, il était seul, livré à lui-même face à une menace. Pourquoi ce chien lâché ? Et l'homme à sa suite… Que cherchait-il ?

Se sentant acculé, il a été pris d'une rage sourde. La suite, il ne sait plus. Ça a été comme un trou noir. Encore plus noir que la nuit. Tout ce dont il se souvient, c'est qu'il s'est retrouvé les mains couvertes de sang et qu'il les a nettoyées avec l'eau du lac.

Ces mêmes mains tapissées de poils sombres qui planent au-dessus de la jeune femme aux cheveux couleur de miel, hésitant à s'y poser. Ils sont aussi clairs que ceux d'une autre femme qu'il a vue et il a envie de les toucher. Ses doigts épais et rudes finissent par se saisir de quelques mèches.

Réveillée par la sensation désagréable qu'une bête se promène dans ses cheveux, à peine Marija ouvre-t-elle les yeux qu'elle les referme aussitôt pour fuir le cauchemar qui se matérialise devant elle.

L'homme-singe qui la fixe avidement, attentif au moindre de ses mouvements. Son intuition lui dit de ne surtout pas faire de geste brusque ni de montrer sa peur. Un individu aussi primaire obéit à des instincts animaux, dominé par son cerveau reptilien. Donc agir comme face à un loup ou même un ours. Mais ce à quoi Marija ne s'attend pas, c'est à découvrir rapidement que cet homme primaire au faciès presque néandertalien et d'une taille impressionnante est capable d'émotion et de sensibilité. Et surtout, qu'il est doué de parole.

— T'es réveillée ? Ça va ? demande-t-il sans animosité en lui soufflant une haleine boucanée à faire mourir un mort une deuxième fois.

Elle n'ose pas imaginer son régime alimentaire et encore moins son hygiène à voir l'état de ses mains et de sa tignasse qui dégage une odeur de vieille graisse.

— Où sommes-nous ?

Un sourire aux dents noires accueille la question de Marija. Une expression de fierté éclaire le visage de Sacha.

— Là où je vis avec mon père. On s'est installés ici, dans cette caverne après la tempête qui a détruit la maison. Djol l'avait construite à ma naissance. Avant, il habitait tout seul dans une cabane, plus bas dans les bois. Ici, le vent, il peut toujours souffler, il emportera pas le toit.

Sur ces derniers mots Sacha éclate d'un rire tonitruant. Une sorte de blatèrement qui remplit la grotte.

Sans son fusil, posé à côté de lui, il a l'air beaucoup moins féroce, se dit Marija, restant tout de même sur ses gardes.

— Tu t'appelles comment ? lui demande Sacha.

— Marija.

— Un nom de femme. Toi t'es une femme ?

La question prend la journaliste au dépourvu. Elle étire un peu ses membres engourdis avant de répondre.

— Oui, bien sûr. Tu pensais que j'étais un homme ?

— Hmm. Je sais pas. Tu ressembles à une femme, oui.

Cette fois c'est elle qui est prise au dépourvu. Puis une évidence la frappe.

— C'est toi, qui nous suis depuis quelque temps et qui nous as lancé ces pierres sur la voiture ? Et l'autre nuit, c'est toi encore qui nous as foncé dessus ? Ce qui apparaît sur les photos que j'ai faites te ressemble.

— On veut pas d'étrangers, près de la source.

— D'accord, mais là, qu'est-ce tu me veux ?

— T'as de drôles de cheveux. Ça fait mal aux yeux quand on les regarde. Mais c'est beau. C'est pas comme les miens.

En même temps qu'il lui dit tout ça, sa voix semble prendre une tonalité différente, note Marija. Presque moins grave et plus douce. Toute trace d'hostilité a disparu.

— Ce n'est pas ma vraie couleur. Ils sont décolorés. Tiens, regarde, dit-elle en sortant son passeport de la poche intérieure de sa doudoune. J'étais brune à l'époque, mes cheveux sont naturellement comme ça.

— C'est toi ? Pourquoi ? Mais pourquoi ?

L'aveu de Marija paraît déstabiliser le fils qui se met à se gratter furieusement la crinière et s'arracher quelques touffes.

— Pourquoi ils sont bruns ou pourquoi je les ai fait décolorer ?

— Ils sont pas devenus blancs tout seuls ?

Marija ne peut s'empêcher de rire en se demandant d'où lui vient cette obsession pour les cheveux.

— C'est rare que ce soit dans ce sens. Et ils ne sont pas blancs, mais blonds. Dorés. En général, si enfant on est blond, avec le temps, les cheveux deviennent plus foncés.

— Attends…, dit-il avant de disparaître dans un coin plus sombre d'où il ramène une besace en cuir.

Il en sort une photo et la met sous le nez de la journaliste qui écarquille les yeux en voyant un gamin tout blond à la bouille d'angelot lui sourire sur le papier glacé racorni. Il ne doit pas avoir plus de quatre ans.

— Il est beau comme tout. C'est toi ?

— Hmm.

— Tu vois, les cheveux foncent plus souvent qu'ils n'éclaircissent. Et…

— Chut…

Mais Marija n'entend pas encore ce que le fils dont l'ouïe s'est développée comme celle d'un animal a déjà perçu. Bientôt, elle distinguera des voix et des halètements sur le chemin qui mène à la grotte. Des randonneurs avec leurs chiens, se dit-elle. Une chance qui ne se présentera pas deux fois.

Profitant du trouble de son ravisseur et de ce que, saisissant son fusil, il se dirige vers l'entrée, elle glisse la photo dans sa poche et se lève pour le suivre, un peu surprise de cette liberté de mouvement qu'il lui a laissée.

— Au secours ! À l'aide ! Par ici ! se met-elle à crier.

Tout se passe alors si vite qu'elle n'a le temps que d'entendre des pas précipités, un aboiement et un échange de coups de feu qui la plaquent au sol, suivis du bruit d'un corps tombant à terre.

Une odeur de poudre lui pique les narines.

Lorsque, à plat ventre, les mains sur les oreilles, elle relève la tête, son regard rencontre une masse étendue dans le sable à l'entrée. À la tignasse, elle reconnaît Sacha.

Son corps est bientôt cerné de bas de treillis et de rangers au milieu desquels pointent deux gueules ouvertes aux museaux allongés. Des militaires ou des miliciens. Ils sont au moins cinq et deux chiens de défense.

— Vous êtes blessée ? dit l'un d'eux, penché au-dessus d'elle.

Alors qu'elle s'apprête à répondre, d'autres voix se font entendre, en même temps qu'un cri proche. Un cri de détresse.

— Sacha ! Non !

L'appel d'un père qui s'écroule en pleurant sur le cadavre de son fils. Puis la voix de Kosta se mêlant à celle des miliciens.

Avec l'aide de celui qui vient de lui parler, Marija se met debout, tremblant encore sur ses jambes, le visage couvert de poussière. Elle tremble de tout, de cette violence soudaine, de ce mort gisant à ses pieds, un homme, même primitif, que quelques instants avant elle apprenait à découvrir dans ce qu'il avait de plus humain… de retrouver Kosta blessé mais en vie, qui la serre dans ses bras.

— C'est fini, c'est bon, je suis là, Marija.

Ses mots à l'oreille, chauds et réconfortants, couvrant les pleurs de Djol que maintenant les miliciens retiennent par la force pour l'empêcher d'embrasser son fils.

— Pourquoi ils l'ont tué ? Il n'a rien fait ! dit Marija au bord des larmes.

— Calme-toi… il était armé.

— T'es qui ? demande un des miliciens à Kosta qui décline aussitôt son identité et sa profession en lien avec la centrale.

Un peu plus loin, celui qui semble être le chef du groupe s'est mis à l'écart pour appeler de son GSM.

— Je crois qu'on a eu notre homme, dit-il. Oui, vu sa taille et sa pointure. Il se déplaçait pieds nus. Il est mort, affirmatif. Les empreintes devraient correspondre. Il y a le père, avec un couple. Apparemment la femme avait été enlevée par le suspect. Ils se trouvaient tous les deux dans une grotte. Les chiens les ont sentis et la femme a appelé au secours. Le suspect est apparu armé et nous a tiré dessus. Novak a riposté. L'homme est neutralisé, à terre. Qu'est-ce qu'on fait des trois autres ?

Cinq minutes après la communication avec son supérieur, le milicien s'approche de Kosta et Marija en train de raconter le déroulement des faits depuis leur rencontre avec Djol.

— On prendra votre déposition au poste.

— La direction de la centrale m'a envoyé sur une mission d'analyses du réseau d'eau de source, dit Kosta.

— Eh bien votre mission est suspendue jusqu'à nouvel ordre. Vous allez venir avec nous déjà en tant que témoins. Apparemment vous connaissez le père du suspect.

— Suspect de quoi ? Vous pouvez nous dire ce qui se passe exactement ?

— Vous le saurez là-bas. Déjà il semblerait qu'il ait retenu votre amie de force ici. Ça devrait vous suffire.

— Je crois avoir compris pourquoi… risque Marija.

— Vous nous suivez de votre plein gré ou vous préférez qu'on vous aide ? coupe le milicien.

— Pas de problème, tempère Kosta, on voudrait juste connaître les raisons de ces expéditions militaires sur Babin Zub. Vous recherchez quelqu'un ?

— Vous travaillez pour la centrale et vous n'êtes pas au courant ? Il y a eu trois meurtres en trois jours. Un vigile, un chien et une employée de la centrale.

Avant que Kosta, sous le choc, ait pu réagir et demander de qui il s'agissait, un milicien, un paquet sous le bras, ressort de la caverne qu'il vient d'inspecter avec un collègue.

— Pantic ! Regarde ce que j'ai trouvé au fond, dans un deuxième espace où il y a un bassin avec des espèces de lézards qui nagent dedans. Des sous-vêtements de gonzesse et ça…

Il déplie un vêtement que Kosta reconnaît tout de suite. Une blouse d'un bleu vif, identique à celle que Tanja portait quand il l'a vue en arrivant à la centrale avec Vladimir.

29

Absorbé dans la consultation d'une carte topographique, Vladimir ne s'est pas aperçu du changement autour de sa Jeep. La naissance du jour qui succède à l'agonie nocturne. Le cycle de la nature. Vie et mort. Extinction et apparition. Une roue sans fin dont chaque être est une infime partie. Une poussière dans l'œil de l'univers. Tellement habitué à s'endormir et à se réveiller, l'être humain, seul vivant doué d'assez de conscience pour prendre la pleine mesure de ce phénomène, n'y prête même plus attention, si ce n'est dans l'impact qu'il peut exercer sur sa vie et son rythme.

Il est presque six heures. Vladimir est parti depuis une heure de la centrale, après avoir préparé ce qu'il lui fallait pour son expédition au monastère de Temska. Personne n'est venu lui demander des comptes, avec la grève, tout le monde dormait encore. Il s'est contenté de laisser un message à Peric, lui disant de prendre les rênes en son absence.

Il s'est arrêté au bout de la route goudronnée que prolonge un chemin de terre menant au monastère. Sans quitter la Jeep, il a pris les jumelles et cherche dans les environs un endroit où il pourrait laisser la voiture et continuer à pied pour ne pas se faire remarquer.

Vladimir range les jumelles dans le sac et met le contact, mais sur le point de reprendre la route il se ravise et, laissant ronronner le moteur, il sort de la voiture.

Avant toute chose, il veut prendre ces quelques minutes pour lui, quelques instants à lui seul, une liberté devenue un bien précieux et rare. Contempler ce que cette nature lui offre sans réserve. Elle n'est pas généreuse, non, ce serait lui prêter des intentions, elle *est* tout simplement. Et l'homme, qui la pense inépuisable, se sert avec cupidité dans cette richesse dont la perfection demeure un mystère. Quelle force supérieure, quelles divinités en ont fait ce qu'elle est ? Quel esprit démoniaque ou joueur y a introduit l'espèce humaine ?

Telles sont les pensées de Vladimir. Telles ont toujours été ses pensées, depuis qu'il est en âge de réfléchir et de raisonner. Il a été un enfant différent, précoce, l'esprit en permanence heurté, tourmenté par le pourquoi de la vie et de la mort, la raison d'être de l'univers, cet infini qui nous englobe et dans lequel l'humanité n'est grande et ne compte qu'à ses propres yeux.

Fermant les siens, Vladimir remplit ses poumons de cet air, loin de toute pollution urbaine et sa tête de ce silence chargé de crépitements, de bruissements de feuilles et de ruisseaux, de chants d'oiseaux, de grincements de branches, de frôlements, de hululements nocturnes. Une symphonie, parfaitement orchestrée, où chaque instrument et chaque voix tiennent leur place. Depuis quand n'a-t-il pas eu un moment à lui, comme ça, de vacuité totale… Même au bord du lac, lorsqu'il jouait à faire des ricochets, il était malgré tout dans l'attente de quelque chose. Que « l'autre » réapparaisse dans le miroir.

Ces instants durant lesquels il se sent seul au monde, une solitude enveloppante, sont de l'or, mais il ne jouera pas les prolongations. Après un dernier regard à l'horizon montagneux d'où émerge un soleil ennuagé de roses et de mauves, il remonte en voiture et redémarre, prenant le sentier de gauche qui contourne le monastère.

Plus il avance en direction de Temska, plus l'horizon ondule en crêtes et monts plus ou moins arrondis, matelassé de conifères et de prairies. Et plus son malaise grandit de façon inexplicable.

Cette montagne… il la sent comme une force monstrueuse, prête à l'écraser. Une demi-heure plus tard, après avoir déposé la Jeep à l'abri d'un rocher, sous le soleil frais dont la douce lumière à peine rosée éclaire le versant le plus sauvage, l'ingénieur en chef, équipé de son sac à dos et de deux bâtons de marche, commence l'ascension vers le monastère, sur la rive gauche de la Temstica, née de ruisseaux qui s'écoulent de la Vieille Montagne.

Même si le sentier n'est pas trop raide à cet endroit, il grimpe sans en avoir l'air et Vladimir est obligé de s'aider de ses bâtons de randonnée. Avant de partir, il a téléchargé un plan récent du monastère qu'il a imprimé. Il va, dans un premier temps, examiner les environs et observer de loin aux jumelles, depuis un observatoire naturel qu'il a repéré sur les hauteurs. De là, il pourra voir les allées et venues dans l'enceinte de l'institut et du sanatorium. Il sent que la clef de la disparition des moines se trouve ici, sur cette montagne. Mais ont-ils disparu de leur propre gré ou les a-t-on fait disparaître et à quelle fin dans les deux cas ?

Lorsqu'il parvient au point d'observation, environ une heure s'est écoulée. Il pose son sac et commence à déballer ce dont il a besoin. Jumelles, appareil photo et objectif, thermos de café, viande séchée et sandwich avec une bière et une flasque de slivovitz. De quoi tenir un jour, deux, maximum. Il ne veut pas s'absenter davantage de la centrale et laisser la main à Peric trop longtemps.

La sonnerie de son portable retentit dans sa poche alors qu'il se sert un peu de café encore fumant dans le bouchon du thermos. Voyant s'afficher le numéro du chef de la milice, il règle l'appareil sur silencieux sans répondre.

L'officier lui a dit qu'il enverrait quelqu'un ou irait lui-même à l'institut psychiatrique. S'il apprend que Vladimir s'y intéresse aussi et qu'il l'a même devancé, il risque de lui demander des comptes.

Une fois que les sonneries ont cessé, une notification lui signale un message qu'il écoute aussitôt. Il blêmit en entendant la fin.

« On tient le meurtrier, dit le milicien. Mes hommes, qu'il a attaqués au fusil, ont dû le neutraliser et il est mort, mais les vêtements de la victime, Tanja Horvat, ont été retrouvés dans la caverne où il vivait avec son père, un certain Djol, ainsi qu'un repaire de protées, l'espèce de salamandre retrouvée dans l'intimité de la victime. Un élément qui ne laisse plus aucun doute. Des comparaisons d'empreintes et prélèvements ADN vont être pratiqués à Nis. Vos amis, l'hydrogéologue Jan Kostadinovic et Marija Pavlovic, qui se trouvaient avec eux, sont arrivés à Pirot avec mon équipe et vont être interrogés. Je ne pense pas qu'il soit nécessaire de les mettre en garde à vue. Rappelez-moi au plus vite. »

— Merde…

La nouvelle soulage Vladimir autant qu'elle le rend fébrile. Qu'ils aient le coupable est une bonne chose, ce qui va les tenir occupés un moment et ils ajourneront peut-être leur visite au monastère, en revanche, que la mission de Kosta et Marija soit suspendue ne l'arrange pas du tout.

S'il était en possession des vêtements de Tanja alors c'est forcément lui son meurtrier, se dit Vladimir, un sourire glissant sur ses lèvres. Le fils de Djol… Lui qui se serait également introduit dans la salle des turbines.

L'ingénieur prend son couteau et passe la lame sur son pouce. Aussitôt le sang afflue de la fine coupure qu'il se met à lécher. Elle est assez affûtée pour attaquer le morceau de viande séchée. Il en coupe quelques fines tranches qu'il mange avec un peu de fromage. Autour de lui la nature foisonne. Odeurs enivrantes de terre, de feuilles humides, d'herbes aromatiques qui lui montent à la tête.

De sa main libre, il en prend une poignée à pleine main et l'effrite entre ses doigts, puis s'en badigeonne le visage, camouflage de combattant à l'affût. Ancien vestige d'attentes interminables dans la boue glacée. Sa peau respirait jusqu'aux os cette terre imbibée du sang de ses camarades et des siens, pendant la guerre. Elle respirait la terre et la mort.

Le visage barbouillé d'humus, il attendait, comme aujourd'hui, immobile depuis son poste d'observation, l'arrivée de chars ou de véhicules blindés ennemis sur lesquels il tirait au bazooka. À d'autres moments c'était à la mitrailleuse sur des hommes. Son premier mort avait été un Croate, un peu plus jeune que lui. Au risque de se prendre une balle, il avait couru jusqu'au corps pour le mettre à l'abri. Un des soldats de son bataillon l'a vu faire et s'est précipité pour le ramener dans leurs rangs et à la raison. Quelques minutes plus tard, il a vomi tout le contenu de son estomac. Au deuxième mort, il n'a plus vomi et après, il n'a plus compté.

Ce masque de guerrier, il l'a porté durant trois ans. Jusqu'à ce qu'il saute sur cette mine qui lui a défoncé la poitrine. Il s'est vu projeté en l'air, sans penser que c'était lui, cette marionnette sanglante qui retombait inerte dans le cratère formé par l'explosion. Trois semaines de coma. Trois semaines de trou noir suivies d'images de toute cette folie qu'il avait côtoyée, ces horreurs dont il avait lui-même été acteur. Tuer, couper des mains, des têtes, mitrailler, tirer sur des fuyards, violer des femmes, des vierges, des fillettes, le plus souvent sans savoir si c'était celles de l'adversaire. Ce n'est pas lui qui avait fait ça. C'était un autre homme, un autre Vladimir, un meurtrier malgré lui. Jeune, bien trop jeune pour goûter au sang versé, en avoir le visage moucheté, le sentir dans sa bouche, sur sa langue et, parfois, aimer ça.

À son cou, contre son sein sur lequel vient mourir la cicatrice, une croix en bois. Après s'être rétabli, il s'était réfugié dans la foi, bien que la question qu'un Dieu puisse permettre que des frères s'entre-tuent restât en suspens. Toutes ces années d'après-guerre ne furent qu'une longue rédemption. Un lent retour à la vie. Une vie sans cauchemars, mais aux relents nauséabonds de charogne, de corps entassés pourrissant dans les charniers, une vie aux relents de mort.

Lui aussi était un miraculé. Un miraculé de la barbarie des hommes. Et des tortures infligées par un officier ennemi, un type réputé pour être un fou sanguinaire, qui l'avait laissé pour mort dans la neige, six mois avant de sauter sur la mine. Un moine l'avait sauvé en le portant jusqu'à son monastère épargné par les rafales de mitrailleuses et les bombardements. Un peu plus tard, le même officier avait massacré les moines de ce monastère orthodoxe bâti au bord d'un lac dans la région du Kosovo, leur coupant les trois doigts de la main gauche avec lesquels se signaient les religieux orthodoxes. C'était l'une des raisons pour lesquelles la disparition des moines de Temska faisait écho en lui. Un écho si douloureux.

La viande et le fromage avalés, Vladimir prend les jumelles qui pendent à son cou et fait le point sur l'ancien monastère.

À imaginer Tanja et Colic ensemble, l'ingénieur en chef a un haut-le-cœur. Ou alors ce qui les liait n'avait rien à voir avec une liaison amoureuse et Vladimir doit en connaître la vérité.

Les bâtiments d'origine se dessinent dans le cercle de ses jumelles. Il a une vue précise de chaque fenêtre, protégée par des barreaux. Alors qu'il balaie le tout, s'arrêtant sur une porte qui s'ouvre, sur le parc où errent quelques patients à l'air de zombie, un détail interpelle Vladimir. Le même qui a frappé Kosta en arrivant à l'institut. Sur les photos du monastère qu'il a regardées encore récemment, la petite église était en pierres dorées, or à la même place, se trouve aussi une église, reconnaissable à la croix. Seulement aujourd'hui, c'est un édifice blanc tout neuf et plutôt moderne, dont les battants de l'entrée principale sont grands ouverts. Les jumelles, assez puissantes pour voir même à l'intérieur, une fois réglées, lui révèlent l'impensable. Là, sur les bancs de l'église, serrés en rangs de cinq, de dos, la capuche rabattue sur le visage, ils sont en train de prier. Vladimir en est certain. Ce sont eux, ce sont les moines de Temska.

30

Encadrés par les miliciens armés, Djol, Kosta et Marija sont redescendus jusqu'aux véhicules garés près de leur Land dans lequel seul Kosta est monté tandis que Djol et la journaliste faisaient la route jusqu'à Pirot dans les voitures de la milice. Une fois l'interrogatoire terminé, Kosta et Marija, considérés comme témoins, pourraient repartir avec leur voiture. Djol, le père du principal suspect, devrait être interrogé plus longtemps, son fils n'étant plus en mesure de parler.

Quand Kosta et Marija ressortent, vidés, après avoir récupéré le sac à dos et les portables, il est presque seize heures. Ils n'ont pas revu Djol. La route du retour à la centrale se fait dans un silence pesant, chacun revisitant les événements de la journée dans leur sombre chronologie et Kosta ne cessant de penser au vieux Djol privé de sa liberté.

Arrivés sur le site, cherchant Vladimir, ils apprennent par Peric que tout le personnel est en grève et que l'ingénieur en chef est parti le matin, très tôt, sans dire où. Ils rentrent alors chez leur ami qui leur a donné le double des clefs.

— Bizarre, où il a pu partir ? dit Marija une fois qu'ils se retrouvent au salon autour d'une bière après une douche chaude. Il ne t'a pas laissé de message ?

— Non. Il est peut-être parti voir sa femme à Nis. Je l'appellerai sur son portable pour le tenir au courant.

Pour le moment, Jan ne veut pas parler à la journaliste de l'intention de Vladimir d'enquêter sur la disparition des moines de Temska en se rendant au monastère.

S'il n'est pas revenu d'ici ce soir, Kosta se mettra à sa recherche en trouvant un prétexte à servir à Marija. Ce qui le préoccupe à cet instant est comment va réagir Djol à l'enfermement loin de sa montagne qu'il n'a jamais quittée.

— J'espère qu'ils ne vont pas le garder trop longtemps, il ne va pas le supporter, dit Kosta d'un air sombre, promenant l'index sur le pourtour de son verre.

Dès leur arrivée, il a pris un cachet d'antalgique et sa douleur dans les côtes se calme un peu.

— Tu crois qu'ils risquent de le garder ? C'est Sacha qui est présumé coupable, pas lui.

— Ils peuvent l'accuser de complicité. Djol vivait avec lui dans ce trou à ours. Ils vont dire qu'il savait, pour les fringues de Tanja et les protées.

— Qu'en penses-tu, toi ?

— De quoi ?

— Djol a-t-il pu…

— Marija, comme toi, je n'en sais rien. Tout ce que je sais c'est que ce malade nous a poursuivis en obéissant à son père et t'a enlevée après nous avoir retrouvés. Et même si Djol m'a dit ensuite que c'était pour nous protéger…

— Nous protéger de quoi ? s'écrie la journaliste.

— Il dit que la Dent est hantée. Qu'il y a une présence démoniaque dans cette montagne et qu'elle descend jusqu'au lac.

— Et tu y crois ?

— Je n'ai pas dit ça. Mon esprit scientifique me l'interdit, mais je ne méprise pas pour autant les croyances ancrées depuis des siècles. Elles ont leurs raisons d'être. C'est une façon d'expliquer ce sur quoi la science bute encore. Peut-être que Djol se sert de ça pour justifier l'ordre qu'il a donné à son fils de nous rattraper. D'après lui, il ne voulait pas me perdre encore une fois. En tout cas, le mystère de Roméo et Julien est résolu.

Avant de poursuivre et de raconter à Marija ce qui est arrivé aux deux types du canyon, Kosta allume une cigarette et recrache la fumée sur le côté. Une fois qu'il a fini il se tait, aspire une dernière bouffée et écrase le mégot dans le cendrier. Marija reste quelques instants sans parler.

— Le patriarche Kostadinovic n'était pas un tendre… Plutôt violent, même. Tu l'as dit aux flics tout ça ?

— Pourquoi leur dire ? J'aurais été obligé de leur donner ma source et ça aurait causé encore plus de tort à Djol qui a assisté à la scène. Les flics penseraient qu'il a été là aussi complice.

— Avoue que ce sont quand même plusieurs coïncidences. Chaque fois qu'un meurtre a été commis dans le coin, Djol se retrouve soit dans les parages, soit à connaître les coupables.

La sonnerie stridente du téléphone fixe interrompt la discussion. Kosta et Marija se regardent sans se lever, puis les sonneries se succédant, Kosta finit par se décider à aller répondre.

— Allô ? Non, c'est Jan Kosta, un ami de Vlad. Salut Sladjana, il m'a parlé de toi quand il est venu à Dubaï… ah, tu n'as pas su… OK. Non, il n'est pas là, il a dû s'absenter. Entendu, je lui dirai. Ciao.

Kosta revient vers le canapé où il se laisse tomber.

— Putain le con…, souffle-t-il en secouant la tête.

— Qu'est-ce qu'il y a ?

— C'était sa femme. Il n'est pas là-bas. Elle n'arrive pas à le joindre sur son portable et elle s'inquiète parce qu'il ne l'a pas appelée depuis deux jours. En plus il ne lui a pas dit qu'il est venu me chercher à Dubaï.

— Parce que tu lui dis tout, toi, à ta femme ?

Kosta lance à Marija un regard surpris. Cette fille l'étonne de plus en plus.

— Un voyage à l'étranger, je pense que je lui en aurais parlé.

— Ils fonctionnent peut-être autrement. Déjà, ils vivent à distance l'un de l'autre.

— Comme beaucoup de couples aujourd'hui. Et toi, madame la journaliste ? Tu fonctionnes comment dans ta vie de couple ?

— Encore faudrait-il que j'en aie une, répond Marija en plongeant ses yeux dans ceux de Kosta qui aussitôt sent une douce chaleur se répandre dans son ventre.

L'antalgique a dissipé la douleur dans les côtes, mais il continue de sentir une gêne. Ce qui ne l'empêche pas d'avoir envie de Marija. Pourtant, quelque chose le retient cette fois. Il sent qu'il pourrait vite tomber amoureux et ça n'aurait pas de sens de prolonger un rapport charnel tout aussi condamné que leur relation, alors qu'il doit repartir à Dubaï retrouver Jasna et Fjona.

— Ça me fait penser que moi j'en ai une, dit-il en se levant pour sortir, son portable à la main, et que je n'ai pas appelé ma femme depuis un petit moment.

Restée seule, Marija tapote rêveusement son verre à moitié plein où des restes de mousse s'accrochent encore aux parois. Cet homme la remue, c'est certain et elle pourrait même l'aimer, mais les types mariés, elle a déjà donné, pense-t-elle avec un agacement croissant.

Profitant de ces quelques instants seule, elle récupère son portable en train de charger sur la table et, pour la première fois depuis sa chute dans la crevasse, elle regarde les messages reçus. Au moins une vingtaine de l'autre. Il ne lâche pas, se dit-elle, décidée à ne pas répondre. Un à un, elle les efface.

Quand Kosta revient, Marija est presque assoupie sur le canapé. Il a parlé avec Jasna quelques minutes, puis il a tenté de joindre Vladimir sans succès. Il est tombé directement sur sa messagerie.

— Tu as eu des nouvelles de Fjona ? Comment va-t-elle ? demande Marija qui vient d'ouvrir les yeux.

— Ça va. Elle demande quand je rentre.

— C'est normal.

— Sauf que je ne sais pas, là.

Marija se redresse tout à coup sur le canapé.

— Sacha… le fils de Djol, dit-elle.

— Eh bien ?

— C'est bizarre, mais au fond il m'a donné l'impression d'être plutôt inoffensif. Quelque chose ne colle pas avec les meurtres, Kosta.

— Je crois plutôt que tu as eu de la chance. C'était une accalmie, ou une façon de te mettre en confiance.

— Il n'avait pas besoin de ça pour me soumettre. Sa force lui aurait suffi. Il n'était pas obligé de me ramener dans sa caverne. Comme avec Tanja, si c'était lui, il aurait pu m'égorger en pleine nature. Au lieu de ça, une fois dans son refuge, il s'est calmé et m'a demandé si ça allait. C'était… presque un autre. Il a même fait une fixation sur mes cheveux. Plutôt sur leur couleur. La blondeur paraissait l'obséder et le dérouter.

— C'est sûr que ça contrastait avec ses cheveux et ceux de Djol. Il n'a pas dû voir beaucoup de blondes, à part toi et la pauvre Tanja… Dire que tu aurais pu finir comme elle…

— Attends…

Marija se lève et va fouiller dans une des poches de sa doudoune d'où elle sort la photo que Sacha lui a montrée juste avant l'irruption fatale de la milice.

— Quand je lui ai dit que j'étais brune en réalité et que les enfants qui sont blonds foncent souvent une fois adultes, il est allé chercher une besace et a pris cette photo dedans qu'il m'a tendue avec un drôle d'air.

Quand il voit le petit garçon aux cheveux dorés et frisés de la photo lui sourire, Kosta devient livide.

— Qu'est-ce qui t'arrive ? s'inquiète Marija.

— Ce gamin… c'est moi.

31

Libre.

Djol est libre au bout de cinq heures d'interrogatoire. Il n'a rien dit de plus. Il a élevé son fils seul, de son mieux, et n'est pas responsable de ses actes.

— Les nuages noirs se sont amoncelés dans sa tête et il est devenu différent, a-t-il souligné au cours de la garde à vue.

— Comment, différent ?

— Différent, c'est tout. Il partait seul dans la montagne ou nager dans le lac. Il adorait l'eau. Ça en fait un meurtrier ?

— Et les vêtements de la victime retrouvés dans votre refuge ? Et les salamandres ? Vous habitiez là tous les deux et c'est un de ces protées que le meurtrier a laissé dans l'intimité de la victime, comme la marque d'un viol. Et les empreintes sur les lieux des crimes ? Vous marchiez pieds nus. Ça peut aussi bien être toi. Ou vous deux.

— Mais ça ne l'est pas.

— Comment peux-tu l'affirmer alors que tout prouve le contraire ! Et cette femme qu'il retenait contre son gré, c'est quoi, hein ?

Question excédée accompagnée d'une claque sur la tête de Djol dont le nez a failli toucher la table à laquelle il était attaché.

— Sacha n'aurait pas fait de mal à une mouche, il était trop simple. Et des protées, on peut en trouver dans d'autres cavités de cette montagne.

— Ah, pour faire du mal, il faut être futé ? Peut-être que c'est toi, en fait, tu sembles l'être un peu plus. Et le fusil qu'il a braqué sur mes hommes, c'était un jouet ?

— Il chassait.

— Donc il faisait du mal à plus gros qu'une mouche, hein ?

— C'était pour se nourrir. J'aurais voulu qu'il soit végétarien, comme son père.

— Jan Kostadinovic prétend que c'est toi qui l'as sauvé de la mort après la catastrophe de Zavoï et qui l'as aidé à retrouver ses grands-parents maternels. Il dit qu'il te doit beaucoup.

— Il ne me doit rien. C'est moi qui lui suis reconnaissant.

— Toi ?

— Oui. De m'avoir fait ressentir de l'attachement pour un enfant pour la première fois de ma vie. J'étais sans famille, je ne savais pas ce que c'était.

— Pourquoi tu lui as dit que Babin Zub est hantée ? Tu fais courir ce bruit pour que personne ne s'y aventure et être tranquille, ou pour donner une explication aux meurtres ?

— C'est devenu dangereux. Les moines de Temska ont disparu, on ne les a jamais retrouvés. Ça ne peut être que l'œuvre du diable, ou de revenants.

— Et tu les as vus, le diable et les revenants ?

— Non, heureusement ! s'est écrié Djol avec un tremblement. Je ne serais pas là, à vous en parler.

— Et si c'était ton fils ou toi, ce diable ?

— Ne dis pas ça, a murmuré le vieux en se signant trois fois.

— Depuis quand ce serait *hanté* ?

— Bien après que Zavoï a été englouti. Quand ils ont asséché le lac pour le barrage. Ce sont ses morts qui reviennent se venger.

— De quoi ?

— Tu vois bien qu'il déraille… a glissé son adjoint au chef de la milice.

— Les moines sont la figure de Dieu et il a laissé faire. Alors ils se sont vengés, d'abord sur eux.

— Ben voyons ! Affaire de Temska classée ! Et pour les meurtres à la centrale, c'est pareil. Finalement, pas besoin de milice ni d'enquête. Tout est clair comme de l'eau de source.

— On a rien contre lui, tu vois bien, insiste l'adjoint.

— Eh bien, moi, je dis que si. Qu'il ait enfanté un monstre, c'est déjà une grosse charge contre lui. On est quand même responsable de nos enfants, non ? Tu laisserais tes gamins devenir des meurtriers ? Le mien, il touche un jour à quelqu'un, je le tue de mes propres mains.

Au bout d'une dizaine de questions supplémentaires, le chef de la milice a bien été obligé de se rendre à l'évidence. Ils n'avaient aucune preuve contre Djol, à part les vêtements de Tanja et la présence de protées dans la grotte. Seules les empreintes pourraient le confondre. Or, après comparaison, celles de Djol ne correspondaient pas et il n'avait aucun ongle arraché. Il n'y avait plus qu'à vérifier tout ça sur le fils, acheminé vers l'institut médico-légal de Nis pour des investigations plus approfondies.

— Prends une bonne douche, conseil d'ami ! lui a crié l'adjoint avant de le laisser partir.

Quand Djol a été libéré, la nuit était déjà tombée. Il n'a pas pu se recueillir sur la dépouille de son fils. On lui a juste remis dans un sachet une petite chaîne avec un pendentif que Sacha portait.

— Tu veux que je te dépose quelque part ? lui a proposé un gardien du poste, qui rentrait chez lui en voyant ce vieil homme appuyé sur un long bâton de berger, hagard, marchant au bord de la route dans la nuit au risque de se faire heurter par une voiture.

— Je vais peut-être trop loin pour toi.

— Où tu vas ?

— Au barrage du lac.

— La centrale ? À cette heure ?

— J'ai quelqu'un à voir.

— Allez, c'est bon, je t'emmène, grand-père.

Djol est donc monté avec l'homme qui l'a déposé devant les bâtiments à peine éclairés par un quartier de lune descendante où il attend depuis une demi-heure qu'il y ait âme qui vive pour l'orienter.

Par chance, un employé allant récupérer un paquet de cigarettes dans sa voiture l'aperçoit, immobile avec son bâton dans son grand manteau qui se fond dans l'obscurité.

— Hé toi, qu'est-ce que tu fiches ici ? T'attends le déluge ? Va-t'en, c'est un site privé. Tu entends, va mendier ailleurs ou c'est moi qui te dégage !

— Je ne mendie rien. Je voudrais voir Jan.

— Qui ça ?

— Jan Kosta. Il est venu ici pour un travail.

— Ah, l'hydrogéologue… Qu'est-ce que tu lui veux ?

— Dis-lui que Djol l'attend pour lui parler.

L'employé, passablement ivre, lui lance un regard suspicieux.

— Djol ?

— Merci.

— Je te promets rien. T'en veux une ? demande-t-il en sortant une cigarette que Djol décline.

Dix minutes plus tard, une porte s'ouvre en bas d'un des bâtiments et Kosta sort, vêtu d'une doudoune, une casquette sur la tête.

— Ils t'ont relâché ! Qu'est-ce que tu fais ici ? demande-t-il à Djol quand il arrive à sa hauteur.

Le vieil homme remarque sa pâleur.

— À cause de moi tu n'as pas pu terminer ton travail à la source. Je veux t'aider. Mais tu dois venir avec moi.

— Pas maintenant, il fait nuit ! Viens, rentrons au chaud. On va dormir et on partira au petit matin. Je dois récupérer un peu et toi aussi.

Kosta fait mine de retourner à l'intérieur, mais Djol l'arrête.

— Je n'ai jamais dormi entre quatre murs. Je t'attendrai au bord du lac.

— Et ton cabanon ? Et la petite maison où tu as vécu avec ta femme et ton fils ?

— Ce n'est pas pareil. Je les ai construits de mes propres mains.

— Non, reste ici, il fait trop froid. Au bord du lac, c'est très humide. Et ça peut être dangereux pour toi aussi, si ton fils n'est pas le meurtrier et que celui-ci rôde encore.

— Merci. Merci de lui donner cette chance.

— Ce sera à l'enquête de le confirmer, pas à nous. Viens. Je t'en conjure, Djol.

— Alors d'accord, fiston. Mais c'est pour toi que j'accepte et je dormirai sur une chaise.

Après un signe de tête entendu, ils pénètrent dans le bâtiment et montent à l'appartement de Vladimir.

— Regarde qui voilà, Marija !

— Heureuse pour lui, dit la jeune femme, légèrement grisée par sa troisième bière.

Ils en ont eu tous deux besoin, après les épreuves de cette journée assombrie.

Alors qu'il s'assied, le regard de Djol s'arrête sur la photo de Kosta enfant restée sur la table.

— C'est ton fils qui l'a sortie d'une sacoche pour me la montrer comme s'il s'agissait de lui, s'empresse de dire Marija, et après… je l'ai gardée. Mais prends-la, elle est à toi.

— Oui, Djol, elle a raison, prends-la. Seulement… pourquoi Sacha croyait-il que c'était lui ? Et d'où la tiens-tu ?

— Il avait ses lubies, ses obsessions. Ça devait en faire partie. Il l'a sans doute trouvée dans mes affaires. Ce sont tes grands-parents qui me l'ont donnée pour me remercier. Ils en avaient quelques-unes que ta mère leur avait envoyées de leurs petits-enfants. C'est une photo de toi avant la tragédie. Si tu veux la garder…

— C'est bon, elle est à toi. Mais… ton fils… petit, il pouvait ressembler à ce portrait ?

— Il était blond comme les blés, comme toi. Après

il a très vite foncé. Ses cheveux et ses poils sont devenus noirs et drus. Toi, on ne peut pas voir, tu as le crâne rasé.

— Les miens sont plutôt grisonnants, maintenant. Je te sers une bière ?

— Un thé, si tu as. Nous sommes chez qui ?

— Chez un vieil ami, Vladimir Krstic, l'ingénieur en chef de la centrale, bras droit du directeur. C'est lui qui m'a envoyé faire les prélèvements.

— Et il n'est pas là ?

— Il a dû s'absenter.

Kosta essaie de cacher son inquiétude à ce sujet. Sladjana a rappelé sur le fixe et il n'a pas pu la rassurer. « S'il n'est toujours pas rentré dans la nuit, appelle la milice à la première heure, s'il te plaît », lui a-t-elle dit.

— Il y a un peu plus d'un an, un type est venu me trouver, commence Djol, me disant qu'il avait entendu parler de mes dons de guérisseur et de ma connaissance solide des plantes. Il m'a demandé s'il poussait sur Babin Zub des plantes comme le datura, la belladone ou la mandragore. Ce sont toutes des plantes hallucinogènes. Mais il y a surtout de la belladone à l'état naturel. J'avais réussi à avoir quelques graines de datura et j'en cultivais. Il m'a acheté ces plantes. Il a aussi voulu savoir où était la source, mais j'ai refusé de le lui dire.

— Des plantes qui peuvent provoquer des hallucinations poussent dans les montagnes ? demande Kosta aussitôt en alerte. Ce type, tu as son nom ?

— C'était Colic, oui c'est ça, Zlatko Colic, un médecin pour le cerveau.

32

« PUTE DU DIABLE ». Ce sont les mots tracés en lettres dégoulinantes et capitales suivis d'un pentagramme et d'un svastika sur l'un des murs du salon du deux-pièces de fonction de Tanja. Peric tombe dessus en entrant chez elle vers huit heures récupérer les effets personnels qui ont échappé à la perquisition, à la demande du frère de l'employée.

— Bordel… c'est quoi, ça ?

Sans réfléchir, il fonce vers le mur et, le poing fermé, tente de nettoyer l'inscription. Mais les lettres résistent, déjà sèches depuis un moment. Prenant son portable, Peric essaie de joindre Vladimir et bascule tout de suite sur la messagerie.

— Où il est passé ce con, putain…

En l'absence de direction, la gestion de la centrale lui revient. Ce n'est pas ce qui lui fait peur. Ignorant encore que le présumé meurtrier a été identifié, et qu'il est mort, il frémit à l'idée que le tueur se soit introduit chez Tanja après son crime avec l'intention de la salir ou montrer, dans un geste de défi, qu'il peut entrer où bon lui semble et à n'importe quel moment. Le chef de la milice locale arrive sur les lieux avec quatre hommes environ une heure après l'appel de Peric.

— Les analyses le confirmeront, mais ces lettres ont été tracées avec du sang, constate le milicien qui, devant Peric, examine de près le tag sur le mur. En espérant que ce ne soit pas du sang humain. Si c'est le cas, ça ne pourrait pas être celui de Tanja Horvat, pour la simple raison que si le tueur en avait prélevé et l'avait conservé, il aurait coagulé entre-temps. D'autre part, notre coupable a été découvert dans la montagne et neutralisé. Il est mort. Alors c'est forcément quelqu'un d'autre, qui a peut-être des comptes à régler avec la victime.

— Quelqu'un d'autre? Vous avez retrouvé le meurtrier? Et les preuves, vous en avez? demande Peric tout de go. Parce qu'à mon avis, votre tueur, c'est pas le bon, et le vrai court toujours. Ces putains de lettres qui bavent sur le mur, c'est bien la preuve!

Le géant tremble presque en criant ces derniers mots.

— Tu vas te calmer, mon gars, sortir prendre l'air et nous laisser faire notre travail, intervient l'adjoint, un type athlétique aux cheveux blond autrichien et ras, en uniforme. Si on te dit qu'on a eu le tueur, c'est que c'est vrai. Là, c'est sans doute autre chose. T'inquiète, on va tous vous interroger sous peu, alors dis à tes collègues de rappliquer par ici et de se tenir prêts. Il y a un peu trop de faits qui se concentrent ici depuis quelque temps.

C'est un Peric hors de lui, faisant les cent pas dehors, une cigarette à la main, que Marija aperçoit par la fenêtre alors qu'elle boit un café. Elle est seule chez Vladimir, Kosta et Djol sont partis aux premières lueurs du jour, le temps pour l'hydrogéologue de récupérer du matériel supplémentaire, qu'il a rangé dans le coffre du Land. Marija a préféré qu'ils partent sans elle, au cas où Vladimir reviendrait.

— Le chef de la milice lui a laissé un message pour l'informer de la découverte du meurtrier de Tanja et de la mort de celui-ci, a précisé Kosta avant de partir.

— Penses-tu qu'il y ait lieu de s'inquiéter pour Vlad ?

— C'est surtout sa femme qu'il faut rassurer.

Et en effet, une heure après le départ de Kosta et Djol pour la source, le téléphone s'est remis à sonner, mais Marija, encore épuisée, devinant que c'était sans doute Sladjana qui rappelait pour avoir des nouvelles de son mari, n'a pas eu le courage de décrocher.

Lorsqu'elle voit les voitures bleues de la milice garées devant le bâtiment des logements de fonction du personnel, la journaliste comprend qu'il s'est passé quelque chose.

Sautant dans ses vêtements, elle rejoint Peric dehors pour essayer d'obtenir quelques informations. Pour toute réponse, le géant sort son smartphone et lui montre la photo qu'il a prise de l'inscription.

— Quelqu'un lui en veut vraiment, on dirait ! s'exclame Marija en remontant le col de sa parka.

Un halo blanc sort de sa bouche. Il fait froid, ce matin. Plus froid que la veille et une couche de nuages empêche le soleil de réchauffer l'atmosphère.

— Ils disent qu'ils ont eu le tueur… Conneries ! gronde Peric. La preuve ! En plus il vient nous narguer chez elle !

— Tanja avait des ennemis ici ? questionne Marija.

— À part ceux qui auraient voulu la sauter et qu'elle a repoussés, pas spécialement.

— Ça peut suffire. Un mâle à l'orgueil blessé serait capable d'un tel geste. Sans être le tueur pour autant.

— Écrire avec du sang, ça va un peu loin dans l'orgueil, je trouve, réplique Peric à coups de postillons.

— C'est vrai, convient la journaliste. Alors, il y a autre chose. Il faut qu'ils fouillent dans son passé. La présence de ce svastika n'est pas anodine.

— Mais non, avec le pentagramme, c'est juste pour intimider ! Je la connaissais, Tanja, lâche le géant. C'était une chic fille ! Elle ne méritait pas de finir de cette façon et, comme si ça ne suffisait pas, l'ordure en a rajouté une couche…

— Rien ne prouve que c'est le même. Tiens-moi au courant, je remonte, il fait trop froid. Et si tu peux m'envoyer la photo… lance-t-elle au géant en lui donnant son adresse mail.

— Pour illustrer l'article que tu publieras dans ton torche-cul, compte pas sur moi.

Sans qu'il puisse voir son geste, Marija, qui lui a déjà tourné le dos, porte son majeur à sa bouche pour le sucer et le tient dressé devant elle en doigt d'honneur.

Dans l'escalier, elle entend sonner le téléphone fixe. Ce qu'elles peuvent être emmerdeuses, les femmes, quand elles s'y mettent, pense-t-elle, devinant que c'est encore Sladjana.

Quand elle entre, la sonnerie a cessé. En revanche, l'écran de son smartphone affiche toujours les mêmes inepties : « Tu me manques, mon amour », « Réponds-moi, je t'en supplie », « J'ai été un vrai con, mais je te jure que j'ai changé » « Donne-nous une seconde chance»... Connard, ce n'est pas une seconde chance, c'est une dixième, une énième et, à force, ça s'épuise et moi aussi, crache-t-elle en même temps qu'elle efface les SMS avant de se refaire un café.

Ces meurtres, la profanation du domicile de la victime et le présumé tueur mort, feraient un beau scoop pour le journal, se dit-elle au-dessus de la cuisinière, attendant que l'eau sucrée frémisse pour y plonger deux cuillers de café moulu, aussi fin que la poudre d'argile. Seulement elle ne peut pas faire ça à Kosta, profiter de la situation alors qu'elle s'est embarquée avec lui sur un autre sujet. En même temps, il a retrouvé le gardien de la source, donc mission accomplie, et maintenant, rien ne l'empêche de travailler un peu pour elle.

Alors qu'elle revient au salon avec une tasse remplie de café turc fumant, son regard bute sur un objet qu'elle avait déjà vu sans vraiment y prêter attention. Un coffre en bois foncé, dont les ornements évoquent le mobilier liturgique, sur lequel elle s'est même assise une fois.

Curieuse d'en découvrir l'intérieur, sans penser qu'il contient forcément des affaires personnelles et donc que c'est indiscret de regarder, Marija se met à genoux et soulève le couvercle. Une odeur de vieux bois et d'encens d'église se répand aussitôt. Dedans, quelque chose est soigneusement emballé dans un drap en lin.

Après une hésitation, sachant que si Vladimir arrive à cet instant, elle mourra de honte mais que c'est plus fort qu'elle, Marija sort le paquet, qui s'avère assez lourd, et entreprend de le déballer.

Devant ce qui se révèle alors à ses yeux, elle étouffe un cri. Une robe de bure couleur chocolat à large capuche, bien pliée, et une corde servant sans doute de ceinture. Que fait une tenue de moine dans ce coffre ? se demande Marija, les sourcils froncés, formulant d'abord l'hypothèse d'un achat en brocante.

Au fond du coffre, elle voit une Bible et un livre avec, sur la couverture, la photo d'un monastère qu'elle reconnaît tout de suite à son architecture caractéristique et sa petite église en pierre claire. Le monastère de Temska.

Intriguée, elle prend le livre et commence à le feuilleter. Au texte, se mêlent des reproductions d'icônes, de fresques sur les murs de l'église, des illustrations en noir et blanc de moines en tenue semblable à celle-ci, aux manches retroussées, en train de travailler à la fabrication du fromage, ou bien s'occupant de ruches dont la production de miel était encore assurée.

Sur la dernière double page, une photo, couleur cette fois, montre, comme sur une photo de promotion, une trentaine de moines souriants pour la plupart, sauf un, à l'extrême droite, dont l'air grave et triste se détache nettement des autres. Peut-être serait-elle passée à côté de ce visage qui lui semble familier si elle n'avait pas lu les noms, sur la page en regard.

Un par un, jusqu'à ce qu'elle tombe, dans un frémissement, sur celui qui, sans appel, explique la présence ici de la tenue de moine, en même temps que rentre dans la pièce, méconnaissable, l'homme porteur de ce nom qu'elle lit avec stupeur : Vladimir Krstic.

33

Avant leur départ de la centrale vers 5 h 30, Djol a confié à Kosta que leur expédition à la source risquait d'être longue, il fallait compter une marche d'au moins trois heures, à condition de conduire le 4 × 4 jusqu'à l'endroit à partir duquel il n'est possible de progresser qu'à pied.

— La source mère, a précisé Djol devant la carte que Kosta avait dépliée, se trouve en réalité sur le mont Midžor, ici, et je pense que si tu veux avoir une chance de voir ce qui se passe vraiment avec l'eau, il faut remonter à elle. On en a pour la journée. Si on ne traîne pas, tu seras de retour ce soir.

— Six heures au total ou un peu plus… Tu penses que tu pourras marcher aussi longtemps ?

— Tu ne sais pas à qui tu parles, fiston. Tu risques de te fatiguer avant moi, avec tes côtes, a dit le vieil homme en lui lançant un clin d'œil malicieux.

Depuis la centrale, ils ont roulé jusqu'à la route qui mène au sentier du Midžor, en passant devant les deux seuls hôtels de la Stara Planina, presque au pied des pistes de Babin Zub et un gîte pour skieurs et randonneurs.

Après avoir laissé le Land à l'endroit indiqué par Djol, en une heure à peine, ils sont passés d'un monde à un autre.

Comme le vieil homme l'en avait averti, les trois premiers kilomètres ont été difficiles, surtout pour Kosta, chargé comme un mulet malgré ses douleurs costales. Mais le spectacle en valait la peine. L'objectif de cette marche n'empêche pas Jan d'admirer le panorama à couper le souffle qui s'ouvre devant eux. Dans un subtil jeu d'ombres et de lumières révélant tour à tour ses plats, ses creux et ses arrondis, la montagne se déroule par vagues d'un jaune vert à perte de vue, rappelant le relief doux et sauvage de Mongolie.

Ayant gagné en hauteur, les deux marcheurs ont maintenant à leurs pieds une mer verdoyante et ondulante où se déploient quelques troupeaux de vaches dans un récital de tintements de cloches et de beuglements.

En face d'eux, se dresse le Midžor et, juste derrière cette frontière naturelle, les montagnes de Bulgarie, vers lesquelles ils progressent sans ralentir. Djol imprime la cadence avec une énergie surprenante. À ce rythme, sa prédiction a des chances de se réaliser. Tout autour d'eux, comme pour célébrer le soleil qui les a vus éclore, commence la danse des papillons, fraîchement défroissés de leur chrysalide pour une vie aussi libre qu'éphémère.

Parmi les orangés, jaunes et noirs à taches dorées, une variété attire particulièrement l'attention de Kosta pour la couleur et les dessins de ses ailes, d'une élégance singulière. Sur la teinte crème et uniforme légèrement fumée en bordure, se détachent de petites mouchetures, des ocelles rouge vif et noir.

— C'est l'Apollon, dit Djol, un spécimen de plus en plus rare, protégé après avoir été décimé par convoitise.

— Pourquoi ? À cause de la particularité de ses motifs ?

— Oui, et de sa rareté, justement. Un Apollon, pour les collectionneurs, ça vaut entre trois mille et quatre mille euros pièce.

Un sifflement accueille cette information.

— Ça fait drôle d'avancer au milieu de milliers d'euros qui volettent autour de soi, sourit Kosta en hochant la tête d'un air admiratif.

— Un jour, on a retrouvé un cabanon dans la montagne, pas très loin d'ici, dont l'intérieur était tapissé de papillons épinglés sur des plaques de liège. Le type pensait avoir à faire à des Apollons, en fait, c'était une autre variété. Il se croyait à la tête d'une collection d'une valeur inestimable, mais il a déchanté et s'est pendu. Il y avait investi une bonne partie de sa vie. En attendant, il a capturé des milliers de papillons pour rien.

— Même s'il avait pris les vrais, ça aurait été pour rien, soupire Kosta en piquant son bâton de marche dans la terre ocre.

— Tes côtes, ça va, fiston ?

— Il faut que j'évite de tousser et encore plus d'éternuer…

— Alors, commence par ne pas fumer.

Peu à peu, leurs échanges s'espacent, laissant place au seul bruit de leur respiration, plus forte et profonde au fil de leur ascension et de leurs pas. Le sentier monte franchement, ils vont atteindre 1 700 mètres d'altitude, hauteur du sommet de la

Dent. Encore un demi-kilomètre à faire avant de gagner celui du Midžor où, selon Djol, se trouverait la source mère.

Un hennissement au loin leur fait relever la tête. Là-bas, sur une autre colline à portée de regard, un troupeau immense. Une mer de crins et de croupes tachetées et luisantes au soleil. Les chevaux sauvages du Midžor. Il y en a au moins une centaine. Le martèlement de leurs sabots dans l'herbe épaisse fait trembler la terre jusque sous les pieds de Kosta. Le spectacle est saisissant et fait rêver à de grandes échappées.

— Ils vont boire à la source, eux aussi, souffle Djol en levant sa canne doucement, pour ne pas les effrayer avec un geste brusque. Ils paissent à proximité, mais ça empêche l'herbe de pousser. Nous, c'est par là.

Du doigt, Djol indique sur la gauche, en direction du sommet, un sentier encore plus escarpé et plus étroit que celui par lequel ils sont arrivés. Ils laissent les chevaux brouter paisiblement, se déplaçant à la recherche d'une herbe plus haute, et commencent l'ascension des derniers mètres vers le point culminant.

Dans ces montagnes, les distances sont trompeuses et, alors qu'un point donné paraît atteignable en peu de temps, en réalité, la marche s'avère plus longue qu'on ne l'avait évaluée.

Ce n'est donc qu'au bout d'une trentaine de minutes au lieu des dix estimées par Kosta qu'ils parviennent enfin tout en haut. Le toit de la Serbie, comme le mentionnent fièrement les guides à leurs groupes. Même si, comparé aux sommets alpins, celui-ci est bien modeste, y grimper est une petite victoire. Et pouvoir affirmer, comme ceux qui laissent, dans une mallette noire au pied de la borne indiquant l'altitude, d'émouvantes traces de leur exploit, « je suis assis sur le toit de la Serbie, sur son plus haut sommet », est une fierté absolue.

Focalisé sur sa mission, Kosta ne s'attarde pas vraiment sur cette vue dont la beauté donne le vertige. À peine ont-ils récupéré leur souffle que Djol fait quelques pas vers une sorte d'excroissance dans la roche recouverte d'un duvet doré.

— Viens, dit-il à Kosta. Elle est là, la source mère du Midžor qui donne naissance aux sept sources filles, dont celle de Babin Zub.

— Et les six autres ?

— Elles s'écoulent quelque part sur d'autres montagnes en aval. À la surface et sous la terre. Elles font partie de la légende.

— Tu m'as conduit jusqu'ici, je te dois la vérité à mon tour. Si on m'a envoyé faire des prélèvements, c'est parce que l'eau potable à la centrale est peut-être responsable de problèmes de santé.

— Qu'est-ce qui te fait dire ça ?

— Ce n'est pas moi qui le dis, pas encore. C'est Vladimir. Il a fait huit heures d'avion pour venir m'en parler et me ramener avec lui. Apparemment, ceux qui vivent à la centrale auraient eu, il y a quelque temps, des comportements étranges.

— Quel genre de comportements ?

— Ce n'est pas très clair. Sautes d'humeur, agressivité, violence même. Un employé sujet à des hallucinations est parti de la centrale et n'est jamais revenu. Ils n'ont plus entendu parler de lui.

— Et tout ça viendrait de l'eau ? s'étonne Djol en tirant sur sa barbe d'un air dubitatif.

— C'est l'hypothèse avancée par Vladimir. Ayant déjà entendu parler de cas de contamination de l'eau potable par des agents chimiques en Nouvelle-Zélande, qui ont entraîné des comportements psychotiques, jusqu'au cannibalisme, je me dis que c'est possible.

— Mais ici, il n'y a pas ce type de contamination.

— Et les éleveurs ? Aujourd'hui, de plus en plus utilisent des engrais et des pesticides qui pénètrent dans les nappes phréatiques.

— Il n'y a pas d'élevage ni d'agriculture, ici, mon pauvre Jan. Dans la vallée, oui. Mais si, d'après ce que tu dis, c'est la source qui est contaminée, c'est forcément autre chose.

— Qu'est-ce qui pourrait polluer de l'eau naturellement bonne, à part des produits chimiques ?

— Les plantes dont je t'ai parlé, peut-être, ou encore des champignons, suggère Djol. C'est arrivé autrefois, à la source de Babin Zub. Bien avant l'épidémie de typhoïde qui a touché le monastère, le village de Zavoï et Temska ont été frappés par une drôle d'épidémie s'abattant sur presque toute la population du village et sur les moines. Des nourrissons sont même morts et les enfants ont été très malades, atteints d'une sorte d'apathie.

— Quels étaient les symptômes ?

— Des nausées, des douleurs à l'estomac, des convulsions et, dans certains cas des hallucinations. Les gens voyaient des choses et entendaient des voix. Ils déliraient.

— Et c'était à cause de l'eau ?

— La guérisseuse qu'ils ont fait descendre de la montagne où elle vivait en ermite – et qui, plus tard, m'a enseigné les vertus des plantes –, voyant tous ces gens souffrant du même mal au village et au monastère, a dit que c'était probablement l'eau de la source. Quand elle est allée vérifier, elle a découvert que des champignons poussant par bouquets baignaient dans cette eau. Principalement de l'Amanita muscaria, l'amanite tue-mouches, ce joli champignon à chapeau rouge tacheté de pois blancs, un des champignons hallucinogènes les plus répandus. Elle est aussitôt retournée à Zavoï puis à Temska et leur a dit d'arrêter de boire l'eau le temps de nettoyer la source. Ce qu'ils ont fait, en aménageant une borne par laquelle l'eau s'écoulerait, sans contact avec la végétation. Quand le glissement de terrain a entraîné le village, sans doute à cause de secousses sismiques, la borne a été emportée. J'ai retrouvé la source de Babin Zub plus tard et depuis, je veille dessus. Cette nouvelle histoire de contamination par son eau m'étonne donc. Elle n'est au contact ni de plantes ni de champignons et pourtant, les symptômes que tu me décris sont semblables à ceux qui ont touché Zavoï et le monastère.

— C'est bizarre.

— La voilà, si tu veux faire tes prélèvements, fiston, dit Djol, dont les mots sont couverts d'un chuintement familier.

Se retrouver devant la source mère qui s'échappe de la roche presque à hauteur d'homme, la source originelle du Midžor, remplit Kosta d'une émotion étrange. Un peu comme s'il remontait à ses propres racines. L'eau de Zavoï qu'il a bue enfant provenait de cette montagne aux allures de dinosaure endormi.

Alors qu'il lève les yeux sur Djol derrière lequel coule la source en une fine cascade, il voit très nettement, au-dessus de sa toque en mouton retourné, une auréole irisée. Un petit arc-en-ciel partant d'une épaule à l'autre épaule.

— Le spectre de Brocken… souffle-t-il, émerveillé.

— Qu'est-ce que tu dis, fiston ?

— Un phénomène optique qu'on appelle aussi une gloire. Elle est sur toi. Ça n'apparaît que dans certaines conditions, quand un objet se trouve entre le soleil et un nuage ou bien des gouttelettes en suspension. Et tu te trouves exactement dans cette position, entre le soleil et la source.

Prostré dans une sorte de recueillement, comme s'il en oubliait l'origine naturelle de ce phénomène, Kosta n'a pas encore sorti ses tubes pour les prélèvements et le kit de mesure d'acidité.

Certaines sources, comme celle qu'on a baptisée l'Eau du diable, coulant au pied de formations volcaniques en pyramide dans les Gorges du Diable, en Serbie du Sud, le long de la frontière avec le Kosovo, ont un taux d'acidité très élevé. Ce qui n'est pas forcément mauvais pour l'organisme, une eau acide pouvant être alcalinisante, à condition qu'elle ait une forte teneur en bicarbonates. En revanche, si elle contient des substances acidifiantes, là, ce n'est pas bon.

— La *magla* peut se lever à tout moment, fiston, et nous surprendre. Tu en as eu un aperçu sur Babin Zub, mais là, c'est encore plus dense. C'est comme si le ciel s'abattait sur toi.

Comme s'il émergeait d'un rêve, à cet avertissement, Kosta revient à la réalité. Il se déleste de son sac à dos et en sort le matériel – un mesureur de PH, un mesureur de salinité et un conductimètre permettant d'évaluer le taux de minéralisation de la terre.

Une fois les mesures faites et les échantillons prélevés, l'hydrogéologue range le matériel dans son sac, les tubes dans sa poche intérieure et se retourne vers la source.

Pendant tout ce temps, Djol ne l'a pas quitté des yeux, observant chacun de ses gestes avec une curiosité et une tendresse paternelles.

Kosta tend les mains en coupe vers le filet d'eau frémissant et les porte ensuite à ses lèvres pour y boire quelques gorgées, paupières closes.

— Elle est bonne, hein, dit Djol derrière son dos, après avoir avalé le contenu d'un petit flacon qu'il range vite dans sa poche.

Il ressent si intensément l'émotion de Kosta que ses yeux se remplissent de larmes.

— Elle est bien fraîche, oui. Et encore très pure. Je crois que je n'en ai jamais bu d'aussi pure ailleurs.

— Désolé, mais la *magla* se lève, on dirait… prévient Djol, alerté par les volutes opaques s'élevant des montagnes alentour. Tu as juste le temps de descendre avant de ne plus rien voir. Ensuite, tu iras à la source de Babin Zub faire d'autres prélèvements.

Aux mots du vieil homme Kosta se fige.

— Pourquoi moi ? Toi aussi, non ?

Djol avance une main tremblante vers Kosta et la pose sur son bras, qu'il presse doucement. Sur son visage, l'ombre d'une tristesse immense en même temps qu'une paix profonde.

— Poursuis ta route, fiston, la mienne s'arrête là.

Il semble à Kosta que l'élocution de Djol devient moins précise et que son corps pèse de tout son poids sur son bâton. À cet instant, il comprend. Sa poitrine se contracte à hurler.

— Tu n'as pas fait ça… Djol ! s'écrie-t-il en se précipitant pour soutenir le vieil homme qui chancelle.

— Je n'ai plus rien à accomplir sur cette Terre, j'ai fait mon temps. Mon fils est parti et toi, tu t'en vas aussi, loin. J'ai guéri beaucoup de gens avec ces mêmes plantes, dont le mélange à doses plus importantes va m'aider à quitter ce monde sous peu.

— Pourquoi, Djol ?

— Ne perds pas des minutes précieuses avec un vieux fou à l'agonie… J'ai déjà commencé à mourir, mais ça ne se voit pas encore.

Les yeux de Kosta se posent sur la poitrine de Djol qui se soulève par saccades et où il aperçoit, contre la corne de vache, l'appeau, le frère jumeau du sien, qu'il porte toujours.

Le vieux enlève le cordon de son cou et lui tend l'appeau.

— Tiens, il est à toi, je n'en ai plus besoin.

Mais Kosta lui prend la main et replie ses doigts sur le petit cylindre en bois.

— Si, tu en auras besoin, de l'autre côté, pour me répondre, quand je t'appellerai en arrivant. Je serai sans doute un peu perdu.

— Garde au moins ça en souvenir du vieux Djol, dit le vieil homme en sortant de sa poche un pendentif en or au bout d'une chaînette. Il était à Sacha, qui le tenait de sa mère. Avant de mourir, elle m'a dit de le lui donner plus tard, pour ses dix ans. Ils me l'ont remis quand ils m'ont relâché après l'interrogatoire.

— Merci, merci pour tout ce que tu as fait pour moi, Djol, mais on aurait pu rentrer ensemble. Tu dois encore veiller sur la source de Babin Zub.

— Elle coulera sans moi, tout comme la Terre continuera à tourner sans nous, dans une royale indifférence. Jusqu'à sa propre fin. Adieu, fils. Va, redescends vite, tu as encore beaucoup à faire pour les tiens. Et merci pour ce dernier voyage fait ensemble avant celui qui m'attend.

Après une étreinte que l'un et l'autre abrègent à contrecœur, tandis que Djol regarde s'éloigner dans les fumerolles blanches celui qu'il a aimé comme son propre fils, résonne encore aux oreilles de Kosta cette phrase du vieil homme : « J'ai déjà commencé à mourir, mais ça ne se voit pas encore. » Des mots qui lui entrent à jamais dans la chair.

34

Laissant tomber le livre par terre de surprise, Marija se relève, effarée à la vue de Vladimir, toute confuse qu'il la surprenne chez lui, en pleine violation de son intimité. Mais devant l'état piteux de son ami, c'est l'inquiétude qui l'emporte sur la honte. C'est à peine si Vladimir jette un regard à son coffre grand ouvert et à la robe de moine dépliée dessus.

Le visage de l'ingénieur en chef est couvert de boue et, sur la joue comme sur les mains, également souillées de terre, des plaies saignent abondamment. Marija se précipite vers lui pendant qu'il laisse glisser son sac sur le parquet du salon.

— Mon Dieu, qu'est-ce qui t'arrive ? D'où viens-tu ? On s'inquiétait… s'écrie-t-elle, une main devant la bouche.

— Je suis là, c'est bon, répond Krstic d'un air sombre, les traits tendus par une douleur cuisante.

En regardant de plus près, la journaliste constate que les plaies ne sont pas comme elle l'a pensé d'abord, des griffures de branches ou de ronces, ni même des blessures provoquées par une chute sur des pierres coupantes, mais des entailles profondes et nettes que seule une arme blanche a pu faire.

— Je t'emmène à l'hôpital de Pirot ! dit-elle sans poser plus de questions.

— Pas besoin. Je vais laver et désinfecter tout ça.

— Je peux le faire.

— Merci, j'y arriverai tout seul.

Sans un mot, Vladimir va droit à la salle de bains où, quelques instants plus tard, Marija entend couler la douche. Elle profite de ce que le bruit de l'eau étouffe sa voix pour passer deux appels, dont l'un à Kosta. Elle tombe sur sa boîte vocale et laisse un message l'avertissant du retour de leur ami dans un état préoccupant.

Quand il ressort pieds nus, Vladimir a des vêtements propres, un sweat bleu ciel qui met en valeur celui de ses yeux, des billes de glace tournées vers la jeune femme, un jean, le visage ainsi qu'une main couverts de pansements et l'autre entourée d'une bande de gaze.

— Eh bien, tu es beau comme ça, le Retour de la Momie, essaie de plaisanter Marija. Tu veux un café ? Une bière ?

— Merci pour le café. Avec un verre de rakija, ce sera parfait.

— Alors assieds-toi, tu me donnes le tournis.

Pendant que Vladimir s'affale sur le canapé, après avoir sorti la bouteille d'eau-de-vie et un petit verre, Marija disparaît quelques minutes dans la cuisine et revient avec deux tasses fumantes sur un plateau qu'elle pose sur la table avant de prendre place dans un fauteuil, assez soulagée que les mésaventures de son ami éclipsent provisoirement son indiscrétion. Mais les deux billes de glace la fixent intensément.

— Je suis désolée, Vlada.

— Je suppose que tu sais, maintenant. Tu as dû voir, puisque tu étais en train de regarder les photos du livre. Sans parler de… l'habit.

Marija pique honteusement du nez dans sa tasse. De quel droit a-t-elle fouillé dans la vie privée d'un ami ?

— Je sais, je n'ai aucune excuse. Et je ne m'en cherche pas. Je te dis simplement et sincèrement que je suis désolée.

— OK, bon, ce coffre, je n'avais qu'à le fermer à clef.

— Tu veux en parler ?

— J'imagine que tu te poses des questions.

— Sur le moment, oui. La surprise passée, je me suis dit que c'est une partie de ta vie qui t'appartient et que je n'ai pas à en savoir plus. Déjà que… je l'ai appris à cause de ma foutue curiosité…

— De journaliste.

— Ça n'excuse rien, Vlada. Si tu avais voulu que je connaisse ton histoire, tu m'en aurais parlé.

— Kosta ne le sait pas non plus.

— Et ta femme ? D'ailleurs il faut que tu la rassures, elle n'a pas arrêté d'appeler.

À ces mots, Vladimir, visiblement contrarié, manque renverser son café sur son jean.

— Elle t'a dit quelque chose ?

— De la tenir au courant, c'est tout.

— Rien d'autre ? Sûr ?

— Ben non, répond Marija étonnée de l'insistance de Vladimir.

— Je l'appellerai.

Après un long silence et quelques gorgées de café et de rakija, il reprend :

— C'est une partie de ma vie dont je parle très peu. Même à Sladjana. Comme de la guerre, que j'ai vécue de l'intérieur. Personne ne peut imaginer ce que c'est, de devoir tirer sur ceux qui ont été autrefois des amis, des cousins, des frères, des oncles, violer et frapper celles qui ont été des sœurs, des fiancées, des épouses, des mères. Mais on n'avait plus notre tête sur le moment. C'est après que ça te rattrape. Nos parents, grands-parents ont connu les grandes guerres, les guerres mondiales. Un pays contre un autre, c'est terrible, mais c'est différent. Un pays contre lui-même, un pays qui éclate, se déchire, c'est le pire qui puisse arriver. Comme les copains, j'ai traversé cette guerre en véritable zombie. J'étais devenu une mécanique, un robot. J'ai été torturé, presque à mort, puis blessé par une mine. Tous les jours, devant la glace, mon corps me le rappelle, en plus de mon statut d'invalide. Alors même si je veux oublier, je ne peux pas. Même si j'ai cru pouvoir le faire, eh bien non, c'est toujours là. Mon corps a résisté, il s'en est sorti, quand d'autres ont péri. Mais c'est mon âme qui a morflé. Je croyais avoir vu les choses les plus atroces, subi et fait le pire dont est capable l'humain. Mais non. Je croyais que c'était fini jusqu'à ce jour où, avant de sauter sur la mine, avec ma patrouille, on visitait les maisons, les écoles, les églises, partout où les fumiers pouvaient encore se cacher. On faisait ni plus ni moins du nettoyage. Et on est tombés sur ce monastère au Kosovo où m'avait ramené un moine qui m'avait ramassé à moitié mort dans la neige, après que cette ordure d'oustachi m'ait torturé avec ses potes. Les moines m'ont soigné et sauvé. En revanche, pour eux, je n'ai rien pu faire. Quand on est arrivés au monastère, ils étaient tous morts. Y compris celui qui m'avait porté sur son dos. En plus de la tête, les fumiers leur avaient coupé les trois doigts de la main gauche. Une vraie boucherie. Sur le moment, on n'a pas su qui c'était. Musulmans, Croates… C'est plus tard que j'ai appris, parce qu'il s'en est vanté, l'ordure, que c'était le même oustachi qui m'avait torturé.

À écouter ce récit douloureux, Marija sent ses yeux devenir humides, tandis que ceux de Vladimir restent secs. Sans doute n'a-t-il plus de larmes à verser.

— Après la découverte du charnier, j'ai été gravement blessé sur une mine et ça a été fini, la guerre, pour moi, enchaîne-t-il. Je ne suis jamais retourné sur le front. C'était terminé, mais je me sentais sale, perdu, j'avais du sang sur les mains et je n'arrivais pas à le faire partir. C'est là que j'ai rencontré la religion. Mon séjour entre la vie et la mort dans ce monastère au Kosovo avait dû me marquer plus que je ne le pensais. Je veux dire, d'un point de vue mystique. Je me suis renseigné et j'ai fait mon noviciat dans un autre monastère en Voïvodine, Krusedol, avant d'entrer dans les ordres et prononcer les vœux à Temska, où on m'avait envoyé. C'était il y a quinze ans. J'y suis resté cinq ans.

— Pourquoi en es-tu parti ? demande Marija la gorge nouée d'émotion.

— J'avais fait des études d'ingénieur en hydraulique. Les moyens d'utiliser cette énergie me passionnaient. À Temska, on parlait de ce qui était arrivé au village de Zavoï et de cette lente reconstruction après, sur les hauteurs du lac où j'allais souvent me promener. J'étais bien, au monastère, j'avais retrouvé un équilibre, une paix intérieure, mais il me manquait quelque chose. La vie. Une femme. Des enfants. Une carrière. On évoquait la construction d'une centrale hydroélectrique sur le lac de Zavoï. Si j'étais resté au monastère, contre tout ce qui m'attendait en dehors, à la fin ça aurait été une expiation. Ça n'aurait plus eu le sens que j'avais cherché et trouvé.

— Mais tu as malgré tout gardé des… reliques de cette période religieuse.

Vladimir hoche la tête.

— Pas que ça. Sauf que c'est invisible, à part cette tenue et la croix que je porte autour du cou. Là… les moines de Temska qui ont disparu, dont certains que j'ai connus, c'est comme une partie de ma famille qui se serait évaporée. Je dois savoir. Kosta aussi veut savoir. Comme moi, il y a laissé des souvenirs, une partie de lui. Alors j'y suis allé, hier. Enfin… en restant à distance, pour observer aux jumelles. J'avais pris mon couteau de chasse et après avoir tranché de la viande fumée, je l'ai laissé à côté de moi. Je ne l'ai pas entendu arriver…

— Qui ça ?

— Celui qui m'a agressé. Il a dû ramasser le couteau sans que je l'entende, mais heureusement, juste avant de me le planter dans le dos, il a fait craquer une branche. C'est ce qui m'a sauvé la vie. Je me suis retourné aussitôt et j'ai vu une silhouette, le couteau à la main. Il portait une parka noire, un bonnet et des gants. Un foulard noué lui cachait la moitié du visage. Impossible de le voir, donc de le reconnaître si je le rencontrais. Je me suis défendu, on s'est battus. J'ai senti la lame sur le visage, les mains. Et il y a eu un coup de feu, puis deux, sans doute des chasseurs. Il a pris peur, a jeté le couteau par terre et s'est enfui. Je me suis laissé tomber à genoux, puis face contre terre. Peu à peu, j'ai réalisé que j'aurais pu mourir. Mais juste avant, grâce aux jumelles, j'ai vu quelque chose d'incroyable, Marija.

En quelques mots, Vladimir raconte à la journaliste la vision qu'il a eue des moines en train de prier dans la nouvelle église.

— Tu es sûr ? C'étaient peut-être des patients de l'institut ou du sanatorium…

— C'étaient des moines ! J'ai été moine, Marija. Ils étaient de dos, leur capuche rabattue sur la tête, penchés, ils priaient.

— Si c'est le cas, tu penses que ce sont les moines qui ont disparu ?

Les mains de Vladimir tremblent légèrement en remuant un reste de café mélangé au marc au fond de la tasse.

— Je suppose, puisque c'est le même lieu, dit-il.

À cet instant, trois notes annoncent l'arrivée d'un SMS sur le smartphone de Marija. Kosta. « Enfin au sommet du Midžor. La source est là, c'est incroyable. » La journaliste sourit et pose le téléphone sur la table.

— Mais pourquoi s'y trouveraient-ils alors que c'est devenu un centre psychiatrique ?

— C'est ce que je voulais découvrir, et cet agresseur m'a empêché de continuer.

— Il faut le signaler ! C'est peut-être lui, le tueur !

Et tu rentres seulement maintenant ? Où as-tu passé la nuit ?

— Dans ma Jeep. À réfléchir. Ce que je venais de vivre, m'a… remis en tête des choses que je pensais oubliées. La violence, les armes, le sang.

— Mon pauvre Vlada…, dit Marija en caressant la joue de son ami dans un élan de compassion, avant de retirer aussitôt sa main.

— Non, laisse-la, fait l'ingénieur en la lui reprenant dans la sienne et se penchant vers elle. Tu es belle, tu sais…

Ses doigts entaillés effleurent à leur tour la joue de Marija, puis vont se perdre dans ses cheveux.

— Qu'est-ce que tu fais ? gronde-t-elle en éloignant vivement la tête.

— Tu m'as toujours plu, Marija… je n'ai jamais osé te l'avouer. Aujourd'hui, je me dis que la vie est tellement imprévisible… J'aurais encore une fois pu y rester… Alors, il faut vivre les choses comme on les sent…

— Oui, mais pour ce que tu veux, il faut être deux, Vladimir. Ce que tu ressens pour moi n'est pas réciproque. Tu es un ami, c'est tout, mais c'est déjà beaucoup. On ne va pas gâcher cette amitié.

— C'est à cause de Kosta ? lâche l'ingénieur d'un air dépité.

Marija baisse les yeux sans rien dire.

— Ça m'aurait étonné, tiens… J'ai dû le convaincre de t'emmener et je t'ai envoyée droit dans la gueule du loup.

— Je suis assez grande pour y aller toute seule. Mais pourquoi dis-tu que ça t'aurait « étonné » ?

— Parce que c'est déjà arrivé.

— Quoi ?

— Il m’a pris une fille que j’aimais.

— C’était qui ?

— Jasna, sa femme.

35

Le corps de Sacha est arrivé à l'institut médico-légal de Nis au bout d'un voyage de cinq heures en pleine nuit avec quelques arrêts essence et détente pour les deux miliciens du fourgon mortuaire. Une fois là-bas, le légiste étant en arrêt maladie, il a fallu faire venir un médecin de Belgrade, pour ne pas confier le corps aux seuls étudiants en médecine.

En attendant l'arrivée du médecin prévue en début d'après-midi, le corps fut placé tel quel, tout habillé, dans un tiroir réfrigérant de la salle d'autopsie. Pendant ce temps, du côté de Pirot, la milice s'active sur le terrain. Une équipe est retournée passer la tanière de Djol et de son fils au peigne fin, d'autres ratissent les environs du lac à la recherche de nouveaux indices, mais surtout d'une trace laissée par Marko Jelic, l'employé disparu, ou encore de ses restes, le chef de la milice étant convaincu qu'il a été une autre victime du tueur.

Quand le légiste de Belgrade arrive sur les lieux, il est presque quinze heures et son apparition provoque l'émoi chez les deux miliciens de Pirot restés à Nis pour assister à l'examen du corps de Sacha.

— Ils ont envoyé une gonzesse… grince l'un des deux flics en apercevant la nouvelle venue, à la forte poitrine et aux hanches larges.

— C'est parce qu'elle ressemble à un homme, réplique son collègue adossé contre le mur, une cigarette à moitié consumée entre le pouce et l'index. Et toi ? Ça ne t'est jamais arrivé de te faire ausculter par une gonzesse médecin ?

— Ça va pas ! Hors de question…

— Pourquoi ? Tu lui montres pas ta nouille, de toute façon !

— On sait jamais. Si l'idée lui prenait de me dire de retirer mon slip !

— T'aurais trop peur de l'avoir raide, je suis sûr !

— Pas si elle a cette tronche…

— Sauf que là, le patient, il en a rien à branler. Que ce soit une femme ou un homme, et même une bombasse, pour lui ça change plus grand-chose.

— Hé les gars, vous vous ramenez, au lieu de vous les toucher, là ?

Interloqués, les deux miliciens lèvent la tête en direction de la voix éraillée qui les interpelle aussi familièrement et entrevoient la légiste à la porte de la salle d'autopsie, déjà en tenue, un masque autour du cou et les mains plongées dans des gants en latex.

Au même moment, à plus de deux cents kilomètres de là, les chiens policiers grattent furieusement le sable non loin du barrage, au bord du lac. Leurs maîtres n'ont pas à creuser bien profondément pour trouver ce qui mettait les canidés dans cet état. Un premier bras apparaît, puis l'épaule et la tête et l'autre bras, le tronc et enfin le corps tout entier, enterré ou plutôt ensablé sous cinquante centimètres, sans linceul ni bâche et pourtant dans un état de conservation surprenant, en l'absence de traces apparentes de blessures mortelles. Ce qui fait penser aux miliciens que la mort est assez récente.

— Sexe masculin, dit l'un d'eux une fois l'exhumation achevée. On l'embarque.

— On devrait le laisser pour le moment, c'est peut-être une scène de crime, suggère un autre en retenant son chien.

— Scène de crime mon cul, tu vois bien qu'il a été transporté ici pour y être enterré. S'il a été tué, c'est ailleurs et on a voulu le cacher. C'est plus facile de faire un trou dans du sable.

— Dans ce cas, pourquoi pas le jeter dans le lac ou dans les chutes ?

— Il aurait fallu le lester, sinon, il serait remonté à la surface. La preuve, on a retrouvé le vigile et son clébard dans les cataractes.

— Vu la différence de mode opératoire avec les autres meurtres, on a peut-être affaire à un deuxième tueur.

Dans un premier temps, le corps est acheminé jusqu'à Pirot pour rejoindre dans la journée celui du présumé tueur à l'institut de Nis. Grâce à son état de conservation, il a déjà pu être photographié afin d'être identifié à partir du fichier national d'identité. Et les résultats de l'identification ne tardent pas à tomber.

— Ça correspond à un certain Marko Jelic, annonce au chef de la milice Mirko, l'enquêteur informaticien qui dispose d'un logiciel récent permettant de faire matcher la photo du cadavre et la photo d'identité.

La seule avancée technologique pour laquelle le bureau de Pirot a disposé d'un budget.

— C'est l'employé de la centrale qui a disparu il y a six mois, selon l'ingénieur en chef Krstic. J'étais sûr qu'il n'avait pas disparu de son plein gré. Il paraît qu'il avait des hallucinations et qu'il a pété les plombs.

— Quel genre d'hallus ?

— Il voyait le diable.

À l'institut médico-légal de Nis, en salle d'autopsie, alors que l'assistant légiste s'apprête à sortir la dépouille de Sacha du tiroir, la légiste, en la découvrant, se met en colère.

— Il est encore habillé ! Pourquoi on ne lui a pas enlevé ses vêtements ? C'est quoi, ce travail de merde, hein ? Vraiment n'importe quoi !

Aussi large que haute, elle ressemble à une cocotte-minute sur le point d'exploser.

— Toi, allez hop, tu me le désapes et tu me l'installes sur la table dans les règles de l'art ! Parce que notre métier est un art, au cas où tu l'aurais oublié ! crie-t-elle à l'assistant, qui préfère se faire tout petit, sous les yeux des deux flics qui se retiennent de rire.

Les causes de la mort étant connues, l'autopsie ne vise donc pas à déterminer ni à dater le décès, mais à pratiquer un examen complet du corps et des prélèvements d'échantillons organiques en vue d'analyses ADN, pour comparer avec celui qui a été retrouvé sur Tanja, sous ses ongles, plus précisément.

— Ah ces jeunes… ils croient tout savoir alors

qu'ils ont tout à apprendre, souffle la légiste à l'intention des miliciens, derrière son masque, en tapant sur la paume avec un scalpel.

— Bordel… lâche l'assistant une fois qu'il a eu fini le déshabillage.

— Quoi encore ? se retourne la légiste en pivotant sur elle-même comme une grosse toupie.

— On dirait un singe !

Tous restent bouche ouverte devant le spectacle. En effet, outre ses cicatrices et même ses croûtes sur les bras et les jambes, le corps de Sacha est recouvert, ou plutôt revêtu d'une pilosité impressionnante qui cache ses organes génitaux.

— Tu n'as encore rien vu, dans la vie, gamin ! dit la légiste en réajustant son masque. Je n'en suis pas à mon premier poilu… Il faut commencer par me débroussailler tout ça, sinon, je vais pas pouvoir…

Les mains au niveau du pubis, la légiste s'arrête net.

— Bizarre, là où je devrais sentir le tuyau d'arrosage… Oh mère de Dieu…

— Quoi ? Que se passe-t-il ? demande l'un des deux miliciens.

La légiste lève un regard effaré.

— Votre singe, eh bien, c'est une guenon.

— Tu me recherches tout sur Marko Jelic, parents, frères, sœurs, femme, enfants, où il habitait, sa formation, quand il a commencé à la centrale, s'il est déjà allé en tôle… antécédents médicaux ou psychiatriques, s'il a fait la guerre, son grade, etc. Et même ses hobbies, si possible.

Obéissant aux ordres de son supérieur, Mirko

se met immédiatement à l'œuvre. Deux heures de recherches entre Internet et des appels lui ont suffi à établir un profil assez complet de Jelic, qu'il pose sur le bureau du chef.

— Je n'ai rien de plus, dit-il. Un type tristement banal.

— Je vois... trois enfants, divorcé, célibataire au moment de sa disparition. Pas de prison, engagé à dix-neuf ans dans le conflit, mais pas côté serbe. Il était croate ?

— Par son père. Sa mère était serbe.

— Encore un fruit du mixage de cultures...

— La guerre a dû le déchirer.

— Tellement déchiré qu'il a combattu contre sa famille maternelle... fils de chien, dit le chef de milice en crachant par terre.

— Son père l'aurait sans doute tué, s'il avait été de l'autre côté.

— Tous des bâtards... Ils prenaient nos femmes et après, c'est nous qu'on accusait de purification ethnique ! Bande de salopards dégénérés ! J'ai presque envie de dire bien fait pour sa gueule.

— Il n'a pas eu le choix, je pense.

L'officier lève les yeux vers Mirko qu'il scrute avec une soudaine méfiance.

— Dis donc toi aussi... tu es issu d'un mixage ?

— Pour moi, c'était l'inverse. Ma mère était croate et je me suis battu contre les siens.

— De quoi devenir fou, c'est vrai...

En salle d'autopsie à Nis, c'est l'émoi le plus total autour du corps de Sacha dont la légiste vient de découvrir le sexe véritable.

— Comment est-ce possible ? demande l'un des deux miliciens encore sous le choc.

— Que ce soit une femme ou qu'elle soit aussi poilue qu'un singe ? répond la légiste du tac au tac.

— Ben… les deux.

— Bon, son sexe, elle ne l'a pas choisi, en revanche, est-elle née comme ça, avec la pilosité d'un ours… Sans doute une question d'hormones.

— Ouais, il y a bien des femmes à barbe, dit l'assistant.

— Toi, au lieu de faire des commentaires à la con, tu me rases ça.

— Tout ? s'écrie le jeune, horrifié.

— Oui, TOUT, et tu pourras même demander à ta baba qu'elle te tricote un joli pull pour l'hiver ! Du pur mohair !

— Pfffff… je vais en avoir pour deux jours…

Le rire trop longtemps contenu des miliciens éclate dans leurs dos. Ils ne peuvent plus s'arrêter et en ont des larmes qui leur coulent sur les joues.

— Allons, allons, messieurs, un peu de tenue devant Dame Cro-Mignonne.

Les rires redoublent pendant que la légiste examine à la lampe les cheveux et la dentition de la morte.

— Je voudrais pas être son dentiste, marmonne-t-elle. Enfin, je pense plutôt qu'elle n'en a pas. Ah… attends, attends… pince à épiler ! À mon avis ça suffira pas…

Prenant la pince tendue en levant les yeux au plafond vers le seul néon de la salle, la légiste écarte des mèches et en tire une sorte de boule séchée hérissée de minuscules cornes.

— Tiens, tiens… Tribulus terrestris.

— C'est quoi ? Ça se fume ?

La légiste lance à l'assistant par-dessus ses lunettes un regard qui le crucifie sur place.

— T'es un petit rigolo, toi. Non, le tribule terrestre s'absorbe en poudre ou en décoction. C'était la plante prisée des athlètes bulgares aux jeux Olympiques. Elle augmente les performances physiques, intellectuelles et sexuelles. Vieille plante utilisée en médecines indienne et chinoise depuis plus de trois mille ans pour augmenter l'énergie, purifier le corps. Plus récemment, des études scientifiques se sont intéressées à d'autres propriétés du tribule : son action avérée sur le taux de testostérone. Et c'est précisément ce qui nous intéresse dans le cas de miss-ter Sacha. Je comprends mieux les origines de sa pilosité exponentielle. Mademoiselle doit avoir été dopée depuis son plus jeune âge au Tribulus terrestris, ce qui, chez elle, a eu pour effet un dérèglement hormonal avec un taux de testostérone bien trop élevé pour une femme. Et ce qui signifie aussi qu'elle pouvait être plus forte que vous trois réunis, les morveux. Par ailleurs, il lui manque l'ongle du gros orteil droit.

36

— Il t'a vraiment piqué Jasna en sachant que tu étais avec elle ? demande Marija, le premier moment de stupeur passé après la révélation de Vladimir.

L'ingénieur tourne vers elle un regard peiné.

— Tu crois que je t'ai raconté des histoires pour ternir son image ? Non, Marija, c'est la vérité.

— Vous ne vous êtes plus revus pendant toutes ces années pour cette raison ?

Fixant ses genoux, Vladimir hoche la tête d'un air accablé.

— Jasna était l'amour de ma vie. J'ai eu des envies de meurtre sur le moment, mais quand l'autre a cessé de t'aimer ou te quitte pour quelqu'un, tu ne peux pas lutter et le retenir contre son gré.

— Kosta savait à quel point c'était fort pour toi ?

— Kosta… il s'est dit que c'était une fille de plus. Alors j'ai laissé tomber et je ne lui en ai même pas voulu. La rancœur n'aide pas à vivre, elle tue à petit feu. Et puis, des années plus tard, j'ai rencontré Sladjana. Je n'en ai jamais été fou amoureux, mais on a fondé une famille et on s'entend bien. Je laisse les feux de la passion à d'autres, comme Kosta. Ça lui va mieux. La preuve…

— Il y a des êtres qui attirent la passion, c'est vrai. Des êtres magnétiques, mais parfois toxiques. J'en sors…

— Pour retomber sur un autre, marié et père. Fjona est tout pour Jan, même si avec Jasna ça ne va plus très fort. Il restera, pour la petite.

C'est au tour de Marija de lancer à Vladimir un regard comprimé de tristesse.

— Je sais, et je n'ai jamais envisagé de briser une union pour avoir quelqu'un. Je ne le ferai pas non plus cette fois. Même si…

— Même si?

— Même si notre lien est déjà très fort.

— On peut difficilement te résister, Marija.

— Tu n'es pas objectif…

— Peut-être. Mais j'envie Kosta.

— Je sais que c'est une phrase terriblement plate et banale, mais tu es quelqu'un de bien, Vlada.

— Tu n'en sais rien, Marija. Je n'en sais rien moi-même. Je ne pourrai plus jamais l'être, je crois. Pas après…

Vladimir s'interrompt et se prend la tête entre ses mains en serrant fort les paupières.

— Ça va?

— C'est… c'est ce bruit qui revient à l'intérieur…

— Quel bruit?

— Le bruit de l'eau, des chutes… et les explosions.

— Tu veux aller te reposer un peu? Tu n'as pas dû vraiment dormir, dans la Jeep, en pleine nuit.

— Il faut que j'y retourne.

— Où ça?

— Au monastère… enfin, à cet institut. Tu diras à Kosta que je suis là-bas. Ce que j'ai vu… les moines dans l'église, je dois en avoir le cœur net. Et un détail a attiré mon attention. L'ancienne église, une jolie petite bâtisse en pierre… elle n'existe plus. Et exactement à la même place, a été construite une nouvelle église, moderne. C'est là où j'ai vu les moines. Je dois demander à la direction s'ils savent ce qui est arrivé à l'ancienne église pour qu'une nouvelle soit construite à la place. Ce sont peut-être eux qui ont voulu cette architecture moderne et affreuse. De loin, on dirait un bloc, une sorte de bunker.

— Je vais venir avec toi.

— Impossible, Marija. J'y vais seul. En moine, dit Vladimir en montrant du menton la tenue posée sur le coffre.

— Et tu vas leur dire quoi ? Ce n'est plus un monastère…

— Que je viens d'un autre monastère en Voïvodine. Que je voulais voir Temska.

— Un moine seul qui fait du tourisme, le visage lacéré ? Ils vont trouver ça bizarre.

— Un chat m'aura sauté dessus.

— Mouais. Avant de partir, il y a quelque chose que tu dois savoir. Ce matin, le grand, là…

— Peric ?

— C'est ça, eh bien, il a découvert un tag sur le mur du salon dans l'appartement de Tanja. « PUTE DU DIABLE » avec un pentagramme et une croix gammée. Apparemment tracés avec du sang.

Vladimir reste impassible à la nouvelle, comme absent. Il semble à Marija qu'il est de plus en plus étranger à ce qui se passe à la centrale, mais aussi à lui-même.

— Vlada ? Tu as entendu ?

— Pute du diable, oui. Pentagramme et croix gammée. Elle n'avait pas que des amis, apparemment, dit-il en se levant pour aller prendre la robe de moine sur le coffre.

— Tu la connaissais bien ?

— Qui ça ?

— Ben, Tanja.

— En tant qu'employée, rien de plus. C'est surtout Peric, qui la connaissait… sous un autre jour. Ou plutôt une autre nuit. Et Platic.

— Il n'est toujours pas revenu ?

— Il ne reviendra pas, je pense. Il sait parfaitement que la centrale risque de fermer et que le barrage sera démoli. Officiellement, on attend le diagnostic de Kosta.

— C'est quoi, le nom de famille de Tanja ?

— Horvat. Pourquoi ?

— Rien, comme ça. C'est croate, Horvat. Elle était croate ?

— Il y a des chances.

— La croix gammée, ça peut être à cause de ses origines, non ? En référence au passé fasciste des oustachis ?

— Possible. L'enquête nous le dira. Bon, je vais préparer mon sac, je ne vais pas mettre ma tenue ici, si les autres me voient sortir comme ça, ils vont se dire que j'ai perdu la tête.

Après le départ de Vladimir, Marija reste seule, en proie à une sensation de malaise qu'elle ne parvient pas à identifier. L'atmosphère est chargée de mauvaises vibrations, d'une pesanteur indéfinissable qu'elle impute au mystère de ce tag chez Tanja. Tanja Horvat, Tanja Horvat, pourquoi un svastika... se répète-t-elle.

Ne sachant que faire d'autre en attendant le retour de Kosta, elle appelle un de ses vieux amis grand reporter de guerre à Belgrade, Franjo Vukovic, dit Vuk-loup. Et, en effet, un vieux loup solitaire. Ayant des relations un peu partout, y compris maffieuses, le type est une véritable mine d'informations, une sorte de CIA serbe à lui tout seul. Quand elle veut des renseignements sur quelqu'un, c'est à lui qu'elle s'adresse.

— Marija ? Ou bien son double en vie ? s'exclame Vuk à l'autre bout du fil.

— Et toi ? Tu décroches, maintenant ?

— La solitude... Ça fait du bien, de temps en temps, de parler à quelqu'un d'autre qu'aux quatre murs.

— Tu vas me faire pleurer.

— Quel bon vent t'amène ? Toujours aussi belle et inaccessible, j'imagine ?

— Ne fais pas trop travailler ton imagination, réserve-la pour ce que j'ai à te demander.

— Je suis tout ouïe.

— J'aimerais que tu te rencardes sur Tanja Horvat.

— Ah... une Croate... Des comptes à régler ?

— Pas moi, non, mais quelqu'un d'autre, sans doute.

En quelques mots, Marija relate la sombre histoire de l'employée de la centrale de Zavoï, sans oublier le tag sur le mur de sa chambre.

— Ah oui, quand même, dit Vuk entre deux bouffées de cigarette.

— Tu soignes ton cancer du poumon, à ce que j'entends.

— Faut bien mourir un jour.

— Bon, mais, tu peux m'avoir ces renseignements ? Ensuite, tu pourras mourir autant de fois que tu voudras et de ce que tu voudras.

— Pour toi, j'irais sur Mars, baby.

— On verra ça. Merci Vuk. Ah oui, et pendant que tu seras sur Mars, si tu peux aussi te rencarder sur un certain Zlatko Colic.

— Zlatko Colic ? Hahahaha ! C'est une blague ? Colic, comme le chanteur ? C'est son frère ?

— Je pense que Zdravko Colic n'a pas le monopole de ce patronyme.

— Faut le faire quand même, appeler son fils Zlatko Colic. Ils auraient carrément dû l'appeler Zdravko comme lui.

— Ciao, Vuk. Rappelle-moi dès que tu as tout ça.

37

Quand Vladimir arrête sa Jeep, il est presque midi et le soleil éclaire la montagne et ses crêtes dans un bain vermeil. S'assurant que l'endroit est bien désert, l'ingénieur troque ses vêtements civils contre son ancienne tenue de moine. Par chance, il n'a pas grossi, elle lui va encore.

Une fois habillé, il retire ses baskets et ses chaussettes avant de glisser ses pieds qu'il a pris soin de salir de terre dans d'épaisses sandales. Sans oublier son sac à dos contenant ses jumelles, son smartphone, de quoi boire et manger, il prend son bâton de marche et, ainsi transformé en pèlerin, se met en route. Le couteau de chasse est sur lui, dans un étui en cuir accroché à sa ceinture, fondu aux plis de la robe et prêt à servir.

Pour quelques heures, il redevient le frère Krstic, moine de Temska. Comme ce temps lui paraît ancien… A-t-il jamais existé ?

Il n'en garde qu'une mémoire imprécise, des souvenirs abscons mais surtout ceux d'une paix absolue, d'une respiration retrouvée dans sa poitrine cabossée quand, auparavant, l'air lui manquait.

C'est là, dans ce monastère, que lui est apparue la mission qu'il se devait d'accomplir. Une œuvre qui lui demanderait du temps et de la patience, tout ce qu'il a appris dans cette existence recluse et ces longues heures de pénitence, étendu à plat ventre sur le sol glacé de la chapelle, sans boire ni manger, les jambes serrées et les bras tendus de chaque côté, devant la croix, sous le regard de celui qui avait donné sa vie pour les hommes et la remettant entre les mains de Dieu, son père.

Qui, aujourd'hui, se proclamerait fils de Dieu et arriverait à en persuader tout un peuple quand, dans l'ère de l'Homo deus, Dieu est plus que jamais homme et l'homme plus que jamais un dieu ?

Combien de kilomètres de ce terrain monastique ses pieds nus dans leurs sandales, été comme hiver, avaient-ils avalés ? La terre, l'herbe du dehors et la pierre froide des salles et de sa cellule.

« Pute du diable ». Inscrit au sang sur le mur blanc. Déferlement de haine. Est-ce une intimidation ? Une revendication ? Le meurtrier de Tanja court peut-être toujours. Ou bien quelqu'un en aura profité pour déverser sa bile. Vengeance, acharnement post mortem. Mais ça ne le touche pas. Elle ne le verra jamais, ça ne lui est donc pas adressé. Si c'est l'œuvre du tueur et s'il avait voulu qu'elle voie ces mots, il les aurait écrits avant de l'égorger. Elle aurait cependant été sur ses gardes et ne serait peut-être pas allée seule au bord du lac ce jour-là.

Il n'est plus qu'à une cinquantaine de mètres de l'entrée. Une grille se dresse devant lui et, en lettres cyrilliques luisantes sur un panneau, « Institut psychiatrique et sanatorium de Temska ». L'antre de la folie et de la maladie qui succède au silence religieux. Entre les murs des hurlements, des malades qui se cognent la tête contre les portes, qui se mordent, se balancent sur eux-mêmes comme des mécaniques remontées, au lieu de l'écho des prières, des chants liturgiques et du recueillement.

Vladimir avance et entre, revenant peu à peu dans la peau du frère Krstic. Avant d'aller plus loin, il rabat la capuche sur sa tête. Les pansements lui couvrent la moitié du visage. Il préfère le garder dans l'ombre pour traverser le jardin en direction du bâtiment administratif.

Avant d'y parvenir, il va jusqu'à l'église dont la porte est fermée. Dessus sont affichés les horaires des offices, deux par semaine, le pope venant exprès de Pirot ou de la vallée de l'autre côté. Il en fait le tour, l'inspecte sous tous les angles. Une construction moderne et sans âme. Pourtant, il y a aperçu des moines aux jumelles, il en est certain. Peut-être sont-ils venus d'ailleurs et n'ont-ils aucun lien avec le monastère de Temska.

Il revient devant la porte au-dessus de laquelle trône la croix orthodoxe en bronze, dont la forme – une petite barre au-dessus de la barre horizontale sur laquelle Ponce Pilate avait fait inscrire l'INRI, « Jésus, le Nazaréen, roi des Juifs » et l'appuie-pieds en bas –, évoque la croix de Lorraine.

— Je peux vous aider, mon père ? lance une voix féminine un peu aiguë derrière lui.

Se retournant vivement, il se retrouve face à une femme semblable à une miniature russe, à laquelle la nature ou Dieu a oublié de donner des lèvres, une blouse rayée bleu et blanc dépassant d'une veste en laine verte, un seau à moitié rempli d'eau savonneuse et un balai dans chaque main, chaussée de baskets orange.

— Vous êtes ?

— Je ne suis personne en particulier, répond-elle. Je me contente de faire le ménage dans l'église.

— Vous pourrez peut-être me renseigner alors… Y a-t-il encore des moines, ici ?

Un éclat de rire accueille la question de Vladimir.

— Vous êtes tombé du ciel ?

— Non, pourquoi ?

— Si vous étiez entré par la porte principale, vous auriez vu ce qui est marqué, chante la petite bonne femme.

— J'ai vu, mais je sais qu'il y avait des moines jusque très récemment. Vous savez ce qu'ils sont devenus ?

— Je vous l'aurais dit volontiers, mon père, si j'en avais la moindre idée.

— Et qu'est-il arrivé à l'ancienne église ?

— Désolée, mais je ne sais pas non plus.

Tu ne sais pas grand-chose, pense Vladimir dont elle ne peut pas percevoir la mine assombrie sous sa capuche, ni les pansements.

— Je travaille ici depuis seulement trois mois. Mais vous me posez toutes ces questions alors que vous êtes vous-même moine… Vous étiez à Temska ?

— Il y a longtemps. J'en suis parti pour intégrer un autre monastère en Voïvodine. Je suis de passage dans la région et je pensais saluer mes anciens frères de Temska.

— Je crains que vous ne soyez arrivé un peu tard. Vous vous êtes blessé ? demande-t-elle les yeux rivés sur le bandage qui entoure la main droite de Vladimir.

— Un chien errant m'a mordu. Pourriez-vous me dire où trouver le directeur de cet établissement ?

— Là-bas, indique-t-elle du balai, c'est son bureau. Ça fait un petit moment que je ne l'ai pas vu.

— C'est-à-dire ? Vous pensez qu'il est absent ?

— Ah j'en sais rien ! Il me tient pas un agenda de ses activités, je suis qu'une femme de ménage, moi, oh !

— D'accord, d'accord…

— Bon, allez, pardon mon père, mais j'ai du boulot. Encore l'intérieur de l'église à faire.

— Vous y allez maintenant ?

— Oui, pourquoi ?

— Si vous l'ouvrez… je pourrais peut-être y jeter un œil.

— C'est que…

Elle n'a pas le temps de finir qu'un billet de 500 dinars danse sous ses yeux écarquillés. C'est plus qu'elle ne gagne en une journée.

— En échange d'une petite visite…

Sans un mot, après un regard autour d'elle, la miniature s'empare du billet d'une valeur d'un peu plus de quatre euros, dont la partie gauche est décorée du portrait sérigraphié en vert sur fond jaune de Jovan Cvijić, géographe et géomorphologue serbe, célèbre pour ses travaux en anthropologie. La rencontre avec ce moine est à l'évidence une aubaine pour la miniature qui n'a sans doute jamais eu un tel bakchich depuis qu'elle travaille ici.

— Suivez-moi ! fait-elle avec un signe de tête en se dirigeant vers les triples marches.

Devant la porte équipée d'une serrure blindée trois points, elle sort d'une poche un trousseau aussi fourni que celui des geôles du roi, dans lequel elle choisit sans hésiter la clef correspondant à la serrure. En deux tours la porte s'ouvre et la miniature pénètre dans la pénombre froide de la chapelle, suivie de Vladimir.

Avant toute chose, posant son seau et son balai, elle s'avance jusqu'à l'un des bénitiers à l'entrée de la nef et y trempe ses doigts puis se signe en esquissant une rapide génuflexion. Vladimir fait de même. Puis la femme de ménage accède à la minuterie et allume les néons fixés à chaque pilier de la nef. Les chandeliers en forme de roue qui pendent au plafond ne servent qu'au décor.

— Je vous laisse faire, mon père, mais vite, hein. Moi je commence par le fond, vers l'autel et le chœur. On se retrouve dans vingt minutes à l'entrée.

Mais le moine a déjà disparu dans l'un des collatéraux.

— Vous avez entendu, mon père ? Mon père ? Oh et puis zut, j'y vais.

Tout à son inspection, Vladimir n'entend plus. Il remonte le long de la nef éclairée par l'un des côtés en s'arrêtant, le temps de regarder les bancs déserts. Des bancs tout neufs, en bois clair, d'une facture minimaliste. L'air est encore chargé d'odeurs de peinture et de cire. Aucune trace de l'ancienne chapelle en pierre ni du passage des moines.

C'est un hurlement provenant du chœur qui arrache Vladimir à ses pensées et à ses souvenirs confus. Même déformée par les échos amplifiés, il reconnaît la voix aiguë de la miniature et se demande comment un cri pareil peut émaner d'un aussi petit gabarit.

— Ooh mon Dieu ! Ooh mon Dieu !

C'est à peu près les seuls mots qu'elle est capable d'articuler, lorsque Vladimir arrive près d'elle, à genoux devant les marches menant à l'autel, les mains jointes.

Face à eux, de l'autre côté de la table en pierre blanche, attaché sur la croix en bois massif de l'autel, le corps éventré d'un homme. Sa tête nue, sur laquelle est enfoncée une couronne d'épines, d'où le sang coule vers les tempes et le visage, est penchée sur le côté comme celle du Christ crucifié, et de son abdomen ouvert et palpitant se tord un serpent écarlate. Ses viscères ensanglantés. Juste au-dessus, sur la poitrine, gravé dans la chair, un svastika.

— C'est... c'est lui ! crie la miniature épouvantée en se signant. C'est le directeur ! Le professeur Colic !

L'horreur absolue, ce sont les faibles gémissements qui s'échappent des lèvres entrouvertes sur un filet de salive vermillon. L'homme est encore vivant.

38

J'ai déjà commencé à mourir, mais ça ne se voit pas encore.

Le petit vent qui s'est levé avec la *magla* le lui souffle au visage. Les mots de Djol lui frôlent les oreilles, lui remplissent la tête. N'a-t-il pas lui aussi commencé à mourir depuis longtemps ? Peut-être est-il mort en réalité et ne le sait pas. Cette boue qui coule dans ses veines et tapisse ses organes, c'est peut-être une lente décomposition.

Perdu dans le brouillard. Pas celui qui, s'élevant du sol, l'enveloppe maintenant tout entier. Non, c'est l'autre, son brouillard intérieur qui remonte. Et tant de questions sans réponse. Zavoï et son destin tragique, Djol et son fils, morts tous les deux, sa terre natale et ces gens auprès desquels il se sent étranger. Tout a changé, avec la guerre. De ces âmes défaites, en sursis, ces âmes grises, émerge quelque chose qu'il ne connaît plus. Un autre pays naissant sur des cendres et des ruines dans lesquelles une part de son être est restée ensevelie.

Même Vladimir, qui, contrairement à lui, s'est battu pour ce pays, semble s'en être relevé et avance.

Perdu dans le brouillard. Kosta poursuit malgré tout son chemin, au hasard. Il est devenu une mécanique qui tient par miracle. Ou pour elle. Fjona. Son unique lumière dans la *magla*. Si Marija a raison, si la *magla* est une sorte d'entité consciente qui les a protégés auparavant, de quoi le protège-t-elle à cet instant ? La montagne joue encore avec lui. À tel point qu'il se rend compte qu'il s'est vraiment perdu. Égaré. Que le chemin s'est dérobé sous ses pas, qu'il n'est même plus là. Ou bien est-ce lui qui l'a quitté, et quand ?

Il sort la boussole de son sac, rien ne vaut les bonnes vieilles méthodes. Mais l'aiguille s'affole et se met à tourner dans le sens horaire puis antihoraire.

— Merde…

Quand il tend le bras, il voit à peine le bout de ses doigts tellement le brouillard se fait dense. Un mur de particules blanches. Tout autour de lui, des petites choses laides et grimaçantes. Les cristaux d'eau.

Rester là où il est, ou bien continuer ? Pour aller où ? Quelle direction prendre ?

Sans réfléchir, il saisit l'appeau qui pend à son cou et, les lèvres pincées sur l'embout, souffle de toutes ses forces à trois reprises et attend. Mais cette fois, aucune réponse ne lui parvient. Il recommence et tend l'oreille. Quelques hennissements sur la gauche. Les chevaux sauvages du Midžor. Ils doivent être habitués à la *magla*, elle fait partie de leur environnement.

Soudain, la terre frémit sous un martèlement nerveux qui se rapproche et s'intensifie. Quand les premières têtes affolées, crinière en désordre, surgissent, Kosta a juste le temps de plonger derrière un rocher providentiel.

En quelques secondes, le troupeau entier au galop laboure le sol à l'endroit précis où se tenait Kosta, propulsant des mottes de terre et d'herbe sur son passage. La montagne s'amuse encore. Il a l'impression d'être dans un jeu vidéo où se succèdent les épreuves et les obstacles à franchir. Le rocher l'a sauvé, comme Djol autrefois. Mais en cherchant son sac, Kosta se rend compte qu'il l'a laissé échapper et que le troupeau est sans doute passé dessus… Presque impossible de le retrouver dans le brouillard. Et son portable était dedans.

Sur lui, il n'a plus que le Sig de Vladimir, les échantillons, son appeau, la boussole et la chaînette avec le pendentif que Djol lui a donnée. Il sait que la *magla* peut se dissiper dans les prochaines heures comme dans deux ou trois jours. Dans ce cas il sera condamné à rester près de ce rocher, sa seule amarre au milieu de cette mer opaque. Une nouvelle épreuve du jeu. La montagne éclate de rire autour de lui. Je t'ai eu, je t'ai eu…

Gardant à l'œil les contours sombres du rocher qui arrivent à percer la masse laiteuse par endroits, Kosta fait quelques pas à la recherche de son sac à dos, sans grand espoir. Son pied droit bute contre une chose déformée, aplatie et déchirée. Consterné, il s'agenouille devant son sac à dos pour évaluer les dégâts. Les comestibles et les deux canettes de bière se sont transformés en compressions, quant au matériel, tout est brisé, écrasé. Le smartphone n'est plus que débris, écran et coque éclatés. De nouveau, toute la montagne résonne d'un rire sinistre.

— Arrête ! ARRÊTEEEEEEE ! crie Kosta les mains plaquées sur les oreilles.

Quand il les retire, le silence est revenu. Un silence épais, visqueux. Il ramasse les restes du sac et regagne presque à tâtons le rocher dont il devine la silhouette dans la blancheur aveuglante. Il se laisse tomber contre la pierre, le sac sur les genoux. Avant tout, garder son sang-froid. Car elle n'attend que ça, que tu le perdes et que tu te perdes avec.

L'ombre de la folie est là, dans la *magla*, son refuge. Cette montagne rend fou. Djol et Sacha l'étaient, Kosta en est désormais persuadé. Il faut être fou pour vivre dans cet isolement. Mais n'est-ce pas la même solitude dans les mégapoles, n'est-il pas tout aussi fou, lui, dans sa tour, seul au milieu de ses semblables ?

Le contact avec la roche humide le soutient malgré le brouillard qui se densifie. Il ne bougera pas tant qu'il ne verra pas à plus d'un mètre, quitte à y passer la nuit.

Il glisse ses mains dans ses poches pour les réchauffer. Dans celle de droite, ses doigts se referment sur le pendentif. Depuis qu'il a reçu de son sauveur ce cadeau d'adieu, il ne l'a pas regardé. N'en a pas eu la force. À présent, c'est un peu de Djol qui le réconforte. Il fixe l'objet ovale dans sa paume, un médaillon et sent son pouls s'accélérer quand, le retournant, il lit, gravées dans le métal, deux initiales : VM.

VM… VM… Son cerveau se met à tourner comme un ordinateur.

Sacha a reçu ce bijou de sa mère, or, d'après ce que Kosta en sait, la femme qui a partagé la vie de Djol et lui a donné ce fils était elle-même une survivante de la tragédie de Zavoï.

Non… souffle Kosta. Non… impossible. Ce n'est qu'une coïncidence. Cette femme a dû trouver la chaînette et son médaillon dans les débris ou sur un cadavre qui se serait échoué, comme tant d'autres. Celui d'une femme. De sa mère, Vera Matic, de son nom de jeune fille.

39

Par un prodige de la nature ou, au contraire, un tour diabolique, Zlatko Colic respirait encore à l'arrivée de la milice. La femme de ménage, bien secouée par la découverte sur l'autel, a dû recevoir une piqûre de Valium avant d'être interrogée, puis ramenée chez elle.

Apprenant que leur directeur était vivant, mais qu'il n'en avait sans doute plus pour longtemps, l'assistante de Colic et les autres psychiatres de l'institut ont insisté pour qu'un pope soit appelé d'urgence et lui donne l'extrême-onction.

En l'attendant, c'est Vladimir qui a prononcé quelques prières à mi-voix, sans quitter des yeux l'homme agonisant. Puis le pope a pris le relais pendant que Colic, comme s'il n'avait patienté que pour ça, rendait son dernier souffle. Croisant Vladimir aux pieds du crucifié, le pope l'a scruté avec insistance, mais les deux hommes ne se sont pas dit un mot et Vladimir est sorti de l'église, déclarée scène de crime.

Après l'intervention du pope, un médecin dépêché de Pirot a pratiqué un examen et rendu ses premières conclusions. En plus de ses mains et ses pieds cloués sur le bois, ce sont les sept mètres de son intestin grêle sortis de son abdomen ouvert qui ont servi à maintenir le corps du psychiatre sur la croix. Il a probablement été éventré à l'aide d'un couteau. Un vrai boucher ou un chirurgien, selon le médecin. En tout cas, quelqu'un qui a une bonne connaissance du corps humain pour avoir réussi, sans doute volontairement, à le laisser en vie, les tripes à l'air. De toute évidence, le meurtrier voulait qu'il souffre le martyre, proche de celui du Christ, et que sa mort soit sûre mais lente.

L'institut, le sanatorium et les espaces extérieurs grouillent d'uniformes et de combinaisons bleues et ont été interdits à toute visite pendant plusieurs jours, le temps d'être fouillés et ratissés dans les moindres recoins.

Pour la milice de Pirot qui a demandé des renforts à Nis, les nuits vont être courtes. Après la découverte du corps de Marko Jelic enterré dans le sable au bord du lac, il ne fait aucun doute qu'un ou des tueurs enragés sévissent dans la région. Les résultats des analyses ADN en attente le confirmeront ou non. Il est maintenant peu probable que Sacha soit l'auteur ou même le complice des précédents crimes. À moins que, comme le chef de la milice de Pirot aurait tendance à le penser, il y ait deux meurtriers sans lien particulier entre eux.

Quand Vladimir a aperçu le chef de la milice de Pirot et son adjoint, son premier mouvement a été de les esquiver, mais voyant qu'ils l'avaient repéré et se dirigeaient vers lui, il s'est ravisé et a rabattu sa capuche sur son visage.

Par chance, le chef de la milice a sorti son portable et brusquement fait demi-tour, laissant son adjoint Andric s'occuper de Vladimir, qui en fut soulagé. Ne l'ayant encore jamais vu, celui-ci ne risquait pas de le reconnaître.

— Alors, ce moine? lance l'officier à Andric, pendant qu'ils retournent tout dans le bureau de Colic, à la recherche du moindre indice.

— Il dit qu'il est arrivé aujourd'hui. D'après la légiste, la mort de Colic remonterait à vingt-quatre heures. Mais il a atterri dans les parages à peu près au même moment que ce nouveau meurtre, c'est bizarre. Et tu n'as pas vu ses blessures... Il a des pansements qui couvrent une partie de son visage. J'aurais dû lui dire de les enlever, comme je l'ai fait pour sa capuche. Et surtout, le mettre en garde à vue.

— Tu vois un moine se transformer en boucher, toi? demande l'officier.

— C'est peut-être pas un vrai moine.

— Qu'est-ce qui te fait croire ça? Tu en as connu beaucoup, des moines?

— Non, mais je sais pas. Une intuition.

— C'est pas assez, une «intuition», Andric.

— Parfois, ça met sur la bonne voie.

— Moi, je pense qu'un faux moine n'aurait pas su dire les prières au mort.

— Il ne l'était pas encore. Mort.

— Presque.

— Et qu'est-ce qu'il foutait ici? Dans l'église? s'obstine Andric.

Le chef lance un regard exaspéré à son adjoint.

— Ça t'étonne, un moine dans une église?

— Dans la chapelle d'un institut psy, un peu, oui.

— Je te rappelle qu'il y a un an, c'était encore un monastère.

— Dont les moines ont tous disparu. Et s'il y avait une correspondance ?

Nouveau regard du chef qui se demande si son adjoint est perspicace ou juste entêté.

— Avec quoi ?

— Entre leur disparition et ce crime sauvage.

— Tu peux développer ou tu n'as que ça ?

— Pour l'instant, j'ai que ça. Mais on va forcément découvrir des preuves ici.

— Quelles preuves ?

Cette fois c'est au tour de l'adjoint de dévisager son chef en se demandant s'il fait exprès ou s'il est vraiment buté.

— Un monastère qui est là depuis des siècles. Janvier 2018, tous ses occupants disparaissent et, pfuit, un institut psychiatrique et un sanatorium s'installent à la place. Tu trouves pas ça étrange, toi ?

— Ça ne serait pas la première fois qu'un monastère serait recyclé, rétorque l'officier. Et tu oublies la croix gammée sur le corps de Colic. La même que celle du tag. Ça fait plutôt penser à une vengeance.

— Alors on fouille ce putain de monastère institut psy de mes deux ou ce que tu veux et on tombera forcément sur quelque chose qui nous éclairera. Amen.

— Bon, ce moine, tu as son nom et le monastère d'où il vient ?

— Pas pensé à lui demander celui du monastère mais lui, c'est Goran Tomic.

— Tu as vu une pièce d'identité ?

— Il en avait pas.

Alors que le chef de la milice est sur le point de réagir, la porte s'ouvre et l'assistante de Colic apparaît, le visage défait et sans maquillage.

— Le pope voudrait voir le responsable d'enquête.

— C'est urgent ?

— Il semblerait.

— Qu'il vienne ici, et fissa. On a du pain sur l'autel.

L'assistante revient deux minutes plus tard avec le pope, dont la longue barbe blanche impeccablement taillée et la toque noire posée sur la tête comme une couronne inspirent tout de suite le respect.

— Mon père… je vous écoute, dit le chef de la milice sur un ton sentencieux.

— Je vous ai aperçu interroger le moine, commence-t-il en s'adressant à Andric.

— Exact.

— Cet homme, je l'ai déjà vu.

— Ah ? Vous avez pu le reconnaître, malgré ses pansements sur le visage ?

Le pope affiche un sourire condescendant.

— Je dirais que c'est grâce à ça que je l'ai reconnu.

— Expliquez-vous.

— Quand vous lui avez fait retirer sa capuche pour l'interroger, j'ai vu ses cheveux, presque blancs. D'autre part, le fait d'avoir le visage couvert de pansements a mis ses yeux en valeur.

— Et ? À part leur couleur…

— Justement. Je n'ai connu qu'un homme, de surcroît un moine, avec des cheveux neige et des yeux d'un bleu pareil, un bleu qui vous happe, un bleu si froid que vous en êtes transi. C'était il y a quinze ans, je crois, ici même à Temska où j'officiais. Ce moine était le frère Krstic. Vladimir Krstic.

40

— Vladimir Krstic… répète l'officier, une main plaquée sur son front. Attendez… mais c'est l'ingénieur en chef de la centrale. Qu'est-ce qu'il fabrique, ici, déguisé en moine ? Et pourquoi nous avoir donné un faux nom ?

— Il voulait pas être reconnu, lui lance son adjoint. Et s'il a été moine, il l'est plus aujourd'hui, c'est sûr. En tout cas, il voulait pas qu'on puisse le tracer… S'il est reparti à pied, on peut lancer des gars avec les chiens à sa recherche.

— Ça m'étonnerait qu'il soit venu à pied de la centrale. On ira faire un tour dès qu'on aura un peu avancé ici. Vous le connaissiez, mon père ? demande le chef en se tournant vers le pope.

— Très peu. Le patriarche de Temska m'avait expliqué que le frère Vladimir était entré dans les ordres par repentance. C'était pour lui une forme de rédemption et un apaisement.

— Au nom de quoi ?

— Il a fait la guerre, il a été torturé et blessé, mais il a également blessé et tué.

L'adjoint et le chef se regardent. Eux aussi ont

combattu. Blessé et tué. Et en portent les stigmates, sans avoir eu besoin de rédemption.

— Si tous ceux qui ont fait cette guerre étaient entrés dans les ordres, il n'y aurait que des monastères et des mosquées dans toute l'ex-Yougoslavie, dit l'officier.

— Apparemment, il a eu besoin de se racheter auprès de Dieu. Mais, au-delà de ses propres blessures, le pire a été pour lui le massacre des moines du monastère où il avait été accueilli entre la vie et la mort, après avoir été torturé par un officier croate.

— Un officier croate… tiens, tiens… Il était où, ce monastère ?

— Quelque part au Kosovo, au bord d'un lac. C'est tout ce que je sais.

— Autre chose, concernant Vladimir Krstic ?

Les yeux mi-clos et les mains croisées sur le ventre, le pope secoue la tête.

— À part qu'il n'est resté que cinq ans à Temska, non, rien d'autre.

— Alors merci pour ce témoignage. Andric va vous raccompagner.

Quand l'adjoint revient, son supérieur est assis dans le fauteuil de Colic devant l'ordinateur, un cigare éteint à la main.

— Regarde un peu ce qu'il fumait, le mec. On se refuse rien, ici, dit le chef de la milice.

— T'as entendu le pope ?

— Oui, comme toi.

— Alors, t'as toujours des doutes sur la culpabilité de Krstic ?

— Tant qu'on n'a pas trouvé de preuves, oui, Andric.

— Attends… le type, qui est en réalité ingénieur, se pointe ici en moine, nous donne une fausse identité après avoir dissimulé son visage sous des pansements, on apprend qu'il est tombé sur un charnier de moines pendant la guerre, dont celui qui l'a sauvé fait partie, ensuite Krstic devient moine ici même du temps du monastère et…

— Il y a quinze ans, oui.

— Il est entré dans les ordres il y a quinze ans, mais il était dans les parages au moment de la disparition des moines il y a un peu plus d'un an. Il travaillait déjà à la centrale de Zavoï. Des moines massacrés pendant la guerre par un tortionnaire commun et après, les moines de Temska qui ont disparu… et lui qui refait surface. C'est bizarre, cette symétrie, non ? Ce qui expliquerait le svastika. Il est sans doute lié au passé de Colic et de Horvat.

— Il faut vérifier tout ça. En tout cas, un type qui peut travailler en présence d'un cerveau humain dans du formol a forcément lui-même un dossier, répond l'officier en passant et repassant le havane sous ses narines. Hmm, je le grillerais bien, ce barreau de chaise…

— C'est un médecin. Quand ils font leurs études, ils dissèquent des cadavres… On monte à la centrale arrêter Krstic ?

— Et après ?

— Garde à vue.

— Quel motif ?

— Fausse identité. Son histoire que vient de nous raconter le pope et qui en fait notre principal suspect.

— Trop léger, Andric. Désolé. Avec l'expérience, tu apprendras à ne pas tomber dans la précipitation.

— Donner une fausse identité dans le cadre d'un interrogatoire après un meurtre, alors qu'il nous a déjà vus à la centrale où il travaille et où il y a eu un triple meurtre, c'est trop léger ?

— Trop léger, Andric, oui.

— Bon, alors on fait quoi, à part fumer les cigares de Colic ?

— On va creuser le cas de Krstic, bien sûr, et lui demander quelques explications. Mais avant, évacuation et ratissage complet des lieux, cellules d'isolement, caves, greniers, tout, y compris le sanatorium. Et on fouille dans le PC de Colic. Comme tout ordinateur à usage professionnel, il contient sans doute des éléments de sa vie privée en plus des dossiers des patients.

— Et justement, qu'est-ce que tu comptes en faire, des patients ?

— J'ai déjà appelé Belgrade pour qu'ils envoient des fourgons d'unité psychiatrique. Ils vont les répartir entre les hôpitaux de Nis et de Belgrade. Mais avant, je veux les voir un par un. Ce nouveau crime est le pire de tous et l'acte d'un cinglé en liberté, qui peut recommencer n'importe quand. Peut-être un des patients de Colic. Ou un ancien patient. Il ne faut rien écarter. Appelle Mirko et dis-lui de faire des recherches sur le passé de Vladimir Krstic, voir si ça colle avec ce que nous en dit le pope et s'il y a de nouveaux éléments aussi. Je m'occupe du bureau de Colic et toi, tu supervises les perquises. Tu sais où en est le médecin ?

— À part que le pauvre type a été crucifié et ligoté avec son intestin grêle et que celui qui a fait ça doit s'y connaître en charcutage anatomique, rien de plus. Je vais aller voir.

— On se tient au courant. Le corps devra rejoindre les autres à Nis. Bientôt, ils n'auront plus de place, là-bas, et la légiste intérimaire va s'arracher les cheveux.

Une fois seul, le chef de la milice regarde le cigare amoureusement et le repose avec regret à côté du clavier. Lorsqu'il lui a demandé le mot de passe de l'ordinateur du professeur, l'assistante, la seule à le connaître, a fait de la résistance, puis a fini par le lui donner.

Se plongeant dans l'exploration méticuleuse des fichiers et de leur contenu, il commence par les dossiers médicaux qu'il ouvre l'un après l'autre. Des hommes et des femmes atteints de troubles psychiatriques divers : bouffées délirantes, délires hallucinatoires, d'interprétation ou passionnels, différentes formes de schizophrénie, psychose maniaco-dépressive, paranoïa aiguë, troubles délirants partagés. Tous passés entre ces murs ou s'y trouvant encore. Une liste à donner le vertige. Une variété de nuances entre chacun de ces maux, mais, pour le commun des mortels, un seul mot : folie. Et pour un homme comme le chef de la milice, tous les fous sont à enfermer. Ces malades ont donc leur place ici.

Alors qu'au terme d'une bonne heure de recherche dans les dossiers psychiatriques, il a le sentiment qu'il ne trouvera rien qui puisse faire avancer l'enquête, le milicien découvre, au bout d'une ramification, un dossier nommé d'une seule lettre, « T ». Il clique dessus et voit une série de fichiers à l'intérieur. Douze au total, qu'il ouvre successivement. Apparaissent alors douze portraits de moines au sourire béat ou grimaçant, tous au regard d'aliéné. Chaque photo porte le nom du moine et, entre parenthèses, celui du monastère auquel il est rattaché. Temska.

Le milicien s'arrête sur chacune d'elles. Certains visages ne lui sont pas inconnus. Il vient de les voir, juste avant. Sur les photos des fiches des patients de l'institut.

41

Pendant ce temps, Andric a rejoint le médecin dans la chapelle. Il est en haut d'une échelle, en train de retirer la couronne d'épines du crâne nu de Colic. Incrustée dans la chair durcie par la rigidité cadavérique et le froid, elle résiste. Des rigoles de sang ont coulé sur le front, les tempes et les paupières closes de la victime. De loin, on dirait que Colic a des trous noirs à la place des yeux. Le long serpent violacé de l'intestin grêle qui s'enroule tout autour de son corps et de ses membres dégage une odeur pestilentielle.

En arrivant sur la scène, Andric a du mal à réprimer un haut-le-cœur et doit ravaler sa salive pour ne pas vomir sur place.

— Ça va? Vous vous en sortez? demande-t-il au médecin, un petit bonhomme dégarni, lunettes rondes sur un nez écrasé et menton fendu.

— Je me le demande…

— Pourquoi vous vous acharnez sur cette couronne? Elle a un truc particulier?

— Euphorbia.

— C'est quoi?

— Épine du Christ. Découverte un an avant celui

dont elle porte le nom et dont la couronne en était faite. Elle provient d'un arbuste aux tiges recouvertes d'épines, d'où son nom et son utilisation biblique. À part ça, le latex qu'elle produit est très efficace contre les verrues, les hépatites et, paradoxalement, stoppe les écoulements sanguins. Sauf dans ce cas, apparemment. Et sans doute aussi pour Jésus, dit-il en se signant.

— Ah… en plus d'être médecin, vous êtes botaniste et croyant.

Le bonhomme brandit son smartphone sous les yeux d'Andric. À l'écran, de jolies grappes de fleurs roses et blanches.

— Non, je sais juste lire. J'ai envoyé les photos que j'ai prises de la couronne au Jardin botanique de Belgrade. Ils m'ont répondu assez rapidement en me transmettant des liens vers des sites où est décrite l'euphorbia. À part sur le Christ, son emploi sur une mise en scène de ce genre est peu commun. Parce que ce boucher en a utilisé une vraie. Rien de factice. Ce qui donne quelques renseignements sur son profil. Il s'y connaît, en plantes…

— Ou en religion, enchérit Andric qui voit cette découverte comme un élément à ajouter à son dossier à charge contre Krstic, en même temps qu'un argument à servir à son supérieur.

Un moine botaniste, ça existe dans tous les monastères, se dit-il.

— Je vous laisse finir votre travail, docteur, tenez-moi au courant, nous devrons envoyer la dépouille à l'institut médico-légal de Nis, lance Andric au médecin sur son échelle, pressé de s'éloigner de cette scène macabre.

Alors qu'il franchit la porte de la chapelle, Andric reçoit sur son portable un appel de son chef qui lui demande de venir le retrouver dans le bureau de Colic d'une voix vibrant d'impatience. Une petite pluie fine cingle le visage de l'adjoint qui court vers le bâtiment administratif. En quelques heures, l'institut s'est changé en terrain d'investigation policière, le parking rempli de voitures de milices et des fourgons des techniciens scientifiques fraîchement arrivés de Nis, vu l'ampleur de l'affaire.

— Andric, ramène-toi ici ! crie le chef dès que son adjoint apparaît dans le bureau, tout mouillé. Regarde…

Sur l'écran du PC sont alignées les photos des douze moines sous les fiches correspondantes.

— Oh ta mère… souffle Andric, la bouche ouverte. C'est pas vrai… Les moines de Temska sont dans cet institut ?

— Douze, Andric, douze moines. Ils étaient trente-trois. Où sont passés les autres ?

— C'est ce qu'on doit aussi découvrir, non ?

— En sous-marin, alors. Je te rappelle que c'est entre les mains de l'épiscopat maintenant.

— Qui va tout faire pour l'étouffer.

— Possible.

— Mais, chef, si on sait maintenant ce que sont devenus douze des trente-trois moines de Temska, on peut pas laisser tomber les vingt et un manquants. On peut même pas dire qu'ils seraient morts de vieillesse, sauf peut-être un ou deux, étant donné que leur disparition collective date d'un peu plus d'un an !

— Je sais, Andric, je sais. Du calme. Je vais

d'abord me griller ce putain de havane, que je n'aurai plus l'occasion de fumer de toute ma vie, et réfléchir.

À peine les doigts du milicien se referment sur le cigare que son portable se met à sonner.

— Va dans le con de ta mère ! Ah, Mirko, c'est toi… fait-il en crachant de côté. Attends, je mets le haut-parleur pour Andric. Vas-y.

— Votre gars, Vladimir Krstic…

Le récit de Mirko ne fait que confirmer les dires du pope sans apporter vraiment d'élément nouveau.

— C'est tout ? Pas de prison ? Délinquance ? Viols ? Vols, braquages ? Rien de tout ça ?

— Niet. Juste un gars au parcours atypique. Ah oui… Il devait toucher une prime d'invalidité de guerre et l'a refusée. En même temps, il travaille.

— L'un n'empêche pas l'autre. Un bon patriote, quoi, conclut le chef avec un regard en coin pour Andric qui lève les yeux au ciel.

— Eh bien voilà… lâche l'officier une fois la communication terminée. Voilà ton fameux boucher. Étudiant, enrôlé dans une putain de guerre, torturé presque à mort, blessé pour son pays, moine et ingénieur en chef dans une centrale hydroélectrique.

— Ça veut rien dire, bougonne Andric, renfrogné.

Un suspect idéal est en train de lui glisser des mains.

— Revenons plutôt à nos moines.

— Je croyais que c'était l'affaire de la police épiscopale ?

— Ça ne nous empêche pas d'y jeter un œil si on trouve quelque chose d'intéressant. Et j'ai trouvé, là… On va imprimer ces photos et, avec les plus costauds de nos gars, tu vas faire toutes les chambres, les cellules d'isolement, bref, l'institut et le sanatorium, pour les trouver. Regarde les fiches et les dates d'internement, toutes les mêmes. Le 21 juin 2017.

Alors qu'une poignée de minutes plus tard, Andric s'apprête à ressortir du bureau, les photocopies à la main, des cris d'homme se font entendre à l'extérieur.

— Vois ce qui se passe, dit le chef de milice d'un air las en se massant la cuisse.

Les marques de la guerre qui se rappellent à son corps. Dans sa chair et dans ses os.

— Il y a un vieux qui veut forcer le barrage à l'entrée de la chapelle, commente Andric, penché par la fenêtre. Il s'accroche avec les gars qui l'empêchent de passer.

— Dis-leur de le faire monter.

— Mon fils ! Je veux voir mon fils ! hurle le vieillard hors de lui en brandissant sa canne.

Andric porte le pouce et l'index à sa bouche et siffle trois fois. Les deux flics aux prises avec le vieil homme se retournent et lèvent la tête vers l'adjoint qui leur fait signe de la main de conduire l'agité jusqu'à lui. La pluie a cessé de tomber et quelques rayons de soleil se réfléchissent dans les flaques éparses.

— Qui est ton fils ? demande l'officier au vieillard en costume sombre flottant sur sa carcasse saillante et chapeau noir en feutre, essoufflé et tremblant qui s'avance vers lui. Et d'abord assieds-toi.

— Son assistante m'a averti… de… ce qui lui est arrivé. Il est mort… n'est-ce pas… Elle m'a dit… On l'a assassiné. Et il est dans la chapelle. Je veux le voir ! Je veux voir mon fils ! Et vous êtes dans son bureau…

— Je comprends, grand-père, mais ce n'est pas possible pour le moment. Il y a le médecin près de lui, qui procède à des examens. Et nous, on passe tout au peigne fin…

— Mais je suis médecin aussi!

— À ton âge?

— Quand on l'est, c'est jusqu'à sa mort! riposte le vieillard avec un regard courroucé.

— Mais tu n'exerces plus.

— Voir mon fils mort ne me fait pas peur. Je veux… je veux juste lui dire… au revoir… S'il m'avait écouté… si seulement il m'avait écouté.

— Qu'est-ce que tu veux dire? Et quel lien avec sa mort?

Dans le calme du bureau, le père de Colic reprend peu à peu son souffle et ses esprits.

— J'avais des doutes… comme un pressentiment. C'est à propos d'un de mes anciens patients… Je l'ai eu en consultation il y a trente ans, c'était encore un gamin de dix ou onze ans, peu importe. À l'époque, Zlatko, mon fils, étudiant en psychiatrie à l'université de Zagreb, écrivait sa thèse sur une maladie mentale, une psychose très rare, le syndrome de Cotard dans lequel le patient se croit mort. Persuadé de se décomposer de l'intérieur, il s'isole complètement. Une maladie qui frappe les personnes fragilisées par un traumatisme, un gros choc émotionnel. Ce qui était le cas de ce jeune garçon. Il faisait des cauchemars et pensait qu'il était mort. Comme Zlatko m'avait parlé de son sujet de thèse en me décrivant ce syndrome, j'ai fait le rapprochement avec les troubles que présentait ce gamin. Mais Zlatko ne m'a pas pris au sérieux. Pour lui, je n'étais qu'un médecin du corps, pas du cerveau. Ce n'est que plus tard, pris de remords, qu'il a voulu le retrouver.

Mais aucune trace de lui dans toute la Serbie, pas même dans un hôpital psychiatrique. Récemment, mon fils m'a appelé pour me dire que ce gamin, bien sûr maintenant adulte, était ici même et venait de lui parler dans son bureau. Qu'il revenait dans sa région natale, après une longue absence, et l'avait questionné au sujet de la disparition des moines de Temska. Il a un profil psychotique, avec tendance à la mélancolie et décrochage de la réalité. Tous les patients de mon fils sont ici, enfermés, y compris les plus dangereux. Mais pas lui. Lui, il est en liberté, il est venu travailler, m'a dit Zlatko, à la centrale. Et je ne peux pas m'empêcher de faire le rapprochement avec… ce qui est arrivé à mon fils, qu'il est venu voir tout récemment avec une femme.

À cette dernière phrase, le chef dresse aussitôt l'oreille.

— Tu as son nom ?

— Je m'en souviens bien, oui. Il était le plus jeune miraculé de la tragédie de Zavoï. Jan Kostadinovic.

42

Dès qu'elle voit s'afficher le nom de son ami grand reporter de Belgrade, Marija, assise sur le canapé à se ronger les ongles et les sangs en l'absence de nouvelles de Kosta, bondit sur son smartphone.

— Allô la Terre, ici Mars… entend-elle à l'autre bout.

— Alors ? demande Marija, fébrile, marchant de long en large dans le salon.

— Tu t'intéresses au milieu du porno, maintenant ?

— Ce n'est pas le moment de plaisanter, Vuk, s'il te plaît.

— Pour une fois dans ma triste vie, je ne plaisante pas, ma chère. Ta Tanja Horvat, c'était une sacrée louloute.

— C'est-à-dire ?

— La reine du porno en Croatie quand elle avait vingt ans.

— Tu rigoles ?

— Qu'est-ce qui te surprend ? Qu'elle vienne de là-bas avec un nom croate, ou le porno ?

La voix de Vuk est déjà pâteuse à cette heure de la

journée et Marija se dit qu'il doit en être à la moitié de la bouteille de rakija.

— Tu es sûr de tes sources ?

— À cent pour cent. C'est un grand amateur qui m'a renseigné. Il s'est branlé des heures, dans la pénombre de son salon, devant le cul et la chatte de Horvat en gros plan.

— Une ex-star du porno qui échoue à un poste de technicienne dans une centrale hydroélectrique, avoue que c'est plutôt improbable ! Sérieux, Vuk, c'est tout ce que tu as sur elle ?

— C'est déjà pas mal, je trouve. De quoi faire bander les moines de Temska.

— Vuk !

— Tu veux savoir pourquoi la belle Tanja Horvat a atterri ici ? Pour être plus près de lui, son Dieu…

— Qui ça, son Dieu ?

— Zlatko Colic.

— QUOI ? Le directeur de l'institut psychiatrique de Temska ?

— Lui-même, madame. Bravo !

— Merde !

— Tu peux le dire. D'après mes sources, ils se sont connus assez jeunes à Zagreb, Colic faisait ses études en médecine avec spécialisation en psychiatrie. Il est tombé raide dingue de la miss ou de son cul, au choix. Mais tout comme l'amour, la jeunesse n'étant pas éternelle, Horvat a arrêté le porno et Colic pour se marier à une sorte de maffieux serbe, beau fruit de la guerre qui, comme beaucoup de gars de son espèce, a pris une ou deux balles dans le coffre en pleine rue, laissant une veuve… assez joyeuse et vivant librement sa vie. Elle a retrouvé

Colic, lui-même séparé, à peu près dix ans après la fin de la guerre, en 2009.

— Alors elle s'est rapprochée de lui…

— Ah non, ce serait plutôt l'inverse, étant donné que Horvat a commencé à bosser à la centrale de Zavoï avant l'installation de l'institut dans les murs du monastère et qu'elle avait deux amants sur site. Le boss de la centrale et un certain Peric.

— Le délégué du personnel ! J'ai entendu dire ça, oui. Mon cher Vuk, tu ne faillis pas à ta réputation de CIA serbe ! Et sur Colic ?

— J'attends un retour d'une autre source. C'est un peu plus délicat et compliqué.

— Pourquoi donc ?

— Tu comprendras quand j'aurai les renseignements.

— Je ne demande que ça.

— Je te rappelle. Ciao, bella, ciao.

Tout excitée par ce qu'elle vient d'apprendre, Marija prend rapidement quelques notes sur son calepin, le range dans son sac et tente une nouvelle fois de joindre Kosta, sans succès. T'es où, Kosta, bon sang et pourquoi tu ne réponds pas… À cet instant, la porte d'entrée s'ouvre, et Vladimir surgit dans le salon.

— Tu es déjà revenu ? lui dit Marija étonnée et un peu contrariée de ce retour inopiné.

— Il y a eu un problème, au monastère.

— Au monastère ?

— Oui, enfin, à l'institut, répond Vladimir en se débarrassant de sa robe sous laquelle il porte ses vêtements civils.

— Que s'est-il passé ?

L'ingénieur lui raconte alors la scène macabre de la chapelle.

— C'est horrible ! Faut être sacrément malade pour faire un truc pareil ! s'exclame Marija, pensant aussitôt à Vuk qui doit la rappeler au sujet du psychiatre. Donc, ils n'ont pas encore eu le tueur.

— Apparemment.

— Tu as quand même pu voir ce que tu voulais ?

— J'ai juste fait le tour de la nouvelle chapelle.

— Et ?

— Elle n'a pas été construite à la place de l'ancienne par hasard. Et l'ancienne n'était pas en ruine. Elle n'avait pas lieu d'être détruite et remplacée.

— Mais tu as pu avoir un éclaircissement sur les moines que tu as vus à l'intérieur ?

— Je n'en ai pas eu le temps. La femme de ménage m'a fait entrer dans l'église et a découvert le corps au-dessus de l'hôtel.

— Terrible… Pauvre femme.

— Elle a reçu une piqûre de calmant. Je vais aller prendre une douche. Tu as des nouvelles de Kosta ?

— Je tente de le joindre toutes les heures, mais il ne répond pas. J'espère qu'il n'est rien arrivé. Tu as pu avoir Sladjana ?

— Oui. Si tu veux, on peut partir à la recherche de Kosta.

— S'il n'appelle pas d'ici ce soir, je préviendrai la milice. Il est avec Djol. Je ne pense pas qu'il soit en danger. Pour le moment, j'attends un coup de fil.

— De qui ?

Marija hésite un instant avant de parler. Après tout, Vladimir est un ami.

— Une vieille connaissance de Belgrade, une mine de renseignements.

L'ingénieur lui lance un regard intrigué.

— Tu as eu besoin de te renseigner sur quelqu'un ?

— Pour avancer un peu. Tanja Horvat.

Cette fois, des ombres passent dans les yeux de l'ingénieur. Évoquer l'employée sauvagement assassinée semble lui être encore difficile.

— Tanja ?

— Et Colic, justement.

— Et tu as eu tes renseignements ? demande brusquement Vladimir.

— Pas encore. Seulement sur Tanja Horvat.

En quelques mots, Marija rapporte à Krstic ce qu'elle vient d'apprendre sur l'employée.

— Peut-être y a-t-il un lien entre son passé dans le porno et son assassinat, suggère la journaliste, mais à présent que Colic a été tué lui aussi et, vu leur liaison, c'est à se demander si ce n'est pas une vengeance.

— À quoi tu penses ?

— Un amant jaloux.

— Crime passionnel, alors… dit Vladimir, pensif. Il devait leur en vouloir à mort.

— Ou alors c'est un proche de son mari maffieux qui n'a pas supporté qu'elle salisse sa mémoire.

— Dans ce cas, il aurait dû s'en prendre à d'autres de ses amants, comme Peric et Plavic.

— Le directeur de la centrale ? Tu as eu de ses nouvelles ?

— Pas depuis qu'il est reparti.

— Et tu ne trouves pas ça bizarre, qu'il ne soit pas là alors qu'il y a une grève et que la situation est tendue avec les meurtres ?

— Plavic fuit ses responsabilités depuis le début.

— Ou autre chose…

— Comme ?

— La police.

— Tu as des doutes sur Plavic dans cette série de crimes ?

— Je ne sais pas. Il part, il revient, il repart. Il te dit qu'il est sur un autre site, mais peut-être qu'il est resté dans les parages.

— Je n'y ai pas pensé. Bon, je reviens, je vais me doucher.

Une fois Vladimir dans la salle de bains, Marija reprend son carnet pour y ajouter quelques compléments de notes avec le nom de Plavic et la description que lui a faite l'ingénieur de la mise en scène macabre dans la chapelle de Temska. Elle est en train d'écrire quand son portable se met à jouer *I Wish I Had an Angel*.

— Vuk ? dit-elle à voix basse.

— Toi, t'es plus seule.

— Quelle perspicacité…

— Pas besoin de parler, tu m'écoutes. Alors ton Zlatko Colic, c'est du lourd. C'est lui qui aurait dû être enfermé.

Marija dresse l'oreille vers la salle de bains. L'eau coule à flots.

— Vas-y, ça ne peut pas être pire que ce qui lui est arrivé, dit-elle.

— C'est tout frais ?

— Glacé, même. Il est mort.

La journaliste enchaîne sur le bref récit de la scène de la chapelle.

— Tiens, tiens… dit Vuk. C'est du lourd, en effet,

mais quand tu en sauras plus, tu vas tout de suite cesser de t'apitoyer sur son sort. Pendant la guerre, Colic, dont la mère était croate et qui a grandi à Zagreb, est resté du côté croate. Il avait le grade de lieutenant. Il organisait des séances de torture sur des soldats serbes et a participé au massacre des moines du monastère de Dojna, au bord du lac du même nom, au Kosovo. Le charnier a été découvert par un bataillon serbe. Les moines avaient tous trois doigts coupés ainsi que la tête et les yeux crevés pour faire croire à un acte des musulmans bosniaques ou kosovars. En réalité, Colic était derrière tout ça.

Mais Marija a cessé d'écouter, le regard rivé sur le pistolet braqué sur elle. Le jumeau du Sig Sauer que Vladimir avait prêté à Kosta.

43

Après avoir eu le nom de Kosta par le père Colic, le chef de la milice a distribué les tâches. Le vieux est reparti chez lui dans la vallée, en aval du barrage, Andric reste à Temska, tandis que lui se rend à la centrale avec une équipe pour procéder à l'interpellation des deux autres principaux suspects, Jan Kostadinovic et Vladimir Krstic, deux amis de vieille date plutôt cinglés, qu'il commence à soupçonner de complicité dans la série de meurtres. Elle correspond en effet au retour de Kosta dans la région et à son arrivée à la centrale.

Au même moment, à Nis, la légiste écrit dans son rapport, qu'elle faxe au bureau du chef de la milice de Pirot où il n'y a personne, que le présumé tueur Sacha est en fait de sexe féminin, que son apparence est vraisemblablement le résultat de l'absorption régulière d'une plante, le tribule terrestre, connu pour stimuler et augmenter le taux de testostérone dans le corps, et que l'ongle de son gros orteil droit a été arraché et correspond à l'ongle retrouvé sur la scène de crime au bord du lac.

La journée est bien avancée et à dix-huit heures, il

fera déjà nuit. Le chef la milice veut perdre le moins de temps possible, et avec cinq de ses hommes, ils embarquent dans deux voitures en direction de la centrale. Mais ils ont à peine fait quatre kilomètres, que les deux véhicules crèvent en même temps. Les deux conducteurs descendent voir, puis appellent les autres à grands cris.

— Fumier ! explose l'officier. Pourriture !

Partout sur leur voie sont dispersés des clous aussi longs qu'un doigt, à la tête grosse et plate.

— Qu'est-ce qui se passe, chef ?

— Quelqu'un a anticipé notre visite à la centrale. Quelqu'un qui ne veut pas qu'on le retrouve. Qu'il aille dans la chatte de sa mère, le salaud !

Prenant son portable, il appelle Andric.

— On a crevé… Oui, les deux voitures. Des clous volontairement semés. On pense au même homme. Envoie un fourgon sur la route de la centrale, à environ cinq kilomètres de Temska. Merci.

Andric s'exécute, puis repart en courant au sanatorium au fond du parc rejoindre une équipe de recherche. Ce bâtiment isolé, tout en longueur, le plus ancien, sur la porte duquel est écrit « Entrée interdite », est totalement vétuste et insalubre. Les supposées salles de soins carrelées sont dans un état indescriptible et les miliciens avancent en se bouchant les narines dans une odeur âcre d'urine et de médicaments. Le personnel, psychiatres et infirmiers, a été réuni dans un autre bâtiment pour y être interrogé.

Des cris auxquels succèdent des coups répétés retentissent, provenant du fond du large couloir. Andric sort son arme et, suivi des miliciens, se dirige vers les hurlements.

Ils parviennent en haut d'un escalier éclairé d'un néon vert et se rendent compte que le vacarme vient de plus bas. Sur un signe de tête aux autres, l'adjoint, les deux mains jointes sur la crosse de son Beretta, descend marche après marche. La sueur lui coule du crâne sur les tempes et dans le dos.

Les cris s'amplifient, longs hululements, le plafond voûté d'un sous-sol qui s'ouvre à eux faisant caisse de résonance. Dans l'espace confiné, l'odeur devient insupportable et les saisit à la gorge. Cette fois, c'est un mélange de selles, d'urine et de charogne.

— Dieu… on est où, là ? demande le deuxième milicien après Andric en tête.

— On va bientôt le savoir, je crains… Oh, bordel à chiottes…

Il est le premier à découvrir l'horreur dans la lumière verdâtre des néons. Une succession de cellules fermées par d'énormes cadenas, des portes blindées percées d'une petite fenêtre carrée avec des barreaux entre lesquels le groupe voit passer des bras décharnés et des mains griffues, qui tapent sur le métal. D'autres cellules sont ouvertes, mais vides et plongées dans l'obscurité.

— On se croirait au zoo dans la section des primates tellement ça pue ! souffle un des gars, atterré.

— C'est quoi, ce cauchemar ? lâche un autre derrière.

La dernière fois qu'il a vu ce genre d'atrocités, c'était à la guerre.

Andric ne dit plus rien, incapable de parler. Il vient de compter le nombre de cellules occupées et de comprendre. Douze. Les douze moines fichés comme patients de l'institut.

— Vous avez vu la taille des cadenas? On n'a pas de pince pour ouvrir… dit un des coéquipiers.

— Il sont peut-être dangereux, on peut pas ouvrir comme ça, dit Andric. Il faut voir avec les psychiatres. Sont-ils seulement au courant… vu que l'entrée est interdite. Combien sont dans le coup? Peut-être uniquement Colic…

— Vous avez vu ce qui est écrit sur les portes?

Ils s'approchent et lisent sous chaque lucarne par où souffle un air vicié.

Pierre (29 juin), Paul (29 juin), Jean (8 mai), André (30 novembre), Philippe (30 novembre), Jacques I (30 avril), Barthélemy (24 août), Matthieu (16 novembre), Jacques II (9 octobre), Thomas (6 octobre), Jude (19 octobre), Matthias (9 août), Simon (10 mai).

— Ils sont pas serbes avec ces prénoms… sort un des hommes.

— Ce sont les apôtres, idiot! Les noms des douze apôtres!

— Et les dates, alors?

— Peut-être le jour où ils ont été enfermés ici, suggère l'un des gros bras.

— Ou leur jour de naissance… dit un autre.

— Il y en a parmi vous qui ont encore un cerveau, ça me rassure, lance Andric qui glisse son arme dans son étui à sa ceinture et s'arrête devant la porte de Jacques.

De l'autre côté des barreaux, s'encadre un visage mangé par la pénombre. Seule luit sa barbe argentée sous le néon de l'allée. Sur la porte est inscrit Jacques (30 avril).

— Alors c'est ça, tu es Jacques et dans trois jours, c'est ton anniversaire, lui dit Andric.

La barbe bouge un peu, mais aucun son n'en sort.

— Je n'ai pas entendu, dit le flic. Ça fait longtemps que toi et tes camarades êtes ici ?

— Ma célébration, grince une voix de gorge.

— Comment ?

— Le 30 avril. On me célèbre. Moi, Jacques le Majeur, Son disciple le plus proche.

— Le disciple de… Jésus ?

— Notre bien-aimé Jésus, oui. Nous sommes ses douze apôtres. Et moi, le frère de Jean, un pêcheur comme moi.

Le ton est extatique.

— Il est où, Jésus ?

— Il viendra. On nous l'a promis.

— Qui vous l'a promis ?

— Le docteur Colic.

— Mais pourquoi vous êtes là, enfermés ?

— Pas enfermés. Protégés. On ne doit pas nous voir avant Son arrivée.

— L'arrivée de Jésus ?

— Oui.

— Protégés contre qui ou quoi ?

— Le diable. Il est tapi dans ces montagnes depuis toujours. Le docteur nous a dit qu'ici, on ne craint rien.

— Et le diable, vous l'avez vu ?

Une agitation soudaine anime la pénombre de la cellule.

— Oh… les flammes… c'était lui. Ça brûlait, le feu dévorait tout…

— Ça brûlait où, Jacques ?

— Ohohohoh… non… non… pas le feu !

— Il n'y a pas de feu, ici. Vous êtes à l'abri. Tu viens de le dire. Mais les flammes, qu'est-ce qu'elles dévoraient ?

— La chapelle… elles ont tout dévoré, les flammes du diable.

Andric, dont le cœur fait un bond, voit la main sèche de Jacques faire de rapides signes de croix. La chapelle.

— Quelle chapelle ?

— Celle du monastère de Temska. Elle a été détruite, c'était l'œuvre du démon. C'est le docteur qui nous l'a dit. Alors il nous a mis ici. Mais les autres sont restés dans les flammes.

L'adjoint déglutit.

— Les autres ? Qui ça ? Vous êtes tous là, les douze apôtres…

— Les autres, qui font partie des soixante-dix disciples de Jésus. Ils étaient vingt et un. Ils ont tous brûlé dans les flammes de l'enfer.

Sonné par les paroles de Jacques, Andric voit la chapelle brûler et sent même la chaleur du brasier sur son visage.

Lorsqu'il ressort à l'air libre, il appelle l'officier sur la route de la centrale.

— Le fourgon est bien arrivé ? demande-t-il d'abord.

— Affirmatif. On va repartir. Sur chaque voiture, les quatre pneus ont crevé. La vraie poisse. Du nouveau de ton côté ?

— On peut le dire, oui. On a retrouvé les douze moines, qui se prennent pour les douze apôtres de Jésus, et on sait maintenant ce qui est arrivé aux vingt et un disparus et pourquoi une nouvelle église a été construite à la place de l'ancienne. Elle a brûlé. Avec le reste des moines de Temska qui se trouvaient à l'intérieur.

44

Après le choc de la découverte des mêmes initiales que celles de sa mère sur le médaillon, Kosta s'est mis en route dans le brouillard, d'un pas pesant et incertain, titubant de fatigue et de douleur. La seule pensée qui l'aide à avancer, c'est retrouver Fjona. Et Marija. Mais au bout de trois quarts d'heure de marche à l'aveugle, il s'arrête, épuisé par la tension.

Dans l'épaisseur de la *magla*, s'orientant à l'aide de sa boussole qui s'est remise à fonctionner correctement, au lieu de tourner à droite à un croisement de sentiers qu'il n'a pas vu, il a continué tout droit jusqu'à Babin Zub, dans la direction du versant le moins sauvage de la montagne et le plus au nord, celui où les pentes recouvertes d'herbe en été redeviennent des pistes de ski en saison hivernale. Ce n'est qu'au premier pylône de télésiège qu'il s'aperçoit de son erreur.

Exténué, se tenant les côtes, le froid humide ayant réveillé sa fracture du nez, sans gants alors que le vent se lève en même temps que l'obscurité, il sait qu'il n'aura pas la force de rebrousser chemin pour retrouver le bon sentier qui le conduira là où il a laissé la voiture. Mais il sait aussi qu'en bas de la piste de ski, se trouvent forcément les cabanes, fermées hors saison, du local technique et du personnel. Avec un peu de chance, il parviendra à forcer la porte de l'une d'elles, y dégottera de quoi manger et y passera la nuit avant de retourner au pied du Midžor récupérer le Land.

Suivant les pylônes, qui se succèdent dans la brume un peu moins dense, il se laisse glisser sur l'herbe plus qu'il ne marche. Lorsqu'il parvient enfin aux cabanes, il est dix-huit heures passées de peu et il fait déjà nuit noire. Délaissant le local technique, il monte les deux marches de la cabane dédiée au personnel et essaie la poignée, mais bien sûr, la porte est fermée à clé et les fenêtres qu'il aurait pu briser sont protégées par des panneaux en bois solidement fixés. Ce qui veut dire qu'à l'intérieur, il y a des choses à préserver des voleurs, en déduit Kosta. Par exemple, du matériel et des vivres.

Encore plus loin, en contrebas, on devine l'ensemble hôtelier Stara Planina à ses petites lumières, au-delà de la forêt de conifères. L'un des rares établissements touristiques de Babin Zub, qui fait le plein de vacanciers en hiver et reste presque vide hors saison, à l'opposé du lac et de la centrale. En mode autonome, y compris pour l'eau et l'électricité qu'il produit lui-même au moyen d'un générateur, l'hôtel échappe à la pénurie qui affecte la vallée suite à la grève.

S'il ne réussit pas à ouvrir la cabane, Kosta sait qu'il devra descendre jusqu'à l'hôtel et qu'à la vitesse à laquelle il va, il en aura pour au moins une heure dans la nuit, sans lampe, avec le risque de se perdre à nouveau, le rideau de conifères dérobant par intermittence les lumières de l'hôtel.

Après en avoir fait le tour et évalué les possibilités d'effraction, dépité, Kosta quitte la cabane en rondins et décide de se diriger malgré tout vers l'hôtel dans le prolongement non aménagé de la piste qui s'arrête peu après les cabanons.

Se fondant dans la nuit, Kosta n'est plus qu'une ombre, l'ombre de lui-même. Il se sent aussi fragile qu'un courant d'air, aussi vain et infime dans cette montagne qu'un grain de sable.

L'hôtel Stara Planina est à portée de jambes, même dans son état, même avec son nez qui le lance et une ou plusieurs côtes fêlées ou cassées, même après un hématome à la tête. Dans peu de temps, il pourra enfin se nourrir, se laver et reprendre des forces.

Un peu moins d'une heure plus tard, réfrigéré, sale, les vêtements couverts de poussière et de terre séchée, des meurtrissures de sa chute au front et au visage, le nez enflé, il arrive à la réception de l'établissement, aussi déserte qu'un hall de gare après minuit, où se tiennent trois réceptionnistes, un blond, un rouquin et le troisième, au physique de Clark Gable, petite moustache grisonnante, paupières tombantes, qui le toisent avec méfiance.

— J'étais parti pour le sommet du Midžor, la *magla* m'a surpris et je me suis perdu, dit-il à la cantonade. J'ai laissé ma voiture de location, un Land, au pied de la montagne, mais j'ai pas pris le bon chemin à cause du brouillard et de la nuit.

— D'où l'intérêt de faire appel à un guide, rétorque le réceptionniste avec un clin d'œil à ses deux collègues. La montagne, ça ne s'improvise pas.

— Je n'y étais pas pour une randonnée. C'était professionnel. Des prélèvements à faire à la source pour vérifier l'acidité de l'eau. Dans la *magla*, je suis tombé sur un troupeau de chevaux sauvages qui ont failli m'écraser. J'en ai réchappé mais pas mon sac à dos, avec portable, jumelles, vivres.

Tandis qu'il raconte la mésaventure de son sac à dos, Kosta pense que, s'il était fouillé, on trouverait dans une des poches de sa doudoune le Sig Sauer de Vladimir, ce qui remettrait sérieusement en question la véracité de son récit.

— C'est possible de passer un appel ? demande-t-il en regardant tour à tour les trois réceptionnistes.

— Si ce n'est pas à New York, répond l'un d'eux.

— Non, à la centrale de Zavoï.

— La centrale hydroélectrique ? s'étonne celui qui n'a pas encore parlé.

— Oui, je suis en mission pour eux. Je peux appeler d'où ?

— Avant, il me faut votre nom, dit le blond d'un ton affecté.

— Jan Kostadinovic.

— Jan Kostadinovic ? Kosta ? Le petit-fils de Ratko Matic et Lepa Arsimovic ? Le jeune rescapé de Zavoï ? s'écrie Clark Gable en le dévisageant comme s'il arrivait tout droit de l'espace.

À l'évocation de ses grands-parents maternels ici, dans un hôtel de luxe dont ils n'auraient même pas pu imaginer qu'il allait être un jour construit, Kosta, stupéfait, a presque les larmes aux yeux. Il regarde plus en détail l'homme qui vient de lui poser cette question. Entre cinquante-cinq et soixante ans, les cheveux poivre et sel, le teint mat et les yeux verts, sportif, aussi taillé que lui et un peu plus avenant que les deux autres.

— Oui… Ce sont mes grands-parents maternels… Ratko est mort, je n'ai plus que ma grand-mère. Mais… comment vous les connaissez ?

— Mes parents étaient leurs voisins. Quand tu es arrivé chez eux avec ton chien, Hatsa, votre histoire a fait le tour du village.

Plissant les paupières, Kosta remonte aussi loin qu'il peut dans ses souvenirs. Et, soudain, c'est l'illumination.

— Branko Tosic ?

Jamais il ne l'aurait reconnu sans ces précisions.

— Lui-même. Quelle mémoire, bravo ! On a pourtant treize ans d'écart !

— Un jour, tu m'as vu avec Hatsa et tu es venu me parler gentiment en me rapportant mon ballon qui avait atterri dans votre jardin, sourit Kosta. Ça ne s'oublie pas.

— Laisse, Bogi, je m'en occupe, glisse Branko au rouquin. Tiens, Kosta, passe ton appel de mon portable et après je t'offre une bière… ou ce que tu veux. Tu as peut-être faim aussi, ça creuse, la marche…

— Merci, vieux. Une bière, ça ira bien.

Kosta prend le portable que lui tend Branko et s'éloigne dans le hall, sous un gigantesque luminaire en cylindres de verre qui occupe presque tout le plafond. Heureusement, il a gardé dans sa poche la carte de Vladimir avec son numéro de portable. Mais il tombe sur la messagerie au bout de trois sonneries, sur laquelle il explique qu'il se trouve à l'hôtel Stara Planina où il va sans doute passer la nuit. Il retournera le lendemain au pied du Midžor récupérer son Land.

Quand il revient à la réception rendre le portable à Branko, celui-ci lui donne une carte magnétique glissée dans un support au logo de l'hôtel – des sommets enneigés.

— Chambre 27 pour toi, elle est libre. Un bon bain ne te fera pas de mal, répond Branko avec un sourire entendu.

— Mais… j'ai rien pour payer…

— T'occupe… c'est sur ma note.

— Branko, non…

— Tu préfères passer la nuit dehors ?

— Non, mais trouver un bus qui va à la centrale…

— Il n'y a plus rien à cette heure, hors saison. Donc après ton bain, tu descends me rejoindre au bar, j'aurai fini ma journée. Vingt heures, ça te va ?

Vladimir est prévenu, il pourra rassurer Marija. Kosta le rappellera pour lui dire qu'il passe la nuit à l'hôtel.

— Après le dîner, offert par la maison, je te propose un petit jacuzzi. Il n'y aura personne.

— Merci, Branko, vraiment, merci. À charge de revanche.

— Tu m'inviteras à Dubaï, pour la peine. Je n'y suis jamais allé.

N'ayant pas précisé où il vit, Kosta comprend que son bienfaiteur vient de consulter le moteur de recherche en tapant son nom et qu'il est sans doute tombé sur son profil professionnel où est mentionné qu'il vit et travaille à Dubaï.

Une fois dans la chambre, il insère la carte dans le bloc mural qui gère l'éclairage de la pièce et la clim réversible et, encore transi, commence à se faire couler un bain fumant, lorsque trois petits coups retentissent à la porte.

— Un rechange, une trousse avec dentifrice, brosse à dents, blaireau, rasoir, eau de toilette, pansements et une boîte d'antalgiques, de la part de M. Tosic, dit la petite blonde souriante qui se tient sur le seuil.

Après l'avoir remerciée, ému par le geste de Branko, Kosta avale un comprimé avec un grand verre d'eau, puis enlève ses vêtements un à un en serrant les dents lorsqu'ils effleurent ses côtes et se glisse dans la baignoire où l'eau moussante monte rapidement.

Au bout de quelques minutes seulement, la dernière image de Djol proche de la mort l'obsédant et l'empêchant de se détendre complètement, il ressort encore tout savonneux et, après s'être frictionné le dos autant que le lui permet la déchirure dans les côtes, il se tamponne la poitrine avec une serviette dont la douceur le ferait presque pleurer. Il a l'impression qu'une éternité s'est écoulée depuis qu'il a éprouvé de semblables sensations pour la dernière fois. Et c'était à Dubaï.

Le blaireau à la main, sur le point de raser une barbe naissante, son reflet dans la glace le cloue sur place. Son visage est meurtri et creusé, son nez tuméfié, et un hématome violet s'étend sur toute la partie gauche du thorax, dans la zone sensible. Il peut à peine y passer les doigts sans sursauter.

Là, je dois avoir des côtes cassées, se dit-il, ayant du mal à aller jusqu'au bout de ses inspirations.

À 20 h 05, propre mais finalement pas rasé – soulever le bras étant trop douloureux – et vêtu du jogging de Branko, Kosta descend au bar où son ami se trouve déjà, devant un verre de Jelen, une bière blonde des Balkans.

— Je ne t'ai pas attendu, mon vieux. Tu veux la même chose ? lui dit Tosic d'un air enjoué.

— Allez…

La soirée se déroule tranquillement entre les deux vieilles connaissances, à parler de leur vie, de leur femme – Branko en est à sa troisième mais n'a pas eu d'enfants –, de leur pays encore fragile dans le spectre d'une nouvelle guerre territoriale autour du Kosovo que revendique l'Albanie, de la mission de Kosta sans qu'il révèle tout et, enfin, du bout des lèvres, avec une extrême pudeur, de la tragédie de Zavoï, connue dans toute la région.

— Tu es un héros, par ici, tu sais, lui dit Branko qui en est à sa troisième bière. Le plus jeune héros de Zavoï dont les anciens parlent encore.

— Pour être un héros, il faut avoir sauvé des vies, combattu pour son pays. Je n'ai rien fait de tout ça. C'est toi, Djol et Vladimir, les héros. Pas moi.

Après dîner, Branko tient sa promesse de jacuzzi pour eux tout seuls. Avec l'alcool, dans l'éclairage feutré de la salle, l'eau chaude et les vapeurs enveloppent les deux hommes d'une douce torpeur.

— Demain, je ne partirai pas trop tard, dit Kosta, dans les remous qui lui massent le dos et les fesses, tu seras là ?

— On prendra un café avant que tu partes. Je te présenterai ma femme, Nevena.

— Elle est ici ? s'étonne Kosta.

— Elle travaille à l'hôtel. Elle est guide et coach sportif. Si tu étais resté, tu aurais pu prendre des cours avec elle.

— Je reviendrai avec Jasna et Fjona, en touriste.

Une fois dans sa chambre, le peignoir fourni serré à la taille, Kosta ouvre la fenêtre pour fumer une cigarette du paquet entamé que lui a donné Branko. Quelques réverbères éclairent faiblement les allées et les collines tout autour, dont les chemins vont se perdre dans la nature.

Le regard dilué dans la nuit, Kosta se sent peu à peu devenir étranger à lui-même, et l'impression que son corps est rempli de boue et de pierres l'envahit de nouveau. C'est alors qu'il le voit dans la clarté d'un réverbère, longue silhouette noire appuyée sur son bâton, le visage tourné vers lui, qui le fixe. Djol.

45

Dans son uniforme gris décoré de l'aigle royal à deux têtes des armoiries serbes sur la poitrine, coiffé d'un béret, le visage libéré de ses pansements dévoilant des coupures encore à vif, Marija n'a pas tout de suite reconnu Vladimir derrière le pistolet pointé sur elle. Puis elle a cru à un déguisement, une sorte de plaisanterie de mauvais goût, ou bien à une crise de nostalgie provoquée par le récit de ses souvenirs de guerre. Mais, face au regard sans chaleur de l'ingénieur, à son expression dure et déterminée, Marija, prétextant une urgence pour couper aussitôt la communication avec Vuk, comprend vite que ce n'est rien de tout ça.

— Vlada ? Qu'est-ce qui te prend ?

— Il n'y a pas de Vlada, ici. Levak, sergent dans l'armée de terre.

La voix est méconnaissable. Plus grave et rauque. Sous les traits de Vladimir Krstic, c'est vraiment un autre homme qui se trouve dans cette même pièce et la menace de son arme. Un homme qu'elle voit pour la première fois, dans la peau de son ami. Il tient le pistolet de la main gauche, d'où, sans doute, ce qui doit être un surnom de soldat, Levak, le gaucher. Alors que Vladimir est droitier.

Peu à peu, l'évidence s'impose à la journaliste. La personnalité de Vladimir Krstic, ingénieur hydraulicien à la centrale de Zavoï, a laissé place à Levak. Pourtant, l'homme qui lui racontait peu de temps avant ce qu'il a vécu à la guerre était bien Vladimir.

— OK, salut Levak, dit-elle, les mains levées, paumes tournées vers l'extérieur, moi c'est Marija, je suis journaliste et amie de Vladimir Krstic.

— Je le connais. Nous sommes très proches.

— Et moi aussi, alors tu peux baisser ton arme ?

— Tu en sais trop maintenant. Tu vas me suivre.

— Qu'est-ce que je sais ?

— Tu as appris des choses sur Colic. Je t'ai entendue parler au téléphone, pendant que Vladimir prenait sa douche.

— Où il est ? Appelle-le ! s'écrie Marija, décidée à jouer le jeu de Vladimir-Levak. Il te confirmera que Colic a un passé de criminel de guerre ! Que c'est Colic l'officier croate qui est derrière le massacre des moines de Dojna et que c'est lui aussi qui l'a torturé ! Voilà ce que je sais !

Levak éclate d'un rire lugubre.

— Criminel de guerre... Tout homme qui fait la guerre peut être un criminel, parce qu'il tue d'autres hommes. Mais ce ne sont pas des crimes. C'est la guerre. Vladimir a été torturé, oui, et blessé. Et c'est parce que tu as appris tout ça sur Colic que tu peux faire le rapprochement avec la découverte de son corps dans la chapelle. Mais ce n'est pas Vladimir qui l'a tué. C'est moi. Pour le venger de ce que cette pourriture de nazi croate lui a fait subir.

— Comment as-tu su, pour Colic ?

— Vladimir l'a reconnu, quand il a fait quelques recherches sur l'institut. Il n'avait jamais vu le visage du directeur, avant ça. Le visage de son tortionnaire. Même avec sa moustache, à l'époque, et vingt ans de plus. On n'oublie jamais les traits de celui qui vous a torturé à mort et qui a décapité tous les moines d'un monastère. Vladimir m'en a parlé. Il ne pouvait plus vivre avec ça. Savoir que ce monstre était toujours en vie, et si près. Alors je m'en suis chargé.

— Et Tanja Horvat ? C'est toi aussi ? demande Marija qui essaie de garder son sang-froid malgré la peur qu'elle sent monter en elle.

Ne surtout pas la lui montrer.

— Oui. La pute du diable !

Levak s'est mis à crier. Le Sig Sauer tremble dans sa main. Pute du diable. La phrase taguée sur le mur chez Tanja. Son autre s'en sert-il dans une forme de manipulation ou bien est-il vraiment le meurtrier de Tanja ? Vladimir, non, pas ça… pas toi ! disent les yeux atterrés de la jeune femme qui pense que ce serait trop risqué de bondir pour tenter de le désarmer. Si elle manque son coup, il la tuera.

— La pute de Colic ! Ils sont tous les deux en enfer, maintenant ! Regarde, regarde bien ce que je leur ai fait !

D'un air triomphal, Levak sort de sa main libre un smartphone, fait glisser une photo sur l'écran et la met sous le nez de Marija. À la vue de Colic éventré sur la croix, ses viscères enroulés autour du corps, elle croit défaillir. Suit une autre photo, de Tanja Horvat, égorgée sur la plage du lac.

— Mais ils croient que c'est lui qui l'a tuée… parce

qu'il a laissé des traces et des empreintes sur elle et tout autour. J'étais là, j'ai tout filmé. Et je l'enverrai à la milice de Pirot.

Levak montre cette fois à Marija une vidéo prise à distance, où l'on peut apercevoir une tête à la crinière hirsute penchée sur le corps tout habillé de Horvat qu'elle semble renifler comme un fauve qui vient de tuer sa proie et s'apprête à la dépecer. Mais, au lieu de ça, les mains recouvertes de poils noirs entreprennent de la déshabiller. Puis, lui écartant les jambes, y glissent quelque chose.

La journaliste reconnaît aussitôt Sacha. Elle lève les yeux sur Levak.

— Et les autres aussi, c'est toi ? Le chien et le vigile ?

— Non. Ça, c'est l'autre.

— L'autre ?

— Celui qui a agressé Vladimir.

— Mais tu as les mêmes coupures au visage et aux mains que Vlada, risque-t-elle, consciente qu'elle s'expose à une réaction imprévisible.

— Tu ne m'as pas cru, en fait, c'est ça ? Tu penses que nous sommes la même personne, Vladimir Krstic et moi.

Le bleu des yeux de Vladimir-Levak a viré au noir. Son portable se met à vibrer, faisant diversion.

— Haha, ricane-t-il, c'est Kosta, l'hydrogéologue appelé par Vladimir. Tu connais, non ? On va voir s'il laisse un message.

Au bout de quelques secondes, s'affiche la notification d'un message vocal que Levak écoute tout de suite avec attention.

— Tiens, tiens, il faut que j'annonce ça à Vladimir !

Son copain Kosta dit qu'il se trouve à l'hôtel Stara Planina pour la nuit. Il s'est perdu à cause de la *magla*, ce con! C'est Vladimir qui va être content... il se demandait justement où Kosta était passé. On va gentiment l'attendre ici. Lève-toi. Tu entends? Lève-toi.

Sans cesser de penser au moyen de lui fausser compagnie, Marija s'exécute. Pour le moment, elle sent qu'elle doit entrer dans le jeu de la double personnalité de Vladimir-Levak. La question est : depuis quand exactement Levak s'est introduit dans le cerveau de Vladimir et pour combien de temps?

Est-ce une personnalité récurrente après de longues périodes d'accalmie ou bien est-il là en permanence? Et qui est cet «autre» agresseur qui lui a lacéré le visage?

Toutes ces questions se succèdent sous la menace du Sig. Elle précède Levak qui la pousse au fond de l'appartement, vers la porte d'un débarras qu'elle n'avait pas remarqué auparavant. Sans être très vaste, le logement de fonction de l'ingénieur en chef est une enfilade de pièces moyennes. Quatre au total, desservies par un couloir. Marija n'a pas eu l'occasion de tout visiter. En l'absence de son ami, elle s'est cantonnée à la cuisine et au salon qui lui ont déjà donné bien à faire.

— Entre, dit Levak en sortant une clef de sa poche pour ouvrir la porte du cagibi, d'où émane une drôle d'odeur.

— Tu es sûr que Vlada serait d'accord? lui lance-t-elle en se retournant à demi.

Pour toute réponse, elle reçoit un coup de canon dans les reins qui lui coupe le souffle. Maintenant, elle sait que l'autre personnalité de Krstic ne lui fera pas de cadeau, et que c'est sa part violente et meurtrière, après ce qu'il a été capable de faire à Colic et à Tanja.

Sans un mot, il la pousse dans le débarras, attrape de l'adhésif fort sur une des étagères métalliques et lui attache les poignets dans le dos. Il la force à s'asseoir d'une pression sur les épaules et fait de même sur ses pieds. Ainsi entravée, elle ne pourra pas aller bien loin. Ni crier – Levak lui scotche solidement la bouche.

Marija, qui réalise que rien n'arrêtera Vladimir-Levak dans sa folie, est parcourue de tremblements jusqu'aux mâchoires,

Avant de sortir, il s'arrête dans l'entrebâillement de la porte, silhouette noire et massive plus imposante que celle de Vladimir, semble-t-il à la journaliste, mais ce n'est sans doute qu'un effet de la peur qui se répand dans tout son corps.

— Tu sauras, ma belle, que Vladimir et moi, on est souvent d'accord. Et s'il arrive qu'on ne le soit pas, c'est toujours moi qui gagne, ricane-t-il d'un air sinistre.

Ne lui laissant pas le temps de répondre, la porte se referme dans un bruit de clef qu'on tourne à double tour et l'obscurité l'envahit.

46

Quand le fourgon de la milice de Pirot se gare enfin sur le haut de la centrale, il est bientôt dix-neuf heures. Là où il est, Vladimir ne peut pas voir le véhicule d'où sortent six miliciens armés pour se diriger vers les bureaux déserts.

Les employés en grève sont déjà rentrés et sont assis devant une bière ou un verre de rakija dans la fumée des cigarettes, à refaire le monde et évoquer leur avenir.

Le soir, depuis l'ordre de grève, la centrale inactive ainsi que tous les bâtiments sont plongés dans l'obscurité sans chauffage et on s'éclaire à la bougie, à la lampe à pétrole ou avec des lampes sur batterie. Il aurait été de mauvais goût de se brancher sur un groupe électrogène autonome alors que la vallée est privée d'eau et de courant à cause de leur grève. Ce qui les inquiète le plus est l'ampleur que prennent les mouvements écologistes contre les centrales hydroélectriques existantes ainsi que les projets d'implantation de plus en plus nombreux en Serbie de l'Est. Pourtant, c'est quand même moins dangereux que des centrales nucléaires, estiment-ils. Mais ce n'est visiblement pas l'avis des opposants.

Encore ébranlé par la mort de celle qu'il aimait, Peric a préféré rester seul dans son logement, au même étage que celui de Tanja, avec pour unique compagnie une bouteille de slivovitz.

Le chef de la milice, qui n'a vu personne dans les bureaux ni ailleurs, va directement frapper à sa porte.

— Oui, j'arrive! grommelle Peric en s'arrachant à son fauteuil et à son eau-de-vie de prune pour aller ouvrir, un chandelier à la main.

Quand il voit l'officier et deux hommes se dessiner devant lui à cette heure avec leurs lampes torches, les trois autres étant restés dehors à faire le guet, le géant serbe pâlit.

— Que se passe-t-il encore?

— Tu sais où se trouvent Vladimir Krstic et Jan Kostadinovic? demande le chef de milice.

— Krstic doit être chez lui et l'autre, l'ingénieur de Dubaï, je sais qu'il est parti dans la montagne faire des prélèvements d'eau à la source qui alimentait la centrale, mais je ne l'ai pas revu depuis. Il est peut-être sur le chemin du retour. Faut demander à la journaliste qui l'a accompagné sur leur première mission.

— Elle est où?

— C'est Krstic qui l'héberge.

— Conduis-nous chez lui. Tout de suite.

— Qu'est-ce que vous lui voulez?

— C'est pas toi qui poses les questions.

À contrecœur, après avoir enfilé une veste, Peric emmène les miliciens chez l'ingénieur en chef dans le bâtiment qui abrite les logements de la direction.

Après quelques coups à sa porte, Vladimir, en sweat et bas de jogging, leur ouvre, surpris mais détendu.

— Qu'est-ce que je peux faire pour vous ?

— Nous suivre.

— Là, maintenant ? Mais où ?

Personne, pas même les flics, ne peut soupçonner que la journaliste se trouve attachée et bâillonnée dans le noir d'un débarras fermé à double tour, au fond de l'appartement. Deux portes séparant le cagibi de l'entrée, Marija n'entend pas l'échange entre l'officier et Vladimir qui, suivi d'un des miliciens, retourne au salon se chausser, prendre sa parka et éteindre la lampe à pétrole avant de sortir.

Alors qu'il passe devant Peric, leurs regards s'accrochent un instant dans une interrogation réciproque. Tout ce qu'ils ont vécu ces derniers jours remonte, doublé d'un respect mutuel malgré leurs différends. Dans les yeux de Peric, cependant, pointe le doute.

Ce qu'il a vu, quand il a surpris Vladimir devant le casier de Tanja, lui revient précisément. Il ne l'a pas rêvé. Peut-être Krstic est-il devenu un suspect sérieux dans le meurtre de son ancienne maîtresse… Dans ce cas, il serait utile de raconter aux enquêteurs ce qu'il a vu, ce jour-là. Mais si Krstic n'est pas coupable, il l'aura chargé pour rien.

À l'entrée du bloc, il les regarde remonter en direction du fourgon, rapidement happés par la nuit. Fait-il une erreur en se taisant ? Pris d'une impulsion, il court après le groupe et rattrape le chef de la milice.

— J'ai quelque chose à vous dire…

— Ah oui ? Dis.

— Juste à vous.

Suivi de l'officier, Peric s'écarte de quelques pas et commence à parler à voix basse.

— Après les perquisitions liées au meurtre de Tanja, j'ai surpris Krstic devant son casier grand ouvert. Quand je lui ai demandé ce qu'il faisait là, il m'a répondu qu'il l'avait trouvé comme ça après le passage des enquêteurs et qu'il s'apprêtait à le refermer. Seulement au moment où je suis arrivé, je l'ai vu glisser quelque chose dans sa poche. Ça ressemblait à une photo.

L'officier dévisage d'un air méfiant Peric, qui le dépasse de deux têtes.

— C'est lui qu'on emmène ce soir. Je laisse trois gars interpeller Kostadinovic à son retour, mais toi, tu ne bouges pas d'ici.

— Où voulez-vous que j'aille ?

Surpris par la réponse, le chef de la milice lève les yeux au ciel en haussant les épaules.

— Au diable, par exemple ! lance-t-il en regagnant le fourgon où l'attendent les autres avec Vladimir.

Trois hommes restent sur le site avec Peric pour attendre le retour du deuxième principal suspect. Ils retournent aux blocs de logements où ils vont passer la nuit pendant que le fourgon s'éloigne du site.

En contrebas, le bruit régulier des chutes est le seul à troubler le silence. Toute cette eau qui, maintenant, coule pour rien.

Le fourgon et ses quatre passagers s'enfoncent dans la nuit cloutée de milliers de points scintillants, et ni le chef ni ses hommes ne savent vraiment qui ils transportent à leur bord. Peric ne peut pas se douter un instant que ce n'est pas Vladimir Krstic mais un homme bien plus dangereux, un véritable chasseur, le meurtrier de Colic et de Tanja, Levak le Gaucher.

Il a suffi d'un instant de distraction de la part du milicien qui a accompagné Vladimir dans le salon récupérer sa parka pour que l'essentiel lui échappe. Il n'a pas vu pas l'ingénieur glisser rapidement dans la poche de sa parka le Sig Sauer posé sous le journal qu'il était en train de lire juste avant leur arrivée.

La surprise fait parfois perdre tous les moyens. Ce soir-là, elle s'empare des trois hommes, au moment où l'interpellé, qu'aucun d'eux n'a pris la peine de menotter, a sorti le pistolet chargé de la poche de sa parka et fait feu tour à tour sur le chef de la milice, puis le milicien déjà assis à la place du mort, les abattant d'une balle en pleine tête.

Le conducteur, le seul encore en vie, comprend vraiment ce qui se passe quand il reçoit sur la joue le sang de son collègue et quelques morceaux de cervelle. Aussitôt, le fourgon fait une embardée et ralentit.

— Non, toi, tu roules et tu tourneras quand je te le dirai.

Le milicien sait que ce sera alors son tour. Mais il connaît bien la route aussi et se souvient que, dans trois kilomètres, avant de tomber sur les deux voitures dont les pneus ont crevé sur les clous, il y a un grand virage dans lequel les voitures qui passent trop vite se déportent et qu'au bout, il y a un fossé. Son unique chance de survie. S'il ne la saisit pas, ce sera fini à la prochaine intersection. L'autre lui fera prendre la petite route qui mène dans la montagne et il ne pourra plus rien tenter.

Un rapide coup d'œil dans le rétroviseur lui suffit pour voir que le suspect n'a pas mis sa ceinture de sécurité. Avec un peu de chance, il sera éjecté en cas de choc ou de tonneaux, en tout cas, bien malmené. Discrètement, le conducteur vérifie que sa ceinture est solidement fixée.

Alors qu'ils s'approchent du virage, il enfonce soudain la pédale d'accélérateur. Le fourgon fonce à toute vitesse sur la courbe sans que Levak puisse réagir.

— Freine ou je te grille la cervelle ! hurle-t-il, décomposé, en lui collant le canon du Sig contre la nuque.

Mais le milicien sait qu'il ne tirera pas, de peur de terminer dans le fossé si le fourgon sort de la route. Ce qu'il se prépare à faire, en espérant survivre au choc. Au lieu de tourner le volant pour suivre la courbe, il va tout droit sans s'arrêter, avec à bord : deux morts et un cinglé qui braque son arme sur lui.

Après un saut dans le vide digne d'un rallye dans les dunes, le fourgon atterrit avec un grincement terrible et se retourne plusieurs fois. Au bout de trois tonneaux, le véhicule se stabilise enfin, couché sur le côté. À l'intérieur, un silence de mort.

Le milicien, secoué dans tous les sens, est seulement dans les vapes et revient peu à peu à lui. Il se trouve en bas et aperçoit le ciel et les étoiles par la fenêtre du passager avant. La tête éclatée de son collègue, resté attaché, pèse sur son épaule.

Soulagé d'être encore en vie, avec précaution, il bouge chacun de ses membres et le cou pour vérifier qu'il n'a rien de cassé. L'avant du fourgon n'ayant rien heurté de plein fouet, il n'est pas enfoncé et le milicien, qui s'est détaché, parvient à extraire ses jambes en les ramenant, genoux sous le menton. Un courant d'air sur la nuque lui signale que la fenêtre latérale arrière qui se trouve au-dessus de lui a dû exploser. Derrière, aucun signe de vie. Pour le moment, encore attaché, il lui est impossible de se retourner pour voir si Krstic est toujours là, vivant ou mort, ou s'il a été éjecté.

Dans un mouvement de rotation, après avoir décroché la ceinture, il se glisse devant son collègue et s'agrippe des deux mains au tableau de bord et au dossier du siège passager avant d'enjamber le corps, puis de pousser la porte qui finit par s'ouvrir sous une pression du pied.

Une fois à l'air libre, le milicien, les mains sur les cuisses, se penche en avant pour expulser l'air de ses poumons et prendre une longue inspiration. Puis il se hisse jusqu'à la fenêtre arrière dont la vitre est brisée et y plonge la tête pour regarder à l'intérieur. Seul le corps de l'officier, encore attaché à la banquette, s'y trouve.

— Où il est passé, ce salopard ? dit-il à voix haute en se laissant retomber au sol.

— Il est là, fils de pute !

Devant le milicien, se tient Levak, le front en sang et la bouche tordue de rage, son arme pointée sur lui. Expulsé du fourgon, mais vivant.

— T'as voulu jouer au plus malin, hein ? T'as sous-estimé Levak !

— Levak ? Le Gaucher ?

— C'est moi, oui. Tu vois bien de quelle main je tiens ce flingue.

— Vladimir Krstic, c'était aussi une fausse identité ?

— Pourquoi « aussi » ?

— Parce qu'à l'institut, tu as déjà donné un faux nom au chef. Goran Tomic. Pourquoi ? Qu'est-ce que tu caches ?

— Et toi, t'es sûr que tu caches rien ? Et Colic, tu crois qu'il cachait rien ? Peut-être que ce qu'il cachait est pire que tout ce que tu peux imaginer.

— C'est toi qui l'as tué ?

— Exact. Et je sais que tu ne le répéteras pas.

Le premier coup est parti à la fin de la phrase, les autres ont suivi. La balle 1 a frappé le front exactement au milieu, la balle 2 a fait un trou dans le sternum, la balle 3 a perforé le thorax et s'est logée dans le cœur.

— Au nom du Père, du Fils et du Saint-Esprit.

Laissant derrière lui trois cadavres de miliciens, le sergent Levak a disparu dans la nuit, tel un grand fauve blessé, en direction de la centrale pour en finir avec tous les autres. Kosta compris.

47

La nuit, les ombres sont invisibles, se fondent à l'obscurité. Telles sont les Ombres noires, que personne ne voit ni n'entend marcher et se rapprocher du site comme des loups. Avec elles, arrive la mort. Une mort vaste et collective, si vaste qu'elle avalera tout. Une mort massive, aux victimes nombreuses. C'est le but des actes terroristes. Et les Ombres noires sont avant tout des terroristes. Des écoterroristes. Ils ont des antennes dans tout le pays et des groupuscules actifs sur d'autres cibles. Ils défendent les intérêts de la nature, de la Terre, du sol, des forêts et des espèces, végétales comme animales. Et pour eux, la centrale de Zavoï, à l'instar de ses semblables, est un affront à la nature, une violation de son intégrité. Un détournement brutal.

Ce sous-groupe est formé de deux femmes et six hommes très bien préparés, selon une discipline paramilitaire.

Ce soir, les Ombres noires marchent sur la centrale, depuis leurs 4 × 4 qu'ils ont laissés hors de vue, quelque part vers le lac. Ils transportent le matériel dans des mallettes et des sacs à dos. Après des mois à élaborer leur projet, ils sont enfin prêts et vont le mettre à exécution. Au terme d'une étude approfondie des plans du barrage, ils savent précisément où disposer, le long de la crête, au niveau de chaque borne d'observation, une charge d'explosifs avec une minuterie intégrée, programmée à 7 h 07, heure à laquelle le béton explosera, laissant s'échapper des tonnes d'eau. Ensuite… la mort envahira la vallée. Ce sera leur premier barrage, et d'autres suivront. Peut-être qu'avec toutes ces victimes, le gouvernement renoncera aux nouvelles implantations.

Mais, en même temps que les Ombres noires, c'est un destin qui est en marche. Le destin d'un homme seul dans la nuit. Grâce à leurs lunettes à infrarouge, les Ombres repèrent les mouvements de Levak, arrivant sur leur droite, à une cinquantaine de mètres du barrage. Il éclaire son chemin à l'aide du seul écran de son portable épargné, comme lui, dans l'accident. À peine quelques fissures.

Les Ombres le voient les contourner d'un pas rapide et, communiquant en langage des signes, elles accélèrent pour le rattraper. Parce que les Ombres ne laissent derrière elles aucun témoin qui risquerait de les surprendre. Celui-ci ne s'est sans doute pas aperçu de leur présence, mais dans le doute et au cas où l'idée lui viendrait de s'attarder à proximité du barrage, elles doivent voir de plus près qui est cet individu, qui rôde seul en pleine nuit.

Quand Levak prend conscience qu'il est cerné de silhouettes sombres, il est trop tard. Elles sont sur lui avant même qu'il ait pu se saisir de son Sig rangé dans la poche intérieure de sa parka et doivent se mettre à quatre pour le ceinturer, surprises de sa force lorsqu'il tente de se débattre. Une lampe torche est aussitôt sortie et braquée sur son visage. Ébloui, Levak ferme les yeux.

— Mais c'est l'ingénieur en chef de la centrale ! dit l'un des membres cagoulés. Vladimir Krstic, si j'ai bonne mémoire, c'est bien ça ? Réponds ! ajoute-t-il avec un coup de matraque au ventre qui lui coupe le souffle.

— Que… qu'est-ce que vous lui voulez ?

— Il parle de lui à la troisième personne, ce connard ! Ah, tu fais moins le mariol, là…

— On peut pas perdre de temps avec lui, qu'est-ce qu'on en fait ? l'interrompt un autre.

— Il aime prendre l'air la nuit, dit une femme, alors on va prolonger son plaisir en l'attachant sur la crête du barrage.

— Ouais ! approuve le premier membre. Comme ça, il aura une belle vue sur le soleil levant ! Et après, boum ! Pas mieux, comme fin, pour un hydraulicien que de partir avec l'eau du bain…

— Vous vous trompez ! Je suis Levak !

— C'est ça et moi, George Clooney !

— On y va, l'heure avance… Metka doit déjà nous attendre au barrage.

Pendant ce temps, les trois miliciens restés à la centrale se détendent chez Peric, ils jouent aux cartes à la lampe à pétrole et boivent les verres que leur verse le géant en attendant le retour de Kosta. L'alcool, consommé dans la convivialité, fait tomber les barrières sociales, le temps d'une soirée.

— Le gars est peut-être rentré, à cette heure ? suggère tout à coup l'un des miliciens en bâillant.

— Je vais aller voir, dit Peric qui allume une cigarette et déplie ses deux mètres en faisant craquer ses articulations.

— Ouais, tu nous l'amènes, on va lui parler du pays…

En moins de pas qu'un autre, une lampe torche à la main, il traverse le terrain jusqu'aux logements de la direction et grimpe les marches quatre à quatre. D'un poing fermé, il frappe deux coups à la porte et attend. S'il n'y a personne, il ira vérifier sur le parking que le Land de location est là.

— Il y a quelqu'un ? Kosta ! crie-t-il en réitérant les coups sur la porte.

À cet instant, il prend conscience que ça fait également un moment qu'il n'a pas vu la journaliste. Si le tueur court toujours, il ne faudrait pas qu'elle soit tombée sur lui… À tout hasard, il abaisse la poignée et la porte, que Vladimir n'a pas fermée, s'ouvre, laissant le géant entrer.

Tout est comme Vladimir l'a laissé en partant. Aucune trace d'un autre passage. Dans un dernier regard à la lampe torche, Peric retourne à la porte d'entrée et, sur le point de sortir, se ravise. Si Kosta, apparemment considéré comme suspect, ou seulement témoin dans les meurtres, a quelque chose à se reprocher, soit il ne reviendra pas, soit il est passé récupérer ses affaires et se trouve peut-être encore ici sans vouloir se signaler.

Par acquit de conscience, Peric se décide à vérifier toutes les pièces. Arrivé au fond du couloir, il essaie le débarras, mais celui-ci est fermé à clef. Au même moment, il entend de l'autre côté le bruit d'un objet qui tombe, suivi de gémissements étouffés.

— Dieu… il y a quelqu'un là-dedans, souffle-t-il en donnant des coups d'épaule contre la porte.

La serrure ne cédant pas, il prend son élan et s'écrase de toute sa masse contre l'huis qui, cette fois, fléchit, manquant l'entraîner dans sa chute.

Dans le faisceau de la torche, apparaît le visage bâillonné d'une femme, pieds et mains attachés.

— Marija ? s'écrie le géant qui se précipite vers elle en marchant sur la porte à terre.

Vite, il pose la torche et arrache le scotch qui lui scelle la bouche.

— Peric ! Dieu soit loué ! lâche-t-elle la gorge sèche.

— Qu'est-ce qui s'est passé ?

— Vladimir, où il est ?

— Il n'y a personne, ici, et la porte était ouverte. Je suis venu voir si Kosta était de retour. Qu'est-ce qui se passe avec Krstic ?

— Il est dangereux. Il m'a jetée ici et enfermée. Les meurtres, Tanja, le directeur de l'institut, et sans doute les autres, c'est lui ! Mais retire-moi ces putains d'attaches…

— Il va me falloir des ciseaux ou un cutter…

Promenant le faisceau sur les étagères métalliques, il ne tarde pas à trouver ce qu'il cherche. En deux coups de lame, Marija est libre.

— Je dois y aller, Marija, il y a trois miliciens chez moi qui attendent le retour de Kosta pour le conduire au poste. Il serait le deuxième suspect.

— Kosta ? Suspect ? Mais il était tout le temps avec moi ! proteste la jeune femme. Bon, vas-y. S'ils veulent me parler, je suis ici. J'en peux plus, j'ai besoin de me poser un peu, et surtout de m'hydrater…

— Comme tu veux, mais tu devras expliquer ce qui t'est arrivé.

— Évidemment ! Après une nuit de repos, j'aurai les idées plus claires et pourrai faire ma déposition. Je n'ai pas l'intention de laisser Krstic s'en tirer comme ça.

— Marija, je dois leur en parler maintenant. Et ils vont venir ici t'entendre.

— Fais comme tu veux, moi je ne bouge pas. À plus tard, Peric, dit-elle en le raccompagnant à la porte.

Aussitôt le géant parti, à la lumière d'une bougie, elle va se servir un grand verre d'eau avant d'aller voir si Vladimir a laissé son sac dans lequel se trouve son portable. Soulagée que les deux soient toujours là, elle pose le bougeoir sur la table et allume le smartphone où les notifications affluent, toujours l'autre qui la harcèle et aucun message de Jan.

— Désolée, Kosta, vraiment désolée, lâche-t-elle en un souffle, reposant le smartphone à côté d'elle.

Puis, fouillant au fond de son sac, elle en sort un petit étui qui protège un portable ordinaire, non tactile, sur lequel elle compose un code et lit le SMS qui est arrivé depuis une heure.

« Metka, on est en route et on a une surprise pour toi. »

48

À Temska, malgré la nuit, tout le monde est sur le pied de guerre depuis la découverte des douze moines dans les cellules insalubres du sanatorium. Andric n'a pas arrêté et n'a même pas eu le temps de vérifier où en était son chef, parti à la centrale. Faisant appel à des renforts parmi les soignants, encadrés par les miliciens, il a fait apporter aux moines de quoi manger et boire dans leur geôle, en attendant d'organiser leur transfert vers un autre établissement psychiatrique qui accepterait douze patients. Andric ne veut pas qu'ils soient dispersés dans différents hôpitaux. Il sent qu'il ne doit pas les séparer s'il veut les faire parler en présence d'un psychiatre compétent.

Entre-temps, à l'issue de la découverte d'une serre avec des plants entiers de datura et de belladone et, dans une cave, des rangées d'amanites tue-mouches, suivie d'un interrogatoire un peu musclé sur les recherches de Colic auxquelles participaient deux des cinq psychiatres de l'institut, il a appris comment le directeur s'est emparé du monastère et de ses occupants.

Colic était venu dans la région deux ans auparavant visiter le monastère de Temska en compagnie d'une belle femme blonde et s'était longuement entretenu avec quelques moines et le patriarche. Dans la discussion, il a eu vent d'un guérisseur qui vivait dans la montagne et soignait par les plantes. Un certain Djol. Il est allé le trouver et, se présentant comme médecin, il lui a exprimé son intérêt pour les plantes hallucinogènes dans le cadre de ses recherches sur la douleur. En réalité, le but était tout autre : il s'intéressait aux psychoses induites par certaines de leurs substances et aux états extatiques qu'elles pouvaient générer.

— Il s'était mis en tête de détecter chez des religieux un potentiel hautement mystique, voire aussi puissant que chez les personnages bibliques comme les douze apôtres, a confié celui qui était en quelque sorte son bras droit – une connaissance de l'université qu'il avait entraînée dans sa folie en lui faisant miroiter des prix en médecine psychiatrique et une reconnaissance internationale. Pour ça, il s'est rapproché des moines de ce monastère et, dès qu'il a su par le guérisseur qu'une source les alimentait en eau, il a absolument voulu savoir où elle se trouvait. Ce Djol était le seul à connaître son emplacement, mais il a refusé d'y emmener Colic. Zlatko ne s'est pas démonté, il a pris une tente et des vivres pour plusieurs jours et a entrepris de surveiller le guérisseur de loin, jusqu'à ce qu'il retourne enfin à la source. Pourtant, ce n'est pas Djol qui y est allé.

— Et qui ça alors? a demandé Andric, se disant que cette histoire était un truc de dingues.

— Le fils du guérisseur.

Aussitôt, Andric a fait le rapprochement avec l'individu du nom de Sacha, tué par un des gars de son équipe et premier suspect des meurtres.

— Colic l'a suivi et a découvert où se trouvait la source de Babin Zub. Ensuite, il a contaminé l'eau avec des concentrés de datura. Le monastère étant proche de la source, les moines en ont subi les conséquences les premiers. Certains plus ou moins rapidement et fort. Même devant ça, nous ne sommes pas égaux.

— Vous étiez au courant ?

— Il m'a raconté toute l'histoire après. Quand son plan était déjà bien avancé et que, selon lui, il n'y avait plus qu'à en cueillir les fruits. De retour au monastère à l'appel du patriarche qui commençait à s'inquiéter de certains symptômes que présentaient les moines, du genre hallucinations, délires mystiques, et parfois sataniques, Colic les a reçus en consultation officiellement pour répondre à la demande du patriarche, alors qu'en réalité, il faisait déjà sa sélection.

— Sa sélection ?

— Oui, les douze apôtres, la crème des psychotiques. Parce que, bien entendu, lorsque cesserait l'ingestion de plantes hallucinogènes par l'eau contaminée, tout rentrerait dans l'ordre. Sauf chez les plus fragiles, ceux dont le terrain était, soit héréditairement soit structurellement, favorable aux psychoses. C'était souvent d'ailleurs les plus impliqués religieusement. Ceux qui manifestaient leur foi en s'infligeant des châtiments corporels dans un processus de repentance ou bien ayant déjà eu des visions. Chez ceux-là, qu'il a vite cernés, les états psychotiques se sont rapidement installés. Il y en avait douze.

— Et les autres ? Les vingt et un autres ?

À l'idée de ce que le moine lui avait lâché sur leur sort, Andric bouillait. Mais il avait malgré tout un espoir que ce ne soit pas la réalité.

— Je… je ne sais pas, s'est soudain troublé le psychiatre en se tordant les doigts.

Andric s'est levé, s'est penché sur l'homme, a approché son visage du sien, si près qu'il pouvait sentir son souffle.

— Tu craches la vérité ou tu veux que je te rafraîchisse la mémoire, et ce sera un peu plus violent, a-t-il lâché.

Le psy est devenu écarlate, de grosses gouttes perlaient sur son grand front dégagé.

— Je crois qu'il les a fait partir.

— Espèce de salopard ! Tu crois ? Vraiment ? Et moi, je crois que tu vas pourrir derrière les barreaux jusqu'à la fin de tes jours pour complicité !

— Je… je n'étais pas là, je vous le jure !

— Ça, ce sera à toi de le prouver.

— Il a simulé un incendie accidentel de l'ancienne chapelle. Il… il les avait regroupés dedans.

— Les vingt et un restants ?

— Oui… Il s'est fait aider par des hommes de main. Ils ont mis le feu avec de l'essence durant la prière des moines.

Andric recule vivement, comme si le psy risquait de lui filer la peste. En un sens, c'était le cas. La folie est contagieuse.

— Le moine qui représente l'apôtre Jacques avait donc raison… Les douze ont assisté à ça ?

Le psychiatre a hoché la tête.

— Il paraît que certains riaient, d'autres hurlaient en se signant et criaient au diable. Après ça, ils ont été enfermés là où vous savez. Dans le sanatorium. Il n'est plus utilisé depuis longtemps, il servait aux expériences psychiatriques de Colic, parfois proches de la torture. Des électrochocs en série, des mutilations, des scarifications sur le dos et le torse. Là où ça pouvait ne pas trop se voir. Il leur faisait également ingérer de l'amanite tue-mouches, aux propriétés hallucinogènes. Mais il ne s'est pas arrêté là.

— C'est-à-dire ?

— Il avait déjà les douze apôtres, il voulait trouver leur guide et maître.

— Jésus ?

— Mhm.

— C'est un oui ?

— Oui !

— Et il l'a trouvé ?

— Il a cru, mais le patient, car c'était un de ses patients, bien sûr, a disparu du jour au lendemain.

— Vous avez son nom ?

— Il a travaillé à la centrale de Zavoï jusqu'à ce qu'il se mette à avoir des délires et des hallucinations auditives et visuelles. Il a été interné ici, où il est resté quelques mois avant de disparaître. Pour Colic, c'était une vraie perte, parce que le patient avait un potentiel christique important. Et un charisme naturel qui, associé à ses états psychotiques illuminés, en faisait un excellent candidat.

— Et ce nouveau Christ, ce n'est pas Jésus, son nom, j'imagine.

— En effet, c'est bien plus commun. Il s'appelait Marko Jelic.

Andric est devenu livide.

— Vous le connaissiez ? a demandé le psychiatre.

— Non, mais on a récemment exhumé son corps du sable au bord du lac. Dans son rapport, la légiste nous a dit qu'étant donné la date approximative de sa mort, il était dans un état exceptionnel de conservation. Comme le Christ.

49

Avant que Kosta ait eu le temps de descendre et de sortir de l'hôtel dans la nuit, la vision de Djol à la lumière du réverbère s'était déjà dissipée. Il était pourtant certain de l'avoir aperçu, debout, immobile, le regardant fixement fumer une dernière cigarette au balcon. Et si le vieux Djol lui avait joué un tour… S'il lui avait fait croire à son suicide pour se débarrasser d'un passé trop douloureux et rester seul dans sa montagne. Non, le plus probable, c'est que son esprit ait provoqué cette vision furtive. Ou alors il s'agissait d'une apparition. Le fantôme de Djol, en quelque sorte, ou un écho de son vivant. *J'ai déjà commencé à mourir, mais je ne le sais pas.*

À bout de forces, Kosta est allé se coucher. Ne sachant de quel côté se tourner pour éviter d'avoir mal aux côtes, il a fini par sombrer d'épuisement dans le jogging de Branko, pour se réveiller vers cinq heures, au bruit des chariots à linge et des voix du personnel d'entretien dans les couloirs. En même temps qu'il émerge, il revient peu à peu à la réalité. Avec la sensation d'être enfermé dans son propre corps, il se lève, avale une nouvelle dose d'antalgique et va prendre une douche brûlante avant de descendre à la réception où Branko officie déjà.

— Tu t'es levé avec les poules… Bien dormi ? lance-t-il à Kosta avec un clin d'œil. Va prendre un café et manger un bout, on se retrouve après.

— Je ne vais pas trop m'attarder, vieux. J'ai un peu de marche à faire pour récupérer le 4 × 4. Et après je dois me rendre à la source de Babin Zub finir le boulot.

— OK. Prends des forces et pars. Tu veux que je demande à Nevena de t'accompagner ? Ça te faciliterait les choses.

— Merci, merci pour tout ce que tu as fait pour moi. Il me manque juste un portable, au cas où.

— Ils en vendent, à la boutique d'équipements, pas très chers, avec une carte. Tu en prends un de ma part et tu me feras un virement quand tu pourras.

— T'es un peu le chef ici, on dirait, sourit Kosta.

— Un peu, oui, répond Branko avec un petit rictus mystérieux. Le directeur va bientôt partir à la retraite et souhaite que je prenne la relève, ajoute-t-il plus bas.

Kosta incline la tête.

— Bravo, félicitations. Tu ne t'en es pas vanté hier soir…

— Eh bien, je le fais maintenant.

Sur un signe d'approbation, Kosta se dirige vers la salle de restaurant où il se sert à la machine un café fumant qu'il préfère aller boire dehors, sous un soleil tout frais, sur la terrasse, sorte de vaste espace de pierre grise à ciel ouvert où sont disposées quelques tables et autour duquel se succèdent un bureau de change, le magasin de sport et d'équipement de randonnée ainsi qu'une boutique de souvenirs et de spécialités de la région.

À peine met-il un pied à l'extérieur qu'un petit cri joyeux venant du sol l'accueille, suivi d'autres. Son regard tombe sur trois magnifiques chiots couleur sable, une tache blanche sur le poitrail, à l'allure de petit ours en peluche, oreilles triangulaires tombantes, museau tout noir, et des yeux noisette aussi ronds que des billes.

Fjona les adorerait, se dit Kosta avec un pincement dans les côtes en se baissant pour les caresser. S'il avait son smartphone, il aurait pu le recharger et prendre quelques photos. Il sent les petites dents déjà affûtées lui mordiller les mains, en quête d'une friandise ou simplement pour jouer. Leurs contorsions et leur air pataud parviennent à lui arracher un sourire.

— Aïe, les petits gars, vous y allez un peu fort, là ! s'exclame-t-il en se relevant pour gagner sa table.

— Deux gars et une fille. La mère est dans le coin, mais on peut les emmener, si on veut les adopter.

Kosta se retourne en direction de la voix. Un type plutôt jeune, pas plus de trente ans, vêtu d'une parka de ski grise sur un sweat noir à capuche, une cigarette aux lèvres, lui sourit en regardant tout attendri les chiots jouer.

— Moi, j'ai pris la petite, enchaîne-t-il. Je l'ai baptisée Stara. De Stara Planina, la Vieille Montagne. Et le nom de cet hôtel, où je l'ai trouvée. Logique. Hein, Stara, la Vieille, ça te va bien ! Tu veux pas adopter un des deux autres ?

— Je ne suis que de passage.

— Comme tout le monde, ici.

— Je vis à l'étranger.

Une lueur d'envie s'allume aussitôt dans le regard du jeune.

— Ah, où ça ?

— Dubaï.

Un sifflement d'admiration accueille la réponse.

— Waow. Dubaï… ça fait rêver.

Les yeux du gars, un peu vitreux, semblent se perdre au loin. Devant lui, un verre et quelques bouteilles de bière. Dès le matin… Triste façon de voyager, pense Kosta sans répondre, en avalant une gorgée de café.

— Les rêves sont à la portée de tout le monde, pour peu qu'on s'en donne les moyens, finit-il par dire.

— Peut-être, mais moi, y a longtemps que j'ai cessé de rêver. Je suis coincé à Zagreb, pour ma mère. Elle est veuve. Mon père est mort à la guerre, tué par les Serbes. J'avais dix ans et mon frère huit. Je m'étais juré de le venger. Mais la guerre s'est terminée avant que j'aie eu l'âge de tenir un fusil. Et j'ai rencontré Maja en 2011, une Serbe… pendant mes vacances à Hvar. Tu connais cette île ? C'est la folie. Notre Ibiza adriatique. Une Serbe… alors qu'ils ont tué mon père. Qui l'aurait cru… Le pire, c'est qu'on s'entend bien. Y a pas plus belles que les Serbes. Et sensuelles…

— Pourtant, on dirait que t'es seul, ici, dit Kosta en regardant Stara s'amuser avec le bas de son jogging. C'est vrai qu'elle est jolie.

— Bah, un peu d'air dans un couple, ça fait pas de mal… Et je lui ramène une belle surprise, hein, Stara ? Notre premier bébé…

Au même moment s'ouvre la porte vitrée et

apparaît une créature aux cheveux noirs lissés, sur talons de dix centimètres au moins, moulée dans un jean tendu à craquer, petit blouson en fourrure et maquillée comme un Indien avec ses peintures de guerre. Elle passe devant un Kosta surpris, dans une démarche d'échassier, et rejoint la table où est assis le gars à qui elle passe langoureusement une main dans le dos en lui roulant une pelle avant de s'installer à ses côtés.

— Voici Lepa, et toi ? dit-il à Kosta. On s'est pas présentés…

— Kosta.

— Moi, c'est Igor. Mes amis m'appellent Iggy.

Kosta se surprend à serrer un peu à contrecœur la main tendue. Je ne suis pas ton ami… En voyant arriver la fille, il s'attendait plutôt à ce qu'elle s'appelle Maja. *Un peu d'air dans un couple ne fait pas de mal.* En effet…

Jan se retire sur un bref salut, remonte dans la chambre se brosser les dents et récupérer sa doudoune, puis descend à la boutique s'équiper d'un portable basique, d'une carte qui ne lui permet d'appeler qu'en Serbie et d'un nouveau sac à dos. À la réception, c'est le rouquin de la veille et sa voix insupportable qui remplacent Branko.

— Il est sept heures quinze passées, je dois partir. Où est Branko ?

— Je l'appelle, il a dû se rendre en urgence dans les bureaux.

Quand Branko revient, il a le visage blanc et défait. Kosta s'approche de lui.

— Qu'est-ce qu'il y a, vieux ? Une mauvaise nouvelle ?

— La pire… Le barrage de Zavoï a cédé ! L'eau du lac est en train d'engloutir toute la vallée, on ne compte plus les victimes. Mes vieux sont là-bas…

Les deux hommes se regardent, atterrés. Tous deux ont quelqu'un dans la vallée. Branko, ses parents et Kosta, sa grand-mère qu'il s'était promis d'aller voir avant de s'envoler pour Dubaï. Et Marija, restée à la centrale…

50

7h07. Pas une minute ni une seconde de plus ou de moins. Dans un cortège de détonations simultanées, la crête du barrage est pulvérisée comme un jeu de construction, libérant des tonnes d'eau noirâtre en direction de la vallée, dans un mélange de ciment, de terre et de sable.

L'eau du lac, rejoignant celle des chutes en aval, redouble de force et de vitesse et avale les bâtiments de la centrale en quelques secondes, avant de gagner la vallée. Personne n'a le temps de se rendre compte de ce qui arrive, ni de crier. L'eau monte avec une rapidité inouïe, déracinant les arbres, emportant les toitures et tout ce qui se trouve sur son passage. Bientôt, dans la vallée, se dessine un spectacle cataclysmique.

Les portes sorties de leurs gonds deviennent d'inutiles radeaux de fortune, sauvagement ballottés par la force du courant, ou se transforment en objets mortels. Des plaques de tôle filent à la surface, prêtes à couper têtes et corps en deux quand ceux-ci ne sont pas déjà réduits en charpie, hachés par les outils ou les machines agricoles qu'ils rencontrent en chemin, empalés sur des pieux de clôture arrachés de la terre. Libérée, l'eau du lac s'est étendue à la Viso et à de petits torrents sortis de leur lit, l'ensemble formant un gigantesque fleuve noir dévastant tout sur son passage. Les ponts de pierre ou de bois, construits pour enjamber des cours tranquilles, heurtés de plein fouet par l'eau déchaînée, basculent dans le courant. Dans un grondement sourd, la vague avale tout, n'épargne rien ni personne. Hommes, animaux sont emportés indifféremment et sans merci, aspirés, noyés dans les tourbillons boueux, démembrés, devenant au fil du fleuve grossissant des poupées molles, des tronçons de chair morte qui vont se mêler aux débris.

C'est désormais un tableau d'horreur qui se révèle à la lumière implacable ainsi qu'aux équipes de secours venues de Pirot et des environs, qui prennent conscience de leur inutilité. Le plus effrayant est le calme qui a remplacé les grondements de l'eau, le fracas de tout ce qu'elle charriait encore quelques heures auparavant, arbres, toitures, voitures, bus, lampadaires, panneaux de signalisation – dont quelques-uns qui se sont piqués sur un monticule émergent du nouveau fleuve issu du gigantesque réservoir de Zavoï. Tout ce qui se trouvait là a été emporté. Au petit jour, les morts ne se comptent plus. Les cadavres d'humains ou d'animaux aspirés au fond ne sont pas tous remontés à la surface, loin de là, et mettront sans doute plusieurs jours à se gonfler comme des vessies, d'eau et de gaz de putréfaction. Ce sont les secouristes qui ont pris la relève, muets, s'arrachant les cheveux ou fondant en larmes à la découverte d'un jouet, d'une peluche souillée, d'une poupée sans tête recouverte de vase ou d'une carapace de boue leur rappelant leurs enfants sains et saufs à la maison ou à l'école. Se rendre compte peu à peu qu'il n'y a personne à secourir, pas de vies à sauver, rien d'autre à faire que ramener des cadavres et encore des cadavres – il n'y a rien de pire pour des sauveteurs.

Dès que la clarté matinale l'a permis, la valse des hélicoptères a commencé. Cinq au total, dont deux de la télévision régionale et nationale. Dans les appareils, c'est la consternation et un silence bourdonnant.

Il faudra des années pour que cette eau s'écoule et que la terre réapparaisse, dit un pilote d'un air sombre. Pauvres gens. À côté de l'énorme masse d'eau encore bouillonnante et presque noire de terre, les cinq appareils ressemblent à des libellules rasant la surface écumante. Le paysage en dessous d'eux est surréaliste. Là où s'étendait paisiblement le lac bleu de Zavoï en un large S aux contours délimités par des plages de galets et, par endroits, des bords plus escarpés, coule maintenant un fleuve aussi vaste qu'une mer se prolongeant dans la vallée dont elle a fait son lit. À ceci près que ce fleuve géant, semblable par son immensité au Saint-Laurent québécois, est un cimetière mouvant. À certains moments, comme dans un rafting macabre, pris dans les tumultes, apparaissent et disparaissent à l'intérieur des cercles des jumelles des secouristes des corps déjà figés dans une raideur cadavérique, parfois confondus avec des troncs ou des planches.

— Depuis la guerre, j'ai rien vu de semblable, dit un sauveteur à pied à ses équipiers, les larmes aux yeux. Et pourtant, j'avais une vingtaine d'années quand j'ai combattu les Croates et les Bosniaques, et j'ai vu les copains sauter sur des mines ou se faire dégommer par des mitraillettes juste à côté de moi.

— Sauf que là, ce n'est pas la guerre. La nature, on ne peut pas l'arrêter, dit un de ses collègues. C'est elle qui décide quand c'est fini.

Plus loin, les gars d'une autre équipe vomissent sur place après la découverte du buste déchiqueté d'un enfant de cinq ans environ sur un tas de débris, abandonné par des chiens errants surgis de nulle part, dérangés dans leur repas par l'arrivée des sauveteurs.

À quelques mètres encore, un secouriste d'un troisième groupe rattrape ses collègues après avoir buté sur les restes d'une croix tombale en bois où l'on peut lire ce nom gravé et ces quelques mots : À mon chien Hatsa.

Au total, une dizaine de villages balayés avec tous leurs habitants ou presque. C'est aussi le cimetière flottant de Vladimir Krstic et Levak, projetés ensemble, comme un seul homme que tous deux habitaient, dans les chutes et les gravats. Emportés dans l'effondrement de la crête, un corps unique qui n'était plus qu'un pantin désarticulé et ballotté dans tous les sens, devenu, dans le fleuve tueur, une chose dérisoire, un bout de viande morte qui ira peut-être nourrir les charognards. Et, au fond de l'eau, la vidéo qui aurait pu le disculper.

Vladimir-Levak attaché au rebord de la passerelle, les bras en croix, les pieds dans le vide au-dessus des cataractes, c'était ça, la surprise des Ombres noires, pour celle qui était à la tête du mouvement écoterroriste serbe. Metka, la balle de fusil – son nom de guerre.

Marija Pavlovic, officiellement journaliste à Belgrade, mais aussi le cerveau des Ombres noires, infiltrée à la centrale de Zavoï depuis le début. Sur le terrain, pour préparer le grand jour, affiner la connaissance des lieux, s'imprégner de l'atmosphère de ce qui allait devenir l'enfer.

Une seule chose n'était pas prévue au programme, outre ce qui est arrivé avec Vladimir et la série de meurtres. Kosta. Metka n'avait pas imaginé tomber amoureuse de celui qu'elle accompagnerait sur sa mission afin d'être au plus près du site dans l'attente du jour J. L'épisode avec Vladimir avait failli compromettre le plan. Le groupe de Metka n'aurait jamais déclenché la minuterie en son absence.

Dès qu'elle a eu le message, elle est sortie de chez Vladimir, vêtue de sa combinaison noire apportée dans sa valise, et s'est glissée dans la nuit jusqu'au barrage où elle a retrouvé les autres qui l'attendaient déjà nerveusement sur la crête avec l'ingénieur sous contrôle.

Tout était installé, les charges réparties pour faire le plus de dégâts possible et ouvrir au maximum le passage à l'eau qui, en grossissant, allait envahir la centrale en contrebas, puis la vallée. Le tumulte des cataractes étouffait les cris de terreur de Krstic qui n'aurait pas entendu ce que Metka lui aurait craché à la figure dans le silence. Des mots de colère et de haine. Dans ces circonstances, elle s'est contentée d'un sourire victorieux en murmurant entre ses dents : « Que le diable t'emporte, Levak ! »

À 7 h 07, Peric et les trois miliciens, abrutis par une

soirée alcoolisée à attendre Kosta en vain, dormaient encore à poings fermés sur le canapé et les fauteuils. Les ronflements étaient tels que, pour un peu, ils auraient couvert le bruit de l'explosion. Réveillés en sursaut malgré leur état, les quatre hommes n'ont eu que le temps de se regarder avant qu'une vague monstrueuse ne s'abatte sur la centrale et les deux bâtiments, où les employés émergeaient à peine de leur sommeil ou prenaient leur douche avant leur café matinal. Sous la pression de l'eau, les murs se sont disloqués, soudain aussi fragiles qu'un château de cartes, et tout a été arraché et entraîné vers le bas, vers la vallée.

À la place de la centrale, il ne reste qu'un trou béant, une gigantesque plaie terrestre par laquelle s'échappent des mètres cubes d'eau.

Les Ombres noires, bien sûr, se sont déjà enfuis et sont presque arrivés à Belgrade quand les charges ont explosé. Par un système de webcam connectée à leurs smartphones et placée en amont du barrage, ils se sont délectés du spectacle et se sont réjouis à distance de leur réussite. Pas question d'être encore dans la région au moment où ils revendiqueraient leur action en faveur de la Terre-mère.

Au cours de la journée, dans leurs combinaisons noires et cagoulés, ils ont publié sur les réseaux sociaux, via une page éphémère à l'ID intraçable, un communiqué avec les images en boucle de la destruction du barrage, leurs voix déformées par inhalation d'hélium pour qu'on ne puisse pas les identifier.

Mission accomplie, les Ombres, leur a dit Metka, l'œil brillant. Et maintenant, chacun chez soi pour reprendre le cours de sa vie. Je vous recontacterai pour une prochaine action : le sabotage d'une centrale nucléaire. Nous agirons tant qu'on ne nous écoutera pas. Et n'oubliez pas, ceux qui ne nous écoutent pas nous craignent.

Après le live sur les réseaux sociaux, la page a été aussitôt supprimée. La mobilité est la condition de survie des Ombres, leur a rappelé Metka avant de les quitter. Disparaître et renaître. Ailleurs et autrement.

Son regret a été de ne pas revoir Kosta avant de partir de Zavoï. Cet homme avec lequel elle se sentait si bien, le seul à avoir engendré ce sentiment depuis longtemps. Mais elle sait qu'il vaut mieux qu'il la croie morte dans l'attentat de la centrale. Lui, rescapé d'une semblable catastrophe, comment aurait-elle pu le regarder droit dans les yeux après tout ça ?

Et puis, une balle de fusil ne revient jamais en arrière, se dit-elle en montant les marches de l'escalier en marbre éclaté menant à son appartement de Belgrade avec vue sur le Danube et le pont de fer.

51

Aussi vite que l'eau du lac a envahi la vallée, la nouvelle de la catastrophe s'est répandue partout dans le pays. Les images terrifiantes tournées des hélicoptères, puis, un peu plus tard, au sol, ont fait le tour de la Serbie et passé les frontières. En apprenant qu'il s'agit d'un acte volontaire mené par un groupuscule extrémiste, la consternation et la révolte ont gagné la population. Les gens ont commencé à descendre dans la rue en accusant le gouvernement de négligence.

À l'institut, toutes les activités des enquêteurs reprises à l'aube après seulement trois heures de repos ont été interrompues et Andric, apprenant du bureau de Pirot que le chef et son équipe ne sont pas arrivés, a essayé de le contacter en vain. Le temps passant, toujours sans nouvelles, laissant une équipe sur place, l'adjoint s'est rendu à Pirot, dans l'espoir que son chef et ses collègues se montreraient enfin. Ayant lancé des recherches, il découvre en fin de matinée que le fourgon de la milice qui transportait le chef et trois gars a eu un accident sur le chemin de retour de la centrale et que personne n'a survécu.

— Je… je vais demander le divorce. Avoir un père comme ça, ce n'est pas possible, pour les enfants…

— Tu fais ce que tu veux, du moment que tu ne couvres pas cet enfant de salaud.

Rassemblant toutes ses forces pour ses enfants, Sladjana, décomposée, est repartie à Nis en fin de journée, Kosta allait rester en garde à vue au moins jusqu'au lendemain avant d'être relâché, faute de preuves contre lui. L'adjoint avait enfin pris connaissance du rapport de la légiste, mentionnant l'ongle arraché sur le pied droit de Sacha, correspondant à l'ongle retrouvé par Vladimir là où le corps de Tanja a été découvert, élément accablant contre la fille de Djol.

Après le départ de Sladjana, Andric revient le voir avec des photocopies qu'il lui jette sous le nez.

— Tu m'expliques à ton tour, Kosta ? Parce que là, le psychiatre qui s'intéressait à ton cas ne peut plus le faire. D'après son père, médecin dans la région, il avait parlé de ton cas à son fils, Zlatko Colic qui, à l'époque, engagé dans une thèse sur ce syndrome précis, n'y avait pas prêté attention.

Au fur et à mesure que Kosta découvre le contenu du dossier, ses mains tremblent et sa gorge se noue à l'étouffer. Il se rappelle maintenant ce médecin que ses grands-parents l'avaient emmené consulter pour calmer ses crises de mélancolie et d'angoisse et lui redonner de l'appétit après la mort de Hatsa. Docteur Colic. Ce patronyme étant courant, il n'avait pas fait le rapprochement en rencontrant Zlatko Colic à l'institut.

— Alors ? Il avait raison, le vieux Colic ? Tu crois vraiment que t'es mort ?

Levant la tête vers Andric, Kosta le regarde comme s'il parlait en japonais.

— Ben quoi ? Il s'agit bien de ça, non ? Si tu crois vraiment que t'es mort, tu t'en fous, du reste du monde. Avec Krstic, dans le genre cinglé, vous faites la paire ! Non, pardon, le trio, en comptant Levak ! Quatre meurtres ont eu lieu juste après ton arrivée. Bizarre, n'est-ce pas ?

J'ai déjà commencé à mourir, mais ça ne se voit pas encore.

Les mots de Djol résonnaient aux oreilles de Kosta. Djol avait-il voulu lui dire quelque chose sur lui-même ? Sur ce qu'il sentait chez lui ? Le petit Jan qui ne voyait pas la différence entre lui, un survivant, et les siens qu'il avait perdus… Non, pendant longtemps ça ne s'était pas vu. Il avait réussi à vivre avec cette sensation à l'intérieur de son corps, cette impression que ça pourrissait dedans, qu'il mettait sur le compte de la boue qui le remplissait et imprégnait ses organes.

Il était donc ce « cas » que le fils Colic regrettait d'avoir laissé passer à l'époque et qui aurait enrichi sa thèse sur ce syndrome… le syndrome de Cotard…

— T'es devenu muet ? Ah, c'est vrai, un mort, ça parle pas…

Abattu, Kosta n'a même pas la force de fermer la gueule à ce connard de flic. Alors autant fermer la sienne. En effet, *un mort, ça parle pas*. Il aurait dû faire ça depuis longtemps. Se taire.

Après une nuit à geler derrière les barreaux, Kosta est relâché dans la matinée. Ayant appris lors des dix heures d'interrogatoire, outre la folie de Vladimir et ce qui est arrivé aux moines de Temska, que le fils de Djol était en réalité une fille et que les analyses sanguines ont montré un taux très élevé de testostérone dû à l'ingestion d'une plante, le Tribulus terrestris, sa courte nuit a été peuplée de sombres cauchemars. Il a gardé le médaillon que portait Sacha, avec les mêmes initiales que celles de sa mère. Plus il y pense, plus il se dit que c'est impossible. Impossible que la jeune femme errante que Djol avait recueillie, la mère de Sacha, soit Vera Matic, sa propre mère.

Une partie de la nuit, n'arrivant pas à dormir sur le banc en béton armé de la cellule, il a réfléchi à la possibilité d'analyses ADN qui confirmeraient ou non ce qu'il craignait plus que tout. Un jeu bien cruel du destin ou du hasard. Un lien de sang avec cet être repoussant. À l'aube, il a renoncé à connaître la vérité.

Avant de le libérer, Andric vient le trouver avec un sac en plastique rempli de ses effets personnels, et un autre qu'il lui brandit sous le nez.

— Là-dedans, il y a des objets et des photos qu'on a trouvées en continuant les fouilles dans la tanière de Djol et de son… sa fille. Comme vous étiez proches et qu'il n'a pas d'autre famille connue pour les récupérer, je te les donne, si tu veux, en souvenir. Et un conseil, si Colic avait raison, fais-toi soigner.

Après une hésitation, Kosta prend le sac que lui tend Andric. Une fois dehors, il allume son portable et écoute un message de Branko l'informant qu'il a dû retourner à l'hôtel et qu'il n'a toujours pas de nouvelles de ses parents, très probablement morts dans la catastrophe du barrage, ni de la grand-mère de Kosta…

Essayant ensuite d'appeler Marija, il tombe directement sur sa messagerie. Pour quelle raison, il n'ose pas y penser. Même si elle ne répond pas aux messages qu'il lui laisse, il continue d'espérer qu'elle ne se trouvait pas à la centrale lorsque celle-ci a été emportée.

C'est un bus qui le dépose à l'hôtel Stara Planina, désormais le seul endroit où il peut rejoindre le bas du Midžor pour récupérer le Land loué par Vladimir. En espérant qu'il n'ait pas été visité et que son portefeuille avec ses papiers, passeport et billet de retour pour Dubaï s'y trouvent toujours.

À la réception, on lui apprend que Branko a dû partir sur les lieux de la catastrophe pour identifier les corps de ses parents parmi tous ceux qui ont été retrouvés, flottants ou échoués, et disposés par les pompiers en dizaines de rangées sur la terre ferme. Lui-même pourrait s'y rendre pour tenter de retrouver sa grand-mère, mais quelque chose le retient. Un poids au fond de lui. Il ne peut pas revoir une telle désolation là où il a grandi, à peu près heureux.

Il se contente de prendre un café sur la terrasse où il a rencontré Igor, dit Iggy, futur maître de la petite Stara, mais, apercevant le chiot tout seul près des tables et s'en étonnant auprès de la jeune serveuse, il apprend qu'Igor a finalement renoncé à l'adopter, au profit d'un petit mâle. Au son de la voix qui l'appelle, Stara vient aussitôt se frotter contre les jambes de Kosta et commence à mordiller ses lacets de chaussure.

— En fait, c'est toi qui choisis ton maître, hein, ma Vieille? lui dit Jan en la prenant dans ses bras. Ça te dit de devenir la petite sœur de la plus jolie petite fille du monde ? Elle s'appelle Fjona, vous vous entendrez bien, toutes les deux.

Laissant un message de remerciements à Branko à la réception, parce que les mots écrits à la main ont plus de force que tous les messages vocaux ou SMS, Kosta quitte l'hôtel, la gueule de Stara dépassant de son sac à dos, et se met en route pour le Midžor où il retrouve le Land intact avec tous ses papiers à l'intérieur.

Ça fait presque une heure qu'il est là, dans le silence, assis dans l'herbe, sans pouvoir détacher ses yeux de l'étendue sauvage des montagnes verdoyantes autour de lui. Stara, à qui il a confectionné un collier et une laisse avec une lanière de cuir attachée à une corde, essaie en vain d'attirer son attention par de petits jappements. Un doux soleil lui caresse le front et la tête. En quelques jours, sa barbe a poussé.

Sur ses genoux et devant lui sont étalés les objets et les photos retrouvés dans les affaires de Djol. Deux pipes, un briquet, une vieille montre au verre cassé, une toque en peau de mouton, un crayon, un petit carnet dans lequel Djol faisait d'habiles croquis des plantes qu'il découvrait au cours de ses longues marches, des lacets, un miroir de poche. C'est incroyable, toute la vie contenue dans des objets inanimés, s'est dit Kosta en les sortant un à un du sac. Puis il a pris les photos tenues par un élastique et a commencé à les regarder une à une, jusqu'à celle-ci, qu'il tient encore dans la main, hébété, oubliant de respirer.

Sur l'image noir et blanc, c'est elle, sa mère, la

même jeune femme que sur la photo à son chevet, qui le fixe de ses yeux clairs, un peu absents, comme son sourire, une chaîne et un médaillon en or se détachant sur son pull noir.

Il n'y a désormais plus de doute, les initiales VM sur le médaillon que Djol lui a donné sont bien celles de Vera Matic, la mère de Kosta. Djol le savait-il et a-t-il préféré ne rien lui dire ? Que lui a-t-elle raconté de sa vie avant le cataclysme dans lequel elle a perdu son mari et ses enfants ? Pourquoi n'a-t-elle jamais cherché à revoir ses parents dans la vallée ? A-t-elle voulu effacer un passé trop douloureux ? Est-elle devenue folle elle aussi ? A-t-elle perdu la mémoire après le choc ? Pourquoi Djol lui a-t-il remis ce médaillon comme un héritage ? Oui, pourquoi Djol ? POURQUOI ? crie Kosta, debout, titubant, comme ivre, les objets et les photos éparpillés à ses pieds.

Épilogue

Dubaï. Sept mois plus tard.

Comme Kosta l'avait prévu, entre Fjona et Stara, ramenée en avion dans un sac de voyage acheté à l'aéroport de Belgrade, le coup de foudre a été immédiat. Depuis, elles sont inséparables et lorsque Fjona doit aller à la garderie certains jours pour libérer un peu sa mère et se sociabiliser avec les autres enfants, c'est un vrai déchirement et des pleurs des deux côtés. Assurément, Stara est la petite sœur que Fjona n'a pas eue. Et, d'une certaine façon, le second enfant de Jasna et de Kosta qui eux aussi s'y sont attachés comme à un membre de la famille à part entière.

Ce jour-là, Jasna est de sortie shopping avec des amies serbes et croates, les différends du passé étant abolis et presque oubliés dans une solidarité renforcée par cet exil commun volontaire. Mais Fjona n'ira pas à la garderie. Pour son plus grand bonheur, elle restera à la maison avec Stara et son père qui, lui aussi, savoure intensément ces rares moments où il a sa fille pour lui tout seul. Depuis son retour, sa relation avec Jasna s'est améliorée. Comme si cette coupure forcée avait eu un effet bénéfique sur leur couple. L'un et l'autre semblent s'être retrouvés comme avant, la présence de sa femme aidant Kosta à panser les plaies laissées par les épreuves traversées en Serbie.

Stara ayant pris le relais affectif dans le cœur et le quotidien de Fjona, père et fille sont beaucoup moins fusionnels et Kosta ne se montre plus aussi soucieux et crispé sur tout ce qui concerne le bien-être de son enfant. Même si, bien sûr, elle reste aux premières loges de son amour. Avec Jasna, ils ont même retrouvé une intimité charnelle et réveillé le désir.

Depuis ce qui s'est passé sur cette montagne et à la centrale de Zavoï, événements auxquels il se sent presque étranger maintenant, Kosta s'est recalé sur lui-même, comme si deux parts de son être s'étaient enfin superposées pour n'en former qu'une. Pourtant, le sentiment d'être au bord du vide le saisit dans les moments où il croise le regard de sa mère, dans le cadre sur son chevet. Quand cela se produit, c'est à Fjona qu'il se raccroche. À ces images d'un bonheur en apparence inébranlable qu'il sait pourtant fragile. « Il ne faut jamais se séparer des gens qu'on aime. » Combien de fois cette phrase que Marija lui a dite un soir lui est-elle revenue, combien de fois l'a-t-il même griffonnée sur un bout de papier ou sur les pages de son carnet personnel. Ces mots qui le ramènent à elle et à ce manque qui ne le quitte pas.

Qu'aurait été leur vie ensemble ? Leur histoire aurait-elle pu exister ? Il est toujours dans l'incertitude concernant son sort. Depuis son retour à Dubaï, il n'a plus essayé de l'appeler. Soit elle fait partie des deux mille trois cents morts du barrage, soit elle a préféré profiter de cette séparation forcée pour cesser tout contact avec lui. Parce que continuer n'aurait pas eu de sens.

Les seules nouvelles qu'il a eues sont celles de Branko, qui lui a annoncé son intention de venir prochainement à Dubaï avec Nevena. Quand Branko lui a raconté que Nevena et les groupes de randonneurs qu'elle emmenait au sommet du Midžor, ont aperçu, là-haut, dans la *magla* qui se levait, la silhouette immobile d'un vieillard en long manteau sombre avec un bâton de berger, le sourire ne l'a pas quitté de toute la journée. Djol était resté près de la source mère. Il était désormais son gardien.

Quant à l'eau des deux sources, après analyses, elle s'est avérée toujours aussi pure et exceptionnellement riche. Toute trace de contamination avait été résorbée par la nature.

Aujourd'hui, Kosta et Fjona vont se promener sur la plage et jouer au ballon avec Stara. En sept mois, la jeune chienne a bientôt atteint sa taille adulte, celle d'un labrador, dont elle présente, en grandissant, quelques caractéristiques telles un museau fort et carré, des oreilles triangulaires et pendantes, un peu plus foncées que le reste du pelage d'un blanc crème, ainsi qu'un goût prononcé pour l'eau et les jeux à l'extérieur. Rien d'un leonberg, comme Kosta a pu d'abord le penser, voire le souhaiter. Mais sept mois de la vie d'un chien n'étant pas ceux d'une vie humaine, Fjona n'a pas changé ni grandi aussi vite malgré ses quatre ans accomplis.

Le ballon sous le bras, la main de sa fille dans

la sienne et Stara qui trottine, libre et obéissante à leurs côtés, Kosta marche de leur gratte-ciel jusqu'à la plage toute proche bordée d'une allée de palmiers qui s'étend sur quelques kilomètres. Même en novembre, le climat est estival. La mer se déploie dans cette partie du golfe persique, offrant au regard une palette incroyable de verts et de bleus, allant de l'émeraude au turquoise et au cyan.

De l'autre côté de la ville, c'est le désert, ses dunes et ses tempêtes de sable. Avec son architecture effrénée, ses gratte-ciel qui s'élancent à la conquête de l'espace céleste, ses îles artificielles et ses hôtels tapageurs, baignés de soleil, la New York des Émirats semble fondue dans de l'or. Pour Fjona qui y est née, ce décor presque surnaturel entre mer et sable remplit son horizon d'enfant. Jasna, s'y morfondant les premiers temps, a fini par y voir un vaste terrain de shopping et d'escapades urbaines. Kosta, quant à lui, serait sans doute retourné vivre en Serbie, mais le bien-être de sa femme et le bonheur de sa fille restent sa priorité.

Arrivés à la plage, libérant Fjona, il lance le ballon en l'air et c'est à la plus rapide, de la gamine ou de la chienne, de le récupérer. Ensuite, elles n'ont qu'à jouer ensemble, pendant qu'il les regarde, assis sur le sable chaud. Ses côtes se réveillent parfois s'il est tenté de courir ou de chahuter. Il préfère donc les laisser encore un peu au repos.

Les yeux remplis des boucles dorées et de la peau couleur pain d'épices de son petit ange, Kosta se délecte en silence de cette vision qui lui fait oublier que le malheur peut frapper à tout moment. Profiter et c'est tout. Mais les vibrations de son nouveau smartphone dans sa poche le tirent de son état contemplatif. Un numéro familier s'affiche, et l'indicatif de Belgrade le fait frémir.

— Kosta ?

Il croit défaillir en entendant la voix un peu lointaine. Marija. Ses doigts compriment le smartphone à le briser.

— Toi ?…

— Je sais… je ne devrais pas faire ça. Mais, n'ayant pas ton adresse, j'ai pris le risque que tu ne décroches pas. Ou bien que tu décroches.

— Je ne savais pas qui m'appelait.

— Oh… tu n'as pas enregistré mon numéro, rit-elle, avec une pointe de déception dans la voix.

— Te croyant morte, je ne l'ai pas mémorisé dans mon nouveau portable.

— Je comprends… Comment tu vas ?

— Pourquoi tu m'appelles ? Pour me donner une explication ?

Si Kosta pouvait la voir à cet instant, il verrait une femme au visage apaisé mais enfermé dans un masque de tristesse, caressant tendrement d'une main son ventre arrondi.

— Tu m'en veux, je le sais. C'est normal.

— T'en vouloir… de quoi ? D'être vivante alors que je t'ai crue morte ?

— D'être partie sans chercher à te revoir.

— C'était sans doute mieux comme ça. J'espère que tu vas bien.

Un soupir accueille les paroles de Kosta. La main continue ses caresses à ce ventre nu et lisse dans lequel la vie s'épanouit.

— Je ne sais pas. J'ai longtemps hésité avant de

t'appeler. Et puis… je me suis dit que tu étais reparti sans connaître toute la vérité sur Vladimir.

— La milice de Pirot le cherche toujours. Je sais qu'il est atteint d'un trouble dissociatif de la personnalité. Levak est son autre identité.

— Oui, et il a failli me tuer.

— Te tuer ?

Marija raconte alors tout ce qui s'est passé avec Vladimir, y compris ses aveux et les photos qu'il lui a montrées de Colic sur la croix et de Tanja égorgée, avant de l'enfermer, bâillonnée, dans le débarras au fond de l'appartement.

— Et comment tu as réussi à sortir ? demande Kosta, ébranlé.

— Peric est venu trouver Vladimir et, à la place, m'a trouvée, moi.

— Une chance, Marija. Tu as une bonne étoile. Pour avoir échappé à la rupture du barrage aussi. Tu dois être au courant que c'est un acte délibéré d'un groupe d'écoterroristes, les Ombres noires. Vladimir m'en avait parlé. Ils avaient déjà mené des actions et s'apprêtaient à monter en puissance. C'est réussi…

— Je sais… c'est terrible. Mais, finalement, ils ont juste anticipé et forcé le destin. Le barrage aurait de toute façon cédé un jour.

Kosta ne peut nier cette évidence.

— Avant de raccrocher, Kosta, j'ai une chose à te dire. Peut-être qu'après ça, tu ne voudras plus jamais entendre parler de moi.

— Ça ne me changerait pas beaucoup de ces sept derniers mois…

— J'attends un enfant. Et il est de toi.

Kosta sent un tremblement le parcourir de la tête

aux pieds. Il a envie de pleurer, de crier au bord de ce gouffre noir qui s'ouvre devant lui. Marija, enceinte de lui. À deux mois de l'accouchement. Et lui, ici, loin d'elle, la croyant morte tout ce temps. Et leur histoire qui ne s'est pas écrite.

Il reste muet, cloué sur le sable comme un papillon, un Apollon aux ailes épinglées sur une planche, peu à peu recouvert d'un torrent de boue. Il aurait pu continuer à vivre sans cette vérité. Il aurait dû vivre sans cette vérité.

Il a coupé, le regard perdu dans les ténèbres qui se referment sur lui. Son portable vibre de nouveau, il ne décroche pas. Elle n'avait pas le droit de lui dire ça. Il voudrait la rappeler, l'assommer de questions, cet enfant qu'elle porte est-il vraiment de lui, peut-elle le jurer sur sa tête… Pas ça, Marija, non, pas ça.

Il aurait préféré une version différente, même inventée. Elle, enceinte d'un autre, mais pas de lui. Parce qu'il a déjà un enfant avec sa femme et qu'il n'est pas question qu'il la quitte maintenant qu'ils se sont retrouvés. Et parce qu'il ne verra jamais grandir ce deuxième enfant d'une autre femme dont il est fou et que cette idée lui est insupportable, à lui qui a perdu toute sa famille.

À cinq mille kilomètres de cette plage où Kosta ne bouge plus, foudroyé, une jeune femme seule dans son deux-pièces avec vue sur le Danube et le pont de fer, se frappe le front avec son portable en se maudissant. Elle vient de comprendre son erreur. Une erreur impardonnable. Et qu'elle a perdu Kosta pour toujours.

— Papa ? Houhou ! Tu nous lances le ballon ?

Mais Kosta ne voit ni ne sent plus rien, même pas le ballon qui a roulé contre sa cuisse.

— Papa ! réclame la petite voix, se faisant plus impérieuse.

— Non, on y va, on rentre, finit-il par lâcher, debout, le ballon serré sur son ventre.

— Pourquoi ?

— Je suis fatigué, Fjona, on rentre, j'ai dit. Tout de suite !

Il crie ses mots malgré lui. Il n'a jamais crié sur sa fille. Et voilà que, tout à coup, ça le rattrape. Comme cette réalité au goût de vase et de charogne. Mama…

Kosta ne va pas au travail le lendemain ni les jours suivants, prostré pendant des heures sur le lit, à fixer le plafond, fermé aux appels de sa fille et aux tentatives répétées de Stara de le faire réagir en venant lui lécher la main.

Quand, désemparée par ce soudain changement d'humeur, Jasna finit par le menacer de rentrer à Belgrade avec Fjona, il consent enfin à faire l'effort surhumain de quitter la chambre et d'emmener sa fille et la chienne se promener sur la plage, au soleil couchant pendant que Jasna prépare des frites à dîner.

Les derniers retardataires viennent de quitter les lieux quand Kosta arrive avec Fjona, précédé de Stara. Sa main ne lâche plus celle de sa fille, comme soudée à elle.

— Papa, tu me fais mal ! proteste la gamine en essayant de se dégager.

Sans la lâcher, Kosta se tourne vers elle et enfonce ses yeux dans ceux de sa fille où pointe l'inquiétude.

— Écoute-moi bien, mon ange… commence-t-il, indifférent aux aboiements impatients de la chienne.

— Mais papa, Stara veut se promener !

— Tu vas m'écouter…

Les ongles de Kosta se plantent dans le gras du pouce de l'enfant, lui arrachant un couinement. Elle se met à pleurer.

— Arrête de pleurer mon cœur, écoute papa ! Je ne veux plus que tu parles aux autres.

— Quels autres ? pleurniche Fjona.

— Tous les autres.

— Même pas mes copines ?

— Non plus.

— Mais pourquoi, papa ?

— Ils ne peuvent pas nous entendre, parce qu'on est morts.

— Mais… papa, on est vivants !

— Non, mon cœur. On ne l'est plus. Depuis longtemps.

— Pourquoi ?

Un peu plus loin, la chienne n'arrête pas de japper.

— Ta gueule, Stara ! lui crie Kosta en lui balançant une poignée de sable.

— T'es pas gentil, papa !

— Tu vas comprendre. Je vais te montrer, viens.

Sans lâcher la main de sa fille, tandis que le soleil plonge à l'horizon dans une mer rougeoyante, Kosta se dirige vers le bord frangé d'écume orangée, où viennent se perdre quelques vagues. Il marque un arrêt, regarde devant lui, les yeux au loin, puis entre dans l'eau tout habillé avec Fjona.

— C'est froid !

— Tu ne peux rien sentir. Rien du tout.

— Mais si, c'est froid, papa, je veux rentrer !

— C'est ce qu'on fait, mon ange, on rentre. On rentre chez nous.

Sous les aboiements de Stara qui court comme une folle le long de la plage, père et fille s'enfoncent dans l'eau, qui arrive presque au visage de l'enfant. C'est à ce moment que de l'autre main, il appuie de toutes ses forces sur sa tête bouclée en continuant d'avancer. Rien, il ne ressent rien. Parce qu'il est mort. Parce qu'il l'a toujours été.

En quelques minutes, l'eau s'est refermée sur eux comme un tombeau. À la surface, remontent quelques bulles, puis plus rien, alors qu'une jeune chienne affolée nage éperdument vers le large, à la recherche de ses maîtres.

Remerciements

Si, à la source, un livre est l'affaire du seul auteur, il devient très vite le fruit d'une collaboration avec la maison d'édition qui a placé sa confiance et ses espoirs en lui, mais aussi le cœur d'une relation particulière et privilégiée avec les lecteurs, parmi lesquels un précieux noyau, les blogueurs et chroniqueurs dont, le plus souvent, la critique littéraire n'est pas le métier, mais pour lesquels la lecture est une passion. La vie d'un roman s'articule autour de ce partage passionné qui se confirme à chaque parution.

Je voudrais donc, du fond du cœur, adresser une pluie de remerciements et mon intarissable reconnaissance à mes éditrices, Béatrice Duval et Caroline Lépée, à Cécile Gateff, notre responsable relations salons et libraires, pour son plus que précieux suivi, ainsi qu'à toute la joyeuse équipe de Denoël, à Camille Paulian, mon attachée de presse pour la deuxième année consécutive, à l'intransigeance constructive des correctrices dans leur chasse aux fautes et aux mauvaises tournures, Christine Herme et Tania Fouquet lui succédant.

Sans les nommer cette fois mais tous se reconnaîtront je l'espère, une vague de mercis aux blogueurs et aux chroniqueurs pour leur soutien et leur fidélité, aux libraires, pour porter et défendre le Livre et la lecture auprès du public, une onde de gratitude à tous ceux qui m'ont accordé leur foi et me la donnent encore, ma famille, mes amis, une pensée émue pour ma deuxième patrie, la Serbie, aussi chère que ma terre natale française, dont les montagnes si belles, mystérieuses et sauvages ont servi de décor naturel à ce roman.

Un merci spécial à ma cousine Mila Djurovic pour ses suggestions géographiques, en espérant qu'elle puisse un jour traduire cette histoire dans ma langue maternelle.

Et, pour la chute, des trombes de mercis à vous, chers lecteurs, dont les émotions, le plaisir et les retours me portent toujours plus loin, toujours plus haut.

DU MÊME AUTEUR

Aux Éditions Denoël

CATARACTES, 2020, Folio Policier nº 909.

BORÉAL, 2018, Folio Policier nº 881.

RÉCIDIVE, 2017, Folio Policier nº 853.

QUAND LA NEIGE DANSE, 2016, Folio Policier nº 828.

DUST, 2015, Folio Policier nº 796.

Chez d'autres éditeurs

LE HAMEAU DES PURS, Transit/Cogito, 2011 (Folio Policier nº 897, nouvelle édition revue par l'auteur).

COLLECTION FOLIO POLICIER

Dernières parutions

808. Michel Lambesc	*La « horse »*
809. Frederick Forsyth	*Chacal*
810. Gunnar Staalesen	*L'enfant qui criait au loup*
811. Laurent Guillaume	*Delta Charlie Delta*
812. Laurent Whale	*Les Rats de poussière II Le manuscrit Robinson*
813. J. J. Murphy	*Le cercle des plumes assassines*
814. Éric Maravélias	*La faux soyeuse*
815. DOA	*Le cycle clandestin, tome I*
816. Luke McCallin	*L'homme de Berlin*
817. Lars Pettersson	*La loi des Sames*
818. Boileau-Narcejac	*Schuss*
819. Dominique Manotti	*Or noir*
820. Alberto Garlini	*Les noirs et les rouges*
821. Marcus Sakey	*Les Brillants II Un monde meilleur*
822. Thomas Bronnec	*Les initiés*
823. Kate O'Riordan	*La fin d'une imposture*
824. Mons Kallentoft, Markus Lutteman	*Zack*
825. Robert Karjel	*Mon nom est N.*
826. Dolores Redondo	*Une offrande à la tempête*
827. Benoît Minville	*Rural noir*
828. Sonja Delzongle	*Quand la neige danse*
829. Germán Maggiori	*Entre hommes*
830. Shannon Kirk	*Méthode 15-33*
831. Elsa Marpeau	*Et ils oublieront la colère*
832. Antonio Manzini	*Froid comme la mort*
833. Luís Miguel Rocha	*Complots au Vatican II La balle sainte*
834. Patrick Pécherot	*Une plaie ouverte*

835. Harry Crews	*Le faucon va mourir*
836. DOA	*Pukhtu. Primo*
837. DOA	*Pukhtu. Secundo*
838. Joe R. Lansdale	*Les enfants de l'eau noire*
839. Gunnar Staalesen	*Cœurs glacés*
840. Jo Nesbø	*Le fils*
841. Luke McCallin	*La maison pâle*
842. Caryl Férey	*Les nuits de San Francisco*
843. Graham Hurley	*Le paradis n'est pas pour nous*
844. Boileau-Narcejac	*Champ clos*
845. Lawrence Block	*Balade entre les tombes*
846. Sandrine Roy	*Lynwood Miller*
847. Massimo Carlotto	*La vérité de l'Alligator*
848. Benoît Philippon	*Cabossé*
849. Grégoire Courtois	*Les lois du ciel*
850. Caryl Férey	*Condor*
851. Antonio Manzini	*Maudit printemps*
852. Jørn Lier Horst	*Fermé pour l'hiver*
853. Sonja Delzongle	*Récidive*
854. Noah Hawley	*Le bon père*
855. Akimitsu Takagi	*Irezumi*
856. Pierric Guittaut	*La fille de la Pluie*
857. Marcus Sakey	*Les Brillants III En lettres de feu*
858. Matilde Asensi	*Le retour du Caton*
859. Chan Ho-kei	*Hong Kong Noir*
860. Harry Crews	*Des savons pour la vie*
861. Mons Kallentoft, Markus Lutteman	*Zack II Leon*
862. Elsa Marpeau	*Black Blocs*
863. Jo Nesbø	*Du sang sur la glace II Soleil de nuit*
864. Brigitte Gauthier	*Personne ne le saura*
865. Ingrid Astier	*Haute Voltige*
866. Luca D'Andrea	*L'essence du mal*
867. DOA	*Le cycle clandestin, tome II*
868. Gunnar Staalesen	*Le vent l'emportera*
869. Rebecca Lighieri	*Husbands*

870. Patrick Delperdange — *Si tous les dieux nous abandonnent*
871. Neely Tucker — *La voie des morts*
872. Nan Aurousseau — *Des coccinelles dans des noyaux de cerise*
873. Thomas Bronnec — *En pays conquis*
874. Lawrence Block — *Le voleur qui comptait les cuillères*
875. Steven Price — *L'homme aux deux ombres*
876. Jean-Bernard Pouy — *Ma ZAD*
877. Antonio Manzini — *Un homme seul*
878. Jørn Lier Horst — *Les chiens de chasse*
879. Jérôme Leroy — *La Petite Gauloise*
880. Elsa Marpeau — *Les corps brisés*
881. Sonja Delzongle — *Boréal*
882. Patrick Pécherot — *Hével*
883. Attica Locke — *Pleasantville*
884. Harry Crews — *Car*
885. Caryl Férey — *Plus jamais seul*
886. Guy-Philippe Goldstein — *Sept jours avant la nuit*
887. Tonino Benacquista — *Quatre romans noirs*
888. Melba Escobar — *Le salon de beauté*
889. Noah Hawley — *Avant la chute*
890. Tom Piccirilli — *Les derniers mots*
891. Jo Nesbø — *La soif*
892. Dominique Manotti — *Racket*
893. Joe R. Lansdale — *Honky Tonk Samouraï*
894. Antoine Chainas — *Empire des chimères*
895. Jean-François Paillard — *Le Parisien*
896. Luca d'Andrea — *Au cœur de la folie*
897. Sonja Delzongle — *Le hameau des Purs*
898. Gunnar Staalesen — *Où les roses ne meurent jamais*
899. Mons Kallentoft, Markus Lutteman — *Bambi*
900. Kent Anderson — *Un soleil sans espoir*
901. Nick Stone — *Le verdict*
902. Lawrence Block — *Tue-moi*

Composition Utibi.
Impression Grafica Veneta
à Trebaseleghe, le 2 mars 2020.
Dépôt légal : mars 2020.

ISBN 978-2-07-289344-5. / Imprimé en Italie.

365834